SALIERISTRAAT N° 100

Mirjam Rotenstreich
Salieristraat N° 100

2002 Prometheus Amsterdam

© 2002 Mirjam Rotenstreich
Omslagontwerp Mariska Cock
Omslagillustratie Fotostock
Foto auteur Chris van Houts
www.pbo.nl
ISBN 90 446 0169 5

De levende God kan alleen dan te midden van dit vrije volk in de woestijn wonen, wanneer de mummie van hem die volledig gehoorzaamde, naast Hem optrekt.

EMMANUEL LEVINAS, *Het menselijk gelaat*

ONDERGRONDS

PROLOOG

Ze was afgedaald naar het onderaardse gangenstelsel, schuifelend door de cryptoportieken, dwalend in hun donkere hoeken en nissen, omgeven door een stilte die een klem op de borst veroorzaakte en bedekt met een kilte die steeds dieper haar lichaam binnendrong. Alleen via enkele nauwe schachten in het gewelf sijpelde iets van het zomerse daglicht binnen.

Haar verstand volgend wist ze dat er genoeg lucht binnenkwam, maar als ze naar haar ademhaling luisterde, hoorde ze merkwaardige overgangen die verre van regelmatig te noemen waren. Ze kreeg het benauwd. Haar hoofd begon te suizen. Ze wankelde. Ze liet zich op de grond zakken en steunde met haar rug tegen een van de vele pijlers die de onderaardse ruimte rijk was. Ze probeerde haar ademhaling onder controle te krijgen. Heel langzaam lukte dat.

Het was hier ook zo laag. Nee, je kreeg hier de indruk dat het laag was, terwijl het tongewelf in werkelijkheid meters boven haar uittorende. Ze keek naar boven en zag dat het gewelf langzaam naar beneden zakte, meter voor meter. Angstig draaide ze haar hoofd naar links en naar rechts en zag dat ook de muren haar kant op kwamen. De ruimte slonk, kromp van alle kanten ineen, muren en tongewelf bewogen zich naar elkaar toe. Een anijslucht, afkomstig van de pastis die ze even daarvoor gedronken had, walmde uit al haar poriën. Hitte verjoeg de kilte in haar lichaam. Zo voelde het dus als je levend begraven werd. Dit was doodsangst.

Een huiveringwekkend wolvengeloei kwam haar tegemoet. De minuscule ruimte waarin ze zich bevond spatte uiteen en hernam haar normale proporties. Ze sprong overeind. Het dierlijk gehuil ging over in een paniekerig geblaf, duidelijk afkomstig van een hond. Ze probeerde erachter te komen waar het vandaan kwam. Er klonken opgewonden stemmen. Ze riepen iets, waarschijnlijk naar de hond. Het geluid kwam van achter haar. Ze draaide zich om. Dat was vreemd. De herrie leek weer van de andere kant te komen en opnieuw keerde ze zich om. Het was alsof er een spelletje met haar werd gespeeld, want nu daalden de geluiden uit het gewelf op haar neer. Zou het uit een van de schachten vandaan komen? De richtingen van waaruit de menselijke kreten en het geblaf kwamen, wisselden nog enkele keren. Alleen vanaf de grond steeg geen enkel geluid op.

Zo plotseling als het lawaai uit de lucht was komen vallen, zo onverwacht hield het ook weer op. Zouden het dan toch gewoon mensen zijn geweest die met hun hond boven haar hoofd op straat hadden gelopen? Maar waarom dan dat huiveringwekkende geblaf?

Ze trilde over haar hele lijf. Ze moest verder, wilde hier niet blijven staan. Het was zaak om zo snel mogelijk de uitgang te vinden, maar ze voelde zich totaal gedesoriënteerd. Ze liep voorzichtig, hield de handen voor zich uit als om zich te wapenen tegen een onverwacht obstakel en hoopte op een bordje met daarop het woord UITGANG. In de verte lichtte inderdaad iets op, maar ze ontdekte, na enige tijd in de richting ervan te hebben gelopen, dat het om een voorwerp ging dat op de grond lag. Ze liep door en zag, nog dichterbij gekomen, dat het ding zich te midden van een plas rondom een pijler bevond en licht opving dat vanuit een van de smalle schachten binnendrong. Het was een bolrond, grauwwit object met enige kleine oneffenheden. Het leek wel een gipsen dodenmasker.

Zou ze verder naar het ding toe lopen? Het was nog maar een meter of vijf. Ze durfde niet goed, maar iets trok haar toch in de richting van het witte voorwerp. Wat zou het zijn? Ze stond er nu dichtbij. Merkwaardig, was het een doek die op iets lag, op een grote, ronde kei, zoals die hier her en der verspreid lagen? Ze keek nog een keer goed. Dat zou toch niet? Het leek wel een onderbroek. Toen drong het pas echt tot haar door: het wás een onderbroek, een herenonderbroek, zo'n doodordinaire, witte met elastiek dat er half uit hing. Ze rook hoe de anijslucht weer in alle hevigheid terugkwam. Ze had het gevoel erdoor bedwelmd te raken.

Ze moest hier weg, mocht niet nog een keer bijna onderuitgaan, en begon te rennen. Hard weerkaatsten haar voetstappen tegen de muren. Bij iedere stap die ze zette, dreunde het in haar hoofd: naar boven, eruit, naar boven, eruit. Ze wist niet hoe het haar was gelukt en hoe lang ze erover had gedaan, maar plotseling stond ze weer boven aan de trap en prevelde voor zich uit: 'Wat een hel daarbeneden, wat een hel.' En vervolgens: 'Vergeten, niet meer aan denken.'

I

DE OMHULLING

(Van Ostadestraat, de Pijp)

Battikwa en Guido schoten rechtop in bed, op ruwe wijze gewekt door een langgerekte, hoge toon die grensde aan wat voor een menselijk oor nog te bevatten is. Dit was niet het lawaai van de hondenfokkerij boven hen. Dit was iets nieuws. Na een stilte van enkele seconden barstte het geblaf van de pitbulls van de bovenburen alsnog los: vaders, moeders en hun puppy's.
'Wat is er, Tikki? Waarom schreeuw je?' vroeg Guido.
'Ik schreeuwde niet. Ik werd juist wakker van een vreselijke gil.'
'Ja, ik ook. Van die van jou.' Guido klonk geïrriteerd.
'Waarom ga je ervan uit dat ik geschreeuwd heb?' vroeg Battikwa.
'Omdat ík het niet was. Ik lag gewoon te slapen, geen nachtmerrie, niets.'
'Hoe kun je daar zo overtuigd van zijn?'
'Ihiiiiiii, oioioiooi, ihiiiiiii.'
Nu werden Guido en Battikwa bij volle bewustzijn bedolven onder een overweldigende hoeveelheid jammerkreten. Opnieuw ging het hondengejank tegen het andere gehuil in, dat deze keer geruime tijd aanhield.
Battikwa dook ineen, haar hoofd tussen de knieën en haar armen eromheen geslagen. Pas nadat het geluid weggestorven was, kwam ze langzaam weer te voorschijn.
'Ach, lieverd,' zei Guido, 'ik zal een handdoek pakken. Je gezicht is kletsnat.'
Hij kwam terug met een badlaken. 'Sorry, kon zo snel niks anders vinden.'

'Maakt niet uit,' zei Battikwa. De paniek was blijkbaar op haar stem geslagen, want die klonk schor. Ze wreef haar gezicht droog, schuren was het bijna, wat de bloedsomloop extra stimuleerde. Guido gaf er, toen ze klaar was, een positieve draai aan: 'Je ziet gelukkig al wat minder wit.'

Battikwa legde de handdoek neer. 'Vreselijk.' Ze stootte het woord eruit, vol afschuw, maar wel met een al iets normalere stem. 'Dat klonk als het geschreeuw van een vrouw met barensweeën.' Ze greep onbewust naar haar buik.

'Ik begrijp dat je daaraan moet denken,' zei Guido, 'maar dat is natuurlijk onzin. Het komt duidelijk van onze benedenbuurman vandaan. Nou woont hij hier nog niet zo lang, maar heb jij al iets gemerkt van een vaste vriendin, laat staan van eentje die zwanger is?'

Battikwa reageerde niet meteen op Guido's vraag. Ze probeerde haar ademhaling weer rustig te krijgen. Dat duurde even. Langzaam voelde ze de paniek wegebben. 'Nee,' gaf ze ten slotte toe. 'Ik zie wel veel vrouwen bij hem langskomen. Allemaal Surinaamse, maar telkens andere.'

'Typisch een vrijgezel,' zei Guido.

Battikwa zette het kussen rechtop in haar rug. Zo bleef ze enkele minuten zitten, haar ogen gesloten. Plotseling sperde ze ze wijdopen en zei kordaat: 'Ik ga naar beneden, informeren wat er aan de hand is.'

'Tikki, ik dacht dat je zo geschrokken was!'

'Ik vind dat we iets moeten doen. Misschien is er wel iemand erg ziek geworden.'

Guido zuchtte. 'Jij je zin, maar is het niet beter dat ík ga? We kennen die man niet. Weet jij veel wat je daar aantreft.'

'Doe niet zo moeilijk. We hebben tot nu toe niets raars aan onze buurman kunnen ontdekken. Hij maakt op mij juist een volstrekt normale indruk. Ik ga naar beneden, kijken of ik kan helpen.'

'Goed, goed.' Guido stak zijn handen in de lucht. 'Gun me dan in ieder geval een plekje op de overloop. Kan ik de boel een beetje in de gaten houden.'

'Oké.' Battikwa deed haar ochtendjas aan en liep naar beneden naar de eerste etage, terwijl Guido zich boven aan de trap verschanste. Ze belde aan. Er gebeurde niets. Battikwa legde haar oor tegen de deur en drukte nogmaals. Ze hoorde geen enkel geluid, geen bel, geen menselijke stemmen, maar ook geen voetstappen van iemand die naar de deur komt lopen. Ze wachtte een minuut en probeerde het daarna met een roffel op de deur. Elk teken van leven bleef uit.

'Doet er niemand open?' riep Guido. Hij was de trap gedeeltelijk afgedaald.

'Nee, ik begrijp er niets van.' Battikwa duwde tegen de deur. Tot haar verbazing gaf hij mee. Ze liep op haar tenen het halletje in. Waar bij hen nog een deur was waarachter de woonkamer lag, hing hier een gordijn. Ze keek door een spleet de kamer in en zag op de grond een aantal zwijgende mensen zitten, in een ruime kring gegroepeerd. In het midden stond een vrouw, zo bewegingloos en zonder uitdrukking op het gezicht dat ze wel een levend standbeeld leek, zo een die in het centrum van de stad poseert om een extra zakcentje te verdienen. Battikwa had dit nog niet bedacht of de vrouw begon te krijsen en met haar armen te maaien. Het waren dezelfde ijselijke kreten die Guido en zij zojuist hadden gehoord. Het gegil hield enkele minuten aan, waarna het van het ene op het andere moment verstomde. De vrouw dook daarop ineen en begon op haar buik over de grond te kronkelen. Ze kroop rond als een slang, zonder handen of voeten te gebruiken. Battikwa's idee dat ze had kunnen helpen, was in één klap verdwenen. Deze situatie was zo bizar dat ze het liefst meteen rechtsomkeert had gemaakt. Maar haar nieuwsgierigheid won het van de vrees. Ze wilde weten wat hier gaande was en bleef.

Voor de vrouw liep de buurman. Battikwa vroeg zich af waar hij mee bezig was. Ze kneep haar ogen samen. In haar haast was ze vergeten haar contactlenzen in te doen. Ze zag dat de man voor elk paar voeten iets neerzette, maar was te kippig om te kunnen zien wat het was. Wel wist Battikwa bijna zeker dat het steeds om eenzelfde soort voorwerp ging. De vrouw schoof met haar meanderende, vloeiende en bijna onmogelijk buigzame bewegingen over de grond en bracht het gezicht tot vlak voor het eerste attribuut dat de buurman op de grond had gezet. Daarna keek ze omhoog, naar het plafond, hield het hoofd even in die stand en boog het toen weer naar de grond. Vervolgens kronkelde ze naar het volgende voorwerp.

Battikwa hurkte neer, trok het gordijn een klein stukje open en duwde haar gezicht tegen de kier in de hoop alles wat beter te kunnen zien. Het laatste voorwerp dat de buurman had neergezet, stond op ongeveer een meter afstand van haar. Weer kneep ze haar ogen tot spleetjes. Nu zag ze het: het was een ei. Dat was wel het laatste wat ze had verwacht. Een ei in een eierdopje, zonder kapje. Wat moest dat mens in godsnaam daarmee? Ze zou het snel genoeg weten, want de vrouw had er nog maar drie te gaan voordat ze bij het exemplaar aankwam dat voor Battikwa stond. Battikwa kwam weer overeind en keek naar links. Haar blik viel op een meubel dat nog het meest leek op een ouderwetse schoolbank, met een blad dat een beetje schuin oploopt. Doordat aan weerszijden ervan een kaars stond, kwam het haar ook nog op een andere manier vertrouwd voor. Ze wist alleen niet meteen waarom. Terwijl ze het meubel in zich opnam, schoot haar de zinsnede: 'De tafel een altaar, het huis een tempel' te binnen. Een warm gevoel trok door haar heen.

Ach, natuurlijk, het was iets van vroeger, de voorzanger-lessenaar in sjoel. Hoe vaak had ze daar niet tegenaan gekeken, terwijl ze hoog boven iedereen uittorende. Ze voelde weer de pijn in haar knieën, als ze door haar vader was opgetild en op de lessenaar – waar de mannen hun gebedsboeken in konden opbergen – voor hem was gezet, de knieën op het hout, zodat ze iets van de chazan kon zien. Haar vader deed dat altijd als hij merkte dat ze zich begon te vervelen en moe werd. Vanaf het moment dat ze op de leeftijd was gekomen dat ze verplicht werd naar de vrouwengalerij te gaan om hoog boven alles uit, vanachter de 'tralies', de dienst te volgen, sloeg de verveling pas echt toe. Ze kon alles zien, maar voelde zich minder betrokken dan ooit.

Daar kwam het slangenmens aangeslalomd. Ze dook met haar gezicht naar het ei en bracht haar hoofd weer omhoog. Langs haar mond sijpelde eigeel en doorzichtig eiwit naar beneden. Nu drong tot Battikwa door wat de vrouw aan het doen was. Gadverdamme, ze slurpte rauwe eieren naar binnen! Battikwa's maaginhoud werd in één keer naar boven gestuwd. Ze kon met moeite verhinderen dat haar kokhalzen overging in braken. Ze draaide zich om en rende zo snel ze kon naar boven, waarbij ze tegen Guido op botste, die nog halverwege de trap stond. Battikwa duwde hem opzij, rende door en dook de wc in.

Nadat ze in de keuken haar gezicht en polsen onder de koude kraan had gehouden, liep ze terug naar de kamer, kroop in een stoel bij de zwarte potkachel en krulde zich op als een kat. Guido, die in de stoel aan de andere kant van de kachel zat, keek Battikwa onderzoekend aan: 'Is het niet vreemd dat je 's nachts een aanval hebt van zwangerschapsmisselijkheid?'

'Lieve Guido, dit wás geen kwestie van zwangerschapsmisselijkheid. Ik ging over mijn nek omdat ik bij die zogenaamde beschaafde benedenbuurman van ons iets vreselijks goors heb gezien! Ik kan het niet eens navertellen zonder wéér te gaan kokhalzen.'

'Wat was er dan aan de hand?'

'Wat zei ik nou net?'

'Dat je het niet kan herhalen et cetera. Maar iets kun je me toch wel vertellen, in bedekte termen dan?'

Battikwa voelde dat ze een vies gezicht trok. 'Ik begrijp dat jij wilt weten wat er nou precies aan de hand is, maar ík zou het liefst het hele voorval meteen vergeten.'

'Het hoeft niet direct, Tikki. Je kunt het me ook later vertellen.' Battikwa draaide zich op haar andere zij. 'Nee, ik doe het nu wel. Ik wil ook dat jij het weet. Maar een kopje thee om die nare smaak uit mijn mond te verdrijven, zou fijn zijn.'

Na een paar slokken van haar thee te hebben genomen, probeerde Battikwa zo goed en zo kwaad als het ging de situatie voor Guido te beschrijven.

'Ze zette die eieren tegen haar mond en dronk ze leeg. Ik geloof dat er wel tien eieren zonder kapje in eierdopjes op de grond stonden.'

'Tikki, zo erg is dat toch ook weer niet. Wij zijn niet gewend om rauwe eieren te eten, maar het is toch ook niet zó vies dat je ervan moet overgeven. Ik denk dat die heftige reactie van jou ook met je zwangerschap te maken heeft.'

'Daarmee is het nog geen zwangerschapsmisselijkheid.'

'Zintuiglijke overgevoeligheid dan, net als je overgevoeligheid voor rauw vlees.'

'Komt dichter in de buurt, maar je moet toegeven dat het een uiterst merkwaardige situatie is daarbeneden. Het leek wel of die vrouw hysterisch werd of in een psychose raakte.'

'Toch zou ik me m'n hoofd niet op hol laten brengen. We gaan ervan uit dat dit een eenmalig incident was. Tenslotte hebben we tot nu toe nooit overlast gehad van die man. En, één ding valt alweer mee: er is geen kleine op komst, dus daar kunnen we zeker geen hinder van verwachten. Geen krijsende baby onder ons.'

'Nee, die lawaaimaker produceren we liever zelf, hè?' zei Battikwa zacht. Ze stond op uit haar stoel, liep naar Guido en rolde zich weer op als een kat, maar nu op zijn schoot.

'Kan straks niet meer, hoor,' zei Guido plagerig.

'I know, maar nu nog wel,' antwoordde Battikwa, terwijl ze zich nog eens extra tegen Guido aanschurkte. 'Daarom blijf ik de hele nacht zo zitten.'

'Jammer voor jou, want ik wilde net voorstellen onze nachtelijke opzitsessie te beëindigen. Ik ga morgenochtend vroeg naar mijn werkkamer. Mijn boek moet echt af zijn voor de kleine er is.'

'Daar zeg je wat. Ik heb om elf uur een afspraak bij de verloskundige.'

'Hup, naar bed dan.'

'Weet je wat me trouwens ook nog opviel toen ik de kamer van de buurman in keek?'

'Nou?'

'De hele ruimte, van voor naar achteren, van links naar rechts, was bedekt met zand. Een bizar gezicht.'

'Dáárom ligt het halletje beneden bij de voordeur er altijd vol mee.'

'Ja, niks een dagje Zandvoort.'

'Wat mijn ergernis over de illegale korreltjes in ons bed er overigens niet minder om zal maken. Zand is zand. Ben je er ook achter gekomen wat de reden is voor die binnenzandbak?'

'Ik zou het niet weten. Maar één ding is zeker: onze benedenbuurman is een stuk minder ongecompliceerd dan we dachten.'

Battikwa werd wakker doordat ze een kus op de kruin van haar hoofd voelde. Pas toen ze de buitendeur in het slot hoorde vallen, sloeg ze de deken terug en sperde haar ogen wijdopen: een uitermate effectieve maatregel om opnieuw wegdommelen te voorkomen. Ze voelde helemaal klam aan. De gebeurtenissen van de afgelopen nacht hadden haar niet echt goed gedaan. Moest ze ook nog naar de verloskundige. Dat was wel het laatste waar ze nu zin in had. Ze haatte dat wollige, softe gedoe van die wereld. Zodra je de deur van de praktijk opendeed en de wachtkamer binnenliep, walmde je een zoete, zware geur tegemoet, een mengeling van patchoeli en wierook, alsof het nog de jaren zeventig waren en er geen verglijden van de tijd bestond. Juist in het geval van de verloskundigen was dit wel merkwaardig, want welk vak symboliseerde, naast dat van begrafenisondernemer, meer het stromen van de tijd dan juist dat van hen?

Battikwa gruwde helemaal van die ophemeling van het thuisbevallen, al dan niet in bad of op een baarkruk. Wat haar betreft ging ze wanneer de tijd daar was het ziekenhuis in, naar de afdeling verloskunde, waar een gynaecoloog het voor het zeggen had. Een effectieve ruggenprik, en op volkomen ontspannen wijze zou Battikwa haar baby ter wereld brengen. Helaas waren dat dagdromen. Je hoefde de term 'ruggenprik' maar te laten vallen, of alle verloskundigen begonnen verontwaardigd te protesteren.

Het speet haar eigenlijk ook dat ze had ingestemd om mee te doen aan een onderzoek van de verloskundigenpraktijk. Dat hield onder meer in dat ze meteen vanaf het begin van de zwangerschap iedere twee weken op controle moest komen, terwijl je normaal gesproken pas vanaf de dertiende week regelmatig hoeft te komen. Doel van het onderzoek was een goed beeld te krijgen van het verloop van de zwangerschap in de eerste drie maanden, vooral over de lichamelijke en geestelijke conditie van de moeder, omdat de baby dan nog te klein is om er iets van te kunnen voelen.

Na een mok thee met een half beschuitje – pas rond een uur of elf kreeg Battikwa trek, en dan moest ze daar ook direct gehoor aan geven, anders werd ze duizelig – stak ze een boterham in haar jaszak en trok de deur achter zich dicht. Bij de eerste etage aangekomen spitste ze haar oren. Er was niets te horen bij hun buurman. Hij had het ook wel erg laat gemaakt. Waarschijnlijk lag hij nog te slapen. Toch zou ze hem graag vragen naar de gebeurtenissen van de afgelopen nacht. Ze hadden toch recht op enige uitleg. Battikwa aarzelde. Zou ze? Het was haar al veel waard om er in ieder geval achter te komen of hij zich weer alleen op de etage bevond, zonder de kring mensen om zich heen. Misschien dat zijn deur net als vannacht niet afgesloten was. Het zou wel niet, maar ze kon het proberen.

Heel voorzichtig duwde ze tegen de deur. Verdomd, hij ging open. Ze luisterde nogmaals goed. Het enige wat ze opving, was een zware ademhaling. Op haar tenen liep ze naar het gordijn en keek door de spleet. Daar lag hij, de buurman, op zijn rug, de mond, waaruit nu een zwaar gesnurk klonk, wijdopen.

Wel vreemd om iemand van zo dichtbij stiekem te observeren. Ronduit onbeleefd was het, eerlijk gezegd. Ze betrapte hem in zijn meest weerloze staat: slapende. Aan de andere kant, hij vroeg erom door zijn deur niet af te sluiten. Moedwillig, zo leek het. Het was in ieder geval geen eenmalige vergissing geweest gisteravond.

De linkerarm van de man hing naast het lichaam, de hand raakte net de vloer. Voor een deel was hij bedekt met een patchworksprei, althans, daar leek het precies op: samengesteld uit losse lapjes van verschillend formaat met ieder hun eigen motief dat weer uit verscheidene kleuren bestond. Ze had zelf ooit zo'n sprei gehad. Handwerk van haar moeder. Weken, maanden had de schat eraan gewerkt om hem af te krijgen, maar toen Battikwa het kunstwerkje eindelijk kreeg, bleek de mode alweer voorbij. Het commentaar van haar vriendinnetje – 'Goh, een patchworksprei, die heeft toch niemand meer?' – trof haar in het diepste van haar ziel. Nee, veel plezier had ze er niet van gehad. Hij moest nog ergens bij haar ouders in de kast liggen. Misschien was het wel aardig om hem weer eens te voorschijn te halen. Het zou een goed speelkleed voor de baby zijn.

De buurman moest afgelopen nacht inderdaad oververmoeid in bed zijn gerold, want hij had zijn kleren nog aan. Ze nam althans aan dat het dezelfde waren als de avond ervoor. Battikwa boog iets voorover om te kunnen zien wat er om zijn hals zat. Een originele Hollandse boerenzakdoek. Een aparte gewaarwording om die tegen de achtergrond van een donkere huid te zien. Maar het paste wel bij elkaar: patchworksprei en boerenzakdoek, beide modeartikelen uit het midden van de jaren zeventig. Het viel des te meer op doordat de ruimte verder gevuld was met een uitzonderlijke hoeveelheid voor Battikwa onbekende spullen, waarvan vooral de verscheidenheid aan kleuren haar deed duizelen.

Rondom waren de muren behangen met doeken in allerlei soorten en maten, de meeste gebatikt; talloze Afrikaanse maskers grijnsden haar toe; een houten boot met veelkleurige zeilen en allerlei motieven stond op een hoge standaard tegen een wand. Aan de andere kant van de kamer bevond zich een bank geplaatst op eenzelfde kleurige doek als die aan de muren hingen. Het opvallendste voorwerp stond tegen het meubelstuk dat Battikwa aan een lessenaar uit sjoel had doen denken: een bewerkte stok – misschien diende hij als staf – waarop de prachtigste kleuren waren aangebracht met daartussen eivormige schelpen.

Het was alsof de eigenaar voor zichzelf de illusie wilde creëren dat hij zich in een hut in de binnenlanden van Afrika bevond, in plaats van op een verdieping in de Amsterdamse Pijp. Dat werd nog eens versterkt door zijn duidelijke voorkeur voor slangen. Overal op zijn etage zag ze slangen en aanverwante artikelen: eenvoudige houten slangen; slangen van klei, of gips, dat was niet helemaal duidelijk; slangenhuiden; op de 'lessenaar' een sierlijk bewerkte en beschilderde slang van hout; en ernaast aan de muur een doek met daarop de afbeelding van twee slangen, die elkaar op identieke wijze kruisten als de twee pijlen waar ze op ingewikkelde wijze omheen gekronkeld lagen, terwijl de kop van een van de slangen boven een eivormige schelp zweefde, en de kop van de andere slang op een rechtopstaand ei steunde. Om de pols van de man zat zelfs een armband in de vorm van een slang die in zijn eigen staart beet. De ultieme slavenarmband?

Van één voorwerp was Battikwa niet zeker waar het bij gerekend moest worden, stok of slang: twee in elkaar gedraaide takken die eruitzagen als twee slangen die zich om elkaar gewonden hadden. Het deed haar denken aan de keer toen ze bij vrienden van haar ouders sjabbat vierde – ze logeerde daar noodgedwongen; haar ouders waren met haar zus Linde naar het ziekenhuis: fietswiel tussen de tramrails, val, zware hersenschudding en voortanden eruit – en de man des huizes bij het afscheid van de rustdag de twee lonten van de gevlochten 'Hawdala'-kaars aanstak. Ze had toen ook aan twee ineengevlochten slangen moeten denken. De flakkerende vlammetjes verbeeldden de snel bewegende slangentongen. Pijnlijk vond Battikwa te horen hoe deze aan het slot van het gebed sissend in de alcohol ten onder gingen; en natuurlijk was het zonde van de overgebleven zoete rode wijn waarin de vlammetjes gedoofd werden.

Was het de zwangerschap die haar associatievermogen op volle kracht liet werken? Er werd ook wel beweerd dat vrouwen die in verwachting waren, vaak een extreme mate van luciditeit vertoonden. Opmerkelijk was in ieder geval dat haar een scène van een James Bond-film te binnen schoot die ze laatst op video had gezien. Bond staat fris geschoren, met een sigaar in de ene hand en

een spuitbus met aftershave in de andere hand, voor de spiegel. Daarin ziet hij hoe een slang plotseling vlak voor zijn voeten kruipt. Even is de doodsangst van zijn gezicht af te lezen, waarna hij zich in één beweging omdraait, op de spuitbus drukt en zijn brandende sigaar erbij houdt. De zo ontstane vlammenwerper houdt hij op de slang gericht, zodat het beest verschrompelt. Het was, treurig genoeg, de enige mooie scène in de film. Hij dateerde uit de late jaren zeventig. Ook al.
Ze moest gaan. Anders kwam ze te laat bij de verloskundige. Binnenkort zou ze de buurman nog wel eens aanspreken op de gebeurtenissen van de afgelopen nacht. Uitleg vragen over wat ze gezien had. Ze sloop zachtjes weg. Stel je voor dat hij nu wakker werd en haar zag staan. Ze had geen flauw idee hoe ze zich er dan uit zou moeten kletsen. Met 'Ik vroeg me af of u een kopje suiker te leen had' kwam ze vast niet weg. Even later stond ze op de gang. Het gesnurk van de buurman klonk achter haar.

Battikwa haalde een sliert spaghetti uit het water om te proeven of hij beetgaar was. Helemaal nutteloos was dat vroegtijdige bezoek aan de verloskundige niet geweest, zo bleek vanmiddag. De vrouw had geïnformeerd of Battikwa gespannen was. 'Hoezo?' had ze gevraagd. 'Ik ken je nog niet zo goed,' had de verloskundige gezegd, 'maar op mij maak je een wat zenuwachtige indruk. Daarbij is je bloeddruk hoger dan de voorgaande keren. Dat hoeft op zichzelf niets te betekenen, hoor. Het komt vaker voor dat tijdens het spreekuur de bloeddruk stijgt. Het kan zelfs veroorzaakt worden door de bloeddrukmeting zelf.'

Battikwa had eromheen gedraaid. 'Het gaat prima met me, ik werk rustig aan mijn doctoraalscriptie. Ik zit veel op de universiteitsbibliotheek, daar heb ik alles bij de hand en bovendien kan ik me er goed concentreren. Nee, alles gaat naar wens. Ik kan niet anders zeggen.'

'Dan wil ik nu even je buik bekijken,' had de verloskundige

daarop gezegd. 'In het kader van ons onderzoek,' voegde ze er – waarschijnlijk ter geruststelling – aan toe.

Bij het betasten van Battikwa's buik zei de verloskundige: 'Hij voelt enigszins gespannen aan. Helemaal niets om je zorgen over te maken, hoor. Het duidt er alleen wel op dat je om de een of andere reden nerveus bent. Probeer dat gedurende je zwangerschap zoveel mogelijk te voorkomen. Ga situaties uit de weg die stress kunnen veroorzaken.'

Alsof je dat zelf voor het zeggen hebt, dacht Battikwa zonder het hardop uit te spreken.

'Tot over twee weken,' had de verloskundige bij het afscheid gezegd. 'Een beker warme melk voor het slapengaan. Een beproefd middel.'

'Zeg, Tikwa,' hoorde ze Guido vanuit de kamer roepen, 'ik heb nog eens over de afgelopen nacht nagedacht.'

'Ja,' riep Battikwa terug, ten teken dat ze hem kon horen, hoewel ze boven de pannen hing en de afzuigkap boven haar zoemde.

Hij kwam de keuken in gelopen. 'Ik weet er wel bijna niets van, en wil dat ook graag zo houden als het even kan, maar…' Guido aarzelde even.

'Maar wat?'

'Maar die samenkomst bij onze buurman, met dat geschreeuw van die vrouw, met wat voor godsdienstige rituelen zou dat te maken hebben? Zoals jij die vrouw beschreef, die moet in trance zijn geweest, dat kan bijna niet anders. Denk je niet?' Zonder het antwoord af te wachten, ging Guido verder. 'Surinamers hangen toch vaak het wintigeloof aan en als je in winti bent, kun je door een geest bevangen worden, waarna je heel hard gaat schreeuwen. Ik heb wel eens een documentaire op tv gezien over bepaalde stammen in het oerwoud, of op afgelegen plekken in de bergen, waar zich dit soort taferelen afspeelt. Ja, dat moet het haast wel zijn, iets met geestuitdrijving.'

'Jezus,' ontsnapte het uit Battikwa's mond. Tegelijkertijd liet ze de spaghettitang uit haar hand vallen, die tegen de vloer kletterde. Ze dook omlaag.

'Wat zei je?' vroeg Guido.

'Ja, een geloof, of rituelen, of rituelen die bij een geloof horen. Zou best kunnen,' zei Battikwa, terwijl ze zich oprichtte, de tang in de hand. Guido's woorden hadden haar de tekst op de doos van de James Bond-film in herinnering geroepen. De film zou over zwarte magie, voodoo en occultisme gaan. Die zwarte magie en het occultisme had ze er tijdens het kijken wel uit gehaald, onder andere door de kaartlezeres die in de film voorkwam. Maar de voodoo kon ze niet plaatsen. De enige associatie die ze bij voodoo had waren poppetjes waarin naalden werden gestoken. In de hele film had ze geen poppetje gezien. Nu drong het tot haar door dat een van de eerste scènes van die Bond-film misschien wel met voodoo te maken had: een negerstam die op San Monique, een eiland in de Caribische Zee, aan het dansen was op trommelmuziek, waarbij een vrouw in trance over de grond kronkelde, en ook andere mensen schreeuwden terwijl ze in trance leken te zijn. Die situatie uit de film leek heel erg op wat zich bij de buurman had afgespeeld. Dat verklaarde ook de trommelmuziek die eerder die avond had geklonken. Guido en zij hadden daar niet echt veel aandacht aan besteed, maar daarmee viel nu wel alles op z'n plaats. Als het klopte wat ze dacht, zou dat betekenen dat zich onder hen allerlei voodoorituelen afspeelden. Alleen het woord al, 'voodoo', bezorgde haar kippenvel. Met een veel te heftig gebaar pakte Battikwa de pan van het fornuis en kieperde de spaghetti in het vergiet. Ondanks de hitte van de dampen die uit de gootsteen oprezen, rilde ze. Dat zoiets zich in hun eigen huis afspeelde, afschuwelijk. Battikwa draaide de koudwaterkraan open en hield de spaghetti eronder. Aan de andere kant, zo hield ze zichzelf voor, misschien draafde ze te veel door. Wat Guido over winti had gezegd klonk ook heel plausibel. Het kon dus zijn dat het meeviel en dat het 'slechts' winti was waar de buurman zich mee inliet. Maar in die scène bij James Bond kwam ook een slang voor. Een man met een slang in zijn hand danste naar een andere man die stond vastgebonden aan een boom. De slang beet de man, waarna hij dood in elkaar zakte. Battikwa moest weer aan al die slangen bij de buurman denken. En een slang associeerde ze niet echt met winti.

'Tikwa, waarom zeg je niks? Interesseert het je eigenlijk wel?'

'Wat?' Battikwa schrok op. 'Hè, nou heb ik de spaghetti veel te lang onder het water gehouden, hij is helemaal koud.'

'Je bent er niet helemaal bij, hè?'

'Sorry, maar als je het niet erg vindt, Guido, ik heb niet zo'n zin me er nu nog verder in te verdiepen. Ik hou niet van dat soort zaken als winti. Ik krijg de kriebels van dat ongrijpbare gedoe. Bovendien ben ik moe en wil ik me graag houden aan het advies van de verloskundige om zoveel mogelijk stress te vermijden.'

'Wat een overgave ineens. Ik dacht dat je zo'n moeite had met dat hele verloskundige gedoe.'

'Toe, Guido, het is dan misschien wel niet gevaarlijk voor de baby, het is voor mezelf toch prettiger om deze periode zo ontspannen mogelijk door te komen.'

'Alsof ik je dat niet zou gunnen.'

'Ik denk dat we ons het best zoveel mogelijk moeten proberen af te sluiten van het leven van onze onderbuurman. Net als in het geval van die hondenbrigade hierboven. Misschien valt het wel mee met verdere overlast. Tenslotte maakten we dit alleen afgelopen nacht mee. Hij was tot nu toe een heel prettige buurman en ik zou niet weten waarom dat niet zo blijft. Het is vast een incident geweest.' Ze vroeg zich af of ze dit zei om zichzelf en Guido, tegen beter weten in, gerust te stellen.

'Oké, Tikwa, laten we het daar maar op houden. Ik denk trouwens dat we ook geen andere keus hebben. Als het echt om winti gaat, kunnen we niets doen. Het is volgens mij namelijk niet verboden om je daarmee bezig te houden. Alleen wat de geluids-

overlast betreft kunnen we aangifte doen.'
'Dat is wel het laatste wat je moet doen,' zei Battikwa. 'Als je de politie erbij haalt, zijn de buren gepikeerd omdat ze zich terechtgewezen voelen. Dan heb je de poppen pas goed aan het dansen: een psychologische oorlogsvoering is het gevolg. Laten we het voorlopig maar even aanzien.'

Het bleek helaas geen eenmalige gebeurtenis te zijn. Integendeel, de rest van de week waren er iedere nacht vergelijkbare bijeenkomsten, met één duidelijk verschil: ze waren veel luidruchtiger. Dat kwam doordat er meer instrumenten bespeeld werden, voornamelijk trommels, maar af en toe onderscheidden ze ook een trompet en een bekken.

'Het wordt tijd dat je weer eens in het chique deel van Zuid gaat wonen, Tikki. Het moet wel een beetje in evenwicht blijven. Hoe lang zit je nu al aan de verkeerde kant van het water, in deze sloppenwijk? Toch al heel wat jaren, nietwaar.'

Guido's plaagstootje had betrekking op de tweedeling van buurten die in haar jeugd een belangrijke rol hadden gespeeld: de Amsterdamse Pijp en de Concertgebouwbuurt. Hij had zelfs ooit tegen haar gezegd: 'Met andere woorden: vanaf je geboorte speelde het leven zich af aan beide zijden van de grens die seks en chic van elkaar scheidt.' Dit was toen ze hem, niet lang na hun kennismaking, had verteld dat ze was geboren in de CIZ, de Centraal Israëlitische Ziekenverpleging, in de Jacob Obrechtstraat, achter het Concertgebouw. Dat haar wieg in de Frans van Mierisstraat had gestaan en dat de wandelingen met de babywagen, die gecombineerd werden met het doen van boodschappen, altijd richting Albert Cuypmarkt gingen (behalve voor het vlees, daarvoor ging haar moeder naar slagerij Hergershausen in de Beethovenstraat). Haar moeder hoefde dus alleen de Ruysdaelstraat door en de brug over. Het was de brug die de grens vormde tussen beide buurten.

Battikwa had verbaasd gereageerd op Guido's conclusie. 'Seks?'
Zijn antwoord was net zo kort geweest: 'De Ruysdaelkade.'
'Hoezo?'
'Hoertjes, als je het helemaal goed wilt zeggen: raamprostituees.'
'O, bedoel je dat. Waren die er in die tijd al?'
Toen was het Guido die enigzins verbaasd had gekeken. 'Nu je het zegt, dat weet ik eigenlijk niet zeker. Goed, tussen slop en chic dan, afgaande op wat je mij hebt verteld, lijkt me jouw jeugd in die twee termen te vangen.'
Guido's conclusie klopte eigenlijk wel. Om maar iets te noemen: ze had op de joodse lagere school Tira Chol gezeten, gevestigd in de Van Ostadestraat, in de Pijp dus, maar hun gezin ging níet naar de sjoel in de Gerard Doustraat, een straat die toch parallel loopt aan de Van Ostadestraat. Het was de sjoel op het Jacob Obrechtplein, het chique gedeelte van Zuid, die ze bezochten. Een tegenstelling die overeenkwam met het geschetste plaatje. Guido's uiteindelijke samenvatting luidde dan ook: 'Zoals ik al zei: je jeugd speelde zich af tussen uitersten van buurt en sociale klasse.' Nu, op volwassen leeftijd, had Battikwa al jaren bijna alleen met het 'slop'-gedeelte van Amsterdam-Zuid te maken, meer nog dan toen ze er hele dagen naar school ging: ze woonde er in een pand dat Guido ooit had gekraakt. Dat het uitgerekend de Van Ostadestraat was waar ze na zo veel jaar weer terecht was gekomen, moest aan het toeval worden toegeschreven. De Pijp was tijdenlang het eldorado van krakers geweest. Guido had dus net zo goed op kunnen lopen tegen een te kraken pand in een andere straat.

Een levendig, staccatoachtig gesprek was het geweest, zo kort na hun eerste contact, wat niet wilde zeggen dat Guido gelijk had in wat hij nu zei.

'Guido, dit mag dan wel een volksbuurt zijn, ik voel me hier erg op m'n gemak. Het is een gezellige wijk en dat kun je van de Beethovenbuurt niet zeggen.'

'Nee, maar áls we verhuizen, dan wordt het natuurlijk de Concertgebouwbuurt.'
'Toekomstmuziek, Guido, toekomstmuziek. Niemand gaat daar ooit weg. Er staat geen enkel huis leeg, never.'
'Misschien nu niet, maar ik weet zeker dat áls wij willen verhuizen, we dan zo aan een woning komen.'
'Ja, in de Bijlmer.'
'Tikki!' Guido zei het op dreigende toon. 'Pas op, hè, niet zo negatief.'
'Nee, pappie, goed, pappie, ik zal mijn leven beteren, pappie.'

Battikwa had de hele ochtend en een deel van de middag op de universiteitsbibliotheek aan haar scriptie zitten werken. Ze had het gevoel dat het goed ging sinds ze van begeleider was veranderd. Voor de eerste docent was het een te grote emotionele belasting geweest: homoseksueel, type vrouwenhater. Trok het onderwerp van de scriptie hem al niet aan – 'Het sadomasochisme in het werk van Hans Landsmann' (bah, een heteroseksuele schrijver) – dat het geschreven werd door een zwangere vrouw deed hem pas echt walgen.

Nadat ze een tijdje alleen had aangemodderd, wist ze plotseling wie haar volgende begeleider moest worden: Martens. Ze had ooit één gastcollege van hem bijgewoond, maar leerde hem beter kennen toen hij Guido kwam interviewen over zijn nieuwe roman. Had hij tijdens het college, dat hij vol enthousiasme en geestdrift gaf, een tamelijk chaotische indruk op haar gemaakt – zwetend en zwaaiend met de armen – tijdens het gesprek met Guido leek hij zich in eerste instantie helemáál niet in de hand te hebben. Naast het zweten kwam daar het stotteren bij, en in plaats van met zijn armen te maaien hield hij zijn handen nu krampachtig tussen de benen verstopt, volgens Battikwa om het trillen tegen te gaan. Pas nadat ze hem van enkele blikjes bier had voorzien, werd hij rustig en bleek hij een zeer vakkundige interviewer te zijn, net zo begeesterd als tijdens het college. Dat sprak Battikwa wel aan, iemand die met zo veel vuur zijn vakkennis ten dienste van een ander kon stellen. Hij was nog maar kort haar begeleider en ook in die rol stelde hij niet teleur. Daarbij was hij een uitmuntend didacticus: to the point en vol opbouwende kritiek.

Nog voor ze haar jas had uitgedaan en haar tas onder het bureau had opgeborgen, zette Battikwa een plaat op. Stevie Wonder: *Songs in the Key of Life*. Haar absolute lievelingsplaat. Ze draaide de volumeknop ver open. Muziek, sterk verbonden met haar gelukkige tijd op het Morticini Lyceum, vol vriendschappen, werkweken, discoavonden in de BOC, officieel het BOC: Het Buitenvelderts Ontmoetingscentrum, dat naast de school lag. Vele jaren later was haar overigens duidelijk geworden dat Club Dizingoff, de discotheek in het Joods Cultureel Centrum, op een steenworp afstand van de BOC, eigenlijk de plek was waar ze had moeten zijn. De meeste leuke niet-joodse jongens uit Buitenveldert vonden dat dé uitgaansgelegenheid vanwege de vele mooie joodse meisjes die er kwamen. Wist zij veel. Bovendien, al was ze op de hoogte geweest, het probleem was dat ze het helemaal niet zou hebben aangekund ook maar één stap in die 'joodse' discotheek te zetten. Het idee alleen al bezorgde haar nu nog een benauwd, bijna claustrofobisch gevoel.

Toen haar op een dag een uitnodiging voor een reünie van het Morticini Lyceum had bereikt, was ze daar vol verwachting naartoe gegaan. Wat de hereniging met haar oude klasgenoten betreft viel die nogal tegen, omdat de meesten het hadden laten afweten. Bijzonder was wel om mee te maken dat van de leerlingen die er in 1940 op school hadden gezeten, er zich verhoudingsgewijs veel gemeld hadden die dag. Verhoudingsgewijs, niet alleen omdat de school toen nog erg klein was, maar ook omdat veel van hen joods waren. Blijkbaar had een hoog percentage de oorlog overleefd. Bijzonder ook dat die joodse oud-leerlingen waren komen opdagen, omdat ze als scholieren na de zomervakantie van '41 hun vertrouwde klas hadden moeten inruilen voor een op het Joods Lyceum. Het Morticini Lyceum gold voor hen dus maar in beperkte mate als hun oude middelbare school. Toch waren ze van heinde en ver naar de reünie gekomen. Battikwa was er getuige van geweest dat die hele groep oud-leerlingen op de foto werd gezet.

Battikwa soesde weg bij het eerste nummer, 'Isn't She Lovely'. Grappig, in de tijd dat ze de plaat net had en hem de hele dag door draaide, was dit juist het enige nummer dat haar niks zei. Nu raakte het haar wel. Dat kwam natuurlijk door het doordringende babygehuil van Stevie Wonders dochter op de achtergrond. Het was, meende ze, zijn eerste kind.

Plotseling werden de lieflijke klanken verstoord door het geluid van iemand die de trap op kwam rennen. Aansluitend werd er op hun voordeur gebonkt. Snel liep Battikwa naar het halletje.

'Hé, jij moet opendoen,' hoorde ze een man geagiteerd roepen. Van schrik opende Battikwa de deur, zonder te vragen wie het was.

Het bleek de benedenbuurman te zijn. 'Zeg, misi, jij kan die plaat wel afzetten.'

Battikwa kwam weer snel bij haar positieven. 'Pardon, bedoelt u dat ik de muziek moet uitzetten?'

'Ja, jij verstaan mij goed.'

Battikwa haalde even heel diep adem. 'Weet u wel wat u zegt? Wij worden nachtenlang geterroriseerd door afschuwelijk gekrijs en helse trommelgeluiden, we doen daardoor nauwelijks een oog dicht. En nu zou ik mijn plaat moeten afzetten? Wat denkt u wel. Bent u wel goed bij uw hoofd?'

Het geweld waarmee Battikwa de woorden uit haar mond stootte, leek op dat van een ratel, maar in plaats dat de man daarvan onder de indruk raakte, zijn mond verder hield en afdroop, kwam hij heftig in het geweer. Hij begon te kijven. 'Disi Stevie Wonder, disi goddeloze man, die misbruikt mijn geloof in zijn liederen, disi goddeloze man, en jij, jij daar' – hierbij wees de man nadrukkelijk naar Battikwa – 'bent net zo goddeloos, jij behoort tot hetzelfde volk als disi vuile Israëliet, die dat goddeloze beeld van mijn moeder Aisa heeft neergezet, disi monsterlijke afbeelding, die niets, noti met onze moeder aarde te maken heeft. De Bijlmer, een plek waar wij, creolen, onder mekaar zijn, heeft disi goddeloze Israëliet, disi dyu, disi jood, besmet. Wij hebben recht op onze echte moeder Aisa.'

Een doodse stilte volgde – een heel korte, slechts een moment tussen de laatste tonen van 'Isn't She Lovely' en de nieuwe klanken van het volgende nummer – maar wel een die zich door het contrast met inhoud en volume van de voorafgaand geuite zinnen wel erg nadrukkelijk opdrong. De man keek Battikwa met een lege, domme blik aan. Je zou bijna denken dat hij samen met de woorden ook zijn verstand eruit geraasd had. Toen draaide hij zich om en terwijl hij nog harder de trap afrende dan hij naar boven was gekomen, riep Battikwa hem na: 'Als u maar weet dat wij de politie inschakelen bij de eerste de beste kreet.'

Battikwa sloot de deur en draaide hem nog eens extra op het nachtslot. Ze ging aan de eettafel zitten, het hoofd in de handen. Dit was te krankzinnig voor woorden. Plotseling zaten ze opgescheept met een buurman die in één week tijd was veranderd van een vriendelijke, oudere man in een onvoorspelbare gek. Deze uitval leek niets te maken te hebben met de seances van de afgelopen nachten. Had hij daarin iets van een tovenaar, nu leken racisme en antisemitisme aan zijn handelen ten grondslag te liggen. Eén voordeel was er verbonden aan deze laatste, juist voor Battikwa uiterst pijnlijke confrontatie met de buurman: de gedachten aan mogelijke voodoopraktijken werden er direct door naar de achtergrond geschoven. De ernst van dat soort magie viel in het niet bij het horen van zo'n typering als 'vuile Israëliet'.

Voor het eerst van haar leven werd ze persoonlijk geconfronteerd met antisemitisme en ze realiseerde zich dat het eerder die constatering was die haar hevig choqueerde, dan de uiting van jodenhaat zelf.

Was Guido maar hier. Ze kon hem niet eens bellen. Op zijn werkkamer had hij geen telefoon en als ze gebruikmaakte van het algemene nummer, moest de conciërge hem speciaal gaan halen. Dan schrok hij zich vast en zeker dood. Een miskraam, dat zou zijn eerste gedachte zijn. Ook al behoorde Guido gelukkig niet tot de categorie mannen die tot in het uiterste solidair wilden zijn met hun vrouw, hij wist natuurlijk wel dat de eerste drie maanden van de zwangerschap het riskantst waren. Battikwa kon naar hem toe fietsen. Dat deed ze regelmatig – dan dronken ze koffie, of lunchten ze samen – en daar zou Guido niet vreemd van opkijken. Ja, het idee om hier nog langer in haar eentje te zitten kon ze niet aan.

Ze zette de installatie uit, deed haar jas aan en trok de deur achter zich dicht. Ze fietste via de Reijnier Vinkeleskade. Dat was iets om, een nadeel dat niet opwoog tegen het voordeel van die route: water, vogels en rust. Ze zou hier graag willen wonen, maar dat zou wel voor altijd een wensdroom blijven. Doordat de huizen in handen waren van een woningbouwvereniging, leek het nog meer een gesloten bastion dan de Concertgebouwbuurt.

Ze zette haar fiets vast aan het hek en liep het terrein van het Huis van Bewaring op. Jaren geleden had Guido in het gebouw een werkkamer gehad. Dat was in de tijd toen de cellen verhuurd werden aan kunstenaars, musici en dergelijke. Toen er cellentekort voor gedetineerden dreigde, was het gebouw weer in zijn oorspronkelijke functie hersteld. Guido had geluk gehad. De conciërge had hem een kamer aangeboden in de conciërgewoning naast de gevangenis. Dat was ideaal. De man woonde er alleen en was bovendien het grootste deel van de dag op het terrein en in de gevangenis bezig, waardoor Guido meestal het rijk alleen had. Binnenkort kon hij er zelfs een tweede kamer bij krijgen. Voor archiefdoeleinden en als uitwijkmogelijkheid voor Battikwa. Studeren op de universiteitsbibliotheek was niet altijd even ideaal en op hun eigen etage leek de kans op concentratie inmiddels geheel verkeken.

Battikwa belde aan en even later ging de deur open. Guido's verstoorde gezicht lichtte op toen hij haar zag. 'Hé, gezellig, wat een verrassing. Ik dacht dat je op de universiteitsbibliotheek zat te werken.'
'Klopt, maar ik was op een gegeven moment moe en ben toen naar huis gegaan.'
'Daar was het te stil en toen dacht je: laat ik de rust bij Guido lekker gaan verstoren. Nou, het komt me eigenlijk wel goed uit. Ik ben helemaal verkrampt van het steeds in dezelfde houding zitten.'
'Guido, dat is het niet.'
Hij zette een vragend gezicht op. 'Hoe bedoel je?'
'Laten we naar die koffieshop op de Amstelveenseweg gaan. Ik vertel je onderweg wel het een en ander.'
'Wat is er?' Guido klonk plotseling bezorgd. 'Toch niets ergs? Je ziet zo bleek.'
'Maak je geen zorgen, het is niks, in ieder geval niet met mij, met mijn gezondheid.'

Toen ze met een cappuccino en een broodje voor hun neus zaten, zei Guido: 'Die buurman van ons heeft natuurlijk helemaal geen recht om zo tegen je tekeer te gaan. Het is zelfs strafbaar, het uitslaan van dat soort antisemitische taal. Maar los daarvan is het ook nog eens een uiterst merkwaardige zaak.'
'Wat bedoel je?' vroeg Battikwa.
'Stevie Wonder is toch juist iemand die opkomt voor zijn medemens. Daarbij hangt hij heel erg aan zijn zwarte roots. Al zijn songs staan bol van de verwijzingen daarnaar. Jij bent er beter in thuis dan ik, maar zo'n nummer als "Black Man", daaruit spreekt toch overduidelijk zijn solidariteit met de donkere medemens?'
'Ja, maar Stevie Wonders conclusie is wél dat deze wereld voor ieder mens is geschapen, "This world was made for all men", of hij nu zwart, bruin, geel of wit is. Hij somt ten slotte een heel rijtje op: "all people, all babies, all children, all colours, all races".'

'Goed, hij is solidair met de hele mensheid, dus ook met de donkere medemens. Dan begrijp ik niet wat die buurman van ons bezielt met zijn kritiek op Stevie Wonder. Welk nummer had je op staan?'
'Het zoetste liedje van de hele lp: "Isn't She Lovely".'
'Over zijn pasgeboren dochtertje?'
'Ja, precies, dat nummer. Iets onschuldigers kun je je toch niet voorstellen.'
'Nee, daar schuilt echt geen kwaad in.' Guido trok een peinzend gezicht. 'Wat die buurman doet is eigenlijk heel erg tegenstrijdig.'
'Hoezo?'
'Omdat het precies datgene is wat hij jou verwijt: je met je geloof beledigen.'
'Nogal inconsequent, ja.'
'Tikki, ik kom er niet uit, echt niet.' Guido staarde door het raam van de koffieshop.

Battikwa zat op de grond voor de muziekinstallatie, de hoes van een lp in de hand. 'Guido, hier heb ik het.'
'Wat?'
'Over Aisa. Onze buurman had het toch over Aisa in zijn hysterische aanval tegen mij.'
Guido keek op uit zijn boek. Hij had het zich gemakkelijk gemaakt. In de luie stoel naast de kachel met de staande leeslamp aan de ene kant en een theetafeltje met daarop een glas bier aan de andere kant. Hij leek nogal van de wereld. 'Aisa?'
'Ja, ik heb ontdekt dat het woord voorkomt in "Isn't She Lovely" van Stevie Wonder. Het nummer dat ik op had staan toen de buurman naar boven stormde. Herinner je je nog?'
'Sorry, Tikki, natuurlijk. Ik moest even omschakelen. Wat staat er dan?'
'Stevie Wonder heeft het over zijn net geboren dochtertje, dat

ze prachtig is en zo, en zingt dan: "Life is Aisha. The meaning of her name."'
'Wat bedoelt hij daarmee?'
'Dat is mij niet duidelijk.'
'Daar schiet je dus niets mee op.'
'Toch wel. Ik weet nu in ieder geval wat de directe aanleiding is geweest voor de woedeaanval van onze buurman.'

Battikwa stak de sleutel in het slot van de buitendeur. De nieuwsgierigheid naar het beeld van moeder Aisa, door de buurman tijdens zijn aanval van razernij tot een soort godheid verheven, was bij haar de afgelopen dagen zo sterk geworden, dat ze had besloten het te gaan bekijken. Na wat telefoontjes met verschillende instanties was ze erachter gekomen waar het beeld precies in de Bijlmer stond. Het bleek heel groot, meer dan vier meter, schatte Battikwa, en stelde zo te zien een Surinaamse voor, een stevige vrouw met een flinke boezem en een indrukwekkende achterpartij, waarover een wijde, spierwitte jurk hing. Ze keek uit over het water rondom haar, de Grubbezee. Het gekke was, vond Battikwa, dat ze door de torenhoge flats van deze wijk om zich heen ook weer iets heel nietigs kreeg.

Het was mooi; het beeld van de stevige, kordate en moederlijke vrouw trof Battikwa diep. Ze begreep absoluut niet wat er fout kon zijn aan deze maagdelijk witte verschijning en was dus onverrichter zake teruggekeerd.

Op het moment dat ze een voet neerzette op de overloop van de eerste verdieping ging de deur open. Battikwa schrok en deed een poging snel de trap op te glippen toen ze de stem van de buurman achter zich hoorde. 'Beste misi, jij moet even wachten. Mi wil je laten weten dat ik mi diep diep schaam. Mi ben je excuses verschuldigd. Mijn gedrag was onbehoorlijk.'

Battikwa moest zich wel omdraaien.
'Mi heb vreselijke dingen gezegd. Mij spijt dat zeer. Dat is niet

goed te praten. Mi kan alleen maar zeggen dat ik niet helemaal in orde was. Mijn vrouw is nog niet zo lang overleden. Mi ben daar heel erg kapot van. Wil je niet even bij mij binnenkomen? Mi wil het graag goedmaken.'

Battikwa aarzelde. De man zag er aangeslagen uit. Hij had niets meer van de als door een duivel bezeten persoon die eergisteren voor haar had gestaan. Wat te doen? Guido en zij moesten, in ieder geval nog voor een tijdje, verder met hem als buurman. Het zou fijn zijn als de omgang weer soepel zou verlopen. Dan waren er misschien ook afspraken te maken over het beperken van de geluidsoverlast.

'U begrijpt misschien dat ik niet sta te springen om verder contact met u.' Door de kwetsbare indruk die de man op Battikwa maakte, kwamen de woorden er veel minder stellig uit dan eigenlijk haar bedoeling was.

'Wanneer je niks meer van mij wilt weten, mi eerbiedig dat. Ik weet, mi heb vreselijke dingen gezegd, mi kan mijn uitval niet ongedaan maken. Maar ik zou zo graag het goedmaken.'

Dit was oprecht, dat kon niet anders. Iemand die door en door slecht was, zou zich met geen mogelijkheid zo excuseren. Ze moest zijn aanbod aannemen.

De man begon helemaal te stralen toen ze liet weten in te gaan op de uitnodiging. 'Kom binnen, alstublieft. Mi heet Roy, Roy Robert.'

'Ik ben Battikwa Rotstein.'

'Ga zitten.' De man wees naar de bank die op de gekleurde doek stond. 'Jij wilt iets drinken? Een Hollands kopje thee, of een glaasje Fernandes?'

'Doet u dat laatste maar,' zei Battikwa. 'Ik zie de blikjes altijd bij de Surinamer staan waar ik wel eens eten haal, maar heb er nooit eentje uitgeprobeerd. Omdat het niet smaakt bij een warme maaltijd.'

'Wel bij een Surinaamse, hoor,' zei de man, terwijl hij naar de keuken liep. 'Mi heb rode en groene,' hoorde Battikwa hem vanuit de keuken roepen.

'Rode, graag,' zei ze luid.

Ze keek naar de miniatuurboot waar ze recht tegenover zat. In het witte schip met de kleurige zeilen stond een negerpop met een wit matrozenpak. Die was haar de laatste keer niet opgevallen. Gek om te bedenken dat niet zo lang geleden het bijna geheel ontbreken van negerpoppen in de speelgoedwinkel een heuse kwestie was. Haar ouders waren altijd erg gevoelig geweest voor dit soort 'wantoestanden'. Een negerpopje behoorde dan ook tot Battikwa's uitgebreide collectie poppen, net als overigens een meisjespop met spleetje en een jongenspop met piemeltje. Zo bezien was het toch ook wel heel onwaarschijnlijk dat iemand die zeker zelf wel eens het doelwit was geweest van discriminatie, zoals hun buurman, antisemitisch zou zijn. Dat zijn uitval een afgeleide reactie was, uit frustratie geboren, klonk haar inderdaad plausibeler in de oren.

'Wij waren net getrouwd,' zei de man, die met twee blikjes en glazen de kamer kwam ingelopen, 'en toen was mijn vrouw dood, pranpranpran, van het ene op het andere moment. Mi broko, ik was kapot, zo erg. Mi is meteen verhuisd. Ik kon niet meer leven in een huis waar mi mooie momenten met haar had meegemaakt. Begrijp jij?'

Battikwa knikte.

'Mi was tijdelijk een ander mens door haar dood. Mi heeft eigenlijk nu hulp nodig, terwijl het mijn werk is andere mensen te helpen. Jij moet weten, mi ben een bonuman, een wintiman, of, zoals men zegt in Nederland, een medicijnman.'

Battikwa keek hem vragend aan.

'Van de voodoo-winti. Jij hebt daar wel van gehoord?'

Battikwa knikte opnieuw zonder iets te zeggen. Ze voelde zich plotseling heel slecht op haar gemak.

'Mi ben eigenlijk een arts, een psychiater en een priester. Mijn werk is sociaal-medisch en magisch-religieus. Mi bemiddelt tussen natuur en bovennatuur. Mi legt contact tussen de goden en de mensen. Now, a sari, genoeg daarover. Mi wil zeggen, het is idioot wat ik allemaal tegen jou gezegd heb. Wij hebben eigenlijk heel veel gemeen, jij en ik. Mi heb een wintiaanhanger ooit horen zeggen: "Voor ons is winti het Oude Testament en daarin kunnen wij het Nieuwe Testament integreren. Het bekende Oude Testament uit de bijbel is het verhaal van de winti van de joden, van de openbaring van de joden."'

Hoewel in helder Nederlands gesteld, begreep Battikwa niets van deze laatste woorden. Blijkbaar was het van haar gezicht af te lezen, want de man voegde er snel aan toe: 'De creolen zijn vaak christen, maar zijn ook in winti.'

Zonder enige overgang, terwijl Battikwa waarschijnlijk nog steeds verbaasd keek, vervolgde de man: 'Mi zien jou kijken, kijken naar de boot, dat is ook wat ons bindt. De boot is symbool voor een tocht die onze voorouders gemaakt hebben. Van Afrika naar Suriname; wij stammen ook van de slaven, net als jij. Sofasi, wij hebben veel raakvlakken.'

'Een opmerkelijke overeenkomst, inderdaad,' zei Battikwa, die eindelijk durfde te reageren nu ze een aanknopingspunt had. 'Ik wist helemaal niet dat de creolen van de slaven afstammen. Maar ik moet toegeven dat ik me er ook nooit zo in heb verdiept.'

'Suriname is een gecompliceerd land, maar de godsdienst in Suriname is simpel. Het heeft vele geloven, maar de religieuze verdraagzaamheid kent geen grenzen. De synagoge en de moskee liggen naast elkaar in de de Keizerstraat in Paramaribo. Mi kent geen andere plek op de wereld waar dat zo is. Mi wil u o zo graag uitnodigen voor een wintisessie. Jij vindt dat misschien ook wel interessant. Jij ziet wat ons geloof inhoudt.'

'Nou,' zei Battikwa, 'wij hebben aardig wat overlast van die samenkomsten van u. Ik zou eigenlijk liever willen dat ze ophielden.'

'Ja, mi begrijp dat goed. Mi ben bezig een ruimte te zoeken voor mijn praktijk. Tot die tijd moet ik hier thuis werken. Mi leef ervan

en de creools-Surinaamse bevolking in Amsterdam rekent op mij.'
De houding van de man maakte veel goed. Wat wist ze nu helemaal van voodoo en winti of voodoo-winti af? Zoals hij het omschreef, leek er geen kwaad in te schuilen; hij was, integendeel, een hulpverlener die ook nog eens op veel terreinen bezig was: medisch, psychisch en godsdienstig. De situatie was voor hem ook niet makkelijk en ze konden iemand het brood toch niet uit de mond stoten. Hij had gelijk, op deze wijze kon Battikwa kennismaken met de voodoo-wintipraktijken. Misschien dat dan het raadsel van de eieren ook werd opgelost. Ze durfde de man er nu niet meer naar te vragen. Wat moest hij er wel niet van denken als bleek dat ze hem bespioneerd had? Dat zou het contact geen goed doen. Bij Battikwa won de nieuwsgierigheid het uiteindelijk van de irritatie vanwege de geluidsoverlast, de boosheid over zijn antisemitische uitlatingen en de angst voor voodoopraktijken. Ze zei dat ze er graag een keer bij zou willen zijn.

Guido was boos toen Battikwa hem 's avonds vertelde over haar toezegging.
'Ik begrijp jou niet. Je gaat letterlijk over je nek door wat je bij die man ziet gebeuren. Hij weet je op je meest kwetsbare plek te raken. Je komt zelfs totaal overstuur mij in mijn werk storen en dan...'
'Dat is vals, Guido, het kwam je heel goed uit dat ik langskwam op je werkkamer.'
'Oké, maar dat is nog geen reden om bij die neppriester op schoot te gaan zitten.'
'Waar slaat dát nou op. Het lijkt wel of je jaloers bent.'
'Ach, het is zo simpel, een man houdt een gitaar vast, of verkoopt wat zweverige praatjes, en de vrouwtjes liggen kwijlend aan zijn voeten.'
'Guido, doe niet zo achterlijk. Wat mankeert je in hemelsnaam. We moeten nog langer met die man door één deur, letterlijk én fi-

guurlijk. Het leek mij dé manier om wat meer grip te krijgen op de hele situatie. Bovendien, hij heeft toch zijn excuses gemaakt. Hij ging door het stof voor mij.'

'Weet je zeker dat het niet het zand van zijn etage was waar hij in hapte?'

'Ik begrijp echt niet waarom je zo fel reageert, Guido. Ik geef toe, het is ook nieuwsgierigheid die meespeelt, maar is dat nou zo erg? Behalve dat ik iedere nacht dit soort sessies hoor, wil ik er wel eens eentje meemaken.'

'Ik wens je veel plezier, daarbeneden, maar mij krijg je niet zo gek.'

'Het was ook helemaal niet de bedoeling dat je meeging. De uitnodiging gold alleen voor mij.' Boos liep Battikwa weg, naar het zijkamertje, dat als studeerhok was ingericht.

De verloskundige begon weer over Battikwa's gespannenheid. 'Je moet wat rustiger worden, Battikwa. Je hele lichaam is gespannen en je buik lijkt wel een voetbal, zo hard is hij. Nogmaals, de kleine zal er niet onder lijden. Het lijkt me alleen voor jezelf naar om deze periode zo te moeten ondergaan. Hij zou toch een van de mooiste uit je leven moeten zijn. Is het je relatie? Gaat die wel goed? Je man staat toch wel achter deze zwangerschap? Ik heb hem hier nog niet gezien.'
Dit soort grove insinuaties uit de softe sector. Battikwa gruwde ervan.
'We hebben wat problemen met onze benedenbuurman. Veel overlast waar weinig aan te doen is.' Battikwa probeerde duidelijk te maken dat ze over het wel en wee van Guido en haar privé-leven niet te veel wilde prijsgeven.
De verloskundige reageerde gepikeerd. 'Ik zou toch proberen daar samen iets aan te doen.' Daarbij legde ze sterk de nadruk op het woordje 'samen'. Behalve de tip van de eeuwige warme melk met honing, kwam de verloskundige deze keer bovendien ook met het advies om kruidenthee te drinken. Heerlijk ontspannend. Natuurlijk met een schep honing. 'En laat je man je eens lekker masseren, vooral de schouders.'

Een paar weken later schoot de buurman Battikwa aan toen ze de trap opliep.
'Misi Battikwa, mi wilde je voor vanavond uitnodigen, voor een ceremonie. Kan dat?'

Battikwa dacht even na. 'Ja, lijkt me prima, volgens mij heb ik niks anders,' zei ze toen. 'Hoe laat zal ik komen?'

'Acht uur, als jij dat schikt.'

'Battikwa knikte en liep verder naar boven, naar hun etage.

's Avonds, na de koffie, stond Battikwa op.

'Ik ga maar, Guido. Ik zit het niet helemaal uit. Een uurtje en dan stap ik op, na hem uitvoerig te hebben bedankt. We willen tenslotte in een goede verstandhouding met hem verdergaan.'

'Sorry dat ik laatst tegen je uitviel. Het is dat ik me letterlijk ziek voel worden als iemand jou zo diep weet te kwetsen. Dan kan ik het al helemaal niet hebben als jij hem dan gaat zitten verdedigen.'

'Maar ik verdedigde hem helemaal niet.'

'Nee, dat weet ik. Stil nou maar. Ik vind het ook ontzettend lief dat je dit wilt doen. Je mag dan wel een nieuwsgierig Aagje zijn…'

'Een geboren wetenschapper, zul je bedoelen, met de bijbehorende honger naar kennis.'

'Dat bedoel ik ook. Ik vind het natuurlijk heel fijn dat je onze situatie in dit huis probeert veilig te stellen. Ik wacht hier op je. Mocht je je niet op je gemak voelen, aarzel niet en kom naar boven.'

'Zal ik doen, lieverd. Kus.'

'Kus.'

Zoals Battikwa inmiddels gewend was, bleek de deur van de buurman niet gesloten. Omdat hij haar verwachtte, vond ze het niet nodig aan te bellen of aan te kloppen. Ze duwde de deur open, maar voor ze het gordijn opzij had kunnen schuiven, stond de man plotseling voor haar neus.

'Misi, halt, stop, jij wil wel even wachten,' zei hij gebiedend.

Dat klonk Battikwa op een nare manier erg vertrouwd in de oren, maar dit keer had ze geen zin om naar het vervolg van wat misschien wel weer een scheldmonoloog zou worden, te luisteren. Ze maakte aanstalten rechtsomkeert te maken.

'Nee, birfrow, niet weggaan, mi moet je een vraag stellen. Dat is vanwege het ritueel. Jij hebt de maandstonden?'

'Wát zegt u?'

'De maanstonden? Heeft jij een periode? Wat een vrouw heeft iedere maand.'

'Ongesteld zijn.' Ze schrok. Hoe kon ze dát nu zomaar zeggen, tegen een wildvreemde man. In de verwarring die haar ten deel viel, veroorzaakt door de botheid van de man en haar eigen reactie daarop, zei ze ook nog: 'Ik ben zwanger.'

Het was ongetwijfeld ook de schaamte over het antwoord op de eerste vraag die ze had geprobeerd op deze wijze teniet te doen, maar op hetzelfde moment realiseerde ze zich dat ze met haar bekentenis de buurman een nog uitvoeriger kijkje in het intiemste van een vrouw had gegund.

'Dat is prachtig, ay, dat komt helemaal goed uit,' zei de buurman verheugd.

Battikwa voelde zich nu helemaal van haar stuk gebracht. Wat bedoelde de man? Wat was prachtig?

'Het spijt me, maar mi moet het je vragen. Als jij ongesteld bent, is het verboden een ritueel vertrek te betreden en een rituele maaltijd aan te raken. Wij noemen dat een trefu of een treef. Dat moet jou bekend voorkomen. Dat was ook de reden dat mi het jou durfde te vragen. Disi woord is afgeleid van a Hebreeuwse tereefa. Dat ken jij toch wel?'

Treife, maar natuurlijk. Hoe was dat nou weer mogelijk? Wat was de wereld toch klein. Het is een bekend gegeven: als je maar lang genoeg doorpraat is iedereen familie van elkaar. Dát zou in dit geval echt niet mogelijk zijn, maar de uitleg van de buurman bracht Battikwa wel voor even terug bij haar eigen familie. Ondanks hun joodse levenswijze hadden ze zich thuis niet aan de spijswetten gehouden, maar door haar achtergrond zat het er zo ingebakken wat wel en wat niet mocht – de vader van haar moeder had zelfs een kosjere slagerij gehad – dat haar lichaam niet ge-

bouwd bleek op *treifere* combinaties. Battikwa werd kotsmisselijk wanneer ze een doodenkele keer, door de omstandigheden gedwongen, een beker melk moest drinken bij het nuttigen van een broodmaaltijd met vleeswaren. Het maakte dan niet uit of het kosjere pekelvlees van Sal Meijer betrof of ham van Hergershausen.
'Bij ons heeft het de betekenis van verbod, taboe,' vervolgde de buurman. 'Disi is een voedseltaboe, een verbod van het nuttigen van voedsel, maar disi is ook een verboden handeling, bijvoorbeeld het bereiden van voedsel. Maar een taboe kan ook rusten op een plek. Mi stelde jou daarom die vraag, vanwege ons geloof. Mi wil jou graag binnennodigen.'
'Ik begrijp het.' Battikwa was gerustgesteld. 'U hoeft zich niet te excuseren.'
'Mi blij zijn daarom. Wi gaan nu naar binnen.'

Er waren acht andere personen aanwezig: drie vrouwen en vijf mannen. De buurman stelde ze aan Battikwa voor. Allereerst degenen om wie het bij deze samenkomst te doen was: een moeder met haar vier volwassen kinderen, twee mannen en twee vrouwen.
'De echtgenoot van disi vrouw is een jaar geleden overleden,' lichtte de buurman toe. 'Voor disi man is er een religieus dansritueel dat in het teken staat van de voorouderveréringen: een banyaprey.' Hij keek het gezelschap aan en zei tegen hen: 'A ab bere.' Battikwa verstond het niet, maar het viel haar op dat de gezichten van de vrouwen en de mannen oplichtten en ze haar instemmend, bijna goedkeurend toeknikten. Ze nam zich voor de woorden goed te onthouden om ze te zijner tijd in een woordenboek op te zoeken.
Apart van dit vijftal zaten drie mannen in de kamer. Twee hadden een trommel voor zich staan – één grote en een kleine, kegelvormige die tussen de knieën geklemd zat – de derde hield een paar stokken boven iets wat op een klein uitgevallen bank leek, of eigenlijk een stoof.

'Dat is de voorzanger,' zei de buurman. 'Disi man zal voor de gebeden en gezangen zorgen, de sokopsalmen genaamd. Dat zijn rouwgezangen voor een overleden persoon. Jij moet het eigenlijk zo zien: wat de Klaagmuur in Jeruzalem betekent voor een joodse cultuur, is a sokopsalm voor de winti. Dat zijn vaak klaagliederen. Over de geschiedenis van de voorouders in de slaventijd. Na de psalmen wordt er een wateroffer gebracht voor moeder aarde. Dan zingt men. Hierna begint het eigenlijke dansritueel.'

De buurman was naast Battikwa gaan zitten om haar zo nodig uitleg te geven gedurende het ritueel. Dat zou niet op ieder moment van de plechtigheid mogelijk zijn. Hij was tenslotte degene die het geheel moest leiden. Maar hij zou zijn best doen, verzekerde hij Battikwa. Ze mocht bovendien zelf ook vragen stellen, wat Battikwa meteen deed.

'Wat me intrigeert is die kaars daar. Waarom staat hij onder de tafel en dan ook nog brandend?'

'Disi kaars, die staat daar speciaal voor een vooroudergeest die kan langskomen.'

'Moet de deur naar de overloop dan niet wijdopen staan, in plaats van alleen op een kier?'

'Nee, wat bedoel jij?' vroeg de buurman verbaasd.

'Nou, om de geest te laten merken dat hij niet binnen hoeft te glippen, maar echt welkom is.'

'Maar misi, geen enkele geest komt toch via de deur binnen.'

'Ach nee, natuurlijk niet.' Battikwa realiseerde zich door wat voor een merkwaardige associatie ze zich had laten leiden. Ze had aan de seideravond moeten denken. Dat ze die gedachte had was op zich niet zo vreemd. Het was allereerst de buurman zelf die haar, met zijn nadrukkelijke verwijzingen naar het jodendom, op het idee had gebracht, en verder had een van de meest essentiële gebeurtenissen uit haar persoonlijk leven op een van die seideravonden plaatsgevonden: de ervaring van een eerste dronkenschap. Op zesjarige leeftijd welteverstaan.

Zoals ieder jaar had ze ook nu weer de huiskamerdeur naar de gang moeten openen om de profeet Elia, de verkondiger van de verlossing, binnen te laten. Op de schoorsteen stond, ook zoals ieder jaar, als welkomstdrank een glas zoete rode wijn voor de profeet te wachten. Maar ook nu liet hij, als altijd, verstek gaan.

Battikwa had de deur weer moeten sluiten en was – ook dit was niets nieuws – zwaar teleurgesteld. Nieuw was wel dat ze uit een soort protest, maar ook omdat ze het wel erg zonde vond van dat lekkere zoete goedje, stiekem het glas in één keer had leeggedronken. Ze had zich daarna heerlijk warm en vrolijk gevoeld. Het was een ervaring die het gebruik van alcohol haar voor de rest van haar leven een sublieme connotatie had gegeven.

Ze keek in de richting van de deur, hoewel ze hem niet kon zien van de plek waar ze zat. Waarom die nu altijd een beetje openstond, al was het maar een spleet, zou ze dan toch wel eens willen weten.

Tijdens de psalmen van de voorzanger hield de buurman zijn mond. Daarna stond hij op om het plengoffer te brengen. Hij doopte zijn hand in een bakje water en schudde die keer op keer boven de grond af. De mensen in de kamer begeleidden zijn handelingen met liederen. De buurman ging weer op de grond naast Battikwa zitten.

'Dat laatste lied ging over moeder Aisa. Over een wateroffer dat aan haar was gewijd,' zei hij op gedempte toon tegen Battikwa.

De moeder van het gezin stond nu op en begon te zingen en te dansen, waarop de kinderen haar voorbeeld volgden. De buurman boog zich naar Battikwa en fluisterde in haar oor: 'Disi is een rouwlied. De vrouw zingt over a dood. Ik vertaal het zo goed mogelijk voor jou: "A dodenrijk is in a wit gekleed, a dood heeft mij disi aangedaan."'

Het viel Battikwa nu pas op dat het hele gezelschap in het wit gekleed was. Een grotere tegenstelling met die keer dat ze stiekem door het gordijn naar binnen had gegluurd, was niet denkbaar.

Toen was het een bonte verzameling van kleuren geweest. Het gezang ging een hele tijd door. Battikwa sloeg alles stilzwijgend gade en de buurman hield zijn mond. Ze hoorde aan de klanken en de toon dat het om vergelijkbare rouwliederen ging. Plotseling stond in één keer het hele gezin op en bewoog zich richting voorkamer. Ze verdwenen achter een gordijn dat tussen de schuifdeuren hing. De buurman bleef naast Battikwa zitten. Even later hoorden ze gezang van achter het gordijn opklinken. De mannen met de trommels en het 'bankje' zetten in. Er stootte iets dwars door het gordijn. Het was de steven van de witte boot, meteen gevolgd door de rest. Verdomd, dat schip had ontbroken in de kamer. Opmerkelijk was wel dat de zwarte pop er deze keer niet in zat. De boot werd gedragen door alle leden van het gezin, terwijl ze uitbundig zongen. Na enkele liederen plaatsten ze hem op zijn standaard en wierpen er enkele munten in. Daarna zette het gezin zich weer op de grond, waarna om beurten een van hen naar de boot liep en er, allerlei gebaren makend, woorden tegen sprak.

'Die boot is ook een altaar,' fluisterde de buurman tegen Battikwa. 'Daarom bidden we.'

'Dit laatste gezang klonk veel vrolijker dan die eerdere liederen. Klopt dat?' vroeg Battikwa aan de buurman.

'Dat is zo. Men kent een treurig gedeelte bij de banya en een feestelijk gedeelte, met vrolijke dansen en gezangen. Dat komt nu. Kijk jij maar.'

De muzikanten begonnen op de instrumenten te slaan, de moeder en de twee dochters vielen in met hun gezang en daar verschenen de twee zonen van achter het gordijn dat de twee kamers van elkaar afschermde. De jongens hadden beiden een schitterend bewerkte stok in hun hand. Hij had veel weg van de stok – of staf – die ze had gezien toen ze laatst bij de buurman 's ochtends naar binnen had gegluurd. Ze begonnen met z'n tweeën een dans op te voeren waarbij de hoofdrol voor de stokken leek weggelegd. Het was alsof die hen leidden in hun lenige bewegingen, in plaats van zij de stokken.

'Wat een prachtig gezicht,' zei Battikwa enthousiast. 'Dat gekronkel van lichamen en stokken om elkaar heen. Het lijkt wel of die houten staven tot leven zijn gekomen en ze zich uit zichzelf slingerend voortbewegen.'

'Disi dans is om de voorouders te amuseren. Als mi jou zo hoor praten, zo vrolijk, dan moet dat wel gelukt zijn.'

Van het ene moment op het andere veranderde iets in de dansstijl van een van de jongens. Hij danste telkens op één been op zijn tenen achteruit in een slingerende gang, waarbij hij allerlei klanken met een nasale stem uitstootte.

'Die jongen is nu in trance,' fluisterde de buurman in Battikwa's oor. 'Daarom is hij niet te verstaan.' De man vergat even dat voor Battikwa tot nu toe alles onverstaanbaar was geweest.

'Wat nu?' Battikwa klonk lichtelijk angstig. Ze was de rauwe eieren nog niet vergeten.

'O, noti. Soms moet men vragen stellen aan een persoon in trance. Als men problemen vermoedt, maar nu is dat niet nodig. Disi jongen komt daar zo uit.'

En inderdaad, al na vijf minuten was de jongen weer helemaal bij kennis en ging weer op zijn plaats zitten. De andere jongen had dat al gedaan op het moment dat zijn broer in trance raakte.

'De ceremonie is voorbij, birfrow.'

'Nu al?' vroeg Battikwa verbaasd. 'U gaat altijd nachtenlang door.'

'Dat is zo. Maar mi dacht, voor jou is het misschien wel een beetje vreemd. Wi kunnen het liever een beetje kort houden. Mi heb dus een ceremonie uitgezocht die niet zo lang hoeft te duren. Zeker in jouw positie, nu blijkt, is dat goed.'

Ach, dat had hij natuurlijk bedoeld met: 'Dat komt helemaal goed uit', toen ze hem vertelde zwanger te zijn. Het kwam zeker goed uit. Nu hoefde ze niet voortijdig op te stappen en zich te excuseren bij de buurman. Merkwaardig bleef het wel, dat het zo kort had geduurd. Maar het was natuurlijk wel aardig dat Roy spe-

ciaal voor haar iets had uitgezocht. Ze moest er maar niet te lang bij stilstaan.
'Mag ik u hartelijk bedanken voor uw gastvrijheid,' zei Battikwa. 'Ik vond het erg interessant. Nu weet ik tenminste waar al die geluiden mee te maken hebben.'
'Ik hoop niet dat dat het enige is?'
'Absoluut niet. Ik heb veel over uw geloof geleerd en ik had het niet verwacht, maar het raakte me zeer. Ik betrap me er zelfs op dat ik het jammer vind dat ik er niets tegenover kan stellen. Ik doe helemaal niets meer aan mijn geloof.'
'Mi ben blij dat ik jou heb kunnen inwijden in mijn mooie beroep en geloof,' zei de buurman.

Nadat Battikwa de deur achter zich had dichtgetrokken, was ze op de onderste trede van de trap naar boven gaan zitten. Ze was ernstig in verwarring. Niet door de bijeenkomst, waar ze toch wel tegen op had gekeken. Die voodooceremonie was honderd procent meegevallen, sterker: ze had het juist erg boeiend gevonden. Nee, ze voelde zich totaal gedesoriënteerd omdat ze was overvallen door iets waar ze in het geheel niet op bedacht was geweest: ze had oprechte spijt gevoeld toen ze zei niets meer aan het geloof te doen. Hoe was dat mogelijk? Ze betreurde dat het geloof geen onderdeel meer van haar dagelijks leven uitmaakte. Hoe lang geleden was het niet dat ze afstand had gedaan, of misschien beter gezegd, afscheid had genomen van die joodse wereld? Jaren terug. Het was toen ze op het Joods Lyceum Gersonides zat, in de eerste klas, dat ze er genoeg van kreeg.
Had ze de joodse lagere school al als erg benauwend ervaren, omdat iedereen die een ander geloof aanhing werd buitengesloten, op het joodse lyceum bleek een nog veel onverdraagzamer sfeer tegenover niet-joden te heersen, op het discriminerende af. De rabbijn van wie ze joodse les kregen, had de leerlingen keer op keer op het hart gedrukt nooit met een goj te trouwen – het woord alleen

al – omdat ze dan diep ongelukkig zouden worden. Een goj zou hen nooit begrijpen. Battikwa had op haar beurt niet begrepen wát een niet-joods iemand zou moeten begrijpen, of niet kon begrijpen. Was er iets vreemds met hen aan de hand? Door de manier waarop de rabbijn het woord 'goj' uitsprak – het leek alsof hij moest braken – was ze op zeker moment bijna geneigd hem te gaan geloven. Uiteindelijk had deze intolerante houding, in combinatie met de puberteit, bij haar het verlangen versterkt om in alle vrijheid een eigen mening op te bouwen. Ze had daarom na één jaar het Gersonides ingeruild voor het Morticini Lyceum, waar ze verliefd werd op wie ze maar wilde.

Haar band met de joodse traditie was snel tot een minimum gereduceerd. Het was niet alleen zo dat ze op een niet-joodse middelbare school zat, bij haar ouders werd de relatie met het jodendom door het wegvallen van de vanzelfsprekende verbinding met de joodse scholen ook steeds minder hecht. Toen ze een hbo-opleiding ging volgen en daarna een studie aan de universiteit, verdween het contact helemaal. Het was een langzaam en natuurlijk proces geweest. Ten slotte speelde haar joodse achtergrond geen belangrijke rol meer in haar leven. Met Guido had ze het er dan ook vrijwel nooit over gehad, ook nooit de behoefte gevoeld. Ze had hem alleen, toen ze hem net kende, verteld dat ze joods was, gedeeltelijk op joodse scholen had gezeten en dat ze traditioneel joods was opgevoed. Ze had er op zo'n extreem zakelijke en nuchtere toon over gesproken, dat ze heel goed begreep dat Guido er nooit verder naar had geïnformeerd.

Het was al met al dus niet zo raar dat ze zo verrast was door dat gevoel van spijt. Maar, inmiddels de schrik te boven, bedacht ze dat het eigenlijk veel merkwaardiger zou zijn geweest als ze nooit meer één seconde zou hebben gespendeerd aan de betekenis van haar joodse achtergrond. Ook al was ze vanaf haar overstap naar zo'n vrije school als het Morticini Lyceum blij geen deel meer uit te maken van die kleine, bekrompen, oncreatieve gemeenschap, ze realiseerde zich dat ze wel mede gevormd was door haar joodse opvoeding. Bovendien, wat erg belangrijk was, of eigenlijk het belangrijkste, want echt geloven, dat had ze nooit gedaan, de tradities uit haar jeugd had ze als heel fijn en bijzonder ervaren. Battikwa probeerde voor zichzelf helder te krijgen wat die tradities nou precies voor haar betekend hadden. Niet alles was even belangrijk geweest, sterker, het gevoel van verveling stond haar nog helder voor ogen. Ze riep de verschillende momenten in herinnering. Feestdagen, treurdagen. Allemaal met hun eigen, specifieke invulling.

Terwijl de vertrouwde beelden aan haar voorbijtrokken, wist ze het plotseling. Het waren vooral de gewoontes die afweken van de normale gang van zaken die ze altijd had gekoesterd, zoals wanneer de ernstige en intellectuele sfeer van het joodse geloof even werd doorbroken. Bijvoorbeeld door de Hamansoren, officieel Kiechelich geheten, met poedersuiker op Poerim. Ze herinnerde zich heel goed dat toen ze nog klein was, ze geloofde dat het echt Hamans oren waren. Een nog meer uitgesproken heimweegevoel kreeg ze bij de herinnering aan het oorverdovende lawaai van de ratels in sjoel op diezelfde dag, de sjoel waar het bijna altijd stil moest zijn. Als ze dacht aan de momenten dat ze, samen met iedereen in sjoel, haar ratel zo snel mogelijk liet ronddraaien, voelde ze nog de 'vreugdehuiver' door zich heen trekken. Ze had die term voor zichzelf bedacht, omdat ze eigenlijk een hekel had aan het geluid van die dingen.

Een ander uitzonderlijk moment was Simchat Thora als de sjoel op zijn kop werd gezet. Een echt gekkenhuis was het er dan: de mannen die de wetsrollen uit de Heilige Ark ronddroegen, terwijl ze zongen en dansten; de kinderen die langs de volwassenen gingen en snoep ophaalden. Hoewel ze meestal met de minst gevulde zak thuiskwam, was het een van de fijnste dagen die ze zich herinnerde.

De band met die opvoeding kon ook heel goed, of eigenlijk júist heel goed, iets kleiners en schijnbaar onbetekenender zijn. Bijvoorbeeld het zout dat ze op de galle moesten strooien als ze op de kleuterschool op vrijdagmiddag 'sjabbat' maakten. Het stokbrood dat een warme maaltijd begeleidt, kon ze nog steeds niet eten zonder er eerst wat zout op te doen.

Ze herinnerde zich plotseling een grappige situatie toen ze samen met Guido in Pisa in een restaurant zat. Ze strooide als gewoonlijk zout op het brood, maar het viel haar op dat de mensen om hen heen dat ook deden. Een van de obers had haar blijkbaar verbaasd of vragend zien kijken, was naar hen toe gekomen en had gezegd, alsof het de normaalste zaak van de wereld was: 'Toscane, Toscane, pane senza sale.' In Toscane doen ze geen zout in het deeg, had hij hun verteld. Dat had een historische achtergrond die allang niet meer gold, maar uit een soort gewoonte was daar nooit verandering in gekomen. Het brood was heel erg flauw. Daarom strooiden de mensen er zelf zout op.

Haar gedachten werden onderbroken doordat ze gestommel hoorde achter de deur van Roy zijn etage. Snel stond ze op en liep de trap op.

Boven gekomen wilde Guido meteen weten hoe het was geweest. Ze vertelde hem het een en ander over de sessie, maar het waren toch voornamelijk de overpeinzingen van daarnet over haar joodse achtergrond die ze hem uit de doeken deed.

'Je bent toch maar mooi met een goj getrouwd,' zei Guido.

'Die zijn veel lekkerder dan joodse mannen,' kaatste Battikwa terug.

'Niet zo banaal, Tikki. Straks zeg je nog dat dat komt omdat ze niet besneden zijn.'

'Wie is hier nou banaal?'

'Sorry, dat neem ik terug.'

'Het is je geraden.'

'Nu even serieus.' Guido wachtte een paar seconden en zei toen: 'Ik vind het raar dat je mij nooit deelgenoot hebt gemaakt van de complexiteit van je joodse verleden. Als het zo'n belangrijke rol heeft gespeeld en waarschijnlijk nog speelt, zoals nu blijkt, heb ik toch wel recht iets meer van je te horen.'

'Begrijp het dan, Guido, tot aan vanavond was ik er niet meer mee bezig. Al jaren niet. En het was al helemaal niet mijn bedoeling bewust dingen voor je achter te houden. Dat hele jodendom speelde gewoon geen rol meer in mijn leven.'

'Is dat echt zo?'

'Ja, werkelijk waar.'

'Toch zou ik graag wat meer weten over je joodse opvoeding en alles daaromheen.'

'Een andere keer, als je het niet erg vindt. Het spijt me, maar ik moet er nu niet aan denken nog meer op te diepen. Het is wel even goed zo. Ik prefereer voorlopig de rust boven de uitleg.'

De tegemoetkomende houding van de buurman ten spijt bleven de seances op zijn woonverdieping plaatsvinden. De nachtrust van Guido en Battikwa werd al weken achtereen zeker driemaal per week verstoord. Daar kwam dan nog de herrie van de hondenclub boven hen bij. Het was duidelijk dat ze hier weg moesten, maar nu nog niet. Guido zat midden in het boek dat af moest en Battikwa leek het gedoe rondom een verhuizing op dit moment nog altijd erger dan de overdaad aan geluiden. Die kon ze, nu ze meer dan vier maanden zwanger was en daardoor een stuk stabieler, beter aan en bovendien raakte ze gewend aan het lawaai, want één ding moesten ze de buren nageven: er zat een ijzeren regelmaat in de overlast. Van de bovenburen kwam de meeste herrie 's ochtends en 's avonds, wanneer de honden eten kregen en uitgelaten werden, bij de benedenbuurman was het kabaal vooral van vrijdag tot en met maandagmorgen te horen.

Op een avond toen ze aan tafel zaten te eten, zei Battikwa tegen Guido: 'Ruik jij dat ook?'
  'Wat, lieverd?'
  'Nou, die geur, om niet te zeggen die stank.'
  Guido snoof een paar keer. 'Nu je het zegt.'

'Het is volgens mij de onderbuurman, Guido. Nu mag jij naar beneden gaan. Ik heb de afgelopen tijd mijn best gedaan en die rauwe eieren vond ik meer dan voldoende.'

'Ik ga al.'

Voordat Battikwa er goed en wel erg in had dat Guido weg was, stond hij alweer voor haar neus.

'Guido, wat heb je een gruwelijk penetrante geur om je heen hangen.'

Battikwa zag dat hij zich inspande om iets te gaan zeggen.

'Wacht, vertel later maar. Ik zal eerst de douche voor je aanzetten.'

Met natte haren en in ochtendjas kwam Guido even later de kamer binnengelopen.

'Heb je een hele fles doucheschuim gebruikt?' vroeg Battikwa. 'Je bent gehuld in een walm waarmee de halve straat gevuld kan worden.'

'Inderdaad,' zei Guido, 'ik heb alles opgemaakt, maar ik voelde me ook zó vies na dat bezoekje beneden.'

'Bezoek*je*, zeg dat wel. Je was in een vloek en een zucht weer boven.'

'Ik had jou wel eens willen meemaken, Tikki. Weet je wat die gek aan het doen was?'

'Nou?'

'Hou je vast. Hij was *poep* aan het verbranden.'

'Wat?!' Battikwa's stem sloeg over van ongeloof.

'Dat maak je niet iedere dag mee: de crematie van een drol, en het was geen bolus uit de feestwinkel. Wat stank betreft zou het waarschijnlijk niet eens iets uitmaken. Verbrand rubber is ook niet echt een pretje. "Voor de yeye," zei onze buurman, toen hij mijn verbijsterde gezicht zag, nota bene met olijk glinsterende oogjes. "Voor de geesten, om ze uit te drijven, ja. De Nederlandse agu, het varken, wentelt zich erin, wij verbranden de stront om de lucht te zuiveren." Ik heb verder niets gezegd, er zat een prop in mijn keel

die de omvang had van een tennisbal, althans zo voelde het. Ik heb mijn hand nog even omhooggestoken en ben toen weggegaan.'
'Weerzinwekkend!' Er ging een huivering door Battikwa heen.
'Trouwens, ik heb jou daar niet over gehoord, maar in de gauwigheid zag ik nog iets heel bizars.'
'Wat dan?'
'Een schedel waaruit een plant groeide.'
'Een schedel? Met een plant? Wat voor een schedel? Een mensenschedel?'
'Voor een volwassen mensenschedel leek hij me iets te klein. Hoewel… hij zag er wel uit als het plastic geval dat ik me van de biologielessen herinner. Misschien een schedel van een aap? Ik weet het niet, maar luguber was het wel.'
Battikwa keek gedurende korte tijd naar Guido, die zijn haar droogde met de handdoek, en zei toen enigzins aarzelend: 'Je weet dat ik op zich niets tegen die Roy heb.'
'Vertel mij wat. Je loopt de deur plat bij die man.'
'Niet zo grappig, Guido.'
'Mag ik ook eens?'
'Hou nou even op. Ik wilde iets serieus zeggen.'
'Zeg het maar, schat.'
'Het begint me zo langzamerhand op te breken om hem als buurman te hebben.'
'Dat wordt dan toch een gang van slop naar chic.'
'Guido, je bent onmogelijk. Laat maar. We hebben het er wel een andere keer over en ja, het antwoord is: ja, ik hou nog steeds van je, net zoveel als toen. Maar ook in de Concertgebouwbuurt heb je gekken, hoor. Witteboordencriminaliteit, Revolver Dikkie, Joegoslavische maffia, iedereen is welkom in Amsterdam-Zuid, het voelt zich er allemaal thuis.'

Het was zondagavond. Na het poepincident hadden Guido en Battikwa een redelijke tijd achter de rug. Het normale lawaai, verder niets uitzonderlijks. Geen onverwachte gebeurtenissen beneden hen. Dat was maar goed ook, want Battikwa werd op een gegeven moment helemaal ziek van de moraliserende betutteling van de verloskundige over haar vermeende gespannenheid. Bij het bezoek na het incident had ze een heus standje gekregen. Alsof ze een klein kind was. En dan te bedenken dat het verder geheel en al naar wens verliep met de baby. Het groeide goed. Nu de situatie hier in huis zich gestabiliseerd had, kon er eindelijk een complimentje af bij de verloskundige. Op de laatste controle was ze zelfs vol lof over Battikwa en haar baby. 'Natuurlijk blijft het jammer dat ik uw man nog geen enkele keer heb mogen ontmoeten,' was haar enige negatieve opmerking geweest. Battikwa verdacht de verloskundige ervan overtuigd te zijn dat ze manloos was, of inmiddels gescheiden.

Een paar dagen geleden was Guido's oog gevallen op een krantenadvertentie voor een huis in Amsterdam-Zuid. Hij las haar hardop voor. 'Moet je horen, Tikki: "Heel pand in Amsterdam-Zuid, achter het Concertgebouw. Vier etages plus souterrain en tuin. Totale oppervlakte ongeveer 500 m². Vraagprijs: f 800.000,- k.k."'

'Kunnen we nóóit betalen,' was Battikwa's reactie, 'véél te duur.'

'Het is inderdaad nogal prijzig,' moest Guido toegeven. 'Het valt bovendien de laatste weken nogal mee, toch, hier in huis?'

'Je bedoelt niet het lawaai, neem ik aan,' zei Battikwa, 'dat vind ik nog exact hetzelfde.'

'Nee, ik heb het over de enerverende gebeurtenissen.'

'Ja, die vallen reuze mee.'
'Zullen we het dan nog maar even aankijken?'
'We moeten wel, Guido, of heb je ook een advertentie gezien voor een betaalbaar droomhuisje?'

Zo gingen de verhuisplannen weer in de ijskast. Wel viel het hun op dat de advertentie voor het pand er dagelijks in stond. Was de woning ook voor anderen te duur, of was het niet goed, in slechte conditie, of misschien een combinatie van die verschillende zaken? Het antwoord interesseerde hen op dit moment niet zo erg.

Aan het eind van deze vrije dag die wel uitzónderlijk rustig verlopen was, zaten Guido en Battikwa bij de zwarte potkachel. De stilte had ongetwijfeld te maken met de grote hoeveelheid puppy's die gisteren verkocht waren. Het was een komen en gaan geweest van mensen die, als ze de trap afliepen, vergezeld werden van hardvochtig gepiep. 's Avonds werden die hondengeluiden overgenomen door het menselijke gegil waarmee Battikwa en Guido inmiddels vertrouwd waren. Maar goed, nu was het stil, zodat ze ontspannen met elkaar konden praten. Bij de benedenbuurman was wel een paar keer de bel gegaan, maar na de ontvangst van een aantal mensen hadden ze niets meer gehoord. Guido had voor zichzelf een glas calvados ingeschonken.

'Wie van ons tweeën is nu ook alweer als eerste gevallen voor calvados,' vroeg Guido. 'Jij of ik?'
'Dat je dat niet meer weet. Jij, natuurlijk.'
'Hoezo, natuurlijk.'
'Omdat het naar aanleiding was van een boek.'
'O?'
'En je de boeken die je mij cadeau doet, altijd meteen inpikt.'
'Wat een onzin!'
'Rustig maar, het was niet serieus bedoeld.'
Guido nam een slok uit zijn glas, liet het even door zijn mond gaan, slikte hem door en herhaalde het ritueel nog een keer. Een

tevreden blik verscheen op zijn gezicht.
'Nu weet ik het weer,' zei hij. 'Je hebt gelijk. *Arc de Triomphe*, daar ging het om. Ik heb dat boek inderdaad vóór jou gelezen. Tijdens het lezen raakte ik helemaal in de ban van de calvados. Mijn overgave aan dat drankje maakte jou erg nieuwsgierig naar het boek. Je ging het lezen en toen kreeg ook jíj ontzettende trek in calvados.' Guido nipte heel voorzichtig aan zijn glas. Alsof de bijzonderheid van het goudbruine vocht nu pas echt tot hem doordrong.
'Wat zou het zijn waardoor we allebei zo'n zin kregen in calvados?' vroeg Battikwa, terwijl ze voelde dat ze verlekkerd naar Guido's glas keek. 'Het is zeker niet de behaaglijke sfeer in het boek die de drank zo aantrekkelijk maakt, wat wel het geval is in de *Maigrets* van Simenon. Daarbij voel je de ontspanning die neerdaalt over Maigret als hij een bolletje witte wijn drinkt, waardoor je zelf ook trek krijgt in een glas.'
'Nee, daar is het boek van Remarque te dramatisch voor. Waar het volgens mij allemaal om draait is het begrip vergetelheid. De calvados doet de man en de vrouw even onderdompelen in vergetelheid. Het is een medicijn tegen alle gruwelijkheden van de oorlog waar ze in gevangenzitten. Vergetelheid is van ieder mens, ook in vredestijd, de diepere behoefte om te drinken. Daarbij krijgt hier het drinken nog eens een extra zware dimensie: de oorlog. Jij en ik willen niet graag onder dezelfde omstandigheden met elkaar een glas calvados drinken, dat lijkt me duidelijk. Maar ik denk wel dat de dramatische lading van de drank in die roman de calvados voor ons extra aantrekkelijk maakt.'
Even heerste er een heel nadrukkelijke stilte. Alsof iedereen in het pand, inclusief honden en voodoogangers, zijn adem inhield. Toen zei Battikwa: 'Calvados verzacht het leed dat de menselijke beschaving wordt aangedaan. Het leed dat te groot is om door een individu gedragen te worden.'
'Ja, zoiets.' Guido fluisterde bijna. 'Zo'n medicijn ontbreekt trouwens in z'n geheel in *Im Westen nichts Neues*, die andere roman

van Remarque. Dat is een keihard, rauw verhaal, zonder enige uitweg of vluchtmogelijkheden.'
'Dat speelt zich toch ook tijdens de oorlog af?'
'Ja, in de loopgraven. Het is het verhaal over de gevechten van man tegenover man. Het verhaal van soldaten, jonge jongens, die elkaar bijna recht in de ogen kijken voordat ze de ander neerschieten.' Terwijl Guido zijn laatste woord uitsprak, klonk er een knal.
'Guido, een schot!'
'Ja, jezus, Tikki, dat hoor ik ook wel!'
'Waar kan dat nou vandaan komen?'
Guido liep naar het raam.
'Doe niet zo achterlijk,' riep Battikwa. 'Ga daar weg!'
'Rustig maar, ik wil alleen kijken of er buiten iets te zien is.'
Voorzichtig deed hij het gordijn een klein stukje opzij. Hij draaide zijn hoofd weer om naar Battikwa en zei: 'Niks. Het klonk trouwens alsof het schot hier binnen in huis werd gelost.'
'Helemáál fijn. Waar dan?'
'Het lijkt me eerder iets voor die penoze boven ons dan voor die Surinaamse goeroe beneden.'
Er klonk weer een schot.
'Het komt van beneden,' riep Battikwa. 'Ik weet het zeker.' Haar stem sloeg over van angst.
'Je hebt gelijk. Ik bel de politie,' zei Guido kordaat.
Maar dat was al niet meer nodig. Ze hoorden een politiesirene, en kort daarop werd de buitendeur ingeramd, stormden er mensen naar boven en nadat ook de deur bij hun benedenbuurman was geforceerd – deze keer was hij dus blijkbaar wél op slot – hoorden Battikwa en Guido: 'Draai je om, handen tegen de muur.'
Guido schoot in zijn ochtendjas, deed zachtjes de deur naar de overloop open en ging boven aan de trap staan luisteren.
'Kom ook, Tikki,' riep Guido zachtjes naar Battikwa.
'Nee, ik vind het eng. Alsjeblieft, Guido, kom terug.'
'Er zal heus niks gebeuren. Toe.'

Aarzelend deed Battikwa haar ochtendjas aan, bleef nog even staan weifelen en liep toen naar Guido. Beneden heerste grote consternatie. Allemaal stemmen met duidelijk Surinaams accent die door elkaar schreeuwden. De vette uitspraak van hun benedenbuurman drong door tot boven: 'Agent, disi is een ceremonie.'
'Niks mee te maken, blijf staan.'
'Guido, je kunt me nog meer vertellen, ik ga weer naar naar binnen.' Battikwa draaide zich resoluut om.
'Goed, ik ga mee.'
Na ongeveer tien minuten hoorden ze opnieuw voetstappen op de trap.
'Ik ga toch nog even kijken,' zei Guido.
Battikwa wilde hem tegenhouden, maar ze zag aan Guido's gezicht dat het geen zin had er iets van te zeggen. Hij bleef maar kort weg.
'En?' vroeg Battikwa.
'Er is nog een agent gearriveerd. Aan z'n uitspraak te horen een Surinamer. Verder geen nieuws.'
Ze zaten een tijd zwijgend tegenover elkaar, terwijl ze flarden van gesprekken van beneden opvingen.
'Dit is wel even wat anders dan het verorberen van rauwe eieren, of het verbranden van een drol,' zei Guido. 'Je denkt dan toch eerder aan drugsmaffia, een afrekening in het criminele circuit. Misschien dat die man er met die seances van hem toch een of andere dekmantel op na houdt.'
'Hoe bedoel je?' vroeg Battikwa.
'Ik bedoel zoals de Israëlische maffia, met hun shoarmazaakjes als dekmantel voor hun cocaïnehandel,' zei Guido. 'Het vreemde alleen is dat na die twee knallen er geen kreten van paniek hebben geklonken. Dat zou je toch verwachten.'
'Dat is waar.'
'Ja, toch? Al die hysterische aanvallen die we hebben moeten aanhoren! Maar als er wordt geschoten, heerst er slechts een beangstigende stilte.'

'Ik vind het zo langzamerhand doodeng,' zei Battikwa met een van afschuw vertrokken gezicht.

'Ik begrijp er in ieder geval niets van,' zei Guido. 'Maar het zou mooi zijn als deze schietpartij ervoor zorgt dat we van onze geheimzinnige buurman verlost raken.' Hij schonk zich nog een glas calvados in. Het was nu wachten op verdere ontwikkelingen beneden.

Na nog eens een halfuur hoorden ze de politieagenten de trap aflopen. 'U laat de deur wel meteen maken, hè?' riep een van hen nog naar boven.

'Wat krijgen we nou,' zei Battikwa. 'Ze gaan gewoon weg, zonder iemand mee te nemen! Dat kan toch niet, Guido. Zitten wij hier opgescheept met een stelletje criminelen.' Guido was al weg.

'Hallo, agent. Stop!' hoorde Battikwa hem roepen. Ze zou er een moord voor doen als ze nu een glas calvados kon nemen. Ze zat te klappertanden en wist absoluut niet wat ze moest doen om haar zenuwen onder controle te krijgen.

'En, wat zeiden ze?' vroeg Battikwa, toen Guido weer boven kwam na wat een eeuwigheid had geleken.

'Ik vroeg waarom ze niemand hadden gearresteerd. Er was toch geschoten? Dat beaamden ze meteen, natuurlijk, ze konden niet anders. Ook gaven ze toe dat de schoten afkomstig waren uit een echt geweer. Ze lieten me het wapen zelfs zien. Het was in beslag genomen. Roy zal terecht moeten staan wegens illegaal wapenbezit, maar…' Guido aarzelde even.

'Maar, wat?'

'Ze konden hem niet arresteren vanwege crimineel gedrag.'

'Wat krijgen we nou!'

'Hij staat officieel geregistreerd als bonuman. Dat schieten vanavond hield verband met het uitoefenen van zijn praktijk.'

'Dat is toch achterlijk.'

'Ze hadden een Surinaamse agent bij zich, dat was die agent die later kwam, weet je wel.'

'Ja, en?'
'Zij roepen wel vaker zijn hulp in bij dit soort kwesties. Hij is er namelijk mee opgegroeid, vroeger, in Suriname.'
'Die heeft ook niet ingegrepen.'
'Nee, want het was legaal wat onze buurman deed, zoals ik al zei. De agent heeft mij uitgelegd hoe dat zit.'
'Wat een onzin! Schieten is schieten. Dat is gevaarlijk. Maakt toch niet uit waaróm er geschoten is?'
'Laat me nou even vertellen, Tikki.'
Ze voelde een mengeling van verongelijktheid en verontwaardiging. 'Nou, wat had onze agent te zeggen?'
'Hij begon allereerst zijn kennis inzake winti en voodoo te relativeren.'
'Lekker is dat.'
'Hij vertelde dat hij er inderdaad een paar keer bij gehaald was als mensen door geesten bevangen waren. Zijn collega's hadden op zo'n moment geen idee wat ze moesten doen. Zijn aandeel viel soms wel wat tegen omdat hij zelf niets meer aan het wintigeloof deed.'
'Daar hebben we dus veel aan.'
'Wacht even, Tikki. Hij zei me dat hij in ieder geval wist dat bij winti en voodoo geweerschoten tot het gebruik bij allerlei rituelen behoren. Bij winti schijnt het op de allereerste plaats de functie van begroeting te hebben. De schoten zijn dan bedoeld om iemand in trance te brengen.'
'Het lijkt me dat je toch eerder úit een trance raakt door zo'n hard geweerschot.'
Guido keek Battikwa even verbaasd aan: 'Nou je het zegt. Het klinkt inderdaad tamelijk onlogisch.' Hij wreef zich over de kin.
'Die agent vertelde me trouwens ook nog iets wat hij zich van vroeger herinnerde, in Suriname. Een uitgebreid verslag van een begrafenisritueel van een kwade voodoogeest die verdreven moest worden. Daar kwamen ook geweerschoten aan te pas.'

'Vertel eens.'

'Nu niet. Daar is het veel te lang en gecompliceerd voor. Eén ding heb ik in ieder geval onthouden: een ons bekend attribuut speelt er een belangrijke rol in.'

'Wat?'

'Een ei, een kippenei. Daarmee werd de zogenaamde kwade voodoogeest naar een kleine lijkkist gelokt.'

'Hoezo, zogenaamde?'

'Dat is een toevoeging van mij. Ik geloof er natuurlijk helemaal niks van. Grote onzin vind ik het. Dat weet je toch?'

'Maar wat was nou de bedoeling van die hele uiteenzetting?'

'Volgens de "winti/voodooagent" toonde het aan dat er geen criminele bedoelingen zaten achter de handelingen vanavond bij onze buurman. De hoofdagent beaamde dit. Volgens hem kon het dan ook echt geen kwaad wat zich onder ons heeft afgespeeld.'

'Makkelijk gezegd. Hij woont er niet pal boven.'

'Dat is zo. Hij voegde er ook direct aan toe dat hij zich heel goed kon voorstellen dat het erg beangstigend voor ons was. Vooral omdat we niets van dat hele geloof af weten. Hij had Roy daarover ook flink terechtgewezen.'

'Hoezo?'

'Roy had zich erover beklaagd dat er bij de politie meer begrip zou mogen bestaan voor dit soort rituele bijeenkomsten. Dat bij collega's van hem de bijeenkomsten ook vaak verstoord werden door de politie, omdat ze niet begrepen dat het om religie ging.'

'Nou wordt-ie helemaal mooi.'

'Precies, dat vond de hoofdagent ook. Het is dat in dit geval de politie een collega van Surinaamse afkomst kon optrommelen. Anders waren er misschien wel grote problemen ontstaan. Als ze van tevoren op de hoogte waren gesteld, was bovendien een inval niet nodig geweest. Dan was dat intrappen van de voordeur voorkomen.'

Battikwa was al met al helemaal niet gerustgesteld. 'Guido, je weet dat ik er tot nu toe van overtuigd was dat de bedoelingen van onze voodoopriester vredelievend waren. Dat ritueel dat ik bij hem meemaakte, kwam heel integer over. Maar nu... Hij had toch maar mooi een vuurwapen in huis. Geloof me, die man deugt niet.'

'Ik vind het ook niet echt een prettig idee, Tikki, maar het geweer is de man nu afgenomen. Hij wordt bovendien voor verboden wapenbezit veroordeeld.'

'Je begrijpt toch wel dat de kans zeer reëel is dat hij morgen weer over een nieuw geweer beschikt. Deze heeft hij op de een of andere manier toch ook weten te bemachtigen. Weet je wat het is, Guido?'

'Nou?'

'Ik heb er eigenlijk genoeg van. Al die geheimzinnige seances, al dat geschreeuw 's nachts van mensen die bevangen worden door geesten of goden. Maar vooral dat die man al die tijd in het bezit is geweest van een vuurwapen. Dat is juist te weinig mystiek, dat is een reëel gevaar. Ik voel me hier niet meer op m'n gemak. Ik wil hier weg.'

'Hoe denk je dat we ons dan zullen voelen? Ik zou voortdurend met het rotgevoel blijven zitten door een ander uit mijn huis gewerkt te zijn. Sorry, hoor, maar we hebben een paar maanden geleden afgesproken dat we er de tijd voor zouden nemen om een mooi huis te zoeken. Vanwege de baby en omdat we inmiddels het geld hebben om ons een dergelijk huis te kunnen permitteren. Ik vind dat we ons daaraan moeten houden. Heus, ik voel me ook niet echt meer geborgen in dit huis. Maar dat is nog geen reden om weg te vluchten.'

'Ik reageer inderdaad tamelijk emotioneel, maar verdomme, ík heb een baby in mijn buik zitten. Ik weet niet of je het je wel helemaal realiseert, maar dat besef maakt ontzettend kwetsbaar.'

'Tuurlijk, lieverd, dat begrijp ik heel goed. Juist daarom moeten we geen ondoordachte beslissing nemen. Over driekwart jaar kan ik een sabbatical nemen. Die ga ik ten volle benutten met het zoeken van een prachtig huis voor ons drieën. Goed?'

'Nee, dat is niet goed. En je hoeft niet op zo'n toon tegen me te praten. Ik ben geen klein kind dat je moet geruststellen en ik ben ook niet hysterisch.'

Battikwa liep naar het raam om het gordijn dicht te doen dat een beetje open was blijven staan. Dat deed ze met een fikse ruk, duidelijk boos.

'Rustig maar, Tikki, je hebt me overtuigd. We gaan op zoek.'

Battikwa draaide zich om: 'Meen je dat?'

'Jazeker, al wil dat niet zeggen dat het ons gaat lukken om voor de bevalling iets te vinden.'

'Dat begrijp ik. Als ik maar weet dat eraan gewerkt wordt.'

'Afgesproken.'

'Zeg, Tikki,' zei Guido twee dagen na het schietincident.

'Wat is er?'

'Zullen we niet toch eens langs dat pand achter het Concertgebouw lopen? Ik heb even met de makelaar gebeld. Het staat nog steeds te koop.'

'Waar staat het huis eigenlijk?'

'Salieristraat. Salieristraat no 100.'

'Het heeft toch geen zin,' zei Battikwa. 'Het is boven ons budget.'

'Weet ik ook wel, maar kijken kost geen geld. Het is altijd goed om je zo breed mogelijk te oriënteren als je een huis wilt kopen.'

'Goed dan, ik moet toch mijn dagelijkse wandeling maken.'

'Komt mooi uit, want ik wil nog een paar uur naar mijn werkkamer, ook al is het zaterdag. Dat is toch die kant op.'

Indrukwekkend, dat was het enige juiste woord. Een rijzig pand, opgetrokken uit geel baksteen met boven de voordeur en boven de ramen op de begane grond art-decoachtige versieringen op een glazuren ondergrond.

'Ongelooflijk mooi, hè, Tikki?'

'Te mooi.' Terwijl ze dat zei, hoorde Battikwa het geklik van een fototoestel. Ze keek achterom en stootte Guido aan. 'Kijk, aan de overkant van de straat. Daar staat iemand die het huis zelfs de moeite van het fotograferen waard vindt.'

Guido keek ook in de richting vanwaar het geklik vandaan kwam. 'Waarschijnlijk een makelaar of taxateur.'

'Zo ziet hij er niet uit. Dat soort lui heeft meestal blauwe blazers aan. Bovendien dragen ze altijd een enveloptas onder de arm en hebben ze zeker geen hoed op. Het is dat hij staat te fotograferen. Ik zou anders zweren dat hij rechtstreeks van de sjabbatdienst uit de Jacob Obrechtsjoel komt.'

'Het is vast een of andere penozefiguur. Winterjas van antracietkleurige kasjmier met raglanmouw van Oger uit de P.C. Hooftstraat en een borselino, dito kleur, van de English Hatter op de Heiligeweg.'

'Echt niet, Guido. Moet je zien wat voor een vooroorlogs fototoestel hij heeft. Een Rollicord, zo eentje met een kijkvenster waar je boven gebogen moet staan. Mijn vader heeft er precies zo een. Kijk, die man zit zo ongeveer ín het toestel, je ziet zijn gezicht niet eens.'

'Dan weet ik het ook niet. Jammer alleen dat we dit pand niet kunnen kopen.'

'Vind ik ook, nu ik het gezien heb.'
'Laten we even op dat bankje aan de overkant gaan zitten. Kunnen we het huis op ons gemak bekijken.'
Toen ze overstaken, draaide de fotograaf zich om, met zijn gezicht nog in de camera.
'Verbeeld ik me het, of ging hij snel weg omdat wij eraan kwamen?' vroeg Battikwa.
'Guido.'
'Ja, Tikki.'
'Over het algemeen is het prettig om in een oud huis te wonen, dat vind jij toch ook, hè?'
'Je bedoelt een huis met een geschiedenis?'
'Ja.'
'Absoluut. Ik zou zelfs niet in een nieuwbouwhuis willen wonen. Je moet kunnen fantaseren over de vroegere bewoners: wie waren het, met hoevelen woonden ze er, hoe lang hebben ze er gewoond, wat hebben ze allemaal in het huis meegemaakt en hoe hielden ze zich staande in de wereld? Hoe ouder het huis, hoe beter.'
'Hetzelfde heb ik ook. Maar, stel dat we in dít huis komen te wonen – dat gebeurt niet – maar stel…'
'Ja, wat dan?'
'Dan zou ik me steeds afvragen wat zich hier tijdens de oorlog heeft afgespeeld.'
'Hoezo?'
'Dit was een buurt met veel joden. Het is zeker niet ondenkbaar dat er in dit pand een joods gezin woonde, vooral gezien de grootte ervan. De joden die in Amsterdam-Zuid woonden, behoorden ook toen al tot de beter gesitueerden. Als het een joods gezin was, wat is er dan van hen geworden? Leven ze nog, hoeveel leven er nog en waar wonen ze nu? Allemaal vragen die ik mezelf zou stellen. Maar ook zou ik voor mezelf moeten toegeven dat het mogelijk is dat ze allemaal zijn omgekomen. Begrijp je het een beetje?'

'Ik begrijp heel goed wat je bedoelt. Op zo'n moment is de geschiedenis niet alleen iets wat je rijkdom verschaft. Het drukt ook als een zware last op je schouders.'

'Exact. Maar, ach, waar hebben we het over? Het pand zal wel voor onze neus weggekaapt worden.'

'Hoezo weggekaapt worden, we hadden er toch geen geld voor?'

'Jij moet ook altijd het laatste woord hebben.'

Ze liepen terug in de richting van het Concertgebouw. Halverwege het blok tussen de Banstraat en de Jacob Obrechtstraat stond Battikwa plotseling stil.

'Het was hier.'

'Wat zei je, Tikki?'

'Dat het hier was. Ik herken het pand uit duizenden.'

'Wat was hier?'

'Haboniem. Iedere zondag leverde mijn vader me hier af.'

'Kun je iets duidelijker zijn?'

'Haboniem was... is een zionistisch-socialistische jeugdvereniging waar ik vroeger lid van was.'

'Daar heb je me nooit iets over verteld.'

'Klopt.' Op het moment dat ze dit zei, voelde Battikwa woede in zich opkomen. 'Het was er ook zo afschuwelijk.'

'Hoezo dan?'

'Hoezo? Omdat het de hypocrisie van het joodse wereldje ten top is.'

'Tikki, vertel eerst eens rustig waar het om gaat.'

'Ik wil best wel rustig blijven, hoor, maar hoe zou jij het vinden om niet als een volwaardig mens te worden beschouwd?'

'Heb je het nu over jezelf?'

'Ja, of ik het over mezelf heb. Die solidaire types van Haboniem sloten me buiten omdat, zo lieten ze me keer op keer weten, ik niet van plan was op alijah te gaan. Omdat ik niet naar Israël wilde verhuizen om met m'n blote handen het land te helpen opbouwen.'

'Dat klinkt niet erg aardig, maar het betrof wel een *zionistische* vereniging, als ik het goed begrepen heb.'

'Ja, maar in al die jaren dat ik er lid was heb ik nooit iemand zien vertrekken. Wat trouwens maar goed was ook, ze hadden al zo weinig leden.'

'Maar als niemand op alijah ging, waarom werd uitgerekend jíj dan buitengesloten?'

'Omdat het daar helemaal niet om ging.'

'Waarom?'

'Dat hele alijah-verhaal was een afleidingsmanoeuvre.'

'Een afleidingsmanoeuvre waarvoor?'

'Waar het om ging, was geld, of beter gezegd, om het niet hebben van geld.'

'Ik begrijp het niet.'

'Ik werd buitengesloten omdat wij geen geld hadden.'

'Tikki, ga je nu niet iets te ver?'

'O ja? Wat weet jij daarvan?'

'Niets, ik weet alleen dat als ik als niet-jood, als goj zo je wilt, zoiets zou zeggen, het huis te klein zou zijn.'

'Guido, geloof me, ik werd in sjoel, bij Haboniem, op school, bij slagerij Hergershausen, *of all places*, gewogen en te licht bevonden op grond van mijn vaders bankrekening. Mijn vader hád niet eens een bankrekening! Trouwens nog steeds niet. Wat heb jij ooit ook alweer gezegd? Tussen chic en slop. Het zou wat! Ja, ik heb inderdaad tussen die twee uitersten geleefd, maar wel op een andere manier dan jij bedoelde. Weet je trouwens zeker dat je het niet over je eigen sociale tweedeling had? Dat soort betweterig gedoe is meestal terug te voeren op pure zelfprojectie.' Door de opwinding was Battikwa zwaar gaan ademen.

Aarzelend zei Guido: 'Ik geloof inderdaad dat het probleem niet alleen bij die goj ligt waar je niet mee mocht trouwen.'

'Nee, die hele joodse gemeenschap is gewoon een kleine kutgemeenschap. Mijn relatie met het jodendom is verpest geraakt door

de hypocrisie ervan. Het ergste is nog dat je er niet eens iets over mag zeggen omdat je dan meteen beticht wordt van *Jüdische Selbsthass*. Maar zij zijn toch degenen die mij van hun en daarmee ook van mijn vertrouwde wereld vervreemd hebben.'
'Wat houdt die hypocrisie nog meer in, Tikki?'
'Was dit niet genoeg?'
'Ik wil graag nog wat andere voorbeelden horen.'
'Ben je daar dan in geïnteresseerd?'
'Natuurlijk, lieverd. Ik vind het belangrijk om te weten wat jou dwarszit.'
'Moet je nagaan. Op een gegeven moment bleek dat die rabbijn met z'n antigojhetze een niet-joodse maîtresse had. Dat is toch niet te geloven! De dokter had zijn vrouw verboden nog langer kinderen te krijgen. Het eerstvolgende kraambed zou haar dood kunnen worden. Maar nee, hoor, daar wilde meneer niet aan. Ook al hadden ze er al een stuk of tien, er moest doorgefokt worden. Zelfs volgens de joodse wet gaat dat te ver. Je moet in het geval van een levensbedreigende situatie zwangerschappen tegengaan. Maar een maîtresse en ook nog eens een goj, dat mag blijkbaar wel.'
Battikwa zat bijna te hyperventileren.
'Tikki, probeer een beetje tot jezelf te komen. Ik heb je geloof ik nog nooit zo boos gezien.' Guido sloeg zijn armen om Battikwa heen, wiegde haar zachtjes heen en weer en terwijl hij over haar haren streek, zei hij zachtjes: 'St, stil maar.'
Langzaam begon ze rustiger te ademen. Na een paar minuten ontworstelde ze zich voorzichtig aan Guido's greep, keek hem aan en zei zachtjes: 'Weet je wat het ergste was aan de waarschuwing van die rabbijn niet te trouwen met een goj?'
'Geen flauw idee.'
'Hij beweerde dat het idee voortkwam uit een welgemeende bezorgdheid voor onze tere joodse kinderziel.'
'Zei hij dat echt?'

'Ja, en dan ontdekte ik ook nog dat die intolerante houding en die zogenaamd positieve gedachte erachter in de verste verte niet iets was waar die man alleen aanspraak op kon maken. Het was algemeen geaccepteerd binnen de hele joodse gemeenschap.'
'Maar waar was hij nou bezorgd om?'
'Wil je het echt weten?'
'Ja, natuurlijk. Je kunt me toch niet met een half verhaal laten zitten?'
'Sorry, je hebt gelijk, maar ik zie er een beetje tegen op om het je uit te leggen.'
'Hoezo?'
'Omdat ik met een enorm cliché moet beginnen. Anders begrijp je het vervolg niet.'
'Vertel nou maar. Heb je toch al te lang niet gedaan.'
'Niet meteen gaan steigeren, hè?'
'Tikki... zeur niet. Kom op met je verhaal.'
'Goed, het gaat hierom: de joden torsen een grote last met zich mee, de erfenis van de Tweede Wereldoorlog. Wanneer je een relatie hebt met een joodse generatiegenoot, dan hoef je het niet per se over de oorlog en zijn gevolgen te hebben. Je weet van elkaar dat er een groot, onbenoembaar verdriet is waarmee je moest zien te leren leven. Wil je er wel een keer over praten, omdat het je op dat moment om de een of andere reden zwaar valt, nou, dan heeft die ander aan een half woord genoeg.'
'Is inderdaad een bekend verhaal.'
'Anders wordt het als je met een niet-joods iemand een liefdesbetrekking onderhoudt. Je kan er dan bijna niet omheen, al is het maar één keer gedurende die hele verhouding, hem of haar te vertellen over de tragiek van jouw familie. Wordt het je een keer echt te veel, dan heeft hij of zij niet genoeg aan een half woord. Je zult het, opnieuw, moeten uitleggen en het probleem in een kader passen.'
'Klinkt niet helemaal onlogisch.'

'Volgens die rabbijn wilde hij ons, zijn leerlingen, met zijn waarschuwing behoeden voor dit soort pijnlijke situaties.'

'Het waren alleen overwegingen van humanitaire aard waarom de rabbijn zich negatief uitliet over gojem?'

'Als je hem moet geloven, wel. Maar ik geloof er niks van. Ik denk toch dat het vooral onderhuidse, emotionele, irreële en daarmee voor het merendeel onredelijke motieven waren waardoor hij gedreven werd.'

Guido keek Battikwa met een onderzoekende blik aan. 'Wat ik me afvraag.' Hij pauzeerde kort. 'Ben je zelf ooit in dat soort situaties verzeild geraakt?'

'Wat voor situaties?'

'Nou, waarin je je onbegrepen voelde, eenzaam, dat je het gevoel had dat iemand de essentie van je problemen niet doorhad.'

'Dat is nou het hele punt. Ik heb juist altijd het gevoel gehad dat de niet-joodse vriendjes op een soort vanzelfsprekende manier begrepen dat de dood dé grote onbenoembare tragiek was in mijn leven. Daar komt nog bij dat, zoals je inmiddels weet, ik juist sinds Gersonides grote moeite heb met mijn "collega-joden". Bij hen voel ik me eenzaam, onbegrepen, niet geaccepteerd. Het is oppervlakkigheid troef en over de dood valt al helemaal niet te praten, laat staan te filosoferen.'

'Lieve Tikki, het lijkt me dat je een goede keuze hebt gemaakt in je leven. Het gaat er toch om dat jij je er gelukkig bij voelt, wat die rabbijn ook in de zin had?'

Battikwa keek Guido aan: 'Je hebt gelijk. Hij kan, mag iemand anders' leven niet invullen.'

'Hou dan nu op met piekeren. Kom, we gaan bij Keyzer zitten, even iets drinken.'

Toen Battikwa naar buiten keek viel het haar op dat er een politiewagen aan de overkant van hun huis stond te posten. Ze vroeg zich af of het misschien iets te maken had met de moskee die in het gebouw tegenover hen was gevestigd. Een neofascist, Gertjan geheten, was de laatste maanden erg actief in de Pijp. Zo had hij de muren van de moskee keer op keer volgekalkt met racistische teksten. Battikwa kende de man – hij was een voormalige collega van de zus van Guido, een leraar maatschappijleer – ze was zelfs eens bij hem thuis geweest. Hierdoor was ze een choquerende ervaring rijker geworden.

Op een avond was Battikwa met Guido's zus in hun stamcafé in de Pijp wat gaan drinken. Hanneke had Gertjan, die bij hen aan tafel was komen zitten, enthousiast aan Battikwa voorgesteld. Na sluitingstijd stelde Gertjan voor om bij hem thuis, in de Rustenburgerstraat, nog wat te drinken. Toen ging de beerput open.

'Ik zal even een leuk plaatje voor jullie opzetten,' riep Gertjan vanuit de keuken, waar hij een paar pilsjes uit de ijskast pakte. Hij zette de flesjes en glazen op tafel en liep naar de pick-up. Gertjan was in een la aan het rommelen toen de eerste tonen klonken.

Wat is dat nou, dacht Battikwa, het Horst Wessellied?

'Ik wil jullie wat foto's van vroeger laten zien,' zei Gertjan en hij legde een stapel fotoalbums op tafel. 'Kijk, dat ben ik, met mijn vader en mijn oom aan de Duitse grens.'

Wat Battikwa en Hanneke te zien kregen was een kleine Gertjan in Lederhosen.

'Zo klein als ik was, de liefde voor Duitsland was zo oprecht als

echte liefde maar kan zijn.' Dat kwam natuurlijk voornamelijk door de onvoorwaardelijke overgave van mijn vader en oom aan dat grootse land en zijn cultuur. Zoiets voelt een kind.'
'Hanneke, ik ga,' had Battikwa tegen haar gezegd. 'Je ziet maar wat jij doet, maar ik ben weg.'
'Hoezo? We zitten net. Ik heb pas één slok van mijn pilsje op.'
Battikwa had de klink al in haar hand, opende de deur naar de gang en liep naar beneden. Hanneke kwam achter haar aan gerend.
Ze had Hanneke uitgefoeterd. Hoe ze zo stom kon zijn om niet door te hebben wat voor iemand die Gertjan was.
'Maar vroeger was hij zo lief en gevoelig!'
'Ja, vroeger.'
Battikwa stond inmiddels voor haar huis. Ze deed de deur open en met een kort 'ik zie je wel weer' knalde ze de deur achter zich dicht.
Die Gertjan had het niet alleen op joden gemunt. Hij maakte ook dankbaar gebruik van de overvloed aan allochtone bewoners in de Pijp om zijn frustraties op bot te vieren. Hij ramde regelmatig een Marokkaan in elkaar. Die bekladding van de moskee was een relatief onschuldige uiting van zijn weerzinwekkende denkbeelden. Het was dus heel goed mogelijk dat de nadrukkelijke aanwezigheid van de politie voor de ingang van de gebedsruimte preventief was. Tenslotte stonden de synagogen in Amsterdam ook altijd onder politiebewaking in perioden dat joden het doelwit waren van terreuraanslagen, zoals tijdens de Olympische Spelen van 1972 in München. Er hoefde trouwens niet altijd een ernstige aanleiding te zijn. Ook in onrustige tijden werden de joodse instellingen en gebouwen bewaakt. De herinnering aan hoe spannend ze het altijd had gevonden als zij met vriendinnetjes de muffe ruimte van de sjoel waren ontvlucht – zogenaamd om buiten uit te waaien, maar eigenlijk om te kijken of die ene leuke jongen van beneden ook toevallig een pauze hield tussen twee gebeden in – en er

dan een politieauto voor de sjoel stond geposteerd, kwam weer helemaal naar boven. Hoewel haar moeder er een diepe haat tegen koesterde, flitste bij Battikwa op zo'n moment de uitdrukking 'uitverkoren volk' door haar hoofd en werd ze overspoeld door een gevoel van trots.

Door het woord 'uitverkoren' werd ze herinnerd aan een voorval dat ze na haar afscheid van Gersonides, zoals het meeste, helemaal verdrongen had. Opmerkelijk dat dat juist nu kwam bovendrijven, want die gebeurtenis had volgens haar eerder met schaamte te maken dan met het idee deel uit te maken van een uitverkoren volk. Of toch niet? De situatie zelf was voor haar heel gênant geweest, maar ze kwam wel voort uit een spannende ervaring op Gersonides, het enige waardevolle dat haar ooit gedurende haar kortstondige verblijf op dat afschuwelijke lyceum was overkomen. Door het wegstoppen ervan had ze over deze ervaring nooit met iemand gepraat, ook niet met Guido.

Jom Kippoer naderde en Battikwa vroeg haar moeder of ze in het wit gekleed mocht gaan.

'Waarom?' had haar moeder gevraagd. 'Je bent toch geen man?'

'Ik heb iets heel moois gezien, op het Olympiaplein.' Haar moeder zei niets.

'Ik kan het ook heel goed in de zomer dragen,' voegde Battikwa er snel aan toe – stilte was in dit soort situaties gevaarlijk – zodat haar moeder niet kon denken dat het om een eenmalig hebbedingetje ging.

'Nou, vooruit dan maar,' zei haar moeder tot Battikwa's grote verbazing. Zo kort had ze nog nooit hoeven te zeuren voordat ze haar zin kreeg.

De ochtend van Jom Kippoer was Battikwa al vroeg op. Ze wilde zich rustig kunnen aankleden. Toen ze daarmee klaar was, liep ze naar haar moeder toe die in de slaapkamer bezig was.

'Wat heb je nú aan?'

'Gewoon, een witte jurk, dat hadden we toch afgesproken?'

'Battikwa,' zei haar moeder streng, 'je zou in het wit gaan. Ik ging er heus niet van uit dat je een kittel aan zou doen, maar een mooie witte jurk, dat leek me toch wel het minste. Je denkt toch niet dat ik je in zo'n strak dingetje, waar alles in te zien is, naar sjoel laat gaan, ook al is hij wit.'
'Mam, ik mocht in een witte jurk en dit ís een witte jurk.'
'Lieverd, het interesseert me niet hoe je het noemt, maar het is geen nette jurk. Hij is veel te kort. Bovendien, witte kleding draag je als symbool van zuiverheid, maar door zo'n rode ceintuur wordt het wit bezoedeld, het krijgt juist iets vreselijk hoerigs.'
'Dan ga ik helemaal niet!' krijste Battikwa tegen haar moeder, en ze rende naar haar kamer.
Het was het eerste echte puberconflict tussen moeder en dochter geweest. Uiteindelijk vonden ze een compromis. Battikwa mocht haar jurk aanhouden als ze er een colbertje overheen aan zou trekken. Ze vond in de voorraad van haar moeder nog iets veel beters: een soort stierenvechtersjasje van satijn, versierd met pailletjes, alles in het wit, dat net tot boven haar taille reikte, waardoor de mooi gestileerde ceintuur nog goed te zien was. Natuurlijk vond haar moeder dat laatste maar zozo, maar ze zei er verder niets van.
De reden waarom Battikwa deze jurk aan wilde had niets te maken met godsdienstige motieven. De aanleiding was net zo 'ordinair' als haar rode ceintuur. Het ging om een jongen uit haar klas, David. Hij was een jaar ouder dan zij en in haar ogen was hij al een echte man. Het woord bestond voor haar toen nog niet, maar later wist ze dat het niets met verliefdheid te maken had. Pure geilheid was het geweest die David bij haar had teweegbracht. Het gebeurde tijdens een biologieles waarbij dia's vertoond werden. Het was in een lokaal waarbij iedere schuin oplopende lessenaar een tree hoger stond dan de schoolbank die ervoor geplaatst was, net zoals in sommige hoorcollegezalen. Het was donker, op de onregelmatige lichtstralen van de dia's na, toen ze plotseling een hand in haar

kruis voelde. David, die in de bank voor haar zat, hoefde slechts zijn arm naar achteren te strekken om deze plek bij haar te bereiken; hij zat immers een niveau lager dan zij. Het was augustus, en warm. Ze had een luchtig zomerjurkje aan. David was behoorlijk voortvarend, want nadat hij het contact met de hand had gelegd, gleden zijn vingers in haar onderbroek en duwde hij zijn wijsvinger en duim tussen haar schaamlippen, waarna hij haar begon te strelen. Er gebeurden twee dingen met haar: alles in haar verzette zich tegen wat haar overkwam, maar bovendien overviel haar een oerdrift die ze tot het uiterste wilde uitbuiten. Ze kwam voor het eerst van haar leven klaar met een intensiteit die ze daarna nooit meer zou beleven en tegelijkertijd was het het stilste orgasme dat ze ooit zou meemaken.

David was tijdens een diavertoning bij aardrijkskunde nog een keer in actie gekomen. In dit lokaal stonden alle tafels op gelijke hoogte. Toen bleek pas echt hoe lenig hij was en wat voor een lange ledematen hij bezat. Zijn arm was als een slang, die los van zijn lichaam leek te opereren en soepel naar haar toe kwam gegleden, zijn duim was als de tong die zich met spuwende bewegingen tegen haar kittelaar stootte.

Kort daarop brak David een been. Het bleek een zeer gecompliceerde breuk en hij bleef lange tijd weg van school. Avond aan avond lag Battikwa in bed aan hem te denken, maar niet met opengesperde verliefde kalverogen. Het enige wat door haar heen ging was het verlangen dat hij hét weer met haar zou doen.

Een paar dagen voor Jom Kippoer had Battikwa op school uit de mond van zijn beste vriend opgevangen dat David – op krukken met zijn been nog in het gips – naar sjoel zou komen. Vandaar haar verlangen om er mooi uit te willen zien. Battikwa lag stijf van de spanning de avond ervoor in bed. Als ze hem morgen zag, wat dan? Zijn hand reikte toch echt niet tot boven in de vrouwengalerij. Nu Battikwa er na zo veel jaren aan terugdacht, zag ze plotseling een gezamenlijk kunstwerk van Dalí en Giacometti voor zich:

een uitgerekt menselijk wezen van wie één arm zich, onafhankelijk van de rest, lang en dun door de ruimte van de sjoel naar boven kronkelt.

Battikwa wandelde, nadat 's ochtends de rust weergekeerd was, met haar ouders en zus naar sjoel. Boven, bij de vrouwenafdeling aangekomen, ging ze niet op een van de naar beneden aflopende rijen bankjes zitten, maar liep de treden ernaast af naar het wafelvormige hekwerk. Ze liet haar blik over de ruimte beneden haar glijden. Een feestelijk gezicht vond ze dat ieder jaar weer, als de hele sjoel in het wit gehuld was, vanaf Rosj Hasjana tot aan Jom Kippoer: de dekkleden van de bima, de lessenaar, het gordijn van de Heilige Ark en de mantels van de thorarollen daarbinnen. De mannen die, behalve hun tallith – de witte omslagdoeken met zwarte strepen – ook een wit hemd, een tachriechien of kittel, over hun kostuum aanhadden. Hoewel, ze had het ooit heel bizar gevonden, toen ze vernam dat dit tevens hun doodsgewaad was. Natuurlijk, wit was het symbool van de zuiverheid, maar om je te moeten hullen in iets waarmee je uiteindelijk je graf in zou verdwijnen, nee, dat leek haar geen prettig idee. Het had ook iets tegenstrijdigs, aangezien iedereen zo feestelijk mogelijk gekleed ging op deze hoogtijdagen. Nadat haar gebleken was dat de mannen dit doodshemd ook droegen tijdens hun huwelijksinzegening en thuis, tijdens de seider, kreeg het verontrustende ineens iets geruststellends. Het hemd hoorde eigenlijk meer bij het leven dan bij de dood, zo concludeerde Battikwa. Door er na het sterven ook in gehuld te worden, werd je door middel van kleding als het ware over de dood heen getild. Voorzover Battikwa wist was het niet verplicht om jongetjes tijdens de beriet milà in het wit gekleed te laten gaan, anders zou je met recht kunnen zeggen: van de wieg tot over het graf. Helaas gold dit alles wel alleen voor de leden van het mannelijk geslacht.

Ze speurde alle banken beneden af. Geen David te bekennen. Na ongeveer een halfuur hoorde Battikwa te midden van het collectieve gemummel dat naar boven steeg en dat veroorzaakt werd door het gebed dat alle mannen individueel voor zichzelf opzeiden, een ander geluid opklinken, dat ze niet meteen thuis kon brengen. Het leek op tapdansgeluiden, maar dan zeer vertraagd. Het duurde maar kort, waarna het geklak ophield. Ze keek door het raster van de balustrade naar beneden. Daar stond David, geleund op zijn krukken. Dát was het geluid geweest: het neerzetten van de krukken op de marmeren vloer. David had natuurlijk pas bij binnenkomst gemerkt dat men aan het dawenen was. Het weerzien van hem na zo veel weken, ook al zat er veel afstand tussen, voelde ze tot onder in haar buik. Battikwa had wel zo door het hekwerk heen willen springen. Ze hield nauwgezet de verrichtingen van David in de gaten. Zodra ze hem na ongeveer anderhalf uur van zijn plek achter de lessenaar – waar ook zijn vader stond – weer naar de deur zag krukken, stond ze op en verdween naar het trappenhuis zonder haar sjoelvriendinnetje iets te zeggen. Eenmaal buiten gekomen zag Battikwa David net de buitentrap van de hoofdingang afdalen, wat natuurlijk heel moeizaam ging. Hij hield na enkele treden even een pauze, hief zijn hoofd op en zag Battikwa staan. 'Hé, Tikwa, goed je weer te zien.'

Die jongen, David, stond werkelijk rechtstreeks in verbinding – supersnel, ook dat nog – met de onderste regionen van haar lichaam. Op het moment dat hij haar aankeek en die woorden tot haar sprak, voelde Battikwa vocht in haar broekje vloeien. Vervolgens kon ze geen woord uitbrengen en had ze het gevoel dat het bloed uit haar gezicht wegtrok.

David was ondertussen de laatste treden af gesukkeld en stond voor Battikwa. Hij boog zich vooover naar haar oor en fluisterde: 'Heb je me gemist, Battikwa, bij biologie? Gelukkig dat mijn rechterpols niet gebroken is, hè?' En dan hardop, zodat het ook te horen was voor anderen, onder wie Battikwa's vriendinnetje, die haar blijkbaar achterna was gekomen en inmiddels achter haar stond: 'Maandag kom ik weer naar school, in het gips en op krukken', waarna hij nog snel even naar Battikwa's oor dook: 'Maar daar zullen wij geen last van hebben, hè, kleine Tik?'

Battikwa stamelde iets als 'Nee, zeker niet', terwijl ze probeerde haar zinnen op orde te brengen, toen ze merkte dat haar vriendinnetje aan haar arm trok.

'Tikwa, je moet even meekomen,' fluisterde ze.

Battikwa rukte haar arm los. 'Wat is er dan?' siste ze.

'Ga nou maar mee,' zei het vriendinnetje op heel nadrukkelijke toon.

'Ik ben zo terug, David!' Eindelijk kon ze weer op een normale manier wat woorden uit haar strot krijgen. 'Wacht je op me?'

'Draai níet je rug naar David. Probeer zoveel mogelijk alleen je zijkant te laten zien als we naar rechts gaan,' zei Battikwa's vriendinnetje zacht.

Battikwa begreep er niks van. 'Wat is dit, wat is er aan de hand?' vroeg ze fluisterend.

'Dat vertel ik je zo.' Het vriendinnetje leidde Battikwa naar de wc's. 'Ben je al eens eerder ongesteld geweest?' vroeg ze. Het klonk zo eenvoudig, maar voor Battikwa betekende het op dit moment het einde van de wereld.

Het werd daarna nooit meer iets tussen David en haar. De nieuwe, ongerepte ervaring die ze met hem had opgedaan, was in één keer bezoedeld. David begreep niets van haar plotselinge verkilling tijdens de dialessen en zij kon er met hem niet over praten. Het was kapot.

'Tikki!' Het was Guido. 'Battikwa, ben je thuis?'

'Ik zit in het zijkamertje!' riep ze.

Hij kwam het studeerhokje binnen. 'Lekker bezig?'

'Ja, hoor, het gaat best goed, al begint die buik wel aardig in de weg te zitten. De afstand tot mijn toetsenbord wordt steeds groter. Hoe ging het bij jou vandaag?'

'Ook prima. Het is nu iedere dag raak. Ik ga zitten en begin te schrijven tot ik moe en verzadigd ben. Dan blijkt het altijd een uur of vier te zijn. Dat moet ik wel zo volhouden, want één dag eruit betekent meteen...'

'Drie dagen eruit,' vulde Battikwa Guido aan.

'Ken ik u, mevrouw?'

'Nee, maar ik ken u wel,' zei Battikwa lachend. 'Kom, ik hou er ook mee op voor vandaag. Nog even naar de Albert Heijn, koken en dan doe ik de rest van de avond lekker niks meer.'

'Heel goed, Tikki, je moet je nu zeker niet overwerken.'

'Alsof dat kan als je studeert.'

'Wel als je het zo serieus aanpakt als jij.'

'Het is lief van je, maar je hoeft je echt geen zorgen om mij te maken.'

Ze liep naar de kapstok voor haar jas en pakte een grote boodschappentas.

'Trouwens, Tikki, weet je wie ik daarnet in die spionagewagen zag zitten?'

Ze keek hem vragend aan.

'Die winti- of voodookenner van de politie.'

Er ging geen lichtje bij haar branden.

'Die Surinaamse agent die hier was na die schietpartij.'

'Ach ja, natuurlijk,' zei Battikwa. 'Die jij hebt gesproken.'

'Ik vroeg me af of zijn aanwezigheid met onze voodoovriend samenhangt. Misschien dat de politie hem in de gaten zit te houden?'

'Lijkt me niet, Guido. Die agent wordt toch niet alleen ingezet bij problemen met voodoogangers. Stel je voor dat ze één extra agent hadden, speciaal voor de voodoogelovigen, dat zou een luizenbaantje zijn.'

'Het was ook alleen maar een vraag, geen vaststelling,' zei Guido.

Toen Battikwa een paar dagen later haar fiets van het slot wilde halen, viel haar oog op de politiewagen die er nog steeds stond, met daarin een Surinaamse agent – dat moest die voodookenner zijn – en een Nederlandse, althans blanke collega. Ze wilde eindelijk wel eens zeker weten wat de reden was van hun aanwezigheid en besloot het te gaan vragen.

Ze liep naar de politiewagen. Een van de agenten, de Surinamer, draaide het autoraampje open.

'Goedemorgen, heren,' zei Battikwa. 'Ik woon aan de overkant, op nummer 109. U bent,' Battikwa knikte naar de agent, 'als ik het goed heb een keer bij ons in het pand geweest. Toen er bij onze benedenbuurman was geschoten.'

De agent leek in verlegenheid gebracht en antwoordde na een korte stilte aarzelend: 'Ja, dat zou wel kunnen kloppen.'

Het viel Battikwa op dat hij nu bijna accentloos Nederlands sprak, in tegenstelling tot die keer dat hij bij de buurman aanwezig was. 'Ik zie u hier al enkele dagen staan te posten en was nieuwsgierig naar de reden daarvan. Ik neem aan dat het te maken heeft met de moskee. Heeft die Pijpse neofascist weer dreigbrieven gestuurd?'

'Nee, hoor, meid,' reageerde de blanke agent spontaan, 'die Allah-aanbidders redden zich zelf wel, het is weer die geestuitdrijver beneden u. Het is toch niet normaal, hè, al die buitenlanders, je hebt er je handen vol aan.'

Hij was nog maar net uitgesproken, of hij kromp ineen. Zijn Surinaamse collega had hem een stoot in de zij verkocht.

'Wat nou, droplul! Ben je wel helemaal lekker, jij?'
'Jij moet je bek houden,' siste de Surinaamse agent.
'Wat een onzin, zeg. Die mevrouw mag toch zeker wel weten wie ze beneden zich heeft wonen. 't Mens is ook nog zwanger, kijk dan. Heb je geen ogen in je hoofd?'
'We mogen d'r niet over praten, dat weet je heel goed,' zei de andere agent nadrukkelijk.
'O ja, ook nog een beetje zo'n totaal verknipte bosneger beschermen, zeker. Alsof 't al allemaal niet erg genoeg is. Weet je wel hoeveel of 't kost, dat posten van ons. Ik zou zeggen, gewoon een inval doen bij die man. Die is toch zo schuldig als de pest, dat weet toch iedere boerenlul. Maar nee, hoor, moeten ze ook nog naar bewijzen zoeken, wat een onzin.'
'Schuldig? Is onze buurman schuldig? Waaraan?'
'Onzin, mevrouw,' zei de Surinaamse agent, 'luistert u alstublieft niet naar mijn collega. We hebben alleen maar opdracht gekregen de man in de gaten te houden.' De agent wist niet hoe snel hij de zaak moest sussen. 'Het is een beetje vreemde vogel, dat is alles, maar dat wist u al.'
'O, zit dat zo. Staan we hier ons een beetje voor niets 't leplazarus te vervelen. Mooi is dat. Nou, mevrouwtje, neemt u maar van mij aan, er is wel degelijk iets aan de hand. Gaat u maar eens naar zijn stiefdochters toe. Die kunnen zijn bloed wel drinken. Ze zullen u graag vertellen wat er aan de hand is. Maar, eh, doe me een plezier, noemt u ons niet. Mijn collega hier wordt al bleek bij de gedachte.' De agent liet een bulderende lach horen. 'Ha, ha, hij wordt helemaal pips om de neus. Kleurt mooi bij zijn donkere huid.'
Terwijl Battikwa zich omdraaide en met grote stappen naar de overkant van de straat liep, riep de blanke agent haar achterna: 'Bandi heten ze, die dochters', waarna ze hoorde hoe de Surinaamse agent tegen zijn collega uitviel: 'Ik geef je aan, hoor je dat, wegens racistische uitlatingen, klootzak.'

'Nou, dan laat ik jou vervolgen om die groffe schuttingtaal van je.'
De rest hoorde Battikwa niet meer.

Ze sloeg de deur achter zich dicht en rende naar boven, naar hun etage. Daar aangekomen werd ze overvallen door een heftige misselijkheid, waarvan ze niet wist of het door de paniek kwam of door de lichamelijke inspanning. Waarschijnlijk allebei.

Battikwa ging zitten om bij te komen, kort, want ze wilde zo snel mogelijk die dochters van Roy te pakken zien te krijgen. Na enkele minuten stond ze op en liep naar het kastje waar de telefoon op stond. Ze pakte het telefoonboek uit de la en zocht de naam van de dochters op. Het was geen veelvoorkomende naam, gelukkig maar. Twee adressen stonden vermeld. Eén vlakbij, in de Quellijnstraat, en één in de Bijlmer. Battikwa draaide het eerste nummer, dat uit de Pijp. Ze sloeg alle plichtplegingen over.

'Bent u de stiefdochter van Roy Robert?'
Stilte aan de andere kant van de lijn.
'Hallo, bent u daar nog?'
'Ja, ik ben er.'
'Kunt u dan misschien antwoord geven op mijn vraag?'
'Ja.'
'Betekent dat: ja, ik ben de stiefdochter van Roy Robert?'
'Ja.'
Het leek wel of ze een gestoorde aan de telefoon had. Ze zou het nog eens proberen. Het was té belangrijk.
'Is het mogelijk om u te spreken. Kan ik even langskomen?'
Weer kreeg Battikwa een mechanisch aandoend antwoord: 'Ja, dat is mogelijk.'
'Komt het misschien uit als ik nú langskom?'

'Ja, dat komt uit.'
Battikwa was al op van de zenuwen en deze reactie maakte het er niet beter op. Maar ze wilde weten wat er aan de hand was met hun onderbuurman en moest dus iets doen. Net voordat ze de hoorn op de haak gooide, riep Battikwa: 'Ik kom eraan.'

Nog geen tien minuten later belde ze aan bij de woning van de stiefdochter. Battikwa putte zich uit in verontschuldigingen. 'Het spijt me dat ik u daarstraks zo overviel, maar ik móest u spreken.'

Een vriendelijk ogend meisje van rond de twintig zei: 'O, maar mevrouw, dat is helemaal niet erg. Ik was het trouwens niet die daarstraks de telefoon opnam. Het was mijn jongere zus. Zij is erg in de war. Dat komt door allerlei gebeurtenissen van de afgelopen tijd. Daardoor is het moeilijk contact met haar te krijgen. Ik heb geprobeerd iets uit mijn zus los te peuteren. Over uw telefoongesprek. Dat lukte slecht. Ik begreep wel dat u zelf ook overstuur was. Ik heb het idee dat uw komst met onze problemen te maken heeft. U vroeg toch of zij de stiefdochter was van Roy Robert?'

'Inderdaad.'

'Komt u binnen. Dan kunnen we verderpraten. Geeft u mij uw jas en ga zitten. Ik zal iets te drinken maken. Ik zie dat u een kindje verwacht. Ik wil ook graag een baby'tje, maar de juiste man, hij wil maar niet komen. Ik heet Ayuba. Dit is mijn zusje, Amba.'

Wat een stortvloed van woorden ineens. Die staccatoachtige manier van praten deed – ze sprak haast accentloos, viel Battikwa op – haar eigen nervositeit geen goed. 'Ik ben Battikwa Rotstein. Misschien is het prettig als we elkaar tutoyeren. Dat praat wat makkelijker.'

'Goed idee,' zei Ayuba.

Battikwa hoopte dat haar voorstel Ayuba iets rustiger zou maken. 'Amba en ik zijn inderdaad stiefdochters van Roy Robert. Helaas. Onze moeder, Amimba, was nog niet zo lang met hem getrouwd. Vijf maanden geleden is zij overleden.'

'Dat weet ik.'
'O?'
'Ik begrijp dat je verbaasd bent.'
'Nogal, ja. Hoe weet je dat van onze moeder?'
'Van jullie stiefvader. Hij heeft mij het hele verhaal over haar dood verteld. Vanwege hem heb ik contact met jullie gezocht. Maar laat één ding duidelijk zijn: hij weet hier niets van en dat moet ook zo blijven.'
'Je hoeft niet bang te zijn. Wij zullen niets loslaten. Wij hebben Roy sinds de begrafenis niet meer gesproken. We zullen hem hopelijk ook nooit meer spreken.' Er klonk verbittering in Ayuba's stem.

Nadat ze thee had gekregen begon Battikwa de reden van haar komst toe te lichten. De hele geschiedenis rondom hun buurman, vanaf de eerste nacht overlast tot en met het laatste gesprek met de politieagenten, kwam aan bod.

'Ik kan niet anders dan die blanke agent gelijk geven. Onze stiefvader is schuldig,' zei Ayuba toen Battikwa was uitgepraat.

'Schuldig waaraan?' vroeg Battikwa.

'Aan de moord op onze moeder.'

'Moord?' Battikwa stootte het eruit, zo hard dat Amba van schrik opveerde. Ayuba niet. Die had de bekentenis met een schijnbaar onaangedaan gezicht gedaan, alsof het om een alledaagse mededeling ging, en bleef even onbewogen na Battikwa's uitroep. Wel realiseerde Ayuba zich blijkbaar dat haar koele houding nogal merkwaardig moest overkomen, want ze voegde eraan toe: 'De tijd van tranen is voorbij. Wat rest is vooral woede. Niet alleen om wat mijn moeder is overkomen. Ook over wat Roy Robert mijn zusje heeft aangedaan. Ze is onder behandeling bij een psychiater.'

'Hoe weet je dat Roy Robert je moeder vermoord heeft, hoe is dat gebeurd, was je erbij?' Battikwa struikelde over haar vragen.

'Ik kan je wel de hele geschiedenis vertellen. Nee, ik móet het je vertellen.'

Battikwa keek in het gezicht van Ayuba, waarvan de blik half treurig half vastberaden was. De hijgerige manier van praten leek verdwenen.

'Onze moeder was zeer labiel en depressief sinds ze weduwe was geworden. Ze heeft zelfs twee zelfmoordpogingen ondernomen. In die toestand leerde ze via een kennis Roy Robert kennen. Deze had hem als bonuman, als medicijnman, aangeprezen. Roy zou mijn moeder misschien kunnen helpen over haar depressies heen te komen. Hij bleek de voodoocultus aan te hangen. Hij behandelde onze moeder met allerlei bijbehorende rituele gebruiken, zoals baden en medicijnen. Omdat wij wel met winti, maar niet met voodoo zijn opgegroeid, konden we niet precies beoordelen of het allemaal klopte wat hij deed. Eén ding werd ons in ieder geval na verloop van tijd wel duidelijk. In plaats dat ze weer in de flinke, zelfstandige vrouw veranderde die ze ooit geweest was, werd ze nog zwakker. Dat gold ook voor haar lichamelijke conditie. Ze was voortdurend ziek. Bovendien raakte ze volledig in de ban van Roy Robert. In die toestand trouwde ze met hem. Mijn zus en ik hadden toen al het gevoel dat hij niet deugde.'

Amba stond met een ruk op. 'Ik ga in bad.'

'Doe maar,' zei Ayuba. 'Dan vertel ik Battikwa de rest van het verhaal.' Ze wendde zich weer tot Battikwa. 'Amba weet wat er komen gaat, en wil dat niet horen. Je zult zo wel begrijpen waarom.'

'Waarom dan?' vroeg Battikwa en op hetzelfde moment kon ze zichzelf wel voor de kop slaan. Het leek wel alsof ze uit was op de sensationele kant van het verhaal. Terecht zei Ayuba dan ook: 'Even geduld, ik vertel het je zo.'

'Sorry, ik had het niet moeten vragen.'

'Is niet erg. Ik ga gewoon verder waar ik gebleven was. Toen ze eenmaal getrouwd waren, maakte Roy Robert onze moeder wijs dat hij gemeenschap moest hebben met Amba. Ze zou een slang in haar buik hebben en deze kon alleen op die wijze verdreven worden. Nu bleek pas goed hoezeer mijn moeder onder zijn invloed stond. Ze liet hem gewoon zijn gang gaan. Amba werd ettelijke keren gedwongen het met hem te doen. Ze ging door een hel.' Ayuba stopte even met praten. Ze was duidelijk weer geschokt door het verhaal. 'Je zult het niet geloven, maar voor deze "behandeling", zoals Roy het noemde, moest mijn moeder ook nog eens betalen. Maar liefst drieduizend gulden. Hij verplichtte haar te betalen voor de verkrachting van haar eigen dochter. Ook voor mij was het een nachtmerrie. Ik voelde me verantwoordelijk voor haar.'

'Afgrijselijk, en dat woont beneden mij! Waarom ben je niet naar de politie gegaan?'

'Had ik dat maar gedaan. Maar op dat moment overheerste het gevoel dat ik het mijn moeder niet kon aandoen.'

'Wat niet?'

'Haar haar pas verworven echtgenoot ontnemen. Dat zou ze niet overleven. Met Amba lag het iets anders. Ik kon het niet aan om wat haar was overkomen voor de politie uit de doeken te doen. Als ze erachter kwam dat ik hun alles verteld had, zou zij het van schaamte niet overleven. Ik zat gewoonweg gevangen. Ik wist niet wat ik moest doen.'

'Wat afschuwelijk,' zei Battikwa zacht.

'Dit is nog niet alles.'

'Ach nee,' fluisterde Battikwa.

'Op zeker moment zei mijn moeder ons dat ze er zeker van was dat ze geen natuurlijke dood zou sterven. Ze voelde steeds messteken in haar hart. Hoewel we er niet over praatten, wisten we alledrie waar dat op duidde: wisi, boze magie, bedreven door een wisiman, een boze medicijnman.'

'Heb je toen nog steeds niet ingegrepen?' vroeg Battikwa.

'Ik kon maar één ding doen: ervoor zorgen dat mijn moeder bij een goede medicijnman terechtkwam. Die zou de vloek teniet kunnen doen. Helaas was dat alleen mogelijk als ze meewerkte, maar ze weigerde. Ze bleef ontkennen dat Roy kwaad in de zin had. Haar vertrouwen in hem was grenzeloos. Het had al helemáál geen zin de politie erop af te sturen. Die is niet opgeleid in wisi en zou dus niets kunnen doen.'

'Je wist toen nog niet van die ene agent?'

'Nee, jammer genoeg niet. Korte tijd later werden we door onze stiefvader gebeld. Hij zei dat onze moeder plotseling was overleden. Hartstilstand.'

'Hoe wist hij dat zo zeker?'

'Hij had er meteen een arts bij gehaald, nog vóór hij ons had gebeld over haar overlijden. Mijn zus en ik waren te ontdaan om ons te realiseren hoe raar het was. Pas later drong tot ons door dat dat wel heel verdacht was van Roy. Vooral omdat het zíjn huisarts was.'

'Je moeder had een andere arts?'

'Ja, die had ze al sinds ze in Nederland woonde.'

'Misschien kon Roy zijn telefoonnummer niet vinden?'

Verbaasd keek Ayuba Battikwa aan.

'Nou ja, het was maar een idee,' zei Battikwa. 'Het zou toch kunnen?'

Ayuba ging niet op haar woorden in. 'Amba en ik schrokken ons dood toen we onze moeder zagen. Ze had een raar, opgezwollen gezicht en haar armen zaten vol bloeduitstortingen.'

'Niet het uiterlijk van iemand die aan een hartstilstand is overleden.'

'Nee, dat dachten wij natuurlijk ook.'

'Heb je de huisarts er niet alsnog bij gehaald?'

'Nee, we waren veel te erg overstuur. Bovendien moest ik al mijn aandacht en energie richten op die stiefvader van ons. Die wilde alles in eigen hand houden. Bleek dingen van plan waar we niets voor voelden. Zo was mijn moeder nog niet koud dood, of hij drong erop aan dat ze gebalsemd zou worden en in Suriname begraven. Het leek hem totaal niet te interesseren in wat wij het beste vonden, zowel voor haar als voor onszelf, haar dochters.'

Ayuba's blik dwaalde af in de richting van de deur waardoor Amba de kamer uit was gegaan. Heel even maar bleven haar ogen daarop gevestigd. Vervolgens ging ze weer verder met haar verhaal.

'Mijn moeder had altijd een hechte band met Suriname gehouden, maar was ook erg ingeburgerd geraakt in Nederland. Zodanig zelfs dat ze er op een bepaald moment niet meer over piekerde om ooit naar Suriname terug te keren. Mijn zus en ik zijn alletwee opgegroeid in Amsterdam en hadden die behoefte nog minder. We studeerden inmiddels en hadden echt geen zin een goede toekomst te gaan vergooien. Wat was logischer dan een begrafenis hier in Nederland? We hebben het er met onze moeder wel eens over gehad, natuurlijk vooral de laatste tijd. Daardoor wisten we zeker dat ze hier, dicht bij haar dochters, begraven wilde liggen. Dan was ze verzekerd van regelmatig bezoek. Wij lieten onze stiefvader weten dat we er helemaal niets voor voelden om onze moeder naar Suriname over te brengen. Om je de waarheid te zeggen, ik was inmiddels vreselijk bang voor die man. Ik wilde geen confrontatie riskeren en daarom zei ik dat Amba ziek was en de arts haar de reis naar Suriname had verboden. Ik loog niet eens, want Amba was meteen na de dood van onze moeder geestelijk totaal ingestort en zat in dagtherapie. Pas toen bleek dat Roy al iemand benaderd had die het lichaam zou balsemen, ontstond er bij ons echt argwaan. Aansluitend had hij een speciale vlucht naar Suriname geboekt.'

'Het is misschien niet relevant,' onderbrak Battikwa haar, 'maar balsemen is, als ik het goed heb, toch verboden in Nederland? Dat zou betekenen dat je hem daarop kon pakken.'

'Nee, wat dat betreft stond hij wel in zijn recht,' zei Ayuba. 'De Nederlandse wet verbiedt balsemen inderdaad. Maar voor Surinamers die in hun moederland begraven willen worden, kan een uitzondering worden gemaakt. Het vervoer naar het land van herkomst kost veel tijd. Door het klimaatverschil moet het stoffelijk overschot een chemische behandeling ondergaan, zodat de overledene in goede staat arriveert. Dit is een soort conservering die alleen onder leiding van of door een arts mag worden uitgevoerd. Maar dat deed onze stiefvader niet. Hij bleek een of andere illegale balsemer in de hand te hebben genomen. Dát versterkte onze argwaan helemaal. Het was duidelijk dat hij onze moeder zo snel mogelijk, gebalsemd en al, weg wilde hebben, ver weg. Maar waarom?'

Battikwa kreeg het gevoel dat Ayuba een antwoord van haar verwachtte, wat natuurlijk onzin was. Ayuba ging dan ook gewoon verder met haar verhaal.

'Kortom, we vertrouwden het in zijn geheel niet en begroeven onze moeder hier. Zo kon het lichaam altijd nog opgegraven en onderzocht worden.'

'Wat een verhaal,' zei Battikwa en ze zuchtte diep.

'Het is nog lang niet ten einde. Zo ontdekten we een paar zeer compromitterende dingen over onze stiefvader. Mijn moeder bleek een levensverzekering te hebben afgesloten op naam van hem. Bovendien had ze hem opgenomen in haar testament. Moet je nagaan, een man met wie ze pas vier maanden getrouwd was. Onze argwaan werd nu wel erg groot.'

'Het is dus een ordinaire huwelijkszwendelaar,' zei Battikwa.

'Maar dan wel een uitermate misdadig exemplaar. Tijdens de Ayti–dey, een ceremonie die op de achtste dag na de begrafenis plaatsvindt, zag mijn zus onze moeder aan tafel zitten. Amba raakte in trance en vernam dat er inderdaad sprake was van een moedwillige dood. Toch durfden wij niet naar de politie te gaan. Dat zou betekenen dat we over winti en boze magie, wisi dus, moesten beginnen. We waren bang niet serieus genomen te worden. We hadden immers geen enkel bewijs. Bovendien, stel, in het beste geval, dat ze ons tegemoet wilden komen. Weet je wat er dan zou gebeuren?'

Battikwa schudde haar hoofd meer voor haarzelf dan voor Ayuba, voor wie de vraag ongetwijfeld vooral retorisch bedoeld was.

'Dan zou het lichaam opgegraven moeten worden. Dat konden

we emotioneel niet aan. We zaten midden in de rouwperiode. Op een gegeven moment gaf een voorouder in een droom die ik had aan dat er na zo'n twee maanden een banya-prey gehouden moest worden. Het is tamelijk ingewikkeld om het voor een leek uit te leggen. In ieder geval gaat het om een religieus dansritueel dat in het teken staat van de voorouderverering.'
'Je hoeft het niet uit te leggen. Ik ben bij zo'n banya-prey geweest.'
'O?' reageerde Ayuba verbaasd.
'Ja, en het speelde zich nota bene af bij je stiefvader. Ik vergat het daarstraks te vertellen.'
'Wat een huichelaar. Mag ik je iets vragen?'
'Natuurlijk.'
'Is het je misschien opgevallen dat hij telkens een paar weken achter elkaar kleding in dezelfde kleurencombinaties droeg? Eerst alleen wit, vervolgens wit met zwart, bijvoorbeeld een zwarte broek met een wit overhemd, dan donkerblauw met fijne streepjes en een blauw met wit motief?'
'Ik heb daar niet zo op gelet. Wat me wel is opgevallen, is dat hij zo'n felrode Hollandse boerenzakdoek om zijn hals draagt. Dat verwacht je niet.'
'Je moet me niet vragen hoe de boerenzakdoek de winticultuur is binnengedrongen. Ik weet alleen dat hij erin thuishoort. In dit geval klopt het alleen niet. Een rood kledingstuk is nou net het enige dat Roy niet zou hebben gedragen als hij het echt goed gemeend had met onze moeder. Wij houden ons namelijk aan het voorschrift van rouwkleding voor een periode van negen maanden. Die negen maanden zijn opgedeeld in opeenvolgende perioden waarin bepaalde kleurschakeringen zijn toegestaan. Vandaar mijn vraag daarnet. Veel kleuren kunnen gebruikt worden, maar er zijn twee opvallende beperkingen: zwart mag alleen overdag gedragen worden, tot zes uur, de kleur rood is helemaal uit den boze.'
'Gaat men dus nooit helemaal in het wit gekleed?'

'Ja, in het allerprilste begin, de eerste fase van de rouwperiode. Weet je wanneer mensen ook helemaal in het wit gestoken zijn? Tijdens een lakoe pre, een voorouderdansfeest. Dan wordt door dragers die in het wit zijn vaak een lakoe boto, een boot, meegevoerd.'

'Is dat niet gebruikelijk bij een banya-prey?'

'Nee, daar zijn weer andere kledingvoorschriften voor. De mannen hebben een blauwe broek en een wit overhemd aan. De vrouwen gaan gekleed in een koto, een tradititionele klederdracht. Ze hebben verschillende motieven en strepen. Een combinatie van witte en blauwe kleuren is toegestaan. Vaak hebben de vrouwen ook nog een hoofddoek om. Meisjes dragen een lange jurk in dezelfde kleuren en ook een hoofddoek.'

'Een koto is tijdens een banya-prey dus nooit helemaal wit?'

'Nee, hoezo? Waarom die interesse voor witte kleding?'

'Niks, gewoon nieuwsgierigheid.'

'Mag, hoor.' Er verscheen een lichte glimlach op Ayuba's gezicht. Dat ze haar verhaal aan Battikwa uit de doeken deed, leek haar goed te doen.

'Waar waren we gebleven?' zei Battikwa. 'De rouwkleding van Roy... Nee, het zou me opgevallen moeten zijn, lijkt me, als hij telkens een periode lang in dezelfde kleuren zou zijn gekleed. Maar met zekerheid durf ik dat niet te zeggen.'

'Dat onze stiefvader er niet voor terugdeinsde rood toe te laten, zegt voor mij genoeg. Ik had trouwens ook niet anders verwacht. Al was het alleen maar omdat we hem verder hebben buitengesloten van alle rouwceremoniën. Alleen bij de begrafenis was hij aanwezig, maar dat is een openbare plechtigheid. Daarvoor kun je iemand de toegang niet weigeren. Hij was ook niet in ons midden bij de banya-prey, waar ik net over begon te vertellen. Maar goed ook, want het bleek het uur van de waarheid.'

Amba kwam voorzichtig schuifelend de kamer weer binnen en liet zich in een hoek van de kamer in een luie stoel zakken. Ze trok

haar benen onder zich en pakte een boek van het bijzettafeltje.
'Moet je niet even naar haar toe?' vroeg Battikwa zacht aan Ayuba.
'Nee, laat haar maar. Dan heb ik het gevoel wat meer vrijuit te kunnen spreken. Bij dat Banya-ritueel dus was ik in trance geraakt en bevangen door de geest van onze moeder. Mijn zus begon me te ondervragen over haar dood, waarop de geest me vertelde dat onze moeder gestorven was door het gif van een slang.'
'Slangengif? Is er dan niet sprake van een ongeluk? Een slang die jullie moeder per ongeluk heeft gebeten, tijdens een sessie.'
'Een ongeluk lijkt me uitgesloten. Als het nou vergiftiging betrof door wassingen met een kruidenbad... Dat is een methode bij winti en voodoo om allerlei geesten te verdrijven. Mijn moeder nam die regelmatig op aanraden van Roy. Maar dit is wel heel verdacht. Zoveel weet ik inmiddels wel van de gebruiken bij voodoo.'
'Is de gifslang er geen onderdeel van?' vroeg Battikwa.
'Nee, wel wordt in veel voodoorituelen een slang gebruikt, maar die zijn normaal gesproken juist niet giftig. Van vergiftiging tijdens een ritueel heb ik dan ook nooit gehoord. Ik weet wel dat er gevallen bekend zijn waarbij een voodooslang, een zogenaamde papawinti, mensen op een raadselachtige manier heeft gebeten. In die gevallen wordt aangenomen dat dit het werk is geweest van een boze voodoomedicijnman. Die heeft een slang bezworen om zijn slachtoffer te bijten en te verwonden. Maar juist een papawinti is niet giftig. De behandeling van de ontstane wond moet overigens wel gepaard gaan met allerlei rituelen, anders heeft er geen genezing plaats.'
'Zo'n getuigenis tijdens een banya-prey, klopt dat altijd? Ik bedoel...' Battikwa aarzelde even '...geloven jullie daarin?'
'Ik begrijp je terughoudendheid, jij bent niet in die cultuur opgegroeid, maar het is geen kwestie van geloven. De uitspraken die er gedaan worden, kun je veel eerder beschouwen als conclusies, conclusies na gedegen onderzoek.'

Battikwa zag dat Amba haar hoofd oprichtte en nogal paniekerig hun kant op keek. Ze wilde net Ayuba waarschuwen, toen Amba alweer wegdook in haar boek.

'Amba en ik besloten uiteindelijk toch naar de politie te gaan. We kregen gelukkig een agent te spreken die van winti weet. Hij adviseerde de recherche het lijk te laten onderzoeken. Daar zijn ze nu mee bezig en ondertussen wordt Roy in de gaten gehouden. Afhankelijk van de uitkomst van het onderzoek zullen ze al dan niet een inval doen bij onze stiefvader.'

Nadat ze een korte poos het verhaal zwijgend op zich had laten inwerken, zei Battikwa: 'Wat een geschiedenis. Ik hoopte dat jullie me enige zekerheid konden bieden over jullie stiefvader, zodat ik gerustgesteld naar huis terug kon. Zekerheid heb ik gekregen, zeg dat wel, maar vraag niet wat voor een.'

'Het spijt me voor je, Battikwa, ik had je liever wat aardige dingen over Roy verteld. Het is niet anders. Hij heeft veel kwaad aangericht.'

'Er is één ding dat die zekerheid nog extra kan vergroten, dus verergeren voor mij en dat is de uitkomst van het technisch onderzoek. Zouden jullie mij daarover willen inlichten, zodra het onderzoek is afgerond?'

'Spreekt vanzelf. Dat is toch goed, hè, Amba?'

'Ja, natuurlijk,' antwoordde Amba met een lege blik.

'Fijn, dan zal ik nu mijn man van zijn werkkamer moeten ophalen. Voor geen goud ga ik alleen naar ons huis terug.'

'Je hebt gelijk. Ik zou ook niet graag nu met Roy onder één dak willen zijn. Ik bel je zodra ik iets weet, maar dan wil ik wel een kaartje als je kindje geboren is.'

'Natuurlijk stuur ik je dat.'

Drie uur later zat Battikwa geheel overstuur bij Guido in een stoel op zijn werkkamer, een plaid over de schouders en een kop thee in haar handen geklemd. Klappertandend nam ze af en toe een slokje.

'Probeer eerst rustig te worden, Tikki.' Guido had er een stoel bij geschoven en zat tegenover haar, de handen op haar knieën en zijn gezicht vlak voor dat van Battikwa. Hij drukte een kus op haar voorhoofd. Na ongeveer een kwartier was ze enigzins gekalmeerd. Ze vertelde Guido zo goed en zo kwaad als het ging wat Ayuba haar gezegd had.

'Geen alledaags verhaal,' zei Guido.

'Kun je wel stellen, ja. Misschien dat je er iets nóg nietszeggenders aan kunt toevoegen?' Battikwa was nu duidelijk verontwaardigder dan dat ze van streek was. Ze voelde dat ze Guido met een felle blik aankeek, maar hij bleef er kalm onder.

'Tikki, ook al ben je zo te horen over de ergste schrik heen, ik zou toch graag willen horen waarom je zo ontzet bent.'

'Is dit niet genoeg?'

'Tikki, alsjeblieft.'

'Nou, goed. Ik ben naar de universiteitsbibliotheek gegaan om zoveel mogelijk over voodoo en winti te lezen. Toen werd het me duidelijk.'

'Wat?'

'Dat die Roy helemaal geen bonuman is. Ayuba en haar zus hadden al hun bedenkingen, maar ik weet het nu zeker.'

'Hoezo weet je dat zeker?'

'De inhoud van zijn "huistempel' is een bij elkaar geharkt zootje van voodooattributen: én doeken, én maskers, én een speciaal soort bank, én talrijk versierde stokken, én meerdere boten, én eieren. En dan al die verschillende soorten slangen: de hoeveelheid van een doorgedraaide verzamelaar, daar lijkt het meer op.'
'Toch niet iets om zo ontdaan over te zijn, Tikki.'
'Ook het soort instrumenten dat we avond aan avond door elkaar hebben horen gebruiken, slaat nergens op.'
'Dan nog.'
'Oké, Guido, met zo'n hybride samenraapsel van attributen doe je niemand kwaad. Maar dan die voorouderverering die ik heb bijgewoond. Dat blijkt een mengelmoes van verschillende rituelen. Nooit komen die tegelijkertijd in één samenkomst aan bod. Zelfs de kleding klopt niet. Die vent wilde me wijsmaken dat ze bij die zogenaamde banya-prey in het wit gekleed moesten. Omdat het met de dood te maken had. Slaat nergens op.'
'Hoezo?'
'Leg ik je nog wel eens uit.'
'Tikki, laat die ceremonie voor wat-ie was. Zo belangrijk kan het niet zijn.'
'Dat zeg jíj. Maar waarom heeft hij het zo gearrangeerd? Het kan niet anders dan dat hij die hele samenkomst in scène heeft gezet. Om mij te misleiden.'
'Je moet het niet te dol maken, Tikki. Waarom zou hij? En áls hij die ceremonie om wat voor reden dan ook niet precies volgens de regels heeft gedaan, wat maakt 't uit? Hij hád toch ook speciaal voor jou een korte plechtigheid uitgezocht.'
'Dat is zo, maar...'
'Bleek bovendien uit wat je gelezen hebt dat er helemáál niets klopt van zijn bonumanschap? Misschien is jouw interpretatie fout. Misschien heb je verkeerde elementen met elkaar verbonden. Je bent tenslotte geen doorgewinterde voodookenner.'
'Je laat me niet uitspreken.'

'Sorry. Ga verder.'

'Een korte ceremonie is wél iets anders dan een bijeenkomst waar niks van klopt.'

'Dan nog vind ik dat je tamelijk ongenuanceerd overkomt.'

Battikwa schoot omhoog, duidelijk om in de aanval te gaan, maar ze bedacht zich en liet zich weer achterovervallen. Even was het stil. 'Akkoord,' zei ze, 'er zijn een aantal zaken waarvan ik denk dat ze min of meer deugen.' Terwijl ze het zei, voelde ze een grote afkeer voor wat ze beweerde. Waarom? Ze zei niets onoorbaars, het was geen leugen. Zo bezien was er dus niets dat haar weerzin rechtvaardigde. Battikwa dacht na, maar lang duurde het niet voor ze het antwoord wist: dat gevoel van ongenoegen had haar bevangen, doordat alles in het voodoogebeuren haar als een leugen voorkwam en ze er helemaal niets redelijks in wilde aantonen of zien.

'Nou, vertel maar,' zei Guido, die ongeduldig werd. 'Ik wacht in spanning.'

'Sorry, hoor, maar ik moet me echt ergens overheen zetten. Ik voel zo'n walging als het over die voodoo gaat.'

'Dat had ik meteen al, maar ja... dat vond jij maar onzin, weet je nog?'

'Oké, je had gelijk. Tevreden?'

'Nee, pas als je wat voorbeelden hebt gegeven van echte voodookenmerken.'

'Ik zal het proberen.' Battikwa hief haar hoofd op en zei toen: 'Aisa...' Opnieuw stokte haar stem. 'Uit wat ik daarover gelezen heb, begrijp ik dat Aisa bij voodoo of winti de grond is van alle dingen. Ze is de aarde waar alles uit voortkomt. Het is de godin van de aarde. Het is moeder aarde.'

'Klinkt mij erg zweverig in de oren.'

'Hè, hè, alsof het bij mijn manier van denken past. Maar stel dat je van die redenering uitgaat.'

'Ja.' Guido keek haar niet-begrijpend aan.

'Dan zou je kunnen concluderen dat Roy tegen mij tekeerging uit angst voor misbruik van dat oerbeeld.'
Guido's gezicht klaarde helemaal op. 'Zie je. Daar heb je al een menselijke verklaring voor iets wat onmenselijk leek. Die man is waarschijnlijk heel gevoelig.'
'Ik zeg alleen dat je Roys optreden zou kunnen verklaren vanuit het belang dat aan Aisa wordt toegekend.'
'Dat is toch al heel wat?'
'Maar het wil niet zeggen dát dat zo is. Zoals jij reageert, ga je voorbij aan de persoon van Roy. Zo maak je van hem een soort heilige. Jij draaft naar het andere uiterste door.'
'Nou, nou, Tikki.'
'Als ik jou was zou ik zijn handje gaan vasthouden. Kun je meteen tegen hem zeggen dat ik, net als hij, ook niet snap waarom dat standbeeld van Aisa in de Bijlmer in een witte jurk gehuld is.'
'Tikki, wie draaft er nu door?'
'Serieus. De klederdracht van Aisa is, als ik het goed begrepen heb, juist batik en bruine kleren.' Zacht voegde ze eraan toe: 'Tenzij je die moederlijke vrouw als de aanzegster van de dood moet zien.'
'Wat heb jij toch met wit in relatie tot de dood?'
Battikwa reageerde niet. Ze dacht aan het rouwliedje dat ze wel degelijk in de boeken had teruggevonden.
'Hallo, wakker worden. Ik vroeg je iets.'
'Wat? O, sorry, Guido. Zei ik dood? Ik bedoelde liefde. Een witte jurk trek je aan als uiting van je liefde voor iemand.'
'Dat zal wel. Toen je mij net kende, droeg je anders een witte overall, gestileerd, dat gelukkig wel.'
'Een moderne variant op de witte jurk.'
'Je weet je er weer goed uit te kletsen. Heb je ook wat tastbaarder zaken gevonden die klopten?'
'Ik kan je geruststellen: ja. Het belangrijkste nog wel, de slang. Die is het essentieelste element van de voodoocultus. In levenden

lijve of in een bewerkte houten vorm, zoals ik bij Roy heb gezien op het altaar. Gips is trouwens ook gangbaar. Wat las ik nou ergens? O ja, heel poëtisch, de slang wordt gezien als het rijtuig van de voodoo. De Aisa kan zich overigens ook als een slang manifesteren.'

'Dat klinkt al veel beter, Tikki. En als ik het goed begrijp hoort de slang dus wél thuis bij de voodoo.'

'Ik heb toch niet gezegd dat de slang op zich onzin is. Alleen die aantallen op Roy zijn etage slaan nergens op. Wat ook wél en níet klopt, is die vrouw die rauwe eieren at. Het eten ervan hangt overigens samen met de slang, die de eigenlijke verorberaar is. Maar de hoeveelheid eieren en de situatie waarin het gebeurde, dat heb ik nergens terug kunnen vinden.'

'In die korte tijd ben je ook niet alles over voodoo te weten kunnen komen.'

'Is waar. Er is dan ook maar één ding waar ik honderd procent zeker van ben dat het klopt: het zand op de vloer bij Roy. Dat hoort bij de inrichting van een huistempel.'

'Fijn is dat. Daarom slapen wij noodgedwongen op zand.'

'Misschien dat je het wat minder ergerlijk vindt als je de reden weet van dat zand op de vloer.'

'Ik betwijfel het.'

'Het ligt daar omdat de grond het belangrijkste thema van de tempel is, dat wil zeggen van moeder aarde, van Aisa. De gelovigen blijven zo letterlijk in nauw contact met haar, ze lopen op zand.'

'De irritatie over de zandkorreltjes in bed zal er inderdaad niet minder om worden. Ik moet alleen wel zeggen dat, los van dit ene ongemak, voor ons dan... Hoewel, Roys bed moet toch zeker ook onder het zand zitten. Nou ja, niet ons probleem, maar wat ik wilde zeggen, uit alles wat je nu vertelt ontstaat voor mij het beeld van een vrij coherent geheel. Alles hangt met alles samen. Het verhaal bijt in zijn eigen staart. Wat wil je nog meer, Tikki: het verhaal als slang.'

'Misschien lijkt dat zo, maar ík kreeg tijdens het lezen juist het gevoel dat het hele voodoogebeuren vooral erg ongrijpbaar is. Zelfs de kenners ervan spreken elkaar voortdurend tegen.'
'Laat maar horen.'
Battikwa dacht na. 'Hm, het is nog niet zo simpel om dat goed te reproduceren.'
'Voorbeelden, Tikki, voorbeelden.'
'Goed, ik heb er twee. Eerst een over de slang. Wordt in het ene geval gezegd dat de voodooslang als een zwartgespikkeld exemplaar verschijnt, ergens anders staat dat hij zich als een witte, askleurige slang manifesteert. Uiterst merkwaardig, toch? En over de verschillende ceremoniën. Staat in het ene boek dat de banya een diep religieus vereringsfeest is, tot meerdere eer en glorie van de voorouders, en de lakoe en de soesa-dansfeesten zijn om plezier te maken met de voorouders. In een ander boek wordt beweerd dat lakoe en soesa ook onderdeel kunnen uitmaken van de banya. Het spijt me, maar ik weet dan niet meer wat waar is.'
'Voor mij is het allemaal wartaal. Ik vraag me nu alleen wél het volgende af.'
'Wat dan?'
'Wanneer die informatie zo tegenstrijdig is als jij zegt dat die is, kun je toch met evenveel recht beweren dat Roy wél naar eer en geweten heeft gehandeld.'
'O ja, en zo'n eerlijke man vermoordt zomaar zijn vrouw.'
'Dat is nog niet bewezen, Tikki.'
'En de verkrachting van zijn stiefdochter dan?'
'Een verhaal dat je gehoord hebt van haar zus. Wie zegt dat dat waar is?'
'Waarom verdedig je die man zo?'
'Ik verdedig hem niet, Tikki. Ik maak me alleen zorgen om jouw gezondheid en daarmee de gezondheid van ons kind. Misschien is er niets ergs aan de hand, maak je je voor niets zo druk. Daar heeft toch niemand iets aan?'

'Nee, maar alles bij elkaar opgeteld lijkt het me zo duidelijk als wat. Die man is op zijn minst een ordinaire crimineel die op ingenieuze wijze gebruikmaakt van voodoo.'
'Tikki, rustig.'
'Maar nog veel waarschijnlijker is dat hij een wisiman is, zoals zijn stiefdochters en zijn vrouw al vermoedden. Een wisiman die uiterst crimineel is, welteverstaan.'
'Hoe kom je daar nu weer bij, Tikki? Ik dacht bovendien dat je veel te nuchter was voor dat soort onzin als wisi.'
'Ja, wás, maar ik heb je nog niet verteld over al die verschillende poppen die hij op zijn etage herbergt. Kun jij me bijvoorbeeld vertellen waarom die buurman van ons een zwarte pop in zijn huis heeft? Weet je waar zo'n zwarte pop toe dient bij wisi?'
'Ik zou het bij God niet weten.'
'Om een vijand te doden. Fijn, hè?'
'Nou ja, ik weet wel prettiger dingen te bedenken.'
'Als het je geruststelt: het kan ook minder erg, hoor, het gebruik van een magische pop om mensen geestelijk en lichamelijk te beïnvloeden.'
'O.'
'Weet je wat een belangrijke toepassing is van een blanke pop, Guido, en minder schadelijk dan als moordwapen?'
'Lieverd, al sla je me dood.'
'Mensen uit hun huis verdrijven.'
'Alsjeblieft, Tikki.'
'Wat willen wij al een hele tijd? Zeg het maar. Je weet het wel.'
'Toe, Tikki.'
'Weg uit ons huis. Noodgedwongen. Toevallig, hè? Het sluit naar mijn mening wel iets te mooi aan bij ons voornemen. Het komt er eenvoudigweg op neer dat wij ertoe gedreven zijn door de magische krachten van die wisiman beneden ons.'
'Tikki, jíj was de laatste keer degene die duidelijk te kennen gaf te willen verhuizen. Je had genoeg van onze buurman en de over-

last die hij veroorzaakt. Je raakte zelfs in paniek en wilde het liefst stante pede weg.'
'Precies, daarmee zeg je toch al dat het aan de buurman ligt!'
'Ja, zeg, dat is wel erg kort door de bocht. Is het bovendien niet raar om dat een onschuldige pop te verwijten?'
'Guido, een magiër plaatst zo'n pop niet voor niets in zijn huis. Dat is om van daaruit opdrachten uit te voeren!'
'Dit is toch allemaal veel te ver gezocht. Hou op.'
'En waarom, denk je, zei die buurman van ons: "Dat komt helemaal mooi uit", toen ik hem vertelde zwanger te zijn, wat weer een antwoord was op zijn vraag of ik misschien ongesteld was? Nou, waarom denk je?'
'Voorzover ik het begrepen heb, omdat je als menstruerende vrouw niet bij zo'n ceremonie aanwezig mag zijn.'
'Nee!' schreeuwde Battikwa. 'Helemaal niet, daar ging het hem niet om. Hij dacht dat hij de buit al binnen had, daar ging het om.'
'Tikki, waar héb je het over!'
'Er mogen helemaal geen vrouwen of kinderen in de nabije omgeving aanwezig zijn.'
'Waar en wanneer mogen geen vrouwen en kinderen aanwezig zijn?'
'Tijdens het oproepen van een kwade geest, die de pop moet gaan bewonen. Dan kunnen ze ziek of krankzinnig worden of plotseling doodgaan. Dát zag hij voor zich.'
'Welke vrouwen en kinderen?'
'Begrijp je het dan niet? Ik ben een vrouw én ik heb een kind in mijn buik en tezamen wonen we boven die man. Er is maar een heel dun vloertje dat ons van elkaar scheidt. Die Roy wilde ons dood: mij en mijn baby.'
'Doe niet zo hysterisch, Tikki. Straks blijf je er nog in.'
'Daarom zei hij ook tegen dat gezelschap in zijn huis: "A ab bere." Ze is zwanger, betekent dat. Wist ik toen niet, maar ik heb het opgezocht. Die mensen waren onderdeel van het complot. Dat

hele zogenaamde banya-ritueel was een en al fake.'

'Tikki, als je nu niet ophoudt, krijg je een pets in je gezicht. Ik meen het. En een emmer koud water er nog achteraan.'

Battikwa klapte haar mond dicht.

'Jezus, je weet helemaal niet of het allemaal klopt. De informatie was toch zo tegenstrijdig in al die boeken?'

'Over voodoo en winti, ja. Maar juist uitgerekend over wisi waren ze het allemaal eens. Toevallig, hè!' Haar stem sloeg over.

'Als je erin gelooft. En ik geloof er niet in. Tikki, je gaat echt te ver. Dit is niet gezond.'

Van het ene op het andere moment veranderde Battikwa's lichaam van een strakgespannen veer in dat van een marionet. Tranen stroomden nu over haar wangen. Guido ging naast haar zitten en drukte haar tegen zich aan.

'Weet je wat?' zei Guido. 'We gaan actief op zoek naar een nieuw huis en verder laten we het rusten. Desnoods ga je een tijdje bij je ouders wonen. Die hebben ruimte genoeg.'

Ze snikte. 'En jou… alleen… bij die misdadiger… laten.'

'Tikki, ik wil even niets meer over die man horen. Heb je me begrepen?'

Na een tijdje zwijgend bij elkaar gezeten te hebben, vroeg Guido: 'Gaat het een beetje?' terwijl hij haar haar uit het natte gezicht veegde. 'Laten we voor deze ene keer een glas wijn nemen. Dat is niet erg. Het lijkt me veel slechter voor de kleine om in de buik van zo'n gespannen moeder te zitten.'

'Heb je… dan… drank op je… werkkamer?'

'Ja, nog een heel goede Haut-Médoc, van het laatste interview voor de tv.'

'Nou, doe dan maar… Eentje, niet te vol.'

Het werden er twee. Twee grote glazen rode wijn.
'Hoe voel je je nu?' vroeg Guido.
'Ja, goed.'
'Fijn. Ik maakte me echt zorgen daarnet.'
Na enige tijd zei Battikwa: 'Nog één klein ding over Roy.'
Guido keek haar streng aan.
'Alsjeblieft,' smeekte Battikwa.
'Nou, vooruit dan. Maar daarna wil ik die naam nooit meer horen. Afgesproken?'
'Afgesproken.'
'Wij vonden Roy toch zo goed van vertrouwen omdat hij altijd zijn deur heeft openstaan, nietwaar?'
'Ja.'
'Door wat ik gelezen heb over winti en voodoo, stemt die houding van hem me alleen maar argwanend. Het is juist zo dat men bij de Afro-Surinaamse religie een sterke code van geheimhouding kent. Ook heeft men helemaal geen waardering voor belangstelling van buitenaf. Zij ervaren de vraag om informatie als erg vrijpostig.'
'En?'
'Nou, vind je dit niet in schril contrast staan met de uitnodiging van Roy om een ceremonie bij te wonen?'
'Dat was het, Tikki?'
'Ik begrijp dat je het er niet over wilt hebben?'
'Hoe raad je het zo.'
'Het is goed, lieverd. Fijn dat je zo veel geduld hebt. Ik ben een neuroot.'

'Tikki, niet zo negatief over jezelf. De omstandigheden waarin jij nu verkeert zijn niet echt alledaags.'

'Kom, Guido, er zijn duizenden vrouwen met mij zwanger. Stel je voor dat ze allemaal zo overspannen zouden reageren als ik.'

'Het doet me goed dat je weer wat relativerend kunt spreken over de hele situatie.'

'Ik ook, vooral omdat ik morgen naar mijn grote vriendin de verloskundige moet en ik liever geen standje van haar krijg.'

'Ben ik even blij dat ik niet mee hoef.'

'Daar gaat het juist om. Dat moet je wel. Anders blijft ze tegen me zeuren.'

Battikwa nam een laatste, grote slok en zei toen: 'Weet je, Guido, wat ik me daarnet plotseling realiseerde?'

'Nee.'

'Drie van de belangrijkste elementen binnen de voodoo-winti corresponderen met drie belangrijke elementen uit het Oude Testament: de slang met de slang uit het paradijs, de stok met de staf van Mozes en de boot met de ark van Noach. Ik weet het zeker, het komt allemaal goed: met ons én de baby.'

De volgende morgen vroeg, toen Battikwa naar de verloskundige moest, was ze niet meer zo zeker van de goede afloop. De angst voor de buurman had het gedurende de nacht gewonnen van haar geruststellende gedachte van die vorige middag. De verloskundige merkte meteen dat Battikwa vreselijk overspannen was en na meting bleek de bloeddruk ook nog eens aan de hoge kant. Battikwa durfde de vrouw niet te vertellen over voodoo en winti uit angst voor gek te worden versleten.

De verloskundige viel tegen Battikwa uit. 'Wat de oorzaak van jouw extreme gespannenheid is, weet ik niet. Als je het niet wilt vertellen, mij best. Ik kan je niet dwingen. Maar ik heb wél de medeverantwoordelijkheid voor jou en je kind. Als ik besluit dat er te veel risico's aan verbonden zijn om je zonder voortdurende begeleiding en controle de zwangerschap te laten volbrengen, zal ik helaas genoodzaakt zijn je deze laatste drie maanden te laten opnemen.'

'Psychische stress was toch niet bedreigend voor de gezondheid van de baby?' protesteerde Battikwa met een klein piepstemmetje. Nu begon ook zij zich zorgen te maken om haar kind. Als een baby rustig werd van muziek, moest het, de logica volgend, ook gestrest raken door spanningen van buitenaf. Had Guido daar gisteren ook niet op gezinspeeld? Hoe wist hij dat? Zou de verloskundige hem stiekem hebben gebeld?

'Nee,' zei de verloskundige, 'maar het kan wel jóuw gezondheid aantasten, zowel in lichamelijk als in geestelijk opzicht. Denk je dat je kindje daar blij mee is, een wrak van een moeder? Ik wil dat je

vanaf nu thuis zodanige voorwaarden creëert, dat je je zwangerschap in volkomen ontspannenheid kunt uitzitten. Als het niet goedschiks kan, dan maar kwaadschiks. Dan dwing je het maar af. En anders zal ik je tegen jezelf in bescherming moeten nemen door je tijdelijk uit huis te plaatsen.'
Door de manier waarop de verloskundige haar eisen stelde, begreep Battikwa dat het uiteindelijk toch Guido was in wie ze de kwade genius zag. Ze geloofde duidelijk niets van het verhaal over de buurman, zei dat met iets andere woorden zelfs letterlijk. Maar ja, Battikwa lichtte de verloskundige inderdaad zeer onvolledig in. Een beetje burenruzie, daar jaag je iemand niet zo extreem mee over de kling, dacht de verloskundige, en gaf haar eens ongelijk.

Battikwa dirigeerde zichzelf bij thuiskomst naar het studeerkamertje. Ze moest die buurman uit haar hoofd zetten. Een verplichte ziekenhuisopname was wel het laatste dat ze kon gebruiken, ze moest zich dwingen zich de komende tijd rustig te houden. Kom op, de geest roept. Aan het werk, anders roest het helemaal vast daarboven. Je had je toch voorgenomen de scriptie af te hebben voor de baby er was? Daar moet dan wel iets voor gedaan worden.
Battikwa zorgde ervoor dat ze, ondanks de dikke buik, toch lekker zat en van alle gemakken was voorzien: voetenbankje onder het bureau, kussens in de rug, potje thee en schaaltje met koekjes op een tafeltje naast haar. Eerst maakte ze het pakketje open dat ze daarnet bij de post had gevonden. Er stond een stempel op van het Morticini Lyceum. Wat kon dat nou zijn? In één keer rukte ze het golfkarton eraf. Ach, natuurlijk, het fotoboek van de laatste reünie. Het had wel erg lang geduurd voordat ze het opstuurden. Maar ze moest niet zeuren. Voor het Morticini was dit al heel netjes.
Al bladerend ontdekte ze een foto van de joodse 'oorlogsklas'. Enigzins afgezonderd stond een man die haar op de reünie was opgevallen omdat hij helemaal in het wit gekleed was, inclusief een witte hoed met een brede rand die schuin naar beneden stond,

waardoor zijn gezicht voor een groot deel bedekt was. Pas nu, omdat hij op deze foto en profil stond, viel haar zijn uitgesproken joodse uiterlijk op. Het leek haar een man met een sterk karakter. Was dat zijn redding geweest? Had hij daardoor de oorlog overleefd? Battikwa zuchtte. Het had geen zin om er verder over te speculeren. Ze zou toch nooit iets te weten komen over die man en zijn verleden, noch over dat van de andere mensen op de foto, en ze had het gevoel daar niet rouwig om te hoeven zijn. Een vrolijk verhaal hadden ze vast niet te vertellen. Ze moest denken aan een jeugdfoto van Marga Minco die ze ooit gezien had in een boek. De latere schrijfster stond er met vier middelbareschoolvriendinnen op. Het was nog voor de oorlog en ze waren op schoolreisje. Onder de foto stond een tekst van Marga Minco, waarin ze onder andere repte over haar ambitie om schrijfster te worden en hoe enkele jaren later een abrupt einde kwam aan het maken van die toekomstplannen. Battikwa rilde toen ze aan de laatste zinnen van het tekstje dacht: 'Een enkel meisje geeft zich af met Duitse officieren. Ik vertrek uit Breda en laat mijn zorgeloze jeugdjaren voorgoed achter me.' Van Marga Minco was wel veel bekend over haar verleden.

Kom, ze moest weer aan het werk en legde het boek opzij. Na een halfuur typen maakte zich een behaaglijk gevoel van haar meester. Ze had alleen wat last van een zeurderige buikpijn. Het verstoorde haar concentratie. Maar ach, zoals ze ook altijd redeneerde bij de maandelijkse buikkrampen, in vergelijking met de heftige pijnen vroeger, op zaterdagmorgen, voor ze naar zwemles moest, waren deze stuiptrekkinkjes verwaarloosbaar.

Ze stonden haar nog helder voor de geest, de zwemlessen. Iedere zaterdag ging ze met haar vader naar het Zuiderbad, waar ze zich gedurende anderhalf uur onderwierp aan het dictatoriale regime van de badmeesters. Ze leken er een satanisch plezier in te hebben hun leerlingetjes zoveel mogelijk angst aan te jagen. Gedurende de eerste fase van de zwemlessen hing je aan een hengel onbeholpen te trappelen, terwijl de badmeester je naar believen omhoog kon hijsen of naar beneden kon laten zakken. Het was deze laatste handeling die de zweminstructeur op onverwachte momenten uitvoerde, waardoor je kopje-onder ging. Hetzelfde principe gold voor de haak, waarmee je in een wat later stadium werd onderricht. De badmeester genoot ervan als hij je, met je gezicht naar boven, onder zag gaan op het moment dat hij de hengel zonder waarschuwing onder je nek weghaalde. Het water stroomde je neus in, je raakte in paniek en op het hoogtepunt daarvan trok de badmeester je hoofd snel met de haak boven water. Terwijl jij proestend en naar lucht happend met je armen zwaaide, sleepte hij je naar de kant. Je kreeg, op de koop toe, ook nog eens flink op je kop: kinderachtig, hoor, dat je niet tegen een beetje water kon.

In die periode ontwikkelde Battikwa buikpijnen. 's Ochtends vroeg, voordat ze naar de les moest, zat ze helemaal ineengedoken, armen over elkaar tegen de buik aan gedrukt, lijkbleek. Zelfs uit haar lippen was alle kleur weggetrokken. Toen haar vader besloot dat ze voor een keer de les dan maar moest overslaan, was de pijn in één klap verdwenen. Haar ouders wisten niet precies wat ze daarvan moesten denken. Stelde Battikwa zich aan, was het een protest tegen de ongeoorloofde inspanning op sjabbat – wat vreemd zou zijn, aangezien het gezin zich helemaal niet hield aan dat soort voorschriften – of was Battikwa echt bang? Ze wisten het niet, maar besloten dat het beter was voor een langere periode de lessen te staken. Zo'n drama iedere zaterdag was voor niemand prettig.

Vanaf het moment dat Battikwa een jaar later vol goede moed weer startte, ging alles prima. Aan die buikkrampen lag dus wel degelijk zwemangst ten grondslag, want het was nog steeds het Zuiderbad met nagenoeg dezelfde badmeesters. Een jaar maakte blijkbaar veel uit. Eigenlijk alles. Uit recent onderzoek bleek trouwens dat je beter met een wat ouder kind de zwemlessen kon beginnen. Liever acht jaar dan vijf. De theorie dat het goed zou zijn om een kind in de babyfase op zwemles te doen was inmiddels helemáál achterhaald. Waarschijnlijk drong al snel tot het prille bewustzijn van de baby's door dat het geen vruchtwater was waar ze in zwommen: ze bleken het zwemmen net zo snel te vergeten als het hun was aangeleerd.

Wat Battikwa er in ieder geval aan had overgehouden, was dat spanning altijd op haar buik sloeg. Maar, zoals gezegd, deze pijn was kattenpis vergeleken met die krampen op jeugdige leeftijd. Ze werkte dan ook rustig door tot 's avonds. Na het eten ging ze wel vroeg in bed liggen, terwijl Guido nog wat aantekeningen maakte in hun studeerhok.

's Nachts werd Battikwa een paar keer wakker van pijn die erger leek dan overdag. Maar ja, 's nachts leek alles altíjd erger. Ze stapte nog een keer uit bed om naar de wc te gaan, maar het was alsof daarbinnen alles vastzat. Niet vergeten morgenochtend een glas lauw water op een nuchtere maag te drinken, hield Battikwa zichzelf voor. Een ongelooflijk goor, maar uiterst doeltreffend middel. Toen ze opstond voelde ze dat de krampen wel degelijk heviger waren dan de dag ervoor. Ze vervloekte de verloskundige. Die had haar op stang gejaagd met haar dreigement tot opname. Dankzij haar zat ze nu met buikpijn. Fijn, hoor, zo iemand die je zo goed mogelijk door je zwangerschap moest leiden. Voor de zekerheid werkte Battikwa, met zeer lange tanden, ook nog eens een bak yoghurt met zemelen weg, hoewel ze zich eigenlijk niet kon voorstellen dat het een verstopping was waardoor de pijn kwam. Haar stoelgang was altijd perfect. Maar met die zwangerschap wist je het niet. Je hoorde wel vaker dat vrouwen dan last kregen van obstipatie.

Guido moest om twaalf uur op de uitgeverij zijn en had daarom besloten om niet naar zijn werkkamer te gaan. Na een rustig ontbijt met Battikwa zou hij nog een uurtje of wat thuis werken. Van al het lekkers dat hij op tafel had gezet, lustte Battikwa jammer genoeg niks. Zelfs het roerei met gerookte zalm en bieslook-roomsaus, waar ze anders dol op was, liet ze onaangeroerd.

'Eet jij mijn portie maar op, Guido. Ik moet er nu even niet aan denken. Het klinkt vies, het spijt me, maar ik heb het gevoel dat ik tot aan mijn keel vol met poep zit.'

'Laat de rest van de uiteenzetting maar zitten, Tikki, anders kan ik beide roereieren rechtstreeks de prullenbak inschuiven.'

De volgende twee uur zaten ze aan de eettafel alle kranten te lezen die Guido op de terugweg van de bakker had gekocht.

De telefoon ging en Guido nam op.

'Ja, die is thuis. Ik geef haar even.'

Met zijn hand op de hoorn zei hij tegen Battikwa: 'Een zekere Yuba? Kan dat?'

'Nee, Ayuba. Die dochter. Over wie ik je vertelde.'

Een niet-begrijpende blik van Guido.

'Geef nou maar.' Battikwa rukte de hoorn uit zijn hand.

'Hallo, Ayuba. Wat is er?'

Ze luisterde niet meer dan drie seconden. 'Echt? Vreselijk! En nu?'

Weer werd er iets aan de andere kant van de lijn gezegd. Guido keek vragend. Battikwa hief haar hand op als teken dat hij even geduld moest hebben.

'Hoe laat?' vroeg Battikwa in de hoorn. En meteen daarop: 'Dan hang ik snel op.'

'Mag ik eindelijk weten wat er aan de hand is?'

Battikwa zat als verstijfd in haar stoel. 'Onze buurman heeft zijn vrouw vergiftigd,' zei ze beheerst. Meteen daarop schreeuwde ze: 'Het is een moordenaar! Zie je wel, ik had gelijk, het is een moordenaar!'

'Rustig, Tikki.'

'Hij wil mij en mijn baby ook vermoorden,' gilde ze.

'Sstt, Tikki. Alsjeblieft, schreeuw niet zo. Straks komt hij nog vragen wat er aan de hand is.'

Battikwa begon zo mogelijk nog harder te krijsen. 'Hij komt eraan. Ik wil hier weg, het huis uit. Kom mee, alsjeblieft!' Ze trok aan Guido's arm.

'Tikki, kop dicht!' Nu was het Guido die zijn stem verhief.

Daarop volgde een nog hysterischer gekrijs van Battikwa. Hij greep haar bij de schouders en schudde haar door elkaar, terwijl Battikwa met haar vuisten tegen hem aan begon te beuken.

'Tikki, ben je nou helemaal gek geworden!' Guido pakte haar bij haar polsen. 'Tikki, kijk me aan, alsjeblieft.'

Hij herhaalde dat nog een paar keer, en haar ademhaling werd langzaam rustiger. Hij drukte haar tegen zich aan en aaide haar over het hoofd.

'Zei die Ayuba nog iets anders wat belangrijk voor ons is?' vroeg Guido na zo'n vijf minuten.

'Nee... ja... ze zei... de politie kon hier ieder moment... zijn,' zei Battikwa zacht.

'Dan wachten we rustig af. Roy kennende ligt hij nog te meuren. Ze zullen hem van zijn bed moeten lichten.'

'Maar... als hij wakker is geworden... van mij... hoe moet dat nou.'

Guido probeerde het luchtig te houden. 'Stil maar, Tikki. Je weet dat die man tijdens zijn slaap zo ongeveer in coma ligt. Zoiets hoort hij niet.' En om haar af te leiden: 'Hoe is het met je buik? Zal ik een kruik voor je maken?'

'Nee, blijf hier. Laat me niet alleen.' Haar stem schoot weer omhoog. Ze greep Guido bij de revers van zijn colbertje, trok keihard aan één kant, waardoor Guido bijna viel en er een knoop af sprong.

'Kom, Tikki,' zei Guido, nadat hij zijn evenwicht had hervonden en hij Battikwa met zachte hand terug in haar stoel duwde. 'De keuken is maar op drie meter afstand. Zou de verloskundige deugd doen om te horen, al die goede zorgen van je man.'

Battikwa ging niet in op het plaagstootje van Guido. Ze reageerde in het geheel niet.

Tien minuten later klonk het inmiddels bekende geluid van het inrammen van de voordeur. Guido haastte zich naar de gang.

'Tikki, kom nou!'

Ze volgde schoorvoetend.

'Schiet nou eens op, anders mis je alles.'

Juist op dat moment stormde een hele troep politieagenten naar boven.

'Recherche, opendoen!'

Toen er niet meteen gereageerd werd, rende de hele groep naar binnen.

'Liggen blijven!' werd er geroepen.

'Hoor je, Tikki, Roy is inderdaad in zijn slaap verrast. Dat betekent dat hij nu, liggend op zijn bed, in de boeien wordt geslagen. Heerlijk hè, om je hem in zo'n vernederende situatie voor te stellen.'

Er klonk een vreselijk geschreeuw en gescheld. Met korte pauzes waarin blijkbaar de agenten iets tegen hem zeiden, klonken er talrijke kreten uit zijn mond: 'Go dok, boy!' 'Nyan mi raas' 'Da mi dede k'ba!'

'Ik versta er weliswaar niets van, maar dit kan niets anders dan gevloek zijn, denk je ook niet, Tikki?'

Terwijl hij zo praatte, ging Guido hun etage binnen, met Battikwa achter zich aan. Ze ging in een stoel zitten, terwijl Guido naar het raam aan de straatzijde liep.

'Ik weet het, Tikki, we hebben al eerder kennisgemaakt met zijn andere kant. Toch verbaast het me ook nu weer. Is dit wat we ooit voor een beschaafde, vriendelijke buurman hebben aangezien? Begrijp jij dat nou?' Guido trok het schuifraam omhoog, knielde op de grond en stak zijn hoofd naar buiten.

Na zo'n vijf minuten kwam hij onder het openstaande raam vandaan. 'Nou, dat was het dan. Hij is meegevoerd, het politiebusje in. Exit Roy Robert. Kunnen we de laatste periode van je zwangerschap toch nog in dit huis doorbrengen.'

Battikwa keek dwars door Guido heen.
'Tikki, wat is er met je, je hebt nu al zeker tien minuten lang geen antwoord op mijn vragen gegeven. Heb ik iets fout gedaan, gezegd misschien?'
'Ja... fijn,' zei ze met een dun stemmetje.
'Hoezo, ja, fijn? Fijn dat we hier nog een tijd rustig kunnen wonen?'
'Ja... goed.'
'Ik begrijp er niets van. Zullen we een drankje nemen voor de schrik? Nou ja, ik dan. Jij een lekkere kop kruidenthee.'
'Ja... goed.'
'Wat is er in godsnaam met je aan de hand, Tikki? Je doet zo vreemd.'
Ze reageerde niet.
'Tikki, gaat het?'
'Ja... goed. Wel buikpijn.'
'Kom, je gaat lekker in bed liggen met een verse kruik.'
'Ja... goed.'
Ze werd bij de hand genomen en naar de slaapkamer geleid. Ze waren bijna de drempel toen er onder hen een kreet klonk: 'O, nee!'
'Wat is dát nou weer?' zei Guido.
Opnieuw klonk er een uitroep: 'Nee, nee, dit niet!'
'Toch niet opnieuw een buurvrouw in nood? Tikki, ik ga kijken. Jij blijft hier.'
'Ja... goed,' zei Battikwa maar ze snelde meteen Guido, die al halverwege de trap was, achterna.
'Wat héb je nou, Tikki? Blijf daar.'
'Ja... goed.'
'En hou alsjeblieft op met dat "ja... goed".'
'Ja... goed,' zei ze nu fluisterend en ze bleef op de onderste tree staan. Guido liep voorzichtig het halletje van de buurman en daarna links de kamer in. Ondanks zijn waarschuwing volgde Battikwa

hem toch en bleef bij het gordijn staan. Een paar meter verder dan Guido stond een agente met haar rug naar hem toe. Guido schraapte zijn keel.

De agente keerde haar gezicht naar hem toe.

'Hallo... goedenmiddag... ik ben de buurman, Guido... van hierboven.'

'Kijk... daar,' zei de agente, terwijl ze met haar vinger naar de tafel wees.

Guido kwam dichterbij. Hij was op een meter afstand van de tafel genaderd, toen hij een kreet van afschuw slaakte.

Battikwa schoof met een ruk het gordijn opzij.

'Nee, Tikki, weg hier!' riep Guido.

Maar Battikwa liet zich niet tegenhouden. Ze zag de tafel en liep ernaartoe. Ze hoorde een gil uit haar keel komen. Deze zette vrij laag in, en gleed de hoogte in, net zolang tot hij verdween in het niets. Toen werd het stil, heel erg stil.

Wat zag ze dáár nou liggen? Heel even flitste het door Battikwa heen dat daar een challabrood lag, een challabrood op de sjabbattafel, omwikkeld met een doek. Sloeg nergens op natuurlijk, want dat waren er altijd twee. Ze boog iets naar voren. Het ding kreeg íets meer contouren. Ze bracht haar gezicht nog meer naderbij. Wat wás dat nou? Een baby? Ja, daar leek het op. Het had een soort gezichtje aan het uiteinde. Maar wat deed díe nou hier? En wat zag hij er raar uit. Zo perkamentachtig. Zou het misschien haar baby zijn? Ze had hem zich wel heel anders voorgesteld. Hij leek wel dood. Er zat een soort askleurige poederlaag op zijn gezicht, en wat waren dat voor een vieze, zwarte vegen die erdoorheen liepen? Teer? Wat deden die lange blonde en grijze haren die erin kleefden daar nou? Waarom al dat snoep rondom de baby? Ja, nu wist ze het zeker. De baby, die misschien haar baby was, moest wel dood zijn, want hij lag op een wit kleed, een doodskleed. Het was zeker niet het witte tafelkleed van de sjabbat: de sjabbat als bruid. Pff, ze wisten het altijd mooi te brengen, maar wat een onzin.

 Hinderlijk dat ze steeds haar naam hoorde roepen. Zo kon ze de situatie natuurlijk nooit goed in zich opnemen. Hou toch op met dat geschreeuw. Ze hield even haar adem in om te kunnen achterhalen waar het vandaan kwam... Dat was, verdorie, ja, dat was Guido's stem. Wat wilde hij van haar? Hij, die zelf altijd zo gesteld was op zijn rust als hij aan het werk was. Niemand, ook zij niet, mocht hem dan storen. Wat werd ze trouwens moe van dat denken. Wacht, ze ging even liggen, gewoon, lekker op het zand. Deed ze net alsof ze aan het strand lag. Dan was die papieren bollamp de zon. Wie weet werd ze ook nog bruin. 'Badmeester, wordt m'n rug al bruin?' Ze grinnikte. Ze leek wel gek. Nou, Tikwa, een kort tukje en je bent weer boven Jan. Maar dan moest die Guido van haar wél zijn waffel houden. Daar had je weer die stem: 'Tikki, lieverd, hoe is het?'

Zo kwam er natuurlijk niets terecht van haar middagdutje. Ze deed haar ogen maar weer open.

Dat was schrikken. Ze keek recht in zijn ogen.

'Tikki, alsjeblieft, zeg iets.'

Egoïst. Hij eiste weer eens alle aandacht op.

'Tikki, ik, er is een ambulance onderweg. Het komt allemaal goed.'

Wat zeurde Guido toch, een ambulance vanwege wat buikkrampen. Hadden die gasten soms niets beters te doen? Een paar uur goed slapen. Dan was alles over. Het werd tijd dat ze Guido tot de orde riep, al stond haar hoofd daar nu helemaal niet naar. Ze deed haar mond open en toen ze probeerde om de eerste klanken uit haar mond te laten komen, voelde ze zich plotseling heel zwaar worden in het hoofd. Wel Guido of geen Guido: ze sloot haar ogen weer. Hij kon de pot op.

'Alsjeblieft Tikki, hou je ogen open! Zak niet weg, niet weer. Tikkiii!'

2

DE METAMORFOSE

(Academisch Ziekenhuis Vrije Universiteit,
Buitenveldert; Van Ostadestraat, de Pijp)

Guido zag dat Battikwa haar ogen opende, maar ze meteen daarop weer dichtkneep. Ze deed dat zo krachtig, dat haar wimpers niet eens meer te zien waren. Hij boog zich nog verder over Battikwa heen.
'Tikki, hoor je me?'
'Au,' kreunde ze.
'Zal ik iemand roepen?' Guido maakte aanstalten om zich om te draaien.
'Nee, au, hier blijven.'
'Lieverd, ik ga niet weg. Ik wilde alleen even op het belletje drukken.'
'Waar is het?'
'Waar is wat?'
'Mijn baby.'
Guido's gezicht lichtte op. 'Dus je weet het.'
'Ja, natuurlijk weet ik het.'
'Het was wel even schrikken.'
'Schrikken? Ik vond het vooral raar.'
'Raar?'
'Ja, het zag er zo vreemd uit.'
'Maar, je hebt er toch niks van gezien?'
'Jawel, het lag op die tafel.'
'Tafel?'
'Die tafel met dat witte kleed. Daarom weet ik het.'
'Wát weet je?'
'Dat het dood is, natuurlijk.' Battikwa keek nu bijna triomfantelijk.

'Tikki, lieverd, ons kind leeft. Het is weliswaar heel erg klein, maar het leeft.'
'Onzin. Ik heb het toch gezien. Het lag op een doodskleed. Het hoefde er alleen nog maar in gewikkeld te worden.'
'Tikki, nogmaals, ons kind leeft. Hoor je me! Het leeft en ligt hier vlakbij.'
'Het leeft helemaal niet. Het is dood. Het had zelfs grijs haar. Au!'
'Ik roep toch even iemand.'
'Nee, niet doen. Ik wil er niemand anders bij. We hebben nog van alles te bespreken. Is de begrafenis bijvoorbeeld geregeld? Dat moet vandaag nog. En een zakje aarde uit Israël. Om over het gezicht en het lichaam te strooien. Is dat er?'
'Aarde uit Israël?' vroeg Guido. Hij zag kans om, zonder dat Battikwa er erg in had, op de bel te drukken. Ondertussen praatte zij door.
'Mooier zou natuurlijk zijn als het lichaampje in een bedje van Israëlische aarde gelegd werd. In de kist, of nog beter, zonder kist. Lieverd, ik heb een idee. Zullen we snel een keer naar Israël gaan? Op vakantie. Dan nemen we het lichaampje mee en begraven het daar nog een keer. Dat is de plek waar het thuishoort, in Erets Jisraël.' Weer verkrampte Battikwa's gezicht. 'Au!'
Een verpleger kwam de kamer binnen. Guido zei zacht iets tegen hem, waarop hij weer wegliep. Battikwa leek het allemaal te ontgaan. Een paar minuten later was de verpleger terug. Hij boog zich over haar.
'Ik geef u een spuitje. Dan kunt u nog wat slapen.'
'Slapen? Ik wil helemaal niet slapen. Er moet nog van alles voorbereid worden. Voor de begrafenis.'
De verpleger keek Guido heel even vragend aan, maar pakte daarop kordaat de arm van Battikwa en stak de naald erin.
'Stop, u begrijpt het niet. Ik moet juist wakker blijven. Ik heb geen tijd om te slapen.'

Guido zag dat Battikwa's ogen hun felheid verloren, dat ze in hun oogkassen begonnen rond te draaien, en kort daarop zakte ze weg.

'De psychiater verwacht u over een halfuur op zijn kamer,' zei de verpleger tegen Guido, die zijn tranen voelde opkomen. 'Hij zal u dan het een en ander uitleggen en toelichten.'

Toen de verpleger aanstalten maakte om weg te gaan, richtte Guido zijn gezicht naar hem op en vroeg: 'Denkt u dat ik bij Neno kan kijken?'

'Natuurlijk. Ik breng u wel.'

Even later stond Guido voor een couveuse waarin een heel klein wezentje, behangen met draden, in lag te slapen. Een verpleegster kwam erbij staan. Zacht zei ze: 'Het gaat goed met hem.'

'Maar hij is zo vreselijk klein,' fluisterde Guido.

'Toch gaat het goed met hem.' Ze kneep Guido zacht in de schouder en liep weg.

'Dank u,' zei Guido, maar dat hoorde ze al niet meer.

Guido zat in de kamer van de psychiater. De gynaecoloog was ook aanwezig.
'Ik heb u niet zonder reden op mijn kamer laten komen,' zei de psychiater. 'De mogelijkheid is aanwezig dat uw vrouw voortijdig bijkomt en ik zou niet graag willen dat ze iets van dit gesprek opvangt.'
'O?'
'Voordat u het verkeerd opvat: ik ben absoluut voor openheid naar de patiënt toe. Maar ik ben ook erg strikt in het tegenovergestelde, in die gevallen dat men de patiënt zou schaden met een eerlijke houding. Dan geldt de zwijgplicht.'
'Ik snap het.'
'Meneer Palladio, de gynaecoloog en ik hebben daarnet overleg gehad. Daarbij hebben we de gegevens betrokken die u ons over uw vrouw heeft verschaft. Overigens, petje af voor de secure manier én de beknoptheid waarmee u ons bij binnenkomst in het ziekenhuis meteen heeft ingelicht. En dat onder zulke omstandigheden. We zullen u nu zo goed mogelijk vertellen wat er uit het gesprek is gekomen. Allereerst het belangrijkste: met uw vrouw zal het helemaal in orde komen. Daar zijn we niet bang voor.'
Guido's gezicht lichtte op. 'Echt, denkt u dat?'
'Dat denken we niet alleen, dat weten we. Maar... het zal een langdurig proces worden. U vertelde dat uw vrouw in zeer korte tijd erg veel schokken te verduren heeft gehad. Corrigeer me trouwens als ik de zaken niet goed weergeef. Eerst de confrontatie met een buurman die zijn vrouw gedood bleek te hebben. Vergiftiging was het, nietwaar?'

'Dat is nog niet bewezen, maar het is wel zeer waarschijnlijk.'
'In ieder geval was uw vrouw min of meer getuige van de arrestatie van uw buurman. Het was zelfs een heuse overmeestering, als ik het goed heb begrepen. Dat lijkt me een behoorlijk ingrijpende gebeurtenis. Zeker omdat het iemand betreft die onder u woonde, op een etage die dus deel uitmaakt van hetzelfde pand.'
'Dat is zo.'
'Daarna, na zijn arrestatie, werd ze geconfronteerd met dat gemummificeerde babylijkje. Op zich al vreselijk, maar gezien haar eigen zwangerschap natuurlijk helemaal.'
'Denkt u dat ze zich bij de eerste aanblik wel bewust is geweest van wat daar op die tafel lag?' vroeg Guido.
'Zeker.'
'Dat het om een dode, gemummificeerde baby ging die niets met haar eigen kind van doen had?'
'Absoluut. Maar het was te afschuwelijk om te bevatten. Daarom heeft ze het direct uit haar hoofd verbannen.'
Dat moet het moment zijn geweest van die gil die niet leek op te houden en haar plotselinge verstijfdheid, besefte Guido.
'Vervolgens heeft ze een eigen versie gemaakt van wat ze daar zag. Natuurlijk niet minder gruwelijk, maar geconstrueerd vanuit een heel ander bewustzijnsniveau.'
Guido kreeg sterk de behoefte zijn eigen bewustzijn tijdelijk uit te schakelen. Hij wilde het eigenlijk allemaal niet weten.
'Dit alles gecombineerd met het feit dat ze vroegtijdige weeën kreeg. Nee, dat zou zelfs voor de sterkste persoon niet te behappen zijn.'
'Mag ik u iets vragen?' Guido keek in de richting van de gynaecoloog. 'Die weeën, die zijn toch veroorzaakt door de grote emotionele schok?'
'Nee,' zei de gynaecoloog, 'zo kun je dat niet stellen. Een psychische schok heeft eigenlijk nooit invloed op het tijdstip van geboorte. Zelfs van oorlogssituaties is niet bekend dat ze vroegtijdi-

ge weeën tot gevolg zouden hebben. Terwijl die toch vaak heel gruwelijk zijn.'
'Wat idioot. Ik was daar helemaal van uitgegaan.'
'Dat idee kunt u gerust uit uw hoofd zetten. Bovendien bleek uit inwendig onderzoek dat uw vrouw al uren daarvoor weeën moet hebben gehad. Toen ze hier binnen werd gereden, constateerde ik een ontsluiting van zes centimeter. Behoorlijk veel, dus.'
'Ach god, terwijl ze dacht dat ze verstopt zat,' zei Guido zacht.
'Wat zei u?' vroeg de gynaecoloog.
'O, niks, niks belangrijks.'
De psychiater nam weer het woord. 'Tot overmaat van ramp moest uw vrouw ook nog eens bevallen via een keizersnede.'
'Ik vroeg me af waarom dat was,' zei Guido. 'Kon ze niet op eigen kracht bevallen?' Hij keek beide heren aan.
'Lichamelijk gezien had ze heel goed zelf de bevalling kunnen doen. We hadden alleen sterke twijfels over haar geestelijke toestand,' antwoordde de gynaecoloog.
'Ja,' zei de psychiater, 'uw vrouw was in een shock en we waren bang dat ze nogmaals een aanval van hysterie zou krijgen. Zelfs dreigde het gevaar van een psychose.'
'Dat gevaar is nu geweken?'
'We kunnen ervan uitgaan dat die dreiging voorbij is.'
'Gelukkig.' Guido liet een zware zucht horen. 'Ik blijf het alleen wel erg vinden dat mijn vrouw, bij alles wat haar overkomen is, ook nog eens onder het mes moest.'
'Dat kan ik me levendig indenken,' zei de psychiater. 'Echt, we hadden haar die ingreep graag onthouden, maar we durfden het geen van allen aan de normale weg te bewandelen.' De gynaecoloog knikte.
'Ik begrijp het.'
'Waar we nu mee zitten is het volgende,' zei de psychiater. 'Door de combinatie van shock en keizersnede realiseert uw vrouw

zich niet dat ze een kind ter wereld heeft gebracht. Sorry, ik zeg het fout. Ze verkeert in de veronderstelling dat de babymummie die ze gezien heeft, haar baby is, maar realiseert zich verder niet hoe ze die ter wereld heeft gebracht. Dat vraagt ze zich niet eens af. Ook niet wáár ze hem heeft zien liggen. Een moeilijk geval, dus.'
'Ik word weer ontzettend bang als ik denk aan wat ze me daarover vertelde,' zei Guido. 'Ik kreeg het gevoel dat mijn vrouw krankzinnig was geworden. Echt krankzinnig, niet bij wijze van spreken.'
'Dat is ze niet. Het is een soort tijdelijke gekte. Met veel geduld en hulp zal ze eroverheen komen.'
'Dat hoop ik dan maar,' zei Guido somber.
'Gelooft u me nou, het komt echt in orde.'
Na een kortstondig gepeins richtte Guido zich tot de gynaecoloog: 'Ik weet dat ik het niet volgens de normale maatstaven mag beoordelen, dokter, maar ik blijf desondanks het idee van mijn vrouw over "haar baby" wel erg vreemd vinden. Een bevalling is toch een uiterst pijnlijke gebeurtenis. Zelfs in je grootste waanbeelden kun je dat als vrouw niet over het hoofd zien, lijkt me.'
'U moet wel bedenken dat het haar eerste bevalling zou worden,' zei de gynaecoloog.
'En?'
'Dan heeft ze zich de pijn alleen maar kunnen voorstellen. Dat is iets anders dan wanneer je die pijn ooit ondervonden hebt. Ook al is pijn niet herinnerbaar, je weet wel dat het gruwelijk was. Die kennis ontbreekt bij een eerste zwangerschap.'
'Daar heeft u ongetwijfeld gelijk in, maar als mijn vrouw érgens mee bezig was, dan was het wel de pijn bij de bevalling. Ze dacht er zelfs hard over om een ruggenprik te eisen, panisch als ze was voor mogelijke extreme weeën. Al moest ze ervoor naar Amerika, dat kon haar niks schelen. Ze had vroeger, kort voordat haar maandelijkse cyclus echt van start zou gaan, iedere vier weken vreselijke last van haar buik. De pijnen daarvan straalden door naar de rug.

Niet uit te houden, volgens haar. Uit de handboeken wist ze inmiddels dat dat bijna zeker garant stond voor zogenaamde rugweeën, die veel erger moesten zijn dan gewone weeën.'
'Dat verklaart al heel veel,' zei de psychiater.
'Wat?'
'Haar voornemen de pijn kunstmatig te laten onderdrukken.'
'Hoezo?'
'In haar "waanzin", tussen aanhalingstekens, heeft ze de wens om een pijnloze bevalling te hebben laten uitgroeien tot het krijgen van een baby zonder bevalling. Vandaar dat dat voor haar realiteit was: daar lag een baby die er, zonder dat ze er zelfs ook maar erg in had gehad, wás.'
'Klinkt absurd, maar ook erg aannemelijk.'
'Ja, maar het houdt wel in dat het heel moeilijk zal zijn uw vrouw ervan te doordringen wat ze bij uw buurman gezien heeft. Toch is dat wat u nu te doen staat. Verder moet ze er door u van overtuigd worden dat ze van een andere, eigen baby bevallen is. Via de keizersnede, dus buiten haar bewustzijn om. Waarschijnlijk zal ze die hele uitleg van u voor eigen gebruik naar zich toe buigen. Ze zal zeggen dat het die babymummie is die via de keizersnede gehaald is. Dat ze er daarom niets van heeft gemerkt. Dat zal ze tegen uw bewering inbrengen, de bewering dat die mummie haar baby niet kan zijn. Omdat ze zich niet eens iets van de bevalling kan herinneren.'
'Is het niet beter als u haar hierin begeleidt? Of desnoods een psycholoog. Ik weet niet wie in zo'n geval de aangewezen persoon is. Ik ben zo bang dat ik het verpest en dan zijn we nog verder van huis.'
'Nee,' zei de psychiater, 'uw vrouw is vreselijk labiel en u vertrouwt ze het meest. U bent dus de aangewezen persoon om uw vrouw terug te halen naar de werkelijkheid. Zolang het reële bestaan van die babymummie niet tot haar doordringt, kan de weg niet vrij worden gemaakt voor de acceptatie van haar echte kind.'

'Ik zal mijn best doen, maar het lijkt me geen gemakkelijke opgave.'

'Zeker niet, maar ik zal u beiden natuurlijk wel bijstaan en zo nodig van professionele hulp voorzien.'

'Dat is goed om te weten.'

'Ten slotte moet ik u er nog voor waarschuwen dat de acceptatie van haar echte kind voor nieuwe complicaties kan zorgen.'

'Nieuwe complicaties, hoezo?' vroeg Guido.

'Die kunnen ontstaan als uw vrouw ervan doordrongen is dat ze haar kind via een keizersnede heeft gekregen.'

'Wat zijn dan de te verwachten moeilijkheden?'

'Na een keizersnede hebben veel vrouwen er moeite mee dat ze niet op een natuurlijke wijze bevallen zijn.'

'U wilt zeggen dat mijn vrouw na een shock en een dreigende psychose gelukkig aan de normale problemen zal toekomen.'

De psychiater ging niet in op Guido's sarcastische opmerking. 'Vrouwen reageren enigszins verschillend. Sommigen voelen zich teleurgesteld of zelfs bedrogen omdat ze niet op een normale manier zijn bevallen. Anderen hebben het gevoel dat de bevalling met een keizersnede niet echt is. Ook komt het voor dat vrouwen het gevoel hebben dat ze tekort zijn geschoten omdat ze de bevalling zelf niet tot een goed einde konden brengen. Ten slotte hebben ze soms moeite om vertrouwd te raken met hun baby. Zeker wanneer hij in de couveuse ligt. Het zou me niks verbazen als uw vrouw met één of meerdere van deze aspecten te maken krijgt. Dit vooral vanwege de grote affectieve achterstand in relatie tot haar kind.'

'Fijn vooruitzicht.' Guido voelde zich ineens doodmoe.

De psychiater stond op, liep achter zijn bureau vandaan en legde zijn hand op Guido's schouder. 'U kunt nu het beste naar huis gaan. Het is voor u een slopende dag geweest. Neem even wat rust en kom dan terug om een voorzichtig begin te maken met het inlichten van uw vrouw.'

Battikwa zat half rechtop tegen de kussens geleund toen Guido de kamer in kwam.
'Dag, lieverd. Ben je een beetje bijgekomen?'
'Ik voel me een stuk beter. Alleen mijn buik, die doet pijn.'
Guido pakte een stoel en ging bij het bed zitten.
'Tikki, je weet volgens mij nog niet eens of ons kindje een jongen of een meisje is.'
'Nee, dat heb ik niet kunnen zien.'
'Het is een jongetje.'
'Een jongetje?
'Ja.'
'Dat is dan een geluk bij een ongeluk.'
'Hoezo.'
'De verminking van zijn piemeltje blijft hem zo bespaard.'
'Verminking van zijn piemeltje?'
'Hij hoeft niet besneden te worden.'
'Ik kan je niet volgen.'
'Heel simpel. Een dode baby hoeft niet besneden te worden.'
Guido was al die maanden van Battikwa's zwangerschap bang geweest dat hij, zoals het cliché wilde, flauw zou vallen tijdens de bevalling. Hoe had hij zich toch druk kunnen maken om zo'n futiliteit? Dat hij op dit moment een stoel onder zijn kont had, was zijn redding. Hij moest zich bovendien vastgrijpen aan het bed, anders was hij alsnog onderuitgegaan.
Terwijl Battikwa hem tevreden aankeek, was Guido bezig zich

te vermannen. Hij pakte haar hand: 'Lieve Tikki, ons baby'tje is niet dood. Je hebt een prachtige zoon op de wereld gezet. Neno heet hij, zoals we hadden afgesproken.'

Battikwa keek hem verbaasd aan. 'Wat ik heb gezien is zeker niet waar.'

'Jawel, wat je hebt gezien klopt. Je hebt een baby gezien en die baby was dood. Maar het was niet onze baby.'

Er kwam nu toch iets onrustigs in Battikwa's gezicht. 'Als het niet mijn baby was, wat was het dan wel?'

'Wat je hebt gezien...'

'Ik wil het niet horen. Ik weet het zeker. Het was mijn kind dat daar lag.'

'Tikki, luister, kijk me aan.'

Battikwa hief haar hoofd op. Guido keek haar recht in de ogen aan. Ze straalde angst uit.

'Waar lag die baby?' vroeg hij.

'Op een wit kleed.'

'Waar was dat?'

Battikwa's ogen bewogen zich paniekerig in haar oogkassen.

Guido ging verder. 'De baby die jij hebt gezien, lag op een tafel bij onze benedenbuurman, Roy, die zogenaamde voodoopriester, weet je nog. Wat daar lag was een dode baby, een dode, gemummificeerde baby.'

'Hou op. Hou... op! Ik weet niks van een buurman. Je liegt! Het is één grote leugen!' schreeuwde Battikwa. Guido greep naar de bel. Binnen een minuut stond er een verpleegster voor het bed. Blijkbaar was ze bedacht op de situatie, want alsof het de gewoonste zaak van de wereld was hield ze een spuit in de lucht, sprietste er wat uit, pakte Battikwa's arm en zette de naald erin. Opnieuw was Battikwa binnen enkele seconden weg.

Guido zat er verslagen bij. 'Ik probeerde haar heel voorzichtig de situatie uit te leggen.'

'Het gaat in fasen. U bent op de goede weg. Echt waar. Als ze bijkomt, kunt u verdergaan bij waar u gebleven was. Stapje voor stapje, tot ze het hele verhaal kent.'

Guido keek haar aan met een blik vol ongeloof.

'Kom, ik breng u nog even naar uw zoon.' De verpleegster trok Guido aan zijn elleboog mee.

Met een portie van de afhaalchinees voor zich bladerde Guido in de verzamelde ochtend- en avondkranten. Voor de gelegenheid had hij ook *De Telexist* aangeschaft. Typisch een onderwerp voor die krant, dacht hij. Ziedaar, hij werd op zijn wenken bediend. Op de voorpagina stond in koeienletters:

BABYLIJKJES IN POPPEN GEVONDEN
VIER SLACHTOFFERTJES VOODOO IN AMSTERDAM

Sterk overdrijven, ook dat was echt iets voor *De Telexist*. Hoewel, deze keer maakten ze het wel erg bont: vier in plaats van één babylijkje. En wat werd er met die poppen bedoeld? Guido las de tekst. Ook die was zo hetzerig als maar kon. Men sprak over 'in een als satanskerk ingerichte woning', 'gruwelijke rituele slachting', 'horrordrama' en 'horrorpand'. Toch verontrustte de inhoud Guido meer dan hij wilde toegeven. Niet één, maar drie gemummificeerde babylijkjes zou de politie hebben aangetroffen in de woning van de voodoopriester. Twee daarvan zaten verborgen in 'angstaanjagende voodoopoppen'. Een vierde dode, gemummificeerde baby werd gevonden in een flat van een kennis van R. Ook verborgen in een plastic pop. Je hoefde niet erg paranoïde van aard te zijn om te concluderen dat dit toch wel zeer nauw aan Battikwa's theorie over voodoopoppen raakte.

Wat had *De Schibbolet* erover te melden? Misschien viel het wel mee, en lag het aan *De Telexist*, die de zaak had opgeblazen. Het zou niet de eerste keer zijn, en ook niet de laatste. Guido bladerde de krant door. De kop sprong meteen in het oog. Deze zin was, hoewel minder lasterlijk, een variant op die van *De Telexist*:

POLITIE VINDT IN VOODOOPOPPEN BABYMUMMIES

In het artikel zelf werd de zinsnede iets genuanceerd: 'Twee van de babylijkjes zaten verstopt in plastic poppen, die mogelijk iets met de voodoocultus te maken hebben.' 'Mogelijk', het was dus nog niet zeker. Wel was zeker dat er meerdere babylijkjes waren gevonden. Een afzichtelijke waarheid.

Guido keek de andere kranten door, maar die berichtten niet over de zaak. Hoe verwarrend ook, één ding stond vast: dat er babylijkjes in voodoopoppen waren gevonden moest hij voorlopig voor Battikwa verzwijgen.

Bij de koffie las Guido nog eens de artikelen over. Het drong nu pas tot hem door dat er geen uitsluitsel werd gegeven over de vermeende moord van Roy op zijn vrouw. Zowel *De Telexist* als *De Schibbolet* doelde in zijn artikel op mogelijke vergiftiging. Opvallend genoeg was *De Telexist* hierin terughoudender dan *De Schibbolet*.

Over het doen en laten van die Roy heerste dus erg veel onzekerheid. Des te meer reden om het met Battikwa niet over hem te hebben. Hij moest zich met heel zijn gewicht werpen op de opdracht Battikwa haar eigen, echte kind te laten herkennen, erkennen en accepteren. Met een klap zette Guido zijn lege koffiemok op tafel en hij schoof met veel lawaai zijn stoel naar achteren. Naar het ziekenhuis. Om Battikwa te hersenspoelen. Op de juiste manier, welteverstaan.

'Tikki, denk je dat je je goed genoeg voelt om je in een rolstoel te laten rondrijden?'
'Waarom?'

'Dat is beter dan aldoor in bed liggen. We kunnen naar beneden gaan, naar de centrale hal, wat kranten en tijdschriften kopen.'

Battikwa leek even na te denken en zei toen: 'Misschien niet zo'n gek idee. Laten we dat maar doen.'

Guido was van plan om Battikwa via een omweg naar haar kind te leiden. Hij hoopte dat het zou lukken.

Een halfuur later reed Guido Battikwa, beladen met allerlei tijdschriften, van het serieuze opinieweekblad *Los Holland* tot het roddelblad *De Ster*, de lift in. Even zo makkelijk reed hij haar er weer uit nadat de lift tot stilstand gekomen was en de deur zich geopend had. Toen ze de afdeling naderden, openden de automatische klapdeuren zich. Op de gang zei Guido: 'Hé, ik zie nu pas dat we op de verkeerde etage zijn uitgestapt.'

Battikwa draaide de rolstoel om. Boos zei ze: 'Jíj bent bij machte te kunnen constateren dat we op de verkeerde etage zijn. Ik weet niet eens waarom ik in het ziekenhuis lig. Je valt me met van alles lastig, Guido, maar daar heb ik nog niets over gehoord. Ik ben heus wel zo slim te concluderen dat het waarschijnlijk m'n blindedarm is of zoiets eenvoudigs. Ik vind het alleen onbegrijpelijk dat ik hier helemaal niet over ben ingelicht. Niet door jou, maar ook door geen enkele arts.'

Even had Guido het idee gehad dat het wat beter ging met Battikwa toen hij haar vanavond zag, maar hij begreep nu dat ze nog flink in de war was.

'Lieve Tikki, je bent hier vanwege de baby.'

'Omdat de baby dood is, wil dat nog niet zeggen dat ík in het ziekenhuis moet liggen. Waarom moet ik aan jou uitleggen wat er aan de hand is? Goed, daar gaat-ie dan. Ik had flinke buikpijn. Die werd steeds erger en daar is iets aan gedaan. Ik heb nu ook buikpijn, maar dat komt door de wond van de operatie.'

Guido stopte het wagentje. 'Kijk eens, Tikki, allemaal couveuses met baby'tjes erin. Zie je die voorste, hier rechts bij het raam?'

'Guido, ik zei iets tegen je.'

'Daar ligt ons kind in, Neno. Zijn naam is zelfs vanaf hier te lezen: Neno Palladio. Hij is klein, hij is drie maanden te vroeg geboren. Maar hij redt het, hij redt het zeker. Binnenkort mag je erbij en over een iets langere tijd kun je hem vasthouden.'

'Zullen we dan nu maar teruggaan naar de goede afdeling? Ik heb pijn. Ik wil liggen.'

'Tikki, ik laat je je zoon zien.'

'En jij geeft geen antwoord op mijn vraag. Bovendien is dat mijn zoon niet. Hoe vaak moet ik dat nog zeggen? Mijn zoon is allang begraven. Mijn zoon heeft rust.'

'Die baby waar jij over praat heeft niets te maken met ons kind, met Neno. Onze lieverd ligt hier voor je, in dat glazen kooitje.'

'Waarom weet ik dan niks van de geboorte van déze baby?'

'Herinner je je dan wel de bevalling van die andere, dode baby?'

Die opmerking bracht Battikwa nogal van haar stuk. 'Nee, dat niet, maar dat wil nog niet zeggen dat...'

'Tikki, je bent van Neno bevallen via een keizersnede. Dáárom herinner je je er niks van.'

Even was Battikwa stil. Toen zei ze zacht: 'Wil je me alsjeblieft terugrijden? Ik heb pijn en wil liggen.'

Op aanraden van de psychiater moest Guido het onderwerp 'baby' in zijn gesprekken met Battikwa tijdelijk verzwijgen. Zowel de babymummie als Neno was taboe. Heel even, op het eerstvolgende bezoek, was het per ongeluk toch ter sprake gekomen. Guido kwam de zaal binnen en zag dat Battikwa een scheur rechts boven in haar nachtjapon had. Daarop wijzend zei hij: 'Ach, lieverd, had me even gebeld. Dan zou ik een nieuw nachthemd hebben meegenomen.'
'Guido,' siste Battikwa, 'dit is een teken van rouw. Rouw voor onze zoon.'
Hij kon nog net een vragend 'hoezo?' inslikken. Er klonk zo veel verwarring en woede in haar stem. Het was duidelijk dat Battikwa met rust gelaten moest worden.

Ondertussen heelde de wond in haar buik goed en was er na vier dagen eigenlijk geen reden meer om Battikwa in het ziekenhuis te houden. De behandelend arts zei dan ook dat ze de volgende dag wat hem betreft naar huis mocht.

Guido wilde van de psychiater weten of het wel verstandig was dat Battikwa terugging naar de omgeving waar zich het drama had voorgedaan.

'Ik begrijp wat u bedoelt,' zei de psychiater, 'maar ik zie geen bezwaren. Integendeel eigenlijk. Uw vrouw heeft de horror die zich daar heeft afgespeeld, verdrongen. Zij is er nog steeds van overtuigd dat ze – ergens – haar baby heeft gezien, dood. Alleen associeert ze dat niet met de woning van uw buurman. Het zou wel eens heel goed kunnen dat de confrontatie met uw huis een schok-

effect teweegbrengt. Zodanig dat uw vrouw zich in één klap realiseert wat er werkelijk is gebeurd.'
'Een shocktherapie, dus.'
'Zo zou je het kunnen noemen.'
'Is er dan geen gevaar voor een hernieuwde hysterische aanval? Of een psychose?'
'Nee. De medicijnen die ze op dit moment krijgt, sluiten iets dergelijks voor bijna honderd procent uit.'
'Komt het ook door die medicijnen dat ze zo gevoelloos overkomt? Ik bedoel, onze baby is dan wel niet dood, godzijdank, maar mijn vrouw leeft wel in de veronderstelling dat haar kind dood is, of doodgeboren. Maar tot nu toe laat ze er geen traan om, ik zie geen spoor van verdriet. Wat ze laat merken is irritatie, maar vooral woede.'
'Ik begrijp uw bezorgdheid, maar dat is niet nodig. Wees gerust, u heeft geen gevoelloze vrouw, maar dat wist u natuurlijk zelf al lang. En ja, om antwoord op uw vraag te geven, voor een deel wordt deze reactie, of beter, de afwezigheid ervan, veroorzaakt door het medicijngebruik. Een andere oorzaak zit hem in de psychische toestand van uw vrouw. Om het simpel te zeggen, uit zelfbehoud moet ze alle sterke emoties onderdrukken. Ze erkent niet wat ze voelt. Daar komt het zo'n beetje op neer. Die irritatie, en zelfs de woede die u bij haar bemerkt, is er om het gevoel dat er eigenlijk uit wil, nog eens extra te onderdrukken. Ik verzeker u, het komt weer goed.'
'Dan neem ik haar graag mee.'
'U blijft gewoon dagelijks bij Neno komen. De tijd zal uitwijzen wanneer de situatie zodanig is dat uw vrouw rijp is voor een eerste ontmoeting.'

Ondertussen schreven de kranten dagelijks over de vondsten bij de voodoopriester. Grote onduidelijkheid over ongeveer alles overheerste in de berichtgeving. Zo stonden ze wat de gemummificeerde baby's betreft, die naakt waren én door poppen omhuld, voor een groot raadsel. Wat er met deze babylijkjes gebeurd was, wees zeker niet op een tijdelijke conservering, wat wel gebruikelijk was in geval van repatriëring naar Suriname.

Ze hadden er deskundigen en beoefenaars van winti en voodoo bij gehaald. Die waren het erover eens dat het in beide religies niet gewoon was babylijkjes te mummificeren of mummies te gebruiken voor rituelen. Volgens een cultureel antropoloog die aan het woord kwam, leek het erop dat de man een zogeheten wisiman was, een boze magiër, een heks noemde hij hem zelfs, die hoogstwaarschijnlijk de babylijkjes als middel zag om 'kwaad te doen'.

Het enige wat ze konden vaststellen, was dat de baby's tussen de vierentwintig en dertig weken oud waren, maar het bleef weer onduidelijk of ze bij de geboorte nog leefden.

Toen bleek dat de afbeelding waarop het gemummificeerde babylijkje lag een foto was van de dode vrouw van de voodoopriester, werd het raadsel alleen maar groter. Volgens een wisikenner die in het artikel aan het woord kwam was dit heel merkwaardig. Hij kende wel het gebruik van de wisiman om een foto te bewerken van iemand op wie een ander verliefd was. Tenminste, van zoiets had hij wel eens gehoord. De verliefde persoon bracht een foto mee en via een rituele handeling werd degene op wie zijn liefde gericht was onderworpen aan zijn wil. Maar de wil van deze vrouw hoefde op geen enkele wijze meer gebroken te worden; ze was immers al dood.

Ook over de mogelijke moord van de man op zijn vrouw heerste veel onzekerheid. Een woordvoerder van de recherche liet weten dat er bij de man thuis gif was gevonden. Daarbij werd gesuggereerd dat het om dezelfde stof ging als die in het lichaam van de vrouw was aangetroffen. Het bleek vooralsnog niet mogelijk aan te tonen dat hij haar hiermee had vermoord.

Raar eigenlijk dat nergens de mogelijkheid van een gifslang werd genoemd. Het was toch op basis van wat de voodoo- of wintigeest tijdens die ceremonie daarover had losgelaten, over het gif van een slang, dat een onderzoek naar de moord van Roy op zijn vrouw was ingesteld.

Nadat Battikwa Guido verslag had gedaan over wat de twee dochters haar verteld hadden, was Guido in het onderwerp slang gedoken. Gewoon, voor de aardigheid. Niet omdat hij iets met dat voodoogebeuren had. Zo had hij opgezocht welke soorten slangen er giftig waren. Dat viel overigens wel mee. Maar tien procent van alle slangen. Nou ja, toch nog altijd zo'n tweehonderdvijftig soorten. In Nederland bleek er maar één giftige slang voor te komen, de adder.

Guido liet z'n hoofd op zijn handen rusten. Hoe langer hij erover nadacht, hoe merkwaardiger hij het vond. De enige conclusie die hij eruit kon trekken, was dat het gedoe rondom dat familieritueel, zoals hij eigenlijk aldoor al had gedacht, grote onzin moest zijn. Het stelde hem gerust. Zijn scepsis was niet ongegrond gebleken.

De volgende morgen ging Guido Battikwa in het ziekenhuis ophalen. Ze zat al op hem te wachten. Guido zag dat ze in haar jurk eenzelfde soort scheur had als in haar nachthemd.

'Heerlijk, weer naar huis,' zei Battikwa.

Toen de taxi voor hun huis stopte, wachtte Guido gespannen op Battikwa's reactie. Er kwam er geen. Er was zelfs niets van haar gezicht af te lezen. Geen enkele emotie. Het openen van de benedendeur, het naar boven lopen en de binnenkomst op hun etage veranderden daar niets aan. Ze vertrok geen spier, er kwam geen woord over haar lippen. Terwijl Guido haar jas ophing – ook daar zat een scheur in – verdween Battikwa naar het kleine studeerkamertje. Guido hoorde haar wat rommelen, waarna ze weer de kamer binnenkwam en naar de schoorsteen liep. Toen ze zich omdraaide en zich van de schoorsteen afwendde, zag Guido dat ze een spaarlampje in het stopcontact had gestoken.

'Liefste, dat nachtlampje, dat is nu toch niet nodig?'

'Hoezo niet nodig?' vroeg Battikwa geïrriteerd.

'Begrijp me goed, míj maakt het verder niet uit, het verbruikt nauwelijks energie, dat is echt het probleem niet, maar op dit moment heeft het geen enkele functie, toch? Ik bedoel, Neno is niet thuis.' Vreselijk, wat stond hij te stuntelen. Maar hij kon het niet, verdomme, hun lieve schat omzeilen. Wat dacht Battikwa eigenlijk wel, ze wás toch zeker zijn moeder?

'Alsof ik dat niet weet, dat onze zoon niet thuis is,' zei Battikwa. 'Waarom denk je dat ik dit lampje in het stopcontact steek? Toch niet om de wieg te verlichten, zodat de baby rustiger kan slapen? Zou dit de babykamer worden?'

'Nee, dat niet, maar...'
'Nou, wat raaskal je dan. Mijn studeerkamer zou de babykamer worden. Tijdelijk, tot we verhuisd waren naar een groter huis. Ik hoop dat je dat nog weet.'
'Tuurlijk weet ik dat.' Hij moest zoveel mogelijk met haar waan meegaan. Een andere manier om haar weer rustig te krijgen wist hij ook niet zo een-twee-drie.
'Dus waarom steek ik dit lampje in het stopcontact?'
'Tikki, ik zou het echt niet weten.'
'Omdat het niet is wat jij denkt dat het is. Het ís geen nachtlampje. Het ís geen spaarlampje. Het is een rouwlampje! Natuurlijk zegt jou dat niets. Een gedachtenislichtje. Voor onze zoon, weet je wel. Voor dat kind, die baby die jij geen blik waardig keurde. Niets deed je toen het daar eenzaam en alleen op dat doodskleed lag. Wees gerust, je krijgt nog alle kans om het tot je brein te laten doordringen. Dit lampje is namelijk een "Neer Tamied", een altijd brandend licht. Het moet minstens dertig dagen aan blijven. Denk je eens in: zeker een hele maand. Dag in dag uit word je aan het beeld van je dode zoon herinnerd.'
Battikwa liep naar de bank, nam een kussen en legde dat naast de kachel. Ze trok haar schoenen uit en ging op het kussen zitten.
'Tikki, liefste...'
'Nee, je begrijpt gewoon niet dat je helemaal niets moet zeggen. Ik zit hier omdat ik rouw om onze zoon. Dat hoort zo. Zo doen wij dat. Natuurlijk hoef je het niet op mijn manier te doen. Dat kan niet eens. Maar jij lijkt er helemaal geen rouwtraditie op na te houden. Wat moet jij je arm voelen.'
'Tikki, zo is het genoeg,' zei Guido streng, als een vader die tegen zijn kind spreekt.
'Weet je wat nou het ergste is? Als jij gewoon joods was geweest, dan had er geen doodgeboren zoon bestaan.'
'Nou ga je echt te ver!'
'Dan hadden we een genenonderzoek laten doen en waren we nooit getrouwd.'

'Hoe heb ik inderdaad zo stom kunnen zijn. Ik stel voor ons huwelijk zo snel mogelijk te ontbinden.'
'Goed idee.'
'Blijf jij voorlopig maar op je kussen zitten. Ik ben weg.' Guido graaide naar zijn jas en liep met grote stappen naar de deur.
'Nee, wacht, alsjeblieft. Ga niet weg.' Weer was daar de hysterische paniek in Battikwa's stem.
Guido draaide zich om en keek Battikwa met samengeknepen ogen aan: 'O, heb je me plotseling toch nodig? Zo'n ongezonde, onbetrouwbare goj? Dat was toch het woord dat je eigenlijk had willen gebruiken?'
'Echt niet, Guido. Ik zweer het!'
'Ik had het kunnen weten. Dat woord lag je iets te gemakkelijk voor op de tong. O, o, o, wat kon je het toch goed met ze vinden, die niet-joodse vriendjes van je. En o, o, o, wat had je toch geleden onder die joden, die het altijd maar over gojim hadden, alsof het om varkens ging. En dan trouw je met zo'n onrein beest. Logisch dat zo iemand alleen maar dode baby's kan voortbrengen.'
God allemachtig, hoe kon hij dát nou zeggen. Hij voelde een explosie in zijn hoofd. Het was alsof het bloed zich naar alle plekken en uithoeken een weg baande: wangen, schedel, oren, ogen. Hij wankelde, probeerde zich vast te grijpen aan het eerste wat zich binnen zijn handbereik bevond. Het bleken de haren van Battikwa te zijn. Zij begon te krijsen. 'Au, alsjeblieft! Guido, laat los! Het spijt me!'
Guido hervond zijn evenwicht, deed een stap naar achteren en gebaarde Battikwa met zijn twee handen in de lucht, met de vlakke kant naar voren, dat hij haar niets wilde aandoen.
Totaal overstuur begon Battikwa te ratelen. 'Ik vind het afschuwelijk wat ik heb gezegd, Guido. Ik begrijp het zelf ook niet. Ik weet niet wat ik had. Ik bedoelde het niet zo. Ik voel me niet goed. Daar moet het mee te maken hebben.'
Vervolgens zakte ze ineen en hing met haar rug slap tegen de

muur. Haar gezicht leek op die van een sneeuwpop: spierwit met ogen van kool. 'Het spijt me, het spijt me, het spijt me heel erg. Echt. Alsjeblieft, hoe kan ik het goedmaken? Zeg het me.' Ze huilde zacht.

'Toe maar,' zei Guido met vermoeide stem, 'laten we het er maar niet meer over hebben.'

De psycholoog had gelijk, het onderwerp moest zoveel mogelijk gemeden worden. Dat bleek alleen niet altijd mogelijk. Híj was er nu echt niet over begonnen.

'Ik breng je naar bed.' Guido pakte Battikwa bij haar handen. Blijkbaar iets te ruw want, hoewel duidelijk was dat ze hem probeerde te onderdrukken, klonk er uit haar mond een pijnkreet. Hij leidde haar naar de slaapkamer, duwde haar op bed, trok haar schoenen uit en stopte haar onder. Vervolgens liep hij naar het halletje, haalde een doosje uit de toilettas die in het koffertje zat, ging naar de keuken en pakte een glas water. 'Hier, neem dit maar in.'

Guido bleef bij Battikwa zitten. Hij voelde dat de pil zijn werk deed, de hand die hij vast had ontspande zich.

'Die buman van oz zit toch inne gevangeniz, hè?' vroeg Battikwa met een dikke tong.

Guido veerde op. Hé, Battikwa had het over de buurman. Zou het dan toch langzaam tot haar doordringen…?

'Wáz 't nou slangegiv?' klonk het even later lodderig.

Ach nee, ze doelde op de moord op zijn vrouw. Wel opvallend dat ze daarover begon. Ze leek bovendien haar hele uitval vergeten. Het had er inderdaad veel van weg dat ze de vondst van de babymummie – 'haar baby' – niet in verband bracht met de moord van de buurman op zijn vrouw. Guido liet het maar zo. Hij was allang blij dat ze weer gekalmeerd was. Even had hij gevreesd voor een nieuwe aanval van hysterie, ondanks de geruststellende woorden van de arts. Hij kon tenslotte ook niet alles voorspellen. Zeker niet in het geval van zo'n extreme situatie als daarnet. Wat was dat toch vreselijk, die plotselinge gepreoccupeerdheid van Battikwa met het joodse geloof. Hij voelde zich er helemaal niet gerust onder. Wie weet wat er nog zou komen. Alles was mogelijk. Wat artsen gaven was slechts een schijnzekerheid.

'Hoe izzet innaar liggaam gekome?'

Wat vroeg Battikwa nou? Hoe het gif in haar lichaam was gekomen?

'Hoe bedoel je, Tikki, was er niet expliciet sprake van een slangenbeet?'

'Nee hé, niet dzat 'k weet, zjuist niet, geloof 'k.' Battikwa lalde. Ze kon ieder moment wegzakken.

Wacht eens. Was hij te snel geweest? Had hij misschien een te voorbarige conclusie getrokken?

'Tikki, heeft die winti- of voodoogeest dan alleen over slangengif gesproken?'

'Zja, voggens mij wel.'

Tuurlijk, dat moest het zijn. Er was tijdens de ceremonie sprake geweest van slangengif, maar dat wilde niet zeggen dat de vrouw per se door de *beet* van een slang om het leven moest zijn gekomen. De geest had tijdens dat banya-gebed, banya-prey, of hoe het ook mocht heten, blijkbaar nergens gezegd dat de moeder van de twee meisjes door een gifslang *gebeten* was. Er was dus alleen sprake geweest van het *gif* van een slang, wat iets anders was dan de *beet* van een gifslang.

Guido twijfelde of hij Battikwa zou vragen wat zij hiervan dacht. Hij was bang dat ze zich ineens bewust zou worden van de relatie tussen de moord en de vondst van de baby. Ze was er toch van overtuigd geweest dat Roy haar en de baby zou vermoorden. Vandaar ook die halve shocktoestand toen ze over de vergiftiging van zijn vrouw hoorde. Een hachelijke situatie, dat was het. Aan de andere kant: het zou misschien geen kwaad kunnen. Ze moest toch een keer de realiteit onder ogen zien. Toen zag hij dat ze in slaap was gevallen.

'Twee mogelijkheden staan dus open: vergiftiging via een slangenbeet of vergiftiging door slangengif via een injectienaald,' zei Guido.
'Wat heeft Cleopatra daar nou mee te maken?' vroeg Battikwa nogal pinnig.
Guido schrok. Net wakker en dan meteen al zo'n toon. Het zou toch niet de aankondiging zijn van een nieuwe woedeaanval? 'Ben je te moe, Tikki? Dan hou ik mijn mond, hoor. Zo belangrijk is het niet.'
'Nee, nee, ga door. Ik wil het graag weten.'
'Ik meende iets van irritatie te bespeuren.'
'Absoluut niet. Het is alleen, nou ja, je had het over een vijandelijk buurland van Israël.'
'Tikki, nou moet je het niet te dol maken. Het gaat over een periode van ver vóór onze jaartelling. Trouwens, je hebt het ook nog eens bij het verkeerde eind. Egypte is nou net het enige land in het Midden-Oosten dat Israël goed gezind is. Bovendien, waar hebben we het over? Je hebt je nooit druk gemaakt over Israël. Straks ga je me nog vertellen dat je op alijah gaat.'
'Vergeet het, Guido. Ik heb niets gezegd. Ga door.'
Guido keek Battikwa bezorgd aan. Misschien was het toch niet verstandig om met haar over Roy te praten. Was ze er toch nog iets te labiel voor. Daar stond tegenover dat ze heel ontspannen uit haar diepe medicinale slaap was gekomen. Eigenlijk te ontspannen, naar zijn idee. Het had hem een onaangenaam gevoel bezorgd, Battikwa leek wel een soort dr. Jekyll en mr. Hyde. Hij zakte even weg in een

diep gepeins. Vervolgens schudde hij zijn hoofd. Kom op. Hij moest zichzelf dwingen die gedachte opzij te zetten. Het slaapje was hoe dan ook goed geweest. Terwijl Battikwa luid lag te snurken, had hij door kunnen fantaseren over de dood van Roys vrouw. Guido besloot toch maar verder te gaan met zijn verhaal. 'Zit je wel goed op dat lage kussen?' Battikwa had haar rouwpositie weer ingenomen. 'Geen last van je buik?'
'Het is prima zo.'
'Luister. Tenminste, als je het nog interessant vindt.'
'Guido, zeur niet. Je weet toch dat ik opensta voor alles wat nieuw is.'
'Goed dan. De dood van Cleopatra is altijd onderwerp van discussie geweest. De geleerden en de talloze dichters en schrijvers hebben zich in de loop van de tijd aan de wildste speculaties overgeleverd. Ten slotte zijn twee mogelijke versies overeind blijven staan: Cleopatra is komen te overlijden door een slangenbeet, of ze is vergiftigd door een met slangengif gevulde haarspeld.'
'Waar haalde ze het gif dan vandaan?'
'Dat was in Alexandrië vrij verkrijgbaar.'
'O.'
'Ik vind de tweede versie het mooist, maar de eerste variant heeft altijd meer tot de verbeelding gesproken. Er zijn talloze tekeningen en schilderijen waarop Cleopatra met ontbloot bovenlijf wordt afgebeeld en een slang zich een weg baant naar haar borst of tepel. Cleopatra zelf heeft misschien onbedoeld aan het succes van deze versie meegewerkt door zich graag als de nieuwe godin Isis te presenteren. Isis, die op haar beurt weer vaak werd afgebeeld met in haar rechterhand een sistrum, een heilige ratel, en rond haar linkerarm een cobra gekronkeld.'
'Zei je ratel?'
'Ja. Waarom?'
'Ik wist niet dat ze die toen ook al hadden.'
'Blijkbaar. Ik weet daar verder het fijne ook niet van.'

'Maakt niet uit. Maar Cleopatra, die is toch niet vermoord?'
'Je bedoelt dat dat een verschil is met de vrouw van onze buurman. Ze heeft inderdaad zelfmoord gepleegd, maar dat maakt geen verschil wat betreft het instrumentarium: slang of speld.'
'Dat is waar.' Zo te horen was Battikwa's interesse verdwenen. Het kwam er heel mat uit.
'Bovendien...' Guido verhief zijn stem en stak zijn rechterwijsvinger in de lucht, '...bovendien is het nog maar de vraag of het wel moord is in het geval van de vrouw van Roy.'
Het werkte. Battikwa veerde op. 'Hoe bedoel je dat?'
'Jij hebt verteld dat de vrouw van Roy een paar zelfmoordpogingen heeft ondernomen in de periode voordat ze hem leerde kennen.'
'Ja.'
'En dat ze opnieuw in een zware depressie is vervallen toen ze een tijd met die Roy omging.'
'Klopt.'
'Het komt mij nu dan ook als veel waarschijnlijker voor dat ze een noodsignaal heeft willen afgeven.'
'Een noodsignaal? Wanneer? Waarom?'
'Toen ze haar dochters waarschuwde dat ze een onnatuurlijke dood zou sterven. Wat ze wilde zeggen was: pas op, kinderen. Als het zo doorgaat, pleeg ik zelfmoord. Moeilijk is het niet, het gif staat hier voor het grijpen.'
'Wat bedoel je met "hier"?'
'Bij Roy thuis, natuurlijk. In de krant stond dat men gif bij hem had gevonden.'
'Dat hoeft toch nog geen slangengif te zijn? Het spijt me dat ik het moet zeggen, maar ik vind het allemaal nogal vergezocht.'
'Ik zou niet weten waarom.'
'We leven niet in Alexandrië. Hoe kwam die Roy aan dat slangengif? De drogist op de hoek zal het niet verkopen. En op recept is het natuurlijk ook niet verkrijgbaar.'

Aan haar kritische uitlatingen te oordelen leek het weer goed te gaan met Battikwa. Misschien zou ze toch beetje bij beetje wat stabieler worden. Vooralsnog durfde hij op niets te hopen.

'Zou je denken, hè? Maar ik moet je helaas tegenspreken. Slangengif is vaak de basis van medicijnen. De ratelslang bijvoorbeeld is leverancier voor het medicijn Epileptasid. Werkzaam bij... Wat denk je...?'

'Epilepsie?'

'Exact, ja. Een ander middel, Cobroxin, van de cobra, voorgeschreven bij hevige pijnen, bestaat zelfs uit zuiver gif. Er bestaat tegenwoordig een hele bedrijfstak voor. Op slangenfarms wordt slangen het gif afgenomen door het zogenaamde slangenmelken. Ik denk alleen niet dat Roy er op een legale wijze aan is gekomen.'

'Stond er in de kranten al iets over een mogelijke zelfmoord?'

'Nee, maar als ze "door mogelijke vergiftiging om het leven gekomen" schrijven, hoeft dat zeker niet te betekenen dat een ander haar vergiftigd heeft.'

'Wacht eens,' zei Battikwa, 'als jouw theorie klopt, zou dat betekenen dat die buurman van ons niet veroordeeld wordt.'

'Ja.'

'Dus vrijkomt.' Diepe rimpels in Battikwa's gezicht maakten plaats voor een angstige blik.

Shit, dacht Guido. Dit werd gevaarlijk. Snel, hij moest iets zeggen. 'Ach, Tikki, je kent me, ik wil altijd laten zien dat ik alles doorheb. Maar wat weet ik er nou helemaal van? Ik ben niet zoals jij, begraaf me niet in het studiemateriaal erover. Ik lul eigenlijk maar wat. Waarschijnlijk klopt er niets van mijn theorie. Roy heeft zijn vrouw ongetwijfeld opzettelijk slangengif toegediend. Die zijn we echt wel voor een tijd kwijt. Trouwens, wat maakt het ons uit. We gaan toch verhuizen.'

Battikwa's gezicht klaarde op. 'Ja, dat is waar, je hebt gelijk. Heerlijk, naar een groter huis.'

Pfoe, dat gevaar was geweken. In het vervolg iets beter opletten met wat hij zei.

'Eigenlijk, Guido...' Battikwa keek ineens bedrukt, '...hoeven we helemaal niet te verhuizen.'
'Wat bedoel je, Tikki?'
'We zijn toch met z'n tweeën? Wat moeten we dan met zo'n groot huis?'
O, nee! Had hij opnieuw iets verkeerds gezegd.
'Het is toch zo, zeg nou zelf.'
Wat hier nu weer op te zeggen? Guido dacht razendsnel na.
'Liefste, een groter huis is in alle gevallen fijn. De koningin bewoont toch ook niet alle kamers van haar paleis? Wij gaan gewoon ons paleisje zoeken. Zo moet je het zien.'
'Waar staat dat "luxe optrekje"?'
'Amsterdam-Zuid.'
'Zou ik wel willen, dat weet je. Helaas, lukt nooit, dat weet je ook.'
'Wedden van wel?'
'Oké.'
'Om wat?'
'Om wat we wedden?'
'Ja.'
'Een half onsje pekelvlees van Hergershausen.' Battikwa lachte.
'Deal. Jij denkt dat ik een grapje maak, hè?'
'Wat anders?'
'Nou, ik heb die makelaar van dat huis achter het Concertgebouw eens gebeld.'
'Waarom?'
'Ik wilde weten of het pand nog te koop stond. Ik zag namelijk geen advertenties meer.'
'Wat maakt het uit. Het is toch te duur.'
'Dat is nou het aardige. Voor Nederlanders is de prijs van het pand inderdaad te hoog, dat gaf die makelaar meteen toe. Maar onlangs had een Amerikaan contact met hem opgenomen, iemand uit New York. Hij had via via gehoord dat dit huis te koop stond.

Hij was geïnteresseerd, maar was niet in de gelegenheid om meteen naar Amsterdam af te reizen. De makelaar vertelde me dat de eigenaar van het pand wilde wachten tot die Amerikaan was geweest. Tegelijkertijd liet hij doorschemeren dat als die koop niet door zou gaan, de eigenaar de prijs waarschijnlijk zou laten zakken. Dus, wie weet. We worden in ieder geval op de hoogte gehouden.'

Op dit moment leek alles mogelijk, dacht Guido. In het uiterste geval zou Roy geheel onschuldig kunnen zijn: onschuldig aan de moord op zijn vrouw, onschuldig aan de dood van de baby's en onschuldig aan de verkrachting van Ayuba. Guido liet het wel uit zijn hoofd om Battikwa deelgenoot te maken van deze overweging. Wel zat het hem dwars dat hij zoveel voor haar verborgen moest houden. Nu kon hij ook al niet zeggen dat hij naar Neno ging, in het ziekenhuis.

'Tikki, ik moet een uurtje de deur uit. Blijf jij lekker zitten waar je zit. Als het te vermoeiend wordt, of als je pijn krijgt, ga dan in bed liggen.'

'Nee, je mag niet weg.'

Daar was toch weer die paniekstem. Hield het dan nooit op?

'Liefste, ik moet echt even de deur uit, wat spullen van mijn werkkamer halen. Dan kan ik hier gaan zitten werken.'

'Nee, nee, je mag niet weg. Ik wil niet alleen blijven.'

Opnieuw tranen. Hoe moest hij dit nou oplossen? Hij dacht razendsnel na. 'Ik zal je moeder bellen. Kan zij bij je blijven.'

'Ja, goed,' snotterde Battikwa.

Met Neno ging het voorspoedig. Hij was natuurlijk heel klein en kwetsbaar, maar inmiddels geloofde Guido de kinderarts: hij zou het redden. Guido ging nog even bij de psychiater langs. Hij wilde weten of er iets tegen die paniek bij Battikwa te doen was. Gelukkig zat de man op zijn plek. Hij beloofde dat hij diezelfde middag nog bij hen langs zou komen. Eigenlijk had Battikwa bij hem op consult moeten verschijnen, maar de psychiater vreesde dat ze bij het zien van het ziekenhuis extra van streek zou raken. Voorzover hij het zo kon beoordelen, leed Battikwa, bij alles wat ze al had, ook nog eens aan een postnatale depressie, of eigenlijk een postpartumdepressie: een depressie na de bevalling. 'Ja,' zei de arts tegen Guido, 'ze is toch niet zélf pas geboren?' Bijna had Guido daarop geantwoord: 'Volgens mij wel. Dit is een heel andere persoon dan de vrouw die ik kende voor ze het ziekenhuis in verdween.' Battikwa vertoonde volgens de psychiater bijna alle kenmerken van zo'n depressie: blinde woede, irrationele angst, paniek. Aan de andere kant konden deze uitingen ook voortvloeien uit de ziekteverschijnselen die veroorzaakt waren door alle dramatische gebeurtenissen. Waarschijnlijk was het een combinatie van die twee.

Twee weken nadat Battikwa thuis was gekomen uit het ziekenhuis, zaten ze 's avonds in hun luie stoelen te lezen. Battikwa was de afgelopen week vrij stabiel geweest. Kwam het door de nieuwe medicatie die was voorgeschreven vanwege de depressie, of was ze gewoon opgelucht omdat de zeven dagen zware rouw, het sjiwwezitten voor hun dode baby, zoals Battikwa dat noemde, voorbij waren? Guido kon dat laatste met geen mogelijkheid begrijpen en wilde dat ook niet. Hij moest zich op grote afstand houden van dat waanbeeld van haar. Anders werd hij er zelf door geïnfecteerd, zo vreesde hij. Het was in ieder geval goed om te merken dat Battikwa weer gewoon gekleed was, dat ze het kussen op de grond had ingeruild voor een stoel, dat ze niet meer op sokken liep en, waar Guido heel blij mee was, dat ze zich weer opmaakte. Niet uitbundig, maar toch. Dat gaf hem het gevoel iets van de oude Tikki teruggekregen te hebben.

Dat het beter leek te gaan met Battikwa vond Guido ook een opluchting vanwege haar moeder. Die was, logisch, vreselijk aangedaan door de hele situatie. Het ergste vond ze dat haar dochter aan een soort geloofswaanzin leed. Toen ze bij hen op bezoek was vlak nadat Battikwa uit het ziekenhuis was ontslagen, en deze even naar de wc verdween, siste ze Guido in het oor: 'Ze heeft zelfs een krieje in haar jurk.'

'Een krieje?' had Guido verbaasd gezegd.

'Ja, die scheur in haar jurk, rechtsboven.'

Krieje, krieje, Guido had het enkele keren zacht voor zichzelf uitgesproken. Waar kende hij dat woord van? Het kwam hem zo vertrouwd voor.

'Straks gaat ze nog met een pruik lopen. Je moet er toch niet aan denken.'

Hij wist het weer. Hij had Battikwa's moeder het woord een keer in een andere situatie horen gebruiken. 's Winters, toen ze voor het eerst met de ouders van Battikwa ergens naartoe waren geweest en nog even met hen mee naar binnen gingen. Battikwa's moeder had de gaskachel op de allerhoogste stand gedraaid, was er op een stoel voor gaan zitten, er bijna tegenaan, had heel nadrukkelijk gerild en had vervolgens op een soort intens vies-verlekkerde toon gezegd: 'Brr, wat een krieje!' Ze voegde er nog aan toe: 'Heerlijk, er gaat toch niets boven een kachel waarin de warmte ook te zien is.' Battikwa's vader had, terwijl hij met een vertederende blik naar zijn vrouw keek, gezegd: 'Het liefst wil ze in de kachel kruipen.'

Naar de precieze betekenis van het woord had Guido niet gevraagd, die werd uit het gehele verband wel duidelijk, al kon hij de associatie met de uitdrukking 'wat een crime' niet zomaar naast zich neerleggen. Niet geheel ten onrechte, volgens hem. Er zat iets wreeds in die uitspraak van Battikwa's moeder: de kou die aantast, aanvreet, die zich niet zonder gevolgen aan je opdringt.

Guido's poging om Battikwa's moeder gerust te stellen was niet erg succesvol gebleken. Hij had ook wel een erg grote opeenstapeling van verzachtende woorden gebruikt: dat haar dochter tijdelijk erg in de war was en dat die hang naar het geloof daar zeker mee te maken had; dat het Battikwa enige zekerheid verschafte in haar nu zo labiele situatie; dat het vanzelf zou verdwijnen als ze geestelijk weer in evenwicht was. Het kwam allemaal niet echt goed over. Integendeel, Guido had het idee gekregen dat bij ieder argument haar moeder steeds bezorgder werd.

'Tikki.' Guido fluisterde bijna.
'Ja.' Battikwa keek op van haar boek.
'Zit je lekker?'
'Zeker. Ik zit heerlijk. Lekker behaaglijk.'

Battikwa schoot wel erg door naar de andere kant. Merkwaardig. Ze was er toch nog steeds van overtuigd dat ze een doodgeboren kind had. Nou ja, alles beter dan een extreem boze, of paniekerige Battikwa.

'Guido?'
'Ja, Tikki, zeg het eens.'
'Ik merk dat je het onderwerp mijdt.'
'Hè?'
'Waarschijnlijk om mij te sparen. Misschien ook omdat de arts dat geadviseerd heeft.'
'Wat bedoel je, Tikki?'
'Nou, onze baby, eh... Neno.'
Guido keek geschrokken naar Battikwa.
'Je hébt hem toch een paar keer zo genoemd?'
'Ja.' Guido voelde zich verstijven.
'Nu heb je het helemaal niet meer over hem.'
'Bedoel je dat... Wil je zeggen dat...' Guido wist niet hoe hij moest reageren. Hij raakte helemaal in verwarring. Durfde het niet te geloven. Zou ze dan eindelijk...

'Je hebt bijvoorbeeld niet eens gezegd wáár hij nou begraven ligt. Ik begrijp dat je het moeilijk vindt zo'n pijnlijk onderwerp aan te snijden, zeker omdat het niet zo goed met me gaat. Alleen heb ik liever dat je er wel met me over praat. Al was het alleen maar omdat er van alles geregeld moet worden. Zo zullen we toch een keer de matsewa moeten onthullen.'

'De wat?'
'De grafsteen. Het hoeft niet meteen, maar het moet eens gebeuren. Simpel gezegd: waar moet de steen naartoe gebracht worden? Waar ligt ons kind begraven? Ik ga ervan uit dat het de joodse begraafplaats is, maar je hebt het me nog niet verteld.'

Dit was onmenselijk. Moest hij zich nog steeds van den domme houden? Voor hij de gelegenheid had om zichzelf weer bij elkaar te rapen en iets te zeggen, zei Battikwa: 'Ik zie het al, ik hoef van jou

geen antwoord te verwachten. Geeft niet, Guido, ik ga er zelf wel achteraan. Ik vraag me alleen af of het wel iets met mij te maken heeft dat je je mond houdt. Ik heb eerder het idee dat je het zelf niet aankunt. Je drukt je gevoel weg. Je mag geen verdriet hebben. Dat lijkt me niet goed. Je krijgt je deel ook nog wel.'
'Wat krijgen we nou, Battikwa?'
'Laat nou maar, ik zoek het zelf wel uit.'
Battikwa maakte het wel erg bont: hij zou zijn gevoel onderdrukken? Bij wie was het gevoel nou zoek?
'Ik wil bovendien zelf voor de steen zorgen. Stel je voor dat er een fout in de tekst sluipt. Heb ik je ooit verteld over de grafstenen van de vader en moeder van mijn moeder?'
'Je opa en oma dus.' Na die betuttelende opmerking over het ontbreken van gevoel bij hem kon Guido niet anders dan korzelig reageren.
'Ja, maar dat zijn lege begrippen voor mij. Ik heb nooit een opa of oma gehad, zoals je weet. Mijn moeder wilde graag een keer een dagje naar haar geboorteplaats Aalten, ook om het graf van haar vader en moeder te bezoeken. Dat had ze, na de begrafenis van haar vader, nooit meer gedaan. Dit zijn trouwens, voorzover ik weet, de enige twee bestaande graven van familieleden van mij, de enige twee mensen die niet vergast en verbrand zijn. Ik had de graven nooit gezien en wilde daarom graag met haar mee. De voorzitter van de joodse gemeente van Aalten was gekomen om het hek voor ons open te doen.'
'Konden jullie dat zelf niet?' vroeg Guido, nog steeds geïrriteerd, maar Battikwa gaf gewoon antwoord, alsof ze het niet gehoord had.
'Het hek is altijd afgesloten, omdat ze bang zijn voor vandalisme. Het gebeurt iets te vaak dat op joodse begraafplaatsen grafstenen beklad of vernield worden. Laatst nog, ik weet niet meer precies waar, hadden ze allemaal stenen omgeduwd.'
'O, is dat het.' De houding van Battikwa ten aanzien van zijn ge-

drag, alsof er niets aan de hand was, maakte Guido nog kortaffer.
'Eenmaal binnen liepen we naar het graf van de moeder van mijn moeder. Daar stond haar naam: Minchen Flesch. Mijn moeder raakte diep geëmotioneerd. Haar moeder was op vijfenveertigjarige leeftijd gestorven: maagkanker. Zelf was ze toen nog maar vijf jaar oud. Na kort in gepeins verzonken te zijn geweest, zei ze: "Hé, hoe kan dat nou, er staat Flesch met ch." Nu zag ik het ook. Vreemd, inderdaad. Ik wist niet beter dan dat mijn moeder Fles heet en niet Flesch. Sterker, als mijn moeder tegenover iemand haar meisjesnaam noemde, zei ze er altijd bij: "Fles is de naam, zonder ch; van de arme tak dus, niet Flesch met ch, dat is de rijke tak." Mijn moeder draaide zich om naar de voorzitter en vroeg hem of hij wist waar die ch vandaan kwam. "Ach, mevrouw," zei hij, "d'r zit daar zo'n meisje, die schrijft een naam op, maar wat weet ze er nou helemaal van? Niks toch." Ik weet nog dat ik de voorzitter wilde vragen of hij op een meisje van de grafsteenmakerij doelde, of een meisje van de burgerlijke stand. Het kwam er niet van. Mijn moeder liep al naar het graf van haar vader en ik erachteraan. Haar vader lag daar begraven, samen met zijn tweede vrouw, die een echte stiefmoeder voor mijn moeder is geweest. Ik maakte die dag overal foto's van, maar nog voor ik mijn camera op dit graf had kunnen richten, siste mijn moeder: "Dat wijf wil ik er niet op hebben, hoor!" Het viel me op dat hier de naam wel zonder ch geschreven stond. "Wat is nou goed: Fles of Flesch?" vroeg ik mijn moeder. Ze was er ineens zelf niet meer zeker van. Ze zou het gaan uitzoeken, maar dat heeft ze voorzover ik weet niet gedaan.'

'Een vreemde geschiedenis.' In weerwil van zijn irritatie was Guido aangedaan door het verslag over de naamsverwarring. Maar nog meer dan dat was hij onthutst door een bizarre gedachte die bij hem op was gekomen.

Battikwa's moeder was ondergedoken geweest in de oorlog, in een dorpje in Noord-Holland. Stel je voor, zo bedacht Guido zich, dat ze toen bij een inval zou zijn opgepakt, onder welke naam zou dat dan gebeurd zijn: Fles of Flesch? Wie weet zou ze de dans wel ontsprongen zijn, omdat de Duitsers ook verschillende namen in hun papieren hadden staan en ze in hun verregaande *Pünktlichkeit* er niet uit kwamen wie ze nou moesten oppakken: Louise Fles of Louise Flesch. Gelukkig dat het altijd gissen zou blijven. Battikwa's moeder had in geval van een huiszoeking een perfecte schuilplaats tot haar beschikking gehad. In een diepe muurkast op de begane grond was de bodem losgemaakt en had de heer des huizes de aarde die daar direct onder zat, uitgegraven. Zo kon ze bij een onverwachte inval in dat gat schuilen. Een vreselijk benauwende ervaring, iets om de rest van je leven claustrofobie aan over te houden, wat ook was gebeurd bij haar.

'Het is vooral zo pijnlijk,' ging Battikwa verder, 'omdat die joodse gemeenschap van Aalten zo klein was. Veel groter dan nu het geval is, ik geloof dat het om ongeveer honderd leden ging, tegenover twee nu, maar evengoed toch een klein aantal. Dan wordt er zo'n fout gemaakt. Je zou toch zeggen dat ze extra zuinig zijn op wat ze hebben en zeer secuur zijn in de spelling van een familienaam.'

'Ja, je hebt gelijk,' zei Guido, maar hij was er met zijn gedachten niet bij.

'Daarom ben ik in het geval van ons kind zo voorzichtig. Ik wil hem bovendien een andere naam geven, onder die naam moet hij begraven worden.'

'Een andere naam? Hoezo, een andere naam?'

'Ik vind het geen goede naam.'

'Hoe kan je dat nou zeggen? We hebben samen besloten hem Neno te noemen. Zo heb ik hem aangegeven.'

'Dat is dan jammer, maar ik wil niet dat mijn kind onder die naam de eeuwigheid ingaat.'

'Je kan zijn naam toch niet zomaar veranderen. Heb ik ook nog iets te zeggen?'

'Hij gaat David heten.'
 Er bestond geen tik waarmee Battikwa Guido harder had kunnen treffen dan met deze zin. Hij ging bijna knock-out.

Guido liep de trap op, naar hun etage. Hij was bij Neno geweest en had voor de zoveelste keer een smoes moeten verzinnen voor Battikwa. Hij was benieuwd wanneer zijn voorraad aan verzinsels zou opraken. Battikwa was de afgelopen twee dagen niet teruggekomen op de vraag waar 'hun kind' begraven lag, noch op de naamsverandering. Guido hoopte dat ze het vergeten was. Ze leefde toch in een soort schimmenrijk, hoe je het ook wendde of keerde. Hij stak de sleutel in het slot, deed de deur open en 'Jezus!', hij schrok zich dood. Daar stond Battikwa, op nog geen tien centimeter afstand van hem. Haar ogen boorden zich bijna letterlijk in die van hem. Ze had rode vlekken in haar gezicht. Guido keek langs Battikwa de kamer in: één grote chaos, alles was overhoopgehaald.

'Hoe kon je dat voor me achterhouden, Guido?'

'Wat?' vroeg hij.

'Terwijl ik je ervoor gewaarschuwd heb.'

'Waar heb je het over, Tikki?'

'Noem me geen Tikki!'

'Maar wat is er dan... Tikki, in hemelsnaam.'

'Nu weet ik het allemaal weer. Het was beneden, bij Roy, daar lag het, naakt...'

Ondertussen stond Guido te bidden: alstublieft, dit is te gruwelijk, dit wil niemand meemaken. Maar als het ervoor kan zorgen dat Battikwa eindelijk de waarheid onder ogen zal zien, alstublieft, zet het dan door. Laat haar helemaal dwars door alles heen gaan, ik smeek het, de grootst mogelijke schok, als ze de waarheid maar beseft. Alstublieft, laat het haar nú zeggen.

'Totaal weerloos en onbeschermd lag daar...'
Tikki, please, zeg het, bad Guido in zichzelf.
'Mijn baby, onze David!'
'Nee!' schreeuwde Guido. 'Nee, nee, dit is niet waar!'
'Ik had je toch gewaarschuwd. Ik had je toch gezegd dat die Roy mij en mijn baby wilde vermoorden! Jij geloofde me niet. Klootzak! Kijk nou wat ervan komt. Ik leef nog. Waarom? Waarom heeft hij mij in leven gelaten? Ik wil helemaal niet meer leven, niet zonder mijn kind.'
Battikwa liep de kamer in, plofte in een stoel en begon hartverscheurend te huilen.
Guido zakte op zijn knieën op de grond. Ook hij huilde. Dit kon niet waar zijn.
Door lange snikken onderbroken zei Battikwa: 'Nu begrijp ik... Guido... waarom je me niet... kon vertellen... waar David is begraven. Waarom je... niet over hem... wilde praten. Je voelde je... schuldig. Ik heb... je gewaarschuwd. Maar je wilde... niet... luisteren. Je wilt... nooit... naar me luisteren.'
In zijn allerdiepste wanhoop had Guido kort een helder moment. Valium, Battikwa moest een valiuminjectie hebben, of iets anders. Maakte niet uit wat, maar er moest iets gebeuren. Hij kroop zo ongeveer naar de telefoon en belde de huisarts. Gelukkig had deze dienst en beloofde meteen te komen. Binnen vijf minuten stond hij bij hen op de stoep en kreeg Battikwa een spuit in haar bil.

Toen Battikwa wakker werd, was ze weer zo onwaarschijnlijk ontspannen als steeds na een aanval van hysterie. Geen woord over wat er was gebeurd. Verbijsterend, nee, beangstigend. Waar deed het Guido aan denken? Zijn associaties tot nu toe volstonden niet. Maar wat wel? Eigenlijk kwam het nog het dichtst bij een soort psychische epilepsieaanval. Na afloop van een gewone epilepsieaanval herinnerde de patiënt zich toch ook nooit iets?
Guido bleef op zijn hoede. Terecht, want uit het eerste gesprek

dat ze na haar ontwaken hadden, bleek dat Battikwa verre van genezen was.

'Ik begrijp nu pas, door de krantenartikelen die ik vond, waarom je me niet kon vertellen waar David begraven is,' zei Battikwa op een tegemoetkomende toon.

'Hoezo?' vroeg Guido, terwijl er een siddering door zijn lichaam ging. Hij vroeg zich af hoe lang hij dit nog kon volhouden.

'Hij ligt natuurlijk bij het gerechtelijk laboratorium. Samen met die drie andere vermoorde baby's. Waarom, Guido?' Battikwa begon zacht te huilen. 'Waarom moest hij ons kind hebben?'

Ook al zou Guido nooit de opdracht hebben gehad niet over dit onderwerp te praten, hij kón er nu niet eens over praten, hij wist helemaal niets te zeggen.

'Waarom heeft hij het gemummificeerd? Was het doden niet voldoende? Hij heeft ook nog eens het lijkje aangetast.'

Guido zweeg nog steeds.

'Om één ding ben ik blij.'

Vragend keek hij naar Battikwa op.

'Dat hij onze baby niet in een pop heeft weten te stoppen. Dat zou helemaal vreselijk geweest zijn, hè, Guido?'

Wat moest hij in hemelsnaam zeggen?

'Toch, Guido, dat zou je toch ook niet aangekund hebben?'

'Nee,' piepte Guido.

'Wat zei je?'

'Nee, vreselijk.' Zijn leven was tot dan toe vrijwel traanloos verlopen, maar nu kwam alles eruit.

'Maar dat er nu met dat kleine lijkje van hem wordt gesold, dat het nogmaals wordt geschonden, dat is een onverdraaglijke gedachte.'

Battikwa sloeg haar handen voor haar ogen. Zo bleef ze enkele minuten zitten. Vervolgens keek ze Guido weer recht in het gezicht aan en zei, weer met redelijk vaste stem: 'Onder normale omstandigheden zou het niet eens hebben gemogen.'

'Wat?' vroeg Guido bedeesd.
'Een lijk opensnijden, natuurlijk. Het dode lichaam is heilig. Daar mag je niet aan komen. Die Roy heeft niet alleen de moord op ons kind op z'n geweten, hij heeft ook nog eens het lichaam ontheiligd.' Battikwa klonk bitter.
'Ik begrijp het,' zei Guido apathisch.
'Behalve als sectie absoluut noodzakelijk is, zoals in dit geval, is het niet toegestaan in het lichaam te snijden.'
'O.'
'Dat geldt ook voor het opgraven van een lijk.' Vervolgens weer paniekerig: 'Ze hebben trouwens toch wel toestemming gevraagd, hè, Guido?'
Wat moest hij daar nu weer op antwoorden?
'Natuurlijk hebben ze dat gedaan. Ik zou er trouwens niet aan moeten denken dat ze het graf hadden moeten openen. Jij?'
'Hmhm.'
'Guido, wat mompel je nou? Ik begrijp heus wel dat je dat ook afschuwelijk zou hebben gevonden, maar je kunt toch wel antwoord geven?'
'Ja, sorry.' Hij haalde opgelucht adem. Hiermee gaf hij tenminste geen bevestigend antwoord op de vorige vraag.
'Het lijkt me al zwaar genoeg om een naaste op te graven om hem naar de rustplaats van de familie te vervoeren.'
Ineens helder en snel, alsof hij met een knip van de duim uit zijn hypnose werd gewekt, zei Guido: 'Opgraven was toch alleen bij sectie geoorloofd?' Het verbaasde hem zelf ook dat hij in staat was zo'n logisch aandoende vraag te stellen. Het kwam voort uit zijn wanhoop. Hij wilde kost wat kost van onderwerp veranderen, het gesprek van het babylijkje afleiden.
'Ja, dat is waar, maar het mag ook als iemand tijdelijk ergens anders moet worden begraven. Door overmacht, welteverstaan.'
'Lijkt me heel redelijk.' Wat zat hij nou te bazelen? Redelijk, redelijk? Hij moest ingrijpen! Maar hoe?

'Net zoals je het dode lichaam op ieder willekeurig moment naar Israël mag vervoeren.'

Wat kon hij doen? Guido had vreselijk veel zin Battikwa mee te sleuren naar het ziekenhuis, naar de couveuse waar Neno in lag en haar al door elkaar schuddend toe te schreeuwen: 'Hier ligt je baby! Hier ligt Neno. Kijk dan!'

Het ging zo niet langer. Dat vond de psychiater ook. Battikwa had een shocktherapie nodig. Niet met behulp van elektroden, ze moest worden geconfronteerd met de waarheid: direct, zonder een of ander beschermend filter ertussen. Als het niet met zachte hand lukte, dan maar met harde hand, zo redeneerde de psychiater. Ze zou de babymummie te zien krijgen en direct daarop haar eigen, levende kind. De bedoeling was dat de baby's zich dicht bij elkaar zouden bevinden, het liefst in twee naast elkaar gelegen kamers, of, nog beter, in één ruimte. Er moest nu worden uitgezocht of dat praktisch mogelijk was. Het ziekenhuis zou contact opnemen met het Gerechtelijk Laboratorium in Rijswijk.

Guido was erg opgelucht door dit besluit. Dat jojogedrag van Battikwa's psyche was een aanslag op zijn eigen geestelijk welbevinden. Het ene moment hysterisch, dan weer verbazingwekkend rustig. Vooral dat laatste, de volkomen nuchtere houding op momenten die juist voor zijn gevoel om grote emotionele reacties vroegen, vond hij beangstigend. Bovendien dreigde er een nieuw probleem. Vandaag of morgen zou Battikwa gaan vragen wanneer ze klaar waren met de sectie op het lichaam van 'hun kind', zodat ze hem eindelijk konden laten begraven. Wat moest hij daarop dan weer verzinnen? Tot hij bericht kreeg over het hoe en wanneer van de confrontatie, hield hij zijn mond in de hoop dat Battikwa er niet uit zichzelf over begon.

'Heb ik het ei niet lang genoeg laten koken? Is het te zacht, Tikki?'
Guido had gezien dat Battikwa haar ei opzij duwde toen ze de eerste hap in haar mond wilde steken. Hij was de toestand met de rauwe eieren bij de buurman nog niet vergeten.
'Het is precies goed, maar er zit een bloedvlekje in, vandaar.'
Guido keek Battikwa onderzoekend aan.
'Maakt niet uit, echt niet. Ik neem wel iets anders op brood. Als jij er nog zin in hebt, neem gerust. Jíj mag het wel eten.'
'Jij dus niet.'
'Nee, ik niet.'
Guido begreep het niet, maar wachtte er wel voor er verder op in te gaan. Hij moest Battikwa voorbereiden op het bezoek morgen, aan het ziekenhuis. Dat was al riskant genoeg. Hij zou niet zeggen waar het om ging – de confrontatie moest tenslotte echt als een verrassing, nou ja, verrassing, totstandkomen – maar stel je voor dat ze op een of andere manier geïrriteerd raakte en dwars ging liggen. Zeggen dat ze niet mee wilde. Je wist het nooit bij haar, de laatste tijd. Net toen hij op het punt stond over morgen te beginnen, zei Battikwa: 'Weet je wie hier gisteren was?'

'Je moeder? Nee, daar hebben we in het weekend mee afgesproken.'

'Het was ook geen afspraak. Het was iemand die zomaar langskwam.'

'Tikki, wat heb ik je gezegd?'

'Ja, ik weet het, maar het was Paula. Die heb ik al in geen drie jaar gezien. Had ik die dan voor de deur moeten laten staan?'

Paula. De oude schoolvriendin van Battikwa. Hij zag haar weer zo voor zich: een grote, overweldigende meid.

'Oké, dat is een ander geval.'

'Ik zat bovendien te snakken naar een vertrouwd iemand bij wie ik mijn verhaal kwijt kon.'

'Hoe kwam ze zo onverwacht bij je terecht?'

'Ze had via mijn moeder gehoord dat ik net bevallen was.'

'Op die manier.'

'Het was wel merkwaardig. Toen ik haar probeerde deelgenoot te maken van het verdriet om ons verloren kind, reageerde ze heel vreemd. Terwijl ik juist de indruk had dat ze was gekomen om me te troosten. Ze raakte zelfs geïrriteerd toen ik vertelde hoe het precies zat. Ik vroeg haar waarom ze zo kribbig deed. Van het antwoord sloeg ik helemaal steil achterover. Weet je wat ze zei?'

'Nee.'

'Ze zei dat ik niet zo moest fantaseren. Dat dat in dit geval wel erg onsmakelijk was. Of ik me wel realiseerde dat zijzelf een halfjaar geleden echt een baby had verloren. Dat wist ik, inderdaad, via mijn moeder. Het kind bleek een hartafwijking te hebben. Maar begrijp jij dat nou, Guido? De grootste fantaste die er op aarde rondloopt, Paula, durft mij ervan te betichten dat ik fantaseer. Over zoiets gruwelijks. Ik was echt met stomheid geslagen. Wat vind jij daarvan?'

Guido was geshockeerd door de beweringen die Battikwa deed, en de toon waarop. Maar hij moest zich inhouden. Zo goed en zo kwaad als het ging probeerde hij in te gaan op wat Battikwa had gezegd.

'Het is inderdaad wel erg raar om zoiets uit de mond van Paula te horen.'

'Maar ik heb toch gelijk, ja, toch? Ik herinner me nog goed dat jij haar op zeker moment niet meer over de vloer wilde hebben, althans, wanneer je thuis was. Zo vreselijk vond je dat gelieg van haar.'

Het was waar wat Battikwa zei. Eindelijk iets wat klopte. Heel wrang.
'Dacht ik iemand tegenover me te hebben die me een beetje kon bijstaan, juist omdat ze in een soortgelijke situatie heeft gezeten, valt ze me af. Onbegrijpelijk.'
'En toen?'
'Heb ik haar het huis uit gezet.'
'Je hebt wát?'
'Had ik haar dan nog gezellig een drankje moeten inschenken? Kom op. Die wil ik nooit meer zien.'

Guido durfde het eigenlijk niet aan om Battikwa op de hoogte te stellen van hun bezoek morgen aan het ziekenhuis. Ze was zo labiel. Hij belde met de psychiater voor advies. Ze spraken af dat Guido Battikwa liet weten dat ze voor een nacontrole in het ziekenhuis werd verwacht. Battikwa had wel even vreemd opgekeken – 'Nacontrole, waarom hoor ik dat nu pas?' – maar uiteindelijk had ze zonder te morren ermee ingestemd.

De kinderarts en de psychiater stonden hen op te wachten.
'Goedemorgen, mevrouw Rotstein, meneer Palladio,' zei de kinderarts, 'loopt u mee?'
'Mijn man ook?' vroeg Battikwa.
'Ja, of heeft u dat liever niet?'
'Nee, hoor. Alleen, ik ben niet gewend dat het zo gaat.'
'Voor alles is een eerste keer, nietwaar?'
Ze gingen met de lift omhoog.
'Ik had eerder de gynaecoloog verwacht dan u.' Battikwa keek naar de kinderarts. 'Is die er niet bij?'
Guido zag dat de kinderarts een vragende blik wierp naar de psychiater. Hier hadden ze niet op gerekend. Maar het was waar, als Battikwa voor een nacontrole moest komen, dan hoorde daar de gynaecoloog bij, eventueel tezamen met de psychiater vanwege

de controle op haar geestelijke gezondheid, maar in ieder geval was de gynaecoloog vereist en niet de kinderarts. Deze laatste zei, na een korte aarzeling, duidelijk improviserend: 'Hij werd zonet weggeroepen en hoopt er straks nog even bij te zijn.' Ze stapten uit de lift en liepen naar de klapdeuren links in de hal. Voor Guido vertrouwd terrein: de couveuseafdeling. Een bordje boven de deur gaf het aan. Hij keek schuin naar Battikwa of ze een teken van herkenning gaf. Ze was er tenslotte één keer heel even geweest, maar ze vertrok geen spier. De kinderarts trok aan een touwtje dat van het plafond naar beneden hing, waardoor de deuren openzwaaiden. Al wandelend kwamen al hun zintuigen aan hun trekken: je zag baby's, je hoorde baby's en je rook baby's. Nu begon Battikwa toch enigszins nerveus om zich heen te kijken. Helemaal aan het eind van de gang deed de kinderarts een kamerdeur open en zei: 'Komt u binnen.'

In een verder bijna geheel lege kamer zag Guido, afgezien van een onderzoekstafel, in het midden, naast elkaar twee glazen dichte bakken staan. Ze leken op elkaar, maar waren niet geheel identiek. 'Mevrouw Rotstein.' Het was de bassende stem van de kinderarts. 'Waarschijnlijk ziet u wel wat dit zijn.' Hij wees op de bakken. 'Couveuses. Niet zo vreemd, zult u misschien denken, we bevinden ons op een couveuseafdeling.'

Battikwa keek even snel naar Guido. Het was een mengeling van angst en boosheid die zich op haar gezicht aftekende. Ze voelde waarschijnlijk dat ze er op de een of andere manier in geluisd was.

'Toch is er iets raars aan de hand met deze twee couveuses, of eigenlijk met één couveuse. In de ene ligt een een weliswaar te vroeg geboren, maar verder volkomen gezonde baby. Niks aan de hand dus. In de andere ligt het lichaam van een weliswaar ook te vroeg geboren, maar helaas dode baby. Dat is vreemd, nietwaar? Couveuses zijn er voor baby's die het op eigen kracht niet zouden redden, maar met behulp van deze machinekamertjes, zoals ik ze graag noem, wel levensvatbaar blijken te zijn.'

De kinderarts keek Battikwa indringend aan en ging toen weer verder met zijn betoog. 'Het is eenvoudiger dan het lijkt. Een couveuse bij een te vroeg geboren baby'tje heeft onder meer tot taak virussen, bacillen en dergelijke op afstand te houden. De couveuse met deze dode baby moet er zorg voor dragen dat eventuele besmetting van de omgeving door de dode baby wordt tegengegaan. Een omgekeerd soort quarantaine. Lijkt me een duidelijke zaak.' Omdat Battikwa helemaal niet reageerde, voegde hij er nog aan toe: 'Begrijpt u het?'

Ze knikte, bedeesd, zo leek het.

'U vraagt zich misschien af: wat heb ík daar nu mee te maken? Ik moest toch voor een nacontrole naar het ziekenhuis komen? Nu, mevrouw Rotstein, dit ís de nacontrole. Alleen, ú wordt niet gecontroleerd, maar u moet zelf gaan controleren. U moet ons gaan vertellen in welk van de twee couveuses uw baby'tje ligt. Als u het mij persoonlijk vraagt: geen moeilijke opdracht. Kijk zelf maar.' De kinderarts strekte zijn arm in de richting van de couveuses, daarmee Battikwa uitnodigend naar voren te komen.

Was het de autoritaire houding van de arts, vriendelijk maar dwingend, waardoor Battikwa, zonder ook maar een greintje tegen te sputteren, naar voren liep? Guido wist het niet, maar was allang blij dat ze meewerkte. Battikwa bleef voor de twee couveuses staan, keek van het ene glazen kastje in het andere. Er was niks te horen. Ook uit de couveuse waar Neno in lag, klonk geen geluid.

Het duurde een hele tijd, Guido had van alles verwacht: geschreeuw, gehuil, noem maar op, maar in plaats daarvan bleef het stil, angstwekkend stil.

Eindelijk deed Battikwa haar mond open. 'Het spijt me, maar ik ken geen van beide baby's.' Er klonk opluchting door in Battikwa's stem.

Wat was dit nou? Ze hadden gehoopt op een doorbraak in de vervormde realiteitszin van Battikwa en nu kregen ze dit. Ze herkende niet eens de babymummie! Terwijl daar alle ellende mee was begonnen. Guido liep heel zachtjes een paar passen naar voren. Hij keek in de glazen kastjes en zag dat de mummie er totaal anders uitzag dan toen hij haar de eerste keer had gezien, bij Roy op de etage. Die idioten! Ze hadden het gezichtje helemaal opgepoetst, het zelfs met bruine verf bewerkt, zo zag hij, waarschijnlijk om de oorspronkelijke huidskleur te benaderen. Terwijl het om een confrontatie ging, die tot herkenning zou moeten leiden. Hoe konden ze nou toch zo stom zijn geweest!

'Die ene, die dood is,' zei Battikwa, 'lijkt nog het meest op onze zoon, zoals ik hem de eerste keer gezien heb. Maar ja, het is zo te zien een negerbaby'tje, dus dat is uitgesloten. Guido is toch echt de vader van ons kind. Dat weet ik heel zeker.' Terwijl ze dit zei, draaide haar hoofd naar Guido. Tot zijn verbijstering keek ze hem schalks aan. Dat was zo ongepast op dit moment dat hij haar met geen mogelijkheid meer zíjn Tikki kon noemen.

'Zo zie je maar weer hoe doordacht de halachische wet is.'

Vragende blikken van kinderarts en psychiater. Guido wist in dit geval wel waar Battikwa op doelde.

'Die wet zegt dat alleen wanneer de moeder joods is, het kind ook joods is. Je kunt namelijk alleen maar met zekerheid weten wie de moeder is, niet wie de vader is.'

Van opluchting op beide gezichten dankzij deze verhelderende verklaring was geen sprake.

'Bij alle twijfel is het in ieder geval zeker dat onze zoon als jood is gestorven,' ging Battikwa verder. 'Daarmee lijkt me tevens duidelijk dat die andere baby niets met ons van doen heeft. Een schatje, daar niet van, maar helaas, levend. Ik bedoel natuurlijk: helaas voor ons, niet voor de ouders van deze baby.'

'Mevrouw Rotstein,' zei de psychiater, bijna naadloos aansluitend op Battikwa's laatste woorden, waarschijnlijk om zo snel mogelijk een einde te maken aan de pijnlijke situatie, 'aangezien u het zelf niet wilt, of kunt zien, moet ík het u zeggen. Die baby rechts van u, die zo lekker ligt te slapen in zijn warme hokje, dat is uw zoon, Neno.'

'David,' zei Battikwa zacht.
'Wat zei u?' vroeg de psychiater.
'David, onze zoon heet David.'
De psychiater keek hulpeloos naar Guido. Die trok zijn schouders op en keek de man aan met een blik die wilde uitdrukken: sorry, maar hier kan ik ook niks aan doen. De psychiater schraapte zijn keel, als om moed te verzamelen, en nam weer het woord. 'Die andere, links, is een triest geval. Het gemummificeerde lichaam van een te vroeg geboren baby'tje, wel degelijk gevonden bij uw buurman. Dat is echt het lichaampje dat u ooit heeft gezien, op zijn etage. Niet de baby die u gebaard heeft. Die gezonde, prachtige baby rechts in de couveuse heeft u op de wereld gezet. Weliswaar via een keizersnede, maar hij is helemaal van u. Door allerlei processen, zowel lichamelijk als geestelijk, bent u enigzins in de war geraakt. Daardoor heeft u die babymummie voor uw eigen kind aangezien en heeft u het bestaan van uw eigen baby verdrongen.'

'Sorry, hoor, maar ik weet het echt zeker. Die dode baby die hier ligt, is in elk geval niet de baby die ik bij Roy heb gezien, die zag er heel anders uit.' Battikwa klonk beledigd.

Guido wierp de psychiater een woedende blik toe, waarop deze schuldbewust zijn schouders ophaalde. Hij begreep waarom Guido boos was. Toch richtte hij het woord tot Guido. 'Meneer Palladio, zou u het aangiftebewijs van uw zoon willen laten zien?'

Guido opende de tas die hij bij zich had, pakte er een vel uit en overhandigde dat aan Battikwa. Ze keek er vluchtig op en gaf het terug aan Guido. 'Het ziet er heel echt uit, zelfs de inmiddels achterhaalde naam staat erop, maar hoe weet ik dat het klopt?'

'Mevrouw Rotstein,' zei de psychiater, 'uw kind moet nog een tijdje hier blijven, in de couveuse. Net zolang tot hij groot genoeg is om naar huis te gaan. Vanaf dat moment wordt u gewoonweg gedwongen om deze baby te accepteren als uw zoon. Zo niet, dan zult u uit de ouderlijke macht worden gezet. Dat zal een heel ingewikkelde situatie creëren. U leeft namelijk met een man die de

baby wel als zijn kind erkent. Moet u dan gaan scheiden?'
Dit was wel heel direct. Guido zag Battikwa ineenschrompelen. Hij liep naar haar toe, sloeg zijn arm om haar heen en drukte met de hand van zijn andere arm haar hoofd tegen zich aan. De psychiater hield even zijn mond, maar hervatte na een paar minuten zijn betoog. Guido haalde zijn hand weg en Battikwa keek weer op.
'Luistert u goed naar me. U bent psychisch nog niet helemaal de oude, dat komt wel weer. Maar u bent een intelligente vrouw. Ook in uw labiele toestand kunt u voldoende logisch nadenken. U weet dat we hier niet in een of ander corrupt land leven waar baby's als koopwaar of ruilobjecten behandeld worden. U kunt, geheel rationeel beredeneerd, ervan uitgaan dat een geboortebewijs hier in Nederland klopt. Mee eens?'
'Ja,' piepte Battikwa.
'Dan heb ik een voorstel. Zolang uw zoon hier nog in het ziekenhuis verblijft, ruimt u alle beschikbare tijd in om aan het idee te wennen dat deze baby hier uw zoon is. Zodat als hij naar huis kan, u helemaal vertrouwd bent met de situatie. U kunt dan vanaf dat moment met volle teugen gaan genieten van dit mooie, nieuwe leven. Lukt het niet alleen, dan kunt u altijd onze hulp inroepen. Wat denkt u: kunnen we zo'n afspraak maken?'
Battikwa begon te stamelen. 'Ja, ik weet niet, wat moet ik nou zeggen? Guido…' Ze klonk heel angstig. 'Ik vind het zo eng.'
Guido's blik zwenkte heen en weer van de psychiater naar de kinderarts. Hij wist zich duidelijk geen raad met de situatie. Net toen de kinderarts te hulp wilde schieten door iets te gaan zeggen, zei Guido: 'Lieverd, natuurlijk is het eng, dat zal niemand ontkennen.'
'Het is eng dat je zoiets van een arts hoort.'
'Beter van iemand die er verstand van heeft dan van een of andere kwakzalver, toch?'
'Het kan helemaal niet. Ons kind is dood, maar nu wordt er gezegd dat het helemaal niet dood is, dat ik daaraan moet wennen. Dat is toch onmogelijk?'

'Tikki, dat weet je niet, maar ik heb de afgelopen weken onze zoon iedere dag gezien. Het is dat hij nog niet kan praten, maar zijn hele wezen vraagt om jou, geloof me. Hij is het zelf die je zal helpen.'
'Begrijp je het dan niet?' Ze klonk nu echt wanhopig.
'Wat?' vroeg Guido.
'Het is niet mogelijk om uit de dood op te staan!'
De ontreddering was nu op de gezichten van alle drie de mannen af te lezen.
De psychiater was de eerste die zich herstelde. 'Wacht, nu moet ik even ingrijpen. Laten we het zo afspreken. Jullie gaan naar huis om bij te komen van deze enerverende bijeenkomst en dan komen jullie morgen samen terug. Zonder onze hinderlijke aanwezigheid gaan jullie op bezoek bij Neno.'
Battikwa sperde haar ogen wijdopen.
'Eh, sorry, David. Dat zal een goede start zijn. Dan proberen jullie iedere dag minstens één keer bij hem langs te gaan.'
Guido keek Battikwa vragend aan. Ze leek dwars door hem heen te kijken. Voor zijn gevoel duurde het eeuwen voordat ze antwoord gaf. Toen zei ze: 'Ja, goed, ja, laten we dat maar doen.' Ze klonk opvallend opgelucht. Alsof er een grote last van haar was gevallen. Guido begreep niets van deze omslag bij Battikwa, maar hij wachtte zich er wel voor er iets van te zeggen.
'Ik wil alleen nog een nuancering aanbrengen op wat ik daarnet zei.' Battikwa pauzeerde een kort ogenblik en zei, terwijl ze de mannen triomfantelijk aankeek: 'Het is niet zo dat het niet mogelijk is om uit de dood op te staan; het is niet mogelijk om zómaar uit de dood op te staan.'
De drie wierpen elkaar verbaasde blikken toe, maar niemand durfde iets te zeggen, bang om het wankele evenwicht te verstoren.
'Ik wil nu graag naar huis. Ik ben bekaf.'

Battikwa bleek wonder boven wonder aan de opdracht van de psychiater te gehoorzamen. Ze volgde zijn raad op en bezocht trouw iedere dag samen met Guido hun kind. Het voelde blijkbaar nog wel wat onwennig, gezien het houterige gedrag dat ze ten opzichte van Neno vertoonde. Ze keek naar hem in de couveuse alsof ze een dier in zijn hok aanschouwde: observerend. Het bracht ook een bijbehorende emotie bij haar teweeg. Het zien van Neno leek haar te ontroeren, zoals een babychimpansee een mens kan ontroeren. Je voelde de afstand die zíj ten opzichte van haar baby voelde als ze zei: 'Dag, lieve David, ik zie het, je ziel is terug, je ziet er inderdaad als herboren uit, stralend.' Wat ze er precies mee bedoelde, begreep Guido niet. Stralend zag Neno er zeker nog niet uit. Zijn ziel moest duidelijk nog ontwikkeld worden. Dat zou gebeuren als hij uit de couveuse kwam, zo stelde Guido zich voor. De ziel is natuurlijk pas na de geboorte in staat om echt tot leven te komen. Neno verkeerde nu toch nog min of meer in het baarmoederstadium en dan was het ook nog het kunstmatige, kille equivalent ervan. 'Herboren' was dus duidelijk niet de goede term. Bovendien, wat wist Battikwa er helemaal van? Ze had haar kind nog niet eerder echt gezien, pas de afgelopen dagen.

Los van deze opmerking van Battikwa had het er toch alle schijn van dat het beter met haar ging en met de acceptatie van haar kind. Guido durfde het langzamerhand voor zichzelf toe te geven. Zou die confrontatie dan toch het beoogde effect hebben gehad? Wat die afstandelijkheid betreft, het wás ook een hele omschakeling. Had de psychiater niet gezegd dat zelfs vrouwen die onder normale omstandigheden met een keizersnede bevielen, vaak moeite hadden met de situatie, omdat ze zich bedrogen voelden of juist omdat ze zich tekort vonden schieten? Dat nu viel juist reuze mee bij Battikwa. Er was even een harde hand nodig geweest om haar tot de waarheid te brengen, maar het leek uiteindelijk toch gelukt. Zelfs die dreigende of werkelijk bestaande postnatale depressie, pardon, postpartumdepressie, was overgewaaid.

Battikwa's moeder had hem ook al aangesproken over de houding van haar dochter tegenover Neno (zo bleven ze hem onderling noemen, in de overtuiging dat Battikwa ook wat dat betreft wel zou bijdraaien). Ze had samen met Battikwa haar kleinzoon bezocht. 'Ik vond dat ze zich zo afstandelijk tegen hem gedroeg. Eigenlijk was haar hele houding nogal... hoe moet ik het omschrijven... nogal stijf, alsof ze precies wist wat van haar verwacht werd en ze zich daar uitstekend aan wist te houden. Er ontbrak iets, warmte, het echte moedergevoel.'

Guido had geprobeerd de woorden van de arts zo goed mogelijk over te brengen. 'Ze moet nog vertrouwd raken met Neno. Ze heeft heel wat achter de rug.'

'Vertel mij wat.'

'Wist je bovendien dat veel vrouwen na een keizersnede moeite hebben een band met hun kind te krijgen?'

'Dat heb ik wel eens gehoord, ja.'

'Ik kan me voorstellen dat zeker Battikwa behoorlijk moet wennen. Je moet niet vergeten wat ze te verwerken heeft gehad in de aanloop naar die keizersnede. Daarbij komt nog eens dat Neno in een couveuse ligt. Dat is ook niet echt bevorderlijk voor de affectie tussen moeder en zoon.'

'Daar maak ik me juist zo'n zorgen om.'

'Dat hoeft niet. Die onvoorwaardelijke band die er tussen een moeder en een kind behoort te bestaan, die zal vanzelf wel groeien zodra Neno uit de couveuse komt.'

Battikwa's moeder had zich min of meer laten overtuigen.

'Ach, je zult wel gelijk hebben,' verzuchtte ze.
'Bovendien, dat idee van het moedergevoel, waar iedere vrouw zo ongeveer mee geboren zou worden, is allang achterhaald, dat weet je toch, hè? Voor veel vrouwen is dat gevoel helemaal niet vanzelfsprekend en begint de opbouw daarvan pas na de geboorte. Nee, ik denk niet dat we ons zorgen hoeven te maken. Ik heb Battikwa in geen tijden zo normaal meegemaakt als nu.'
'Hou maar op, Guido, ik geloof je.' Ze kwam er niet meer op terug.

Er was één ding dat Guido zelf niet begreep. Vóór de confrontatie met beide baby's was Battikwa hysterisch over zowat iedere kwestie. Ze zette voortdurend alles op losse schroeven. Des te merkwaardiger was het daarom dat er na die bijeenkomst geen vraag meer over haar lippen kwam. Ze had tenslotte niet volmondig verklaard dat ze haar kind herkende en, wat belangrijker was, erkende. Maar alle vragen bleven uit. Niet over wat ze verder met die andere baby hadden gedaan, niet over de toestand beneden hen met die dode baby's, maar ook niet over Roy, niet over de vermeende moord op zijn vrouw en niet over hun verhuisplannen, die op een bepaald moment toch tamelijk urgent waren geweest door de angst van de zwangere Battikwa voor die man. Helemaal niets. Wat dat betreft verontrustte het hem wel dat Battikwa's moeder dezelfde observaties had als hij: ze was té vlak, té ongecompliceerd. Zo was Battikwa vroeger nooit geweest. Typerend voor Battikwa was juist haar kritische, felle houding geweest. Zelfs van haar nieuwe 'passie' voor het geloof merkte hij niets meer. Hij was er inmiddels ernstig rekening mee gaan houden dat hem een jarenlange studie boven het hoofd hing. Nou ja, niet echt, maar stel je voor dat Battikwa's obsessieve fascinatie structurele vormen had aangenomen. Dat zou ernstig geweest zijn. Geen haar op zijn hoofd die eraan zou denken joods te worden, ook al hield hij nog zoveel van zijn Tikki. Maar goed, het gevaar van een diepgelovige Battikwa leek geweken. Guido schoof alle muizenissen opzij. Hij was al blij dat ze weer min of meer een normaal leven konden leiden.

Na een paar dagen zei Battikwa: 'Guido, ik denk dat ik vandaag weer eens naar de universiteitsbibliotheek ga.'
'Zo?'
'Ik wil mijn scriptie per se dit jaar afmaken.'
'Lijkt me een goed plan. Ik ben blij dat je je daar weer toe in staat voelt.'
'Zullen we dan vanmiddag in de hal van het ziekenhuis afspreken?'
'Prima. Als jij vanaf nu regelmatig op de universiteitsbibliotheek gaat studeren, kan ik weer naar mijn werkkamer. Dan kom ik rechtstreeks daarvandaan naar het ziekenhuis.'
'Ik ben weg. Heb ik lekker wat uurtjes voor de boeg.'
'Dag, lieverd, succes.'
Weg was ze.

Was hij nu toch te voorbarig geweest met zijn optimisme? 's Middags, toen ze elkaar in het ziekenhuis troffen, maakte Battikwa een uiterst gedeprimeerde indruk.
'Heb je niet goed gewerkt, Tikki?' vroeg Guido.
'Jawel, hoor,' zei Battikwa, maar het kwam er niet erg overtuigend uit.
'Je moet je niet te druk maken. Het zou veel vreemder zijn als het wel meteen zou lukken. Je bent er een hele tijd uit geweest. Dat pak je niet zomaar in één keer op.'
'Ik zei toch dat het wel ging.' Het klonk behoorlijk kribbig.
'O, sorry hoor, ik zal m'n mond wel houden.'

Toen ze voor Neno's couveuse stonden, wendde Battikwa haar hoofd telkens af. Guido zei er niets over, maar het zat hem niet lekker. Thuisgekomen ging Battikwa in het voormalige studeerkamertje, nu babykamertje, zitten. Tegen etenstijd kwam ze eruit en vroeg, op lusteloze toon: 'Zal ik iets van de Chinees halen?'
'Zal ik het doen?'
'Nee, laat nou maar, ik vind het lekker om even een luchtje te scheppen.'
Tijdens het eten vroeg Guido: 'Heb je eigenlijk al een nieuwe afspraak met Martens gemaakt?'
'Nee, dat doe ik nog wel.'
'Niet te lang mee wachten, hè? Hij houdt je goed op het spoor. Je hebt toch altijd de neiging te veel uit te weiden. Daar kan hij je voor behoeden.'
'Ik weet het. Ik zal hem bellen.'

Guido had even gevreesd dat Battikwa het zou opgeven, maar de volgende dag ging ze weer naar de universiteitsbibliotheek en kwam er opgetogen vandaan. De dagen daarop leek haar geestelijke gesteldheid er met sprongen op vooruit te gaan, en ook haar houding ten opzichte van Neno verbeterde aanzienlijk. Het was nog altijd niet de optimale moeder-zoonrelatie, maar Neno lag dan ook nog steeds in de couveuse.

Ze hadden nu een vrij strakke dagindeling. 's Ochtends werkte Battikwa op de universiteitsbibliotheek en Guido op zijn werkkamer; 's middags gingen ze bij Neno op bezoek. Hij mocht inmiddels af en toe uit de couveuse, zodat Battikwa en Guido hem konden vasthouden.

Over hun buurman hoorden ze helemaal niets meer. Zowel direct als indirect via de media kwam hun niets nieuws ter ore. Uit zichzelf spraken ze er ook niet over. Battikwa leek echt al haar interesse verloren te hebben en Guido wachtte zich er wel voor erover te beginnen. Tenslotte was met deze man alle ellende begonnen.

'Is Martens tevreden over de voortgang van je scriptie, of heeft hij veel op- en aanmerkingen?'
'Nee, hoor.'
'Wat "nee, hoor". "Nee, hoor", geen op- en aanmerkingen, of: "Nee, hoor", niet tevreden?'
'Nee, hoor, geen op- en aanmerkingen.'
'Hij is dus tevreden.'
'Dat weet ik niet.'
'Hoezo, dat weet ik niet?'
'Hij heeft nog niks gelezen.'
'Hoe kan dat nou? Hij is altijd zo snel en stipt.'
'Ik heb hem nog niks nieuws te lezen gegeven.'
'Ik begrijp er steeds minder van. Als scriptiebegeleider moet hij toch je werk lezen? Vraagt hij daar niet om?'
'Nee.'
'Uiterst merkwaardig.'
'Ik heb tot nu toe nog geen afspraak met hem gemaakt.'
'Wat! Heb je hem niet gesproken? Wat is dat nou voor een onzin? Zo benadeel je jezelf toch?'
'Ik weet het. Ik zal het binnenkort doen.'
'Dat zei je een tijd geleden ook al.'
'Ja, ik zal het echt doen. Kunnen we het nou weer over iets anders hebben?'

Stom, hij had natuurlijk aan Battikwa moeten vragen of ze zelf wel tevreden was over haar vorderingen. Maar hij was zo verbaasd geweest dat die vraag er helemaal bij was ingeschoten.

De kinderarts was naar hen toe gekomen en had gezegd: 'Het gaat erg goed met David. Ik denk dat hij nog ongeveer drie weken in de couveuse moet en dan nog enkele dagen in de warme kamer.'
'Warme kamer?' vroeg Guido.
'Dat is om de overgang van de warme, beschermde omgeving van de couveuse naar de koude, onbeschermde buitenwereld wat minder abrupt te maken.'

Battikwa was in een gejubel losgebarsten. 'Wat een heerlijk vooruitzicht dat David naar huis mag komen, maar wat vreselijk dat het nog zo lang duurt, vind je niet, Guido?'

Guido wist niet waar hij het meest van had genoten: van het bericht dat Neno binnen afzienbare tijd eindelijk, eindelijk helemaal van hen zou zijn, dat ze hem niet meer hoefden te delen met alle verpleegsters, verplegers en artsen, of van de reactie van Battikwa. Zo straalde ze.

Toch had hij voor de zekerheid contact opgenomen met de psychiater om te vragen of het geen bezwaar was dat ze met de baby naar het huis gingen waar het drama met de mummies zich had afgespeeld. Het ging nu zo ontzettend goed met haar en hij was als de dood dat ze hierdoor misschien een terugval zou krijgen. De psychiater voorzag geen problemen. 'Ik zou niet weten waarom het op dit moment in dat pand mét kind erger zou zijn voor Battikwa dan zonder kind.'

Guido was opgelucht. Het had hem door alle problemen met Battikwa tot nu toe aan energie ontbroken om serieus op zoek te gaan naar een nieuw huis en hij zag ook niet hoe ze binnen een maand wel aan een ander huis konden komen. Over dat pand in de Salieristraat had hij niets meer gehoord. Ongetwijfeld was het nu in handen van die Amerikaan, waarschijnlijk moest hij er werknemers in onderbrengen die tijdelijk in Nederland gestationeerd waren. Van een of andere multinational. Jammer, maar zodra hun leven weer enigszins in rustiger vaarwater was gekomen, zou Guido een makelaar in de arm nemen, aan wie hij een gerichte zoekopdracht zou geven. Het moest in ieder geval een huis worden in Amsterdam-Zuid, achter het Concertgebouw. Zelf had hij een voorkeur voor de Van Breestraat, het gedeelte tussen de Van Baerlestraat en de Jacob Obrechtstraat.

De volgende ochtend voordat Guido zelf naar zijn werkkamer zou vertrekken, had hij Battikwa uitgezwaaid. 'Werk goed. Tot vanmiddag.' Hij was naar de slaapkamer gelopen, waar hun gemeenschappelijke bureau stond, om zijn eigen spullen bij elkaar te zoeken. Terwijl hij daarmee bezig was, schoot hem iets te binnen wat hij beslist moest noteren. Anders was hij het straks vergeten, wat zonde zou zijn. Zoals gewoonlijk groeide de korte notitie uit; dit keer tot een geschreven tekst van drie pagina's. Hij stopte ze in zijn tas, bij de rest van de spullen, trok zijn jas aan en liep naar de deur. Hé, was dat niet Battikwa's universiteitsbibliotheektas die daar stond? Hij opende hem en zag een stuk of vijf boeken zitten. Hij haalde ze eruit. Allemaal gele memoplakkertjes. Dat kon niets anders betekenen dan dat het om studiemateriaal ging. Verder zat er een pakket fotokopieën in de tas. Zo te zien van oude boeken die vanwege hun kwetsbaarheid niet werden uitgeleend. Ook die waren beplakt met memovelletjes. Vervelend voor Battikwa. Zonder dat materiaal kon ze waarschijnlijk niks doen. Aan de andere kant, als ze de tas echt had gemist, was ze wel teruggekomen. Waarschijnlijk moest ze toch nog wat andere boeken aanvragen, of lagen er zelfs boeken op haar te wachten bij de afhaalbalie.

    Guido wierp een blik op de titels: *Joodse mysterie-traditie en theosofie*, *Kabbala (De sluier over het gelaat van Mozes)*, *De weg van de mens, volgens de chassidische leer*. Deze boeken stonden wel heel ver af van het onderwerp van Battikwa's scriptie. Er bekroop hem een uiterst onprettig gevoel. Hij keek in de kopieën: *De kabbala. Inleiding tot de Joodsche Mystiek en Geheime Wetenschap*, *De kabbalah der joden, gewroken van de valsche aantijging van pantheïsme door de simpele uiteenzetting van haar leerstellingen volgens de gezaghebbende kabbalistische boeken*. Wat een gruwelijke titel! Verderop in de stapel zag hij iets met veel Hebreeuwse zinnen. De titel luidde: *Siach Jitschak/Gebed van Jitschak. Sidoer, de geordende gebeden voor het gehele jaar*. Waar was Battikwa in hemelsnaam mee bezig? Guido sloeg een van de kopieën open bij een geel plakkertje. Voordat hij iets had kunnen lezen, hoorde hij iemand van beneden naar boven de trap op rennen. Vervolgens werd een sleutel in het slot van hun deur gestoken, die kort daarop openzwaaide. Het was Battikwa, met verhit gezicht. Ze deed haar mond open om iets te gaan zeggen, waarschijnlijk zoiets als 'Wat doe jij hier nog?', waarna Guido in een oogopslag zag wat zij zag: hij zittend te midden van teksten die helemaal niet voor zijn oog bestemd waren.

'Je was je tas vergeten, hè?'

Battikwa aarzelde. 'Ja', zei ze, 'maar ik merkte het pas toen ik al een tijdje op de universiteitsbibliotheek zat te werken.'

'O?'

'Er was een boek uit het magazijn in de Bijlmer gearriveerd, erg belangrijk voor me.'

'Zeker niet een bibliofiel werkje van Landsmann.'

'Ik begrijp, Guido, dat jij er niets van begrijpt, maar laat het me je uitleggen.'

'In ieder geval weet ik nu waarom je nog geen afspraak had gemaakt met Martens.'

'Daar is inmiddels een datum voor afgesproken en het aangevraagde boek had wel degelijk met mijn scriptie van doen. Deze boeken heb ik nu niet meer nodig. Ik moest ze alleen nog even inleveren.'

'Dat hoofdstuk is dus blijkbaar af, over de kabbalistische motieven in het werk van Landsmann?'

'Ik heb me op de universiteitsbibliotheek inderdaad even beziggehouden met iets anders dan mijn scriptie. Op dat moment was dat belangrijker voor mij.'

'Vertel maar, zou ik zeggen. Trouwens, wie is je begeleider? Een of andere kabbalistische sekteleider?'

'Guido, het is niet wat je denkt, echt.'

'Steek van wal. Ik ben een en al oor.'

'Ik begrijp dat je je gekwetst voelt, maar dat is niet terecht. Ik zal je alles vertellen en dan zul je me begrijpen.'

'Zoals ik al zei, ik zit klaar.'

Battikwa keek hem even moedeloos aan, maar begon vervolgens toch te praten. 'Herinner je je nog die keer dat we in het zie-

kenhuis waren en ik moest aanwijzen welke van de twee baby's de onze was?'
'Alsof ik me dat niet zou herinneren.'
'Ik was er nog steeds kapot van dat ons kind dood was.'
'Tikki, alsjeblieft, begin je daar nu weer over?'
'Laat me even uitpraten, Guido. Dat doe ik bij jou ook altijd, of niet soms?'
Guido keek Battikwa aan en zei niets.
'Ik werd extra wanhopig omdat ik niet begreep hoe die twee artsen die levende baby als onze zoon konden bestempelen. Jij deed dat trouwens ook. Ik herkende hem niet en bovendien, dood is dood, zo dacht ik. Dat heb ik toen ook gezegd: je kunt niet uit de dood opstaan.'
'Dat hebben wij helemaal niet beweerd, Tikki, dat...'
'Guido, please,' onderbrak Battikwa hem. 'Ik ben toch niet helemaal gek. Een van jullie, waarschijnlijk die kinderarts, zei dat die levende baby David was. Hij is het toch ook die binnenkort thuiskomt?'
'Ja, maar daarmee hebben we nog niet gezegd dat hij eerst dood was.'
'Laat me nou even verder vertellen voordat we hier een oeverloze discussie aan gaan wijden.'
'Ik hang aan je lippen.'
'Plotseling schoot me een deel uit een ochtendgebed te binnen.'
'Ochtendgebed?'
'Een gebed dat men 's ochtends opleest.'
'Dat begrijp ik, maar wat heeft het met David te maken?'
'Er was één zin uit een gebed die ik me goed herinnerde. Ik wist de woorden niet meer letterlijk, maar wel wat de inhoud was. Het kwam erop neer dat men God moest prijzen omdat hij een dood lichaam weer tot leven kon wekken, zoiets. Moet je nagaan, na die moeilijke tijd zag ik plotseling uitkomst.'
'Uitkomst waarvoor?'

'Niet zo voorbarig met je vragen. Om het eens simpel te formuleren: er gloorde hoop. Ik heb thuis meteen in mijn sidoer gekeken, maar helaas stond de vertaling er niet bij. Zodra zich de eerste mogelijkheid voordeed om de precieze vertaling en mogelijke uitleg erbij te zoeken, greep ik die aan. Dat was de eerste keer dat ik weer eens naar de universiteitsbibliotheek ging.'

'Waar je heel chagrijnig vandaan kwam, zogenaamd niet omdat je slecht had gewerkt. Je had helemaal niet gewerkt, begrijp ik nu.'

'Ik had iets belangrijkers te doen en ja, ik was chagrijnig, maar dat kwam ergens anders door. Ik kreeg een nieuwe editie van de sidoer te pakken, bij de Bibliotheca Rosenthaliana, met een Nederlandse vertaling. De inhoud die me bij was gebleven klopte heel aardig. Letterlijk stond er: "Geprezen, U, Eeuwige die in dode lichamen een ziel terugbrengt." Ik was helemaal opgewonden. Hier stond zwart op wit het antwoord: God had David, die wel degelijk dood was, tot leven gewekt. Ik had de levende David in eerste instantie niet herkend, simpel omdat de gezichtsuitdrukking van een dode totaal anders is. Maar hij was het wel degelijk.'

Battikwa moest toch van zijn gezicht kunnen aflezen hoe verbijsterd hij was, of wilde ze het niet zien? In ieder geval praatte ze onverstoorbaar door. 'Helaas, ik kreeg een tekstuitleg onder ogen en bleek de zin fout te hebben geïnterpreteerd. Met dat "dode lichaam" werd geen dode bedoeld, geen ontzield lichaam, maar een toestand van de slaap. Meteen daarop sloeg de twijfel weer toe. Zie je wel, het was niet ons kind dat ik gezien had. Dat kon ook eigenlijk niet, want die dode baby die ik ooit gezien had, was gemummificeerd. Waar David wel was? Ik wist het niet.'

Guido reageerde fel. 'Ons kind was en is niet dood. Zie dat nou eens in. Die hele gedachtekronkel van jou klopt niet. Je had opgelucht moeten zijn met die vondst. Neno, David, het maakt niet uit hoe hij heet, hij slaapt veel, maar gelukkig wordt hij altijd weer wakker, levend en wel.'

Ze was niet van haar stuk te brengen. Stoïcijns, alsof Guido niet tegen haar was uitgevallen, ging Battikwa verder. 'Dat weet ik nu ook wel, maar toen nog niet. Ik voelde me zeer ongelukkig met de situatie. Achteraf bezien maar goed ook, want daardoor zocht ik verder en stuitte ik ten slotte op iets veel belangrijkers. Die artsen bleken wel degelijk gelijk te hebben, alleen, op een andere manier dan zij bedoelden of dachten. Eigenlijk komt het erop neer dat zowel de artsen als ik gelijk hadden. Zij waren ervan overtuigd dat de levende baby ons kind was, ik wist dat onze baby, die dood was, een andere was. Klopt allebei. Dat is wat ik je op een zeker moment had willen vertellen.'

Hoe heeft die arts toch ooit kunnen beweren dat Battikwa weer beter zou worden, dacht Guido. Hij kreeg het idee dat na iedere stap voorwaarts meteen twee stappen achteruit werden gedaan. Battikwa klónk wel redelijk, maar juist daarom werd hij gesterkt in de overtuiging van het tegenovergestelde. Het was dan wel niet in de vorm van een hysterische aanval waarin ze van alles beweerde. Het leken overdachte beweringen, gedaan in gecontroleerde zinnen: typisch de manier van redeneren van een wetenschapper. Maar dat maakte het natuurlijk pas echt gevaarlijk. Ze benaderde allerlei speculatieve zaken alsof het om te bewijzen of te weerleggen onderwerpen ging. Bovendien was het ook nog eens volslagen waanzin wat ze te melden had.

'Moet je nagaan, m'n hele jeugd word ik bedolven onder alles wat met het jodendom te maken heeft. Maar datgene waar ik echt iets aan zou hebben gehad, daar heb ik nooit iets over gehoord. Moest ik zelf achter komen. Reïncarnatie, zielsverhuizing, dat is de sleutel.'

'Tikki, je gaat me toch niet vertellen dat je ineens bent overgestapt van het joodse geloof naar het boeddhisme, brahmanisme of Joost mag weten wat voor een geloof of sekte dan ook. Straks blijkt nog dat je in Bhagwan bent, of nog erger, dat je je hebt aangesloten bij de Scientology Church. Ik ga heel ver met je mee, zeker als het jouw genezingsproces bevordert, maar er zijn grenzen.'

'Ook voor mij was het volslagen nieuw, geloof me.'
'Dat doe ik zeker, ik heb je er nog niet eerder over gehoord.'
'Nee, ik bedoel de reïncarnatie.'
'Ja, dat bedoel ik ook.'
'Dat het een onderdeel is van het joodse geloof. Dat wist ik niet.'
Nu was het even stil. Toen vroeg Guido: 'Tikki, kun je misschien iets duidelijker zijn.'
'Mijn oog viel laatst toevallig op een krantenberichtje. De kop luidde: reïncarnatie biedt joden vooral kans op verbetering. Mijn eerste reactie was: wat een godslastering. Nooit had ik iets gehoord over reïncarnatie bij joden. Ik dacht dat het om een soort nieuwlichterij ging. Dat was niet zo. Wedergeboorte, reïncarnatie, zielsverhuizing, of hoe je het ook wilt noemen, is een belangrijke component van de kabbala.'
'De joodse mystiek.'
'Hoe weet jij dat?'
'Gut, Tikki, ik lees ook wel eens wat, hoor.'
'Sorry, ik had er in ieder geval nooit over gehoord. Over reïncarnatie, bedoel ik. Wel was ik vaag op de hoogte van de kabbala. Als bij ingeving wist ik: hier ligt de oplossing. Ik ben op de universiteitsbibliotheek alles wat los en vast zat over kabbala en reïncarnatie gaan lezen en inderdaad, daarin lag de oplossing.'
'De oplossing? Welke oplossing? De oplossing waarvan?' Guido voelde zich tot het uiterste getergd.
'De oplossing voor het raadsel van onze dode baby en onze levende baby.'
Guido sprong op en begon tegen Battikwa uit te varen. 'Tikki, jij denkt echt dat in de universiteitsbibliotheek op alles een antwoord te vinden is! Maar het leven is geen wetenschap!' Hij begon door de kamer te ijsberen. 'Heb je nou gehoord wat ik zei, Tikki, het leven ís geen kwestie van deduceren of induceren, van analyseren en interpreteren. Zie je zelf niet wat voor een waanzin dit is?

Misschien is het het beste als ik een tijdje wegga, dan kun je tot bezinning komen, en in ieder geval tot rust.'
'Niet zo opgewonden, Guido, je begrijpt het niet. Ik bén tot rust gekomen. Juist door wat ik heb gevonden. Het ging de afgelopen tijd toch goed met me, dat kun je niet ontkennen, toch?'
Guido beende nog driemaal de kamer op en neer, stond plotseling stil en zei: 'Ja, dat is waar, je was normaal. Althans, je leek normaal.'
'Ik bén normaal. Luister naar me. Ik had dit hoofdstuk al voor mezelf afgesloten. Ik was niet eens van plan het jou allemaal te vertellen.'
'Fraai is dat. Je sluit me zelfs buiten.'
'Nu je er per ongeluk bij betrokken bent geraakt, wil ik het jou wel voor één keer uit de doeken doen. Maar daarna moet het afgelopen zijn. Ga zitten. Ik zal je het hele verhaal vertellen.'
Guido plofte neer in een van de twee luie stoelen, ging voorovergebogen zitten, met zijn ellebogen op de bovenbenen, zijn handen voor zijn gezicht, als om zijn wanhoop te verbergen.
'Wat mij betreft draait het allemaal om één idee over de zielsverhuizing.' Hierna zweeg Battikwa even. Vervolgens zei ze: 'Wil je niet weten wat dat idee is?'
Guido richtte zijn hoofd op. Tot meer dan flauwtjes met zijn hoofd knikken kwam hij niet.
'De klassieke kabbalisten gaan uit van de stelling: als je gelooft in een zedelijk-geestelijke wereldorde die gebaseerd is op goddelijke goedheid, rechtvaardigheid en barmhartigheid, dan is dat niet verenigbaar met het idee dat er gestraft wordt als er geen schuld is. Klinkt niet onlogisch, hè?'
Guido keek in een gezicht dat enthousiasme en optimisme uitstraalde. Moedeloos liet hij zijn hoofd weer zakken.
Battikwa ging onverstoorbaar verder. 'Maar toch zien we dagelijks kinderen sterven, kinderen die nooit op aarde gezondigd kunnen hebben, omdat ze daar veel te jong voor zijn. Dat lijkt dus in

tegenspraak met die goddelijke barmhartigheid. Hoe kan dat?'
Guido richtte zijn hoofd weer even op, maar zonder de puf te hebben om zelfs maar een vragend gezicht op te zetten. Dat was ook niet nodig. Battikwa praatte gewoon door.
'De klassieke kabbalisten hebben daar een theorie over: de zielsverhuizings- en voorbestaansleer.'
Battikwa zweeg weer even en zei toen: 'Begrijp je het al?'
Guido wist er met moeite een paar woorden uit te persen. 'Wat moet ik begrijpen?'
'Dat dit over David gaat. Althans, over een vergelijkbare situatie.'
'Tikki, ik weet niet waar je het over hebt.' Guido ervoer het bijna als een marteling, het uitspreken van deze zin, zo afgemat voelde hij zich.
'Ik zal het je uitleggen. Volgens de kabbalisten kan de menselijke ziel op aarde meerdere malen een stoffelijk lichaam aannemen. Zo hebben ze herhaaldelijk de mogelijkheid om begane fouten te corrigeren en rechtvaardig te worden. Volgens de *klassieke* kabbala is de wedergeboorte dus een straf. Het is het gevolg van eerder begane misstappen. Die moeten in een volgend leven uitgeboet worden. Ons kind zou dus te vroeg gestorven zijn, omdat zijn ziel in een vroeger aards bestaan gezondigd heeft. Daarvoor moest het boeten. Die ziel gaat vervolgens over in een ander lichaam om daar de kans te krijgen volmaakt te worden. Dat is dus wat er is gebeurd.'
Guido had het gevoel dat zijn gezicht eruit moest zien alsof het met een dikke laag witte pancake was bewerkt. 'Tikki, wil je alsjeblieft ophouden?' Guido fluisterde bijna.
'Waarom? Ik probeer iets duidelijk te maken. Je begrijpt het geloof ik nog steeds niet. Die eerste, dode baby was wel degelijk ons kind, alleen kreeg zijn ziel straf voor iets uit een vorig leven, althans zo zou je het kunnen opvatten. Maar veel waarschijnlijker is dat die Roy wel degelijk zijn heksenarij op ons eerste kind heeft uitgeleefd. Hij heeft zijn ziel slecht gemaakt. Dat kan niet anders.

Het is maar goed dat hij is overleden, anders hadden we misschien met een soort duivel opgescheept gezeten.'
Guido lachte cynisch. '*Rosemary's Baby*,' zei hij, 'je kijkt te veel films.'
'Hoezo?' vroeg Battikwa verbaasd en meteen daarop zei ze: 'Ach, natuurlijk. Ja, inderdaad, daar lijkt het een beetje op. Gelukkig mag deze ziel zijn leven beteren in een nieuw lichaam. Dat is trouwens niet zomaar een lichaam, maar een lichaam dat echt bij hem past. Dat komt omdat een ziel net zolang lichaamloos op aarde ronddoolt tot hij een lichaam heeft gevonden dat overeenkomt met zijn huidige toestand of in de toekomst daarmee zal overeenkomen. Dat is in ons geval duidelijk gelukt. Neno én David zijn allebei te vroeg geboren. Bovendien, doordat de ziel opnieuw in een *te vroeg* geboren mensje terecht is gekomen, kan hij tonen hoe goed hij is, door deze te laten overleven. De baby die de artsen aanwezen als ons kind, is dus een andere baby dan die ik gezien heb, maar wel ons kind.'
Guido masseerde op dwangmatige wijze zijn slapen. Hij moest Battikwa naar de realiteit terugbrengen, maar hoe? Wat was er in haar gevaren? Guido voelde zich helemaal beroerd worden. Hoe kon iemand zo ogenschijnlijk moeiteloos praten over haar dode dan wel levende kind? Het was zaak het gesprek een andere wending te geven. Terug naar de kern, waar ging het nu om: de kabbala. Dát moest hij aanpakken. Hij wist niet of het zou helpen, maar het was het proberen waard.
'Tikki, ik weet er niks van. Alleen dat de kabbala vreselijk ingewikkeld is en dat jij volgens mij van alles door elkaar haalt. Ik heb niet zoveel op met de mystiek, maar vind wel dat je niet zomaar naar goeddunken wat dingen voor eigen gebruik eruit kunt plukken. Jij gaat een beetje hapsnap te werk en interpreteert alles in jouw richting. Volgens mij klopt er niets van. Waar is bovendien je gevoel voor de rede gebleven?'
'Dat laatste is heel goed intact, Guido, vandaar dat ik ook zo

veel theorieën rondom de reïncarnatie heb bestudeerd. Waar denk je dat ik al die tijd mee bezig ben geweest?'

'Niet met je scriptie, in ieder geval.' Alsof dat nog belangrijk was op dit moment, die scriptie.

'Soms heeft een mens tijdelijk iets belangrijkers aan zijn hoofd. Ik ben bovendien veel interessante zaken aan de weet gekomen.'

'Dat zal wel.'

'Ja, inderdaad,' zei Battikwa kribbig, 'zoals de visie van de Loeriaanse kabbalisten op de Messias als verlosser. Dat híj degene is die de verlossing teweegbrengt, is volgens hun theorie onzin. Het optreden van de Messias is niet meer dan een teken dat de verlossing gekomen is. Het kosmisch herstel ís de verlossing. En zielsverhuizing heeft weer van alles te maken met het proces van kosmisch herstel. Jammer is alleen – maar dit is een puur persoonlijke kwestie – dat de rol van de profeet Elia hiermee helemaal tot nul gereduceerd is. Heeft hij ook geen recht meer op een glas rode wijn. Gelukkig dat we daar vroeger thuis nog niet in geloofden. Was me dat glas zoete rode wijn mooi door de neus geboord.'

Hoe kon ze, grapjes maken terwijl ze tegelijkertijd de meest krankzinnige dingen eruit gooide? Guido voelde zich helemaal beroerd worden.

'Maar waar het uiteindelijk om gaat is dat David de ziel heeft overgenomen van Neno,' vervolgde Battikwa. 'Die ziel is zo gruwelijk ernstig behekst door die buurman van ons dat hij waarschijnlijk een heel leven nodig heeft om volmaakt te worden.'

'Arme David,' fluisterde Guido.

Battikwa reageerde direct. 'Valt reuze mee, hoor. Als die ziel het in zijn eentje niet redt, kan hij hulp krijgen van een andere ziel.'

'Tikki, alsjeblieft.'

'Laat me toch eens uitpraten. Wat ik te zeggen heb is heel belangrijk. Wil je het horen of niet?'

Natuurlijk wilde hij eigenlijk dat ze ophield, maar het leek hem ook niet de oplossing om haar nu te frustreren in haar betoog. Hij

knikte dus maar, zij het met grote moeite.
'Goed dan. Soms is het zo dat een ziel, ondanks zijn goede wil of uit onwetendheid, zich niet voldoende kan vervolmaken. Wat er dan gebeurt is dat één of meer omdolende zielen zich bij hem voegen om hem bij te staan. Het lijkt dan, zoals wij soms zeggen, of er plotseling een geheel andere geest in iemand gevaren is. Is de ziel zedelijk krachtig genoeg geworden, dan kan deze nevenziel, of kunnen deze nevenzielen, de mens weer verlaten. Dit gebeurt zonder dat hij daarom hoeft te sterven.'
'Dat laatste vooral is prettig om te weten,' zei Guido. Hij was zelf verbaasd dat hij de fut had gevonden om zo'n sarcastische opmerking te maken.
'Ik vind dit eigenlijk het aardigste van die hele kabbalistische theorie,' zei Battikwa.
'Wat?'
'Die opmerking "Er lijkt een andere geest in iemand gevaren." Hoe vaak zeg je dat niet over een persoon als hij plotseling heel anders doet dan je van hem gewend bent? Door die theorie blijkt dat er een veelomvattend idee achter schuilgaat. Dat is niet alleen interessant, maar ook geruststellend. Niets gebeurt zomaar.'
'Zeg dat wel, geruststellend.' Guido had zich nog nooit van zijn leven zo bang gevoeld.
'Inderdaad, mocht er iets zijn met David, je weet het maar nooit, hij is toch te vroeg geboren en heeft lange tijd in de couveuse moeten liggen, zonder moederwarmte...'
Guido grinnikte. Moederwarmte, Battikwa en moederwarmte, het zou wat.
'Waarom lach je?'
'O, niks.'
'In ieder geval, een andere ziel kan hem altijd komen bijstaan.'
'Neno, eh, David is helemaal gezond, hoor.' Ondertussen dacht Guido: stel je voor dat deze onzin die Battikwa verkondigt waar is, dat Neno echt een nevenziel op bezoek zou krijgen. In het beste

geval zou Battikwa alleen hevig geschokt zijn omdat er in Neno een andere geest lijkt gevaren en hij dus plotseling zo anders is of reageert, wat natuurlijk, zeker voor een moeder, heel beangstigend kan zijn. Het zou ook kunnen, en dat is veel gruwelijker, dat ze hem opnieuw niet herkent als haar eigen zoon. Dan zou alle ellende van voren af aan beginnen. Guido voelde zich helemaal misselijk worden bij die gedachte.

'Guido,' zei Battikwa lichtelijk geïrriteerd, 'vergis je nou niet telkens in zijn naam. Het is maar goed dat ik David niet veranderd heb in een andere naam, zoals ik nog even heb overwogen. Een tweede keer van naam wisselen leek me iets te veel van het goede.'

'Wat bedoel je?' Guido wilde eigenlijk niet eens meer een antwoord hebben. Hij had zo zijn buik vol van alle onzin.

'Bij de chassidim wordt er altijd op gelet dat een pasgeboren kind niet naar een levende wordt genoemd, maar naar een voorouder, die op deze wijze opnieuw tot leven kan komen.'

'Waarom?' vroeg Guido mat.

'Dat is omdat ze in reïncarnatie geloven.'

'Ik begrijp het,' zei Guido.

'Weet je wat de belangrijkste reden voor mij was om Davids naam niet nog eens te veranderen? Dat had niks met het te veel aan veranderingen te maken. Ik wist gewoonweg geen naam van een voorouder. Ik heb zelfs nooit de naam van mijn overleden opa en oma van vaderskant geweten.'

'Dan is het maar beter ook zo.' Guido had nu echt alle geloof verloren.

'Ja, toch?' vroeg Battikwa opgeruimd. 'Ik hoop dat je nu hebt begrepen hoe een en ander zit. Dan hoeven we het er niet meer over te hebben en kunnen we David over een paar dagen met frisse moed thuis ontvangen.'

'Zeg dat wel,' mompelde Guido.

'Geloof je me niet? Als je niet van me kunt aannemen dat het echt goed met me gaat, is dat jouw probleem.'

Guido had Battikwa nog diezelfde ochtend teruggestuurd naar de universiteitsbibliotheek. Hij kon haar even niet om zich heen verdragen.
'Ga maar verder werken aan je scriptie.' Hij had geprobeerd het zo opgewekt mogelijk te zeggen. In werkelijkheid voelde hij zich één brok ellende. 'Die kabbalaliteratuur blijft hier.'
'Het is alleen maar om ze in te leveren, meer niet,' had Battikwa uitgeroepen.
'Je moet toch al die gele memoplakkertjes nog verwijderen, dus dat doen we dan wel een keer samen,' had Guido geantwoord.
'Wandelen we lekker naar de stad' – 'met Neno in zijn wagentje voor ons uit', had hij eraan toe willen voegen, maar hij durfde het niet – 'wacht ik in de coffeeshop, terwijl jij die boeken inlevert.'
'Je bent zeker bang dat ik me weer helemaal in die kabbalamaterie zal storten. Nou, dat is echt niet nodig, hoor.'
'Het heeft toch geen haast, die boeken mag je zes weken houden. Plus een verlenging van eenzelfde periode, tenzij iemand anders ze heeft gereserveerd. En dat zit er niet in, lijkt me.'
Daar kon Battikwa niets tegen inbrengen. Ze leegde haar tas, vulde hem met Landsmann-materiaal en verdween voor de tweede maal die dag naar de universiteitsbibliotheek.
Guido was inderdaad bang dat Battikwa nog steeds bezig was met die kabbalaonzin, en bovendien wilde hij zelf eens neuzen in al dat materiaal. Hoewel het voor hem ook hoog tijd werd om naar zijn werkhok te verdwijnen, anders kwam er vandaag helemaal niks meer van schrijven, dook hij nog even in de kopieën. Hij

moest weten of hij dingen had gemist, of ze dingen voor hem had achtergehouden: hoever die gekte van haar ging. Hij bladerde er vluchtig doorheen. Hele stukken had ze gemarkeerd. Veel van de passages die felgeel oplichtten had ze parafraserend aan hem overgebracht. Ze was te werk gegaan als iemand die een literair boek analyseert en interpreteert: het zoeken naar thema en motieven, die zaken eruit lichten en daar in het kader van het boek betekenis aan geven. Maar wat in haar hoedanigheid van student Moderne Letterkunde tot nu toe altijd goed had uitgepakt – ze was een geboren literatuurwetenschapper – had nu toch voor vreselijk veel ellende gezorgd.

Verderop in het pakketje waren gele vlakjes zichtbaar met daarin zinnen waarvan de inhoud hem onbekend voorkwam. Ze bevonden zich in het hoofdstuk 'Magie der Kabbala', wat een enigszins misleidende titel was, aangezien het niet ging over de kabbala, die zo magisch zou zijn, maar over de kabbala die ook magie bevatte. Niet alleen zogenaamde 'witte magie', het te voorschijn roepen van bovennatuurlijke werkingen of wonderdaden door middel van de naam van God en de verschillende vormen daarvan, zoals de toelichting ongeveer samengevat kon worden, maar ook 'zwarte magie', het aanroepen van demonische, niet-goddelijke machten. Tovenarij dus, en dat verwierp men.

Terwijl Guido daarover las, was het alsof hij een déjà vu had. Al snel realiseerde hij zich waarom. Soortgelijke verhalen had hij al eens uit de mond van Battikwa gehoord, maar dan betrof het de winti- en wisipraktijken van hun buurman. Dat 'vertrouwde' gevoel moest Battikwa ook hebben gehad, want waarom had ze anders sommige van deze passages gemarkeerd? Zo las Guido dat Lilith, Adams eerste vrouw, was weggevlucht van Adam om – en daar begon het fluorescerende geel – 'als moeder van demonen voortaan alle kraamvrouwen en jonggeborenen kwaad te doen'. Een rilling golfde door het lichaam van Guido, veel minder het gevolg van de inhoud van de zin – hij geloofde die onzin echt niet – dan door de overeenkomst met hun ex-buurman. Die rotzooi moest weg, in de prullenbak ermee, voordat Battikwa zich er weer aan zou vergrijpen. Net voordat hij het hele pakketje wilde dubbelvouwen, viel zijn oog op een – niet-gemarkeerde – zin: 'Sinds dit ogenblik leed de (epileptisch-hysterische) vrouw verschrikkelijk.' Niet te geloven, het leek wel alsof het over Battikwa ging. Hoe had hij haar hysterische aanvallen onlangs nog getypeerd? Hij moest even nadenken. O ja, psychische epilepsieaanvallen. Dit kwam toch wel heel erg dicht in de buurt van de omschrijving in de tekst. Guido las de hele passage. Het ging over de uitdrijving van een geest waardoor de vrouw bezeten was. De geest was de ziel van een verdronken jood, die geen sterfbed had gehad en geen boete had gedaan. Na langdurig omzwerven was het de geest toegestaan zijn toevlucht te zoeken bij de vrouw. Vanaf dat moment leed ze. Uiteindelijk werd de geest bezworen en gedwongen zich in de kleine teen van de vrouw terug te trekken.

Was dat het niet? Was Battikwa niet zelf bevangen door een geest? Dat ze die passage niet had gemarkeerd toonde dat ze zich er niet in herkende, wat Guido alleen maar sterkte in zijn opinie. Hij huiverde en rook de stank van zijn eigen zweet. Gatverdamme, idioot die hij was, hij liet zich ook nog meeslepen in die waanzin. Snel smeet hij alle kopieën in een lege Albert Heijn-tas, deed de boeken in een stevige canvas tas – die zou hij zolang een plekje op zijn werkkamer geven –, pakte zijn eigen spullen en ging het huis uit. De Albert Heijn-tas verdween in de container aan de overkant van de straat, bij de moskee.

Guido liep over de Reijnier Vinkeleskade naar zijn werkkamer. Kwam het door de cadans van het lopen dat de gedachten aan de overeenkomst tussen de epileptisch-hysterische vrouw en Battikwa weer begonnen te stromen? Als Battikwa door een geest bevangen was geweest, dan was misschien diezelfde geest bij Battikwa nu verdwenen, uitgedreven. Kon ze er daarom zo van overtuigd zijn dat ze nooit meer zou terugkomen op het onderwerp, dat dát boek nu gesloten was, zoals ze zelf zei? Hij moest ophouden met deze onzin. Doorlopen en aan het werk. Hij moest proberen deze gebeurtenis te vergeten. Battikwa was alweer enige tijd stabiel. Hij moest zich daarop concentreren, en niet op die krankzinnige woordenbrij van vanmiddag. Aan de andere kant, juist die wisseling van psychische gesteldheid die al tijden aan de gang was, joeg hem angst aan. Nee, hij voelde zich in het geheel niet gerustgesteld.

De daaropvolgende dagen was Battikwa weer even rustig en normaal als ze voor dat waanzinnige gesprek tussen haar en Guido was geweest. Daardoor leek het of dat in het geheel niet had plaatsgevonden. Het werd echt een vast stramien: normaal, gek, normaal, gek – of omgekeerd. Guido had zich nog even afgevraagd of hij de psychiater niet moest consulteren over deze kwestie. Al was het alleen maar om van hem te weten te komen of er in de psychiatrie zoiets bestond als psychische epilepsie of epileptische hysterie. Maar hij was ervoor teruggeschrokken. Dan zou die psychiater vast weer Battikwa zelf willen spreken en wie weet wat er dan voor nieuwe dingen werden losgewoeld. Nee, hij besloot om het een tijdje aan te zien en af te wachten hoe Battikwa's geestelijke toestand zich zou ontwikkelen, al vreesde hij het ergste.

Op een avond kwam Guido van zijn werkkamer thuis. Hij had de deur nog niet achter zich dichtgedaan, of hij hoorde Battikwa opgewonden vrolijk naar hem roepen: 'Moet je horen wie er daarnet belde.'

'Rustig, Tikki, mag ik eerst even op mijn gemak mijn jas uitdoen, tas neerzetten, drankje inschenken? Ik heb er een lange werkdag op zitten.' Om de verloren uren van de afgelopen tijd in te halen, zat Guido zoveel mogelijk op zijn werkkamer. Ook vandaag was hij er van negen tot acht geweest. 'Nou, vertel,' zei hij, nadat hij alles had gedaan wat hij wilde doen.

'Floda belde.'
'Wie?'

'Floda, Frans Floda, je weet wel, die van het radioprogramma *Luister! Boeken.*'
'Och ja, natuurlijk. Wat had-ie?'
'Hij vroeg of ik Hans Landsmann wilde interviewen. Een lang interview, van een uur.'
'Wat heb je gezegd?'
'Dat het me erg leuk leek.'
'Ongetwijfeld, je hebt alleen nog nooit eerder iets voor de radio gedaan.'
'Is waar, maar ik zit hartstikke goed in het werk van Landsmann en eens moet de eerste keer zijn.'
'Je stem is er in ieder geval geknipt voor.'
'Floda zou Landsmann bellen voor een afspraak. Ergens in de loop van de volgende week.'

Precies een week later had Battikwa het interview met Landsmann.
'Ben je zenuwachtig?' vroeg Guido.
'Hoe kom je erbij?' zei Battikwa klappertandend.
'Floda gaat toch met je mee?'
'Ja.'
'Dan hoef je over de technische kant niet in te zitten. Toen hij mij interviewde was dat allemaal prima in orde. Zelfs de batterijen van zijn cassetterecorder waren niet leeg.'
'Alsof ik me over de techniek zorgen zou maken! Ik ben bang dat ik niet genoeg vragen heb.'
'En die lange lijst die ik gisteren zag liggen?'
'Die zijn vast niet goed.'
'Ach kom, als je eenmaal één vraag hebt gesteld, volgt de rest vanzelf. Het is toch geen live-interview?'
'Nee.'
'Dan kan je na afloop knippen en plakken wat je wilt.'
De bel ging.

'O jee, daar is Floda al. Ik ga snel.'
'Succes. Kom je na afloop even bij m'n werkkamer langs, vertellen hoe het was?'
'Ja,' riep Battikwa, terwijl ze al in het halletje stond. Guido wist niet of ze dat nu tegen hem of tegen Floda riep, voor wie ze de deur had opengetrokken. Hij zou het wel merken.

Guido nam Battikwa's jas aan en duwde haar in de enige makkelijke stoel die in zijn werkkamer stond. Ze kwam rechtstreeks bij Landsmann vandaan. 'Hebben jullie lekker zitten pimpelen? Je hebt een behoorlijke jeneverwalm om je heen hangen.'
'Klopt. Je weet dat het niet mijn lievelingsdrank is, maar ik moest wel. Ze drongen er zo op aan dat ik ook een borrel zou nemen. Ik durfde niet te weigeren.'
'Hans Landsmann is een gezellige drinker, geloof ik.'
'Kun je wel zeggen, ja.'
'Hoe was het verder, afgezien van de drankinname?'
'Het begon meteen heel goed met een prachtige anekdote.'
'Vertel.'
'Landsmann heeft een tweelingbroer. Dat weet je misschien.'
'Ja.'
'Tijdens de oorlog waren ze allebei dwangarbeider in Duitsland, maar wel op verschillende plaatsen gestationeerd. Gelukkig hadden ze een bepaalde mate van vrijheid en lukte het ze om een keer af te spreken. Ze zouden elkaar ontmoeten op het station van Karlsruhe. Landsmann nam voor de gezelligheid een vriend mee. Toen ze op het perron stonden, was het niet Landsmann die zijn broer het eerst zag. Het was die vriend die hem aanstootte en zei: "Daar heb je je broer." Landsmann zelf had hem niet herkend. Hij zag namelijk een spiegelbeeld in plaats van zijn broer.'
'Wat bizar.'
'Ja, maar een perfecte inleiding op het gesprek.'
'Hoezo?'

'Omdat deze gebeurtenis bepalend is geweest voor Landsmanns schrijverschap. Zijn hele grondidee over de mens is daaruit voortgekomen.'

'En die is?'

'Een absolute scepsis over het constante in onze persoonlijkheid. Het gaat in Landsmanns boeken altijd over het zelfverlies, het verlies van identiteit, het opgeheven worden of het zichzelf opheffen van mensen, maar ook over de wisseling van identiteit. Voor hem is persoonlijkheid een soort fluïdum. De mens gaat over van de ene identiteit in één of meer andere identiteiten, die hij uiteindelijk allemaal weer verliest.'

'Komt me bekend voor.'

'Ik heb je er vast wel eens eerder over verteld.'

Maar dát bedoelde Guido natuurlijk niet. Hij schrok bovendien van zijn eigen opmerking. Het laatste wat hij kon gebruiken was dat Battikwa hierop zou gaan doorvragen.

'Klopt,' zei hij quasi-nonchalant.

'Het mooie is dat hij alles met veel ironie beschrijft. Bovendien beschikt hij over een prachtig soort relativerende humor. Daardoor heeft het eerder een louterend dan een deprimerend effect. Dat was ook zo grappig toen zijn vrouw mij die borrel aanbood. Landsmann citeerde intussen zijn grafschrift dat hij op vijftienjarige leeftijd dichtte: "Hier ligt H. Landsmann, nu eindelijk los van H. Landsmann."'

'Vat alles samen, lijkt me,' zei Guido.

'Ja, en daar heeft hij ook nog eens zelf een term voor bedacht: "identiteitszwendel".'

'Intrigerend woord.'

'Landsmann gaf ook een heel mooi beeldend verslag van hoe hij op dat woord is gekomen. Hij observeerde eens een groep toeristen op het strand in Joegoslavië en stelde zich voor dat die mensen dachten dat zij eindelijk helemaal zichzelf waren: bruin, gezond, gelukkig. Maar, zo redeneerde Landsmann, in feite waren ze juist een beeld van zichzelf, een beeld dat de reclame hun had opgedrongen. Zij voldeden door bruin, gezond en gelukkig te zijn aan een eis die de reisbureaus hun hadden gesteld. Zij hadden hun identiteit verloren, terwijl zij dachten haar te bevestigen. Zij waren overgegaan in een voorstelling. Op dat moment ontwikkelde Landsmann het plan voor een toneelstuk dat hij wilde schrijven met de titel *Identiteitszwendel*. Dat stuk is er nooit gekomen, maar de term is wel blijven bestaan.'

'Dat sluit eigenlijk precies aan bij wat ik altijd denk als ik van die toeristen in hun shorts en sportschoenen door de stad zie sjokken. Of nog erger, in een restaurant aan tafel zie zitten. Dan vraag ik me toch altijd af waarom ze er op vakantie als een soort hobbezakken bij moeten lopen. Terwijl ze het hele jaar door netjes gekleed gaan. Voelen ze zich in die rotzooi vrijer, prettiger, ontspannener? Ik kan me dat nooit voorstellen.'

'Verdomd, nou je het zegt. Maar dat doet me weer denken aan wat Landsmann nog meer beweert en wat echt bijna identiek is aan waar jij het over hebt.'

'Je maakt me nieuwsgierig.'

'Volgens hem ligt het voor de hand om te denken dat je jezelf wordt als je reist, aangezien je geen rekening hoeft te houden met de dwang van alledag, het knellende kantoorpak. Maar als je even langer nadenkt, zo redeneert hij, moet je wel concluderen dat je jezelf juist verliest als je op reis bent, aangezien je die persoon van alledag toch maar mooi alle dagen bent, behalve als je op reis bent. Het klinkt een beetje omslachtig, maar hij heeft wel gelijk, net als jij.'

'Een man naar mijn hart. Maar hoe zit het met de link van de "identiteitszwendel" naar zijn tweelingschap?'

'Dat is niet zo ingewikkeld. Landsmann denkt als volgt. Een tweeling is bij uitstek het symbool voor een ver doorgevoerde vorm van identificatie. Je bent niet alleen je eigen persoon, maar ook nog een ander, namelijk de wederhelft van een tweeling. Hij is er dan ook van overtuigd, vertelde hij tijdens het gesprek, dat een jeugd lang samenleven met iemand met wie je samenvalt een verzwakking van het ego veroorzaakt. De preoccupatie met het begrip "identiteit" moet dus wel iets met het tweelingschap te maken hebben. Vandaar die anekdote.'

'Ik kan me voorstellen dat het een interessant gesprek is geworden.'

'Vooral omdat zijn hele werk vergeven is van allerlei vormen van "identiteitszwendel". Het is dus een onuitputtelijk onderwerp. Je kunt het zo gek niet bedenken of we hebben het er tijdens het gesprek over gehad.'

'Noem nog eens wat voorbeelden.'

'"Verschimmen", opnieuw zo'n doeltreffende term van hemzelf, waarmee hij bedoelt dat mensen gedurende hun leven steeds kleurlozer worden, hun identiteit beetje bij beetje verliezen, tot ze echt onzichtbaar zijn geworden voor de wereld om hen heen. Maar ook desintegratie, het uiteenvallen van de mens door alcohol, neurose en aderverkalking, is er een onderdeel van.'

'Waarom heb jij dan het sadomasochisme als onderwerp van je scriptie genomen, als "identiteitszwendel" zo'n allesoverheersende rol speelt?'

'Wat denk je? Sadomasochisme, de poging om door pijn te genieten, het spel van gekweld en vernederd worden, dat is toch net zo goed een poging tot zelfverlies, althans tot verwisseling van identiteit?'

Het was hard aanpoten voor Battikwa. Ze werkte iedere dag langdurig aan haar scriptie. Dat was deze keer geen fake. Niet alleen vertelde ze Guido over haar vorderingen, ze liet hem ook de pagina's lezen die ze per dag schreef. Het schoot goed op. Dat kwam ook doordat ze al voor de komende zes weken afspraken had gemaakt met Martens. In die periode moest het gedaan zijn. Naast de vele uren die ze achter haar bureau doorbracht, was ze ook zo vaak mogelijk bij David. Ze ging in ieder geval minstens twee keer per dag naar het ziekenhuis. Vooral met dat laatste was Guido dolgelukkig. Niet alleen omdat Battikwa die zorg – tijdelijk – van hem overnam, zodat hij hard kon doorwerken, maar ook omdat eruit bleek wat voor een hechte band ze in korte tijd met David had opgebouwd. Het kostte haar dan ook moeite om een hele dag naar Hilversum te gaan, voor de montage van het interview met Landsmann.

'Dus jij gaat vanmiddag naar David?' vroeg Battikwa.

'Tikki, dat heb je al drie keer gevraagd. Ja, natuurlijk ga ik naar David. Maak je geen zorgen.'

Enthousiast kwam Battikwa thuis van haar dag in Hilversum. 'De montage ging goed. Leuk werk ook, bij de radio. De mensen zijn ontzettend vriendelijk. Niet van die opgeblazen tv-types. Floda was bovendien erg tevreden over het resultaat.' Vervolgens, zonder een pauze in te lassen: 'Hoe was het met David? Goed? Je bent toch wel geweest?'

'Tikki!' zei Guido op bestraffende toon.

'Sorry, natuurlijk ben je geweest.'
'Ja, en alles was goed met hem. Hij vroeg waar je bleef.'
'Grapjas. Misschien dat ik vanavond nog even ga.'
'Jij blijft vanavond thuis. Bij mij. Lekker een potje scrabble spelen.'
'Mag het ook een glaasje wijn drinken zijn? Vind ik een leuker spel.'
'Nou, vooruit.'

Guido kreeg steeds nadrukkelijker het gevoel dat zijn argwaan over de geestelijke toestand van Battikwa onterecht was. Ze leek weer een persoonlijkheid uit één stuk. Had plezier in alles. Bleek in staat hard te werken en daar ook enthousiasme voor op te brengen. Het kon niet waar zijn dat het de kabbala was die haar geholpen had. Toch leek het erop dat ze dát als waarheid had geaccepteerd, veel meer dan de verklaring van een gewone bevalling door middel van een keizersnede. Daar sprak ze nooit over. Maar ja, voor het resultaat van haar psychische gesteldheid scheen het niet uit te maken. Hij had de gewone, intelligente, lieve Tikki die hij al zo lang kende, weer tegenover zich. Guido was alleen bang dat die irreële verklaring die zij misschien aanhing, op een dag haar tol zou eisen.

Aan de andere kant, hoeveel mensen waren er niet uit hun psychische nood geholpen door – tijdelijk – een of andere vage sekte of iets dergelijks aan te hangen?

Ondanks zijn scepsis leek hem dit toch een goed moment om eens te horen wat de psychiater over Battikwa's mentale ontwikkeling van de afgelopen weken te zeggen had. Hij belde hem voor een afspraak.

'Als ik u zo hoor is uw vrouw over haar crisis heen,' zei de psychiater.

'Denk u dat werkelijk?'

'U moet het zo zien, die toestand met de kabbala is bij uw vrouw het hoogtepunt van haar inzinking geweest. Vergelijk het met het hoogtepunt van een koortsaanval. Bij iemand stijgt de koorts tot ruim eenenveertig graden. Als je net denkt: nu gaat het mis, zakt in één keer de koorts drastisch. Zoiets was het ook bij Battikwa. Het heeft tot een heftig psychisch ijlen geleid, waarna ze weer bij zinnen is gekomen. Waarschijnlijk herinnert ze zich helemaal niks meer van al haar absurde bedenksels. Dan bent u de enige die er nog weet van heeft en ermee zit. Het is dan ook zaak dat u de gehele problematiek, vanaf de babymummie tot en met de kabbala, niet aansnijdt, nooit. Ook in de verre toekomst niet. Dat is echt héél belangrijk.'

'Het is wel een mooie verklaring die u geeft, maar dan is er toch iets wat ik niet begrijp,' zei Guido.

'En dat is?'

'Mijn vrouw is zich inderdaad weer normaal gaan gedragen vanaf het moment van haar zelf gefabriceerde verklaring voor het bestaan van haar kind. Terwijl je die toch gerust volkomen krankjorum kan noemen. Het zou dus kunnen dat dat het hoogtepunt was van haar crisis. Maar op het moment dat ze mij die toelichting gaf, was het een paar dagen na haar zogenaamde vondst. Toch geloofde ze er nog steeds in. Dat lijkt me in tegenspraak met uw theorie van een kortstondige hoge koortsaanval.'

'Zo letterlijk moet u het nu ook weer niet nemen. Die overtuiging c.q. geestelijke ijltoestand kan gerust enige tijd aanhouden. Bovendien, u moet niet vergeten dat u haar heeft "betrapt". Daardoor werd ze gedwongen om u het hele waanzinnige verhaal te doen. Dat zou ook nog voor een korte "koortsopleving", als u begrijpt wat ik bedoel, kunnen hebben gezorgd.'

'Toch, ik weet niet, het kenmerkende van haar de afgelopen tijd was juist die voortdurende zwenking tussen normaal en abnormaal, rust en hysterie.'

'De tijd dat ze zich stabiel en gewoon gedraagt duurt nu toch al enige tijd. Dat bent u toch met me eens?'

'Daar heeft u gelijk in.' Maar juist dat stelde Guido niet gerust. Hij vond dat het eigenlijk te snel was gegaan. De enige wisseling waar ze nu mee te maken hadden, waren de gewone kibbelarijtjes, zoals vroeger. Maar als je bedacht wat die arts helemaal in het begin had gezegd – dat het psychisch herstel van Battikwa lang kon duren –, dan was dat toch erg vreemd. Het vergrootte Guido's wantrouwen alleen maar. Hij vond het vervelend om dat die psychiater voor te leggen. Het zou kunnen lijken of hij geen vertrouwen in hem had.

'Geloof me nou maar,' had de psychiater gezegd. 'U hoeft zich echt geen zorgen te maken. Geniet u nou maar van de baby de komende tijd.'

Guido was niet overtuigd. Hij had tot nu toe te maken gehad met een Tikki die telkens als een nieuwe verschijning uit een cocon te voorschijn was gekropen. Daardoor rees bij hem de vraag, niet zo vreemd natuurlijk, of er een volgende gedaante zou zijn, of dat het hierbij bleef.

Eindelijk stond er weer eens een bericht in de krant over hun buurman. De rechtbank had uitspraak gedaan. Ze achtte verkrachting van de dochter van Roys vrouw bewezen, hoewel ze had toegestemd in geslachtsgemeenschap. De man had volgens de rechtbank misbruik gemaakt van het vertrouwen dat hij als haar geneesheer genoot. Roy werd wegens verkrachting veroordeeld tot één jaar cel en tbs. Helaas werd hij vrijgesproken van het verplaatsen of wegnemen van de drie gemummificeerde babylijkjes en ook de vergiftiging van zijn vrouw viel niet te bewijzen.

Guido vroeg zich af of hij Battikwa dit alles moest vertellen. Het bleef een gevoelig punt. De psychiater had hem niet voor niets op het hart gedrukt niet over de kwestie te beginnen. Aan de andere kant, was dat juist niet eens te meer een reden om haar wel in te lichten, zonder allerlei details? De kans was groot dat ze het dan verder liet rusten. Uit zichzelf begon ze er tenslotte nooit over. Het leek er veel op dat ze alles was vergeten – had verdrongen, zoals de psychiater had gezegd – of dat het haar helemaal niks meer interesseerde. Hij waagde het erop. Alles beter dan dat ze het rauw,

onvoorbereid, rechtstreeks uit de krant vernam.
'Nou, Tikki, die buurman van ons zien we voorlopig niet terug.'
'Heb je ons droomhuisje eindelijk gevonden?'
'Nee, maar hij is veroordeeld tot een jaar cel plus tbs. Dat laatste kan heel erg lang gaan duren.'
'Fijn.'
Fijn, dat was de enige reactie geweest van Battikwa. Guido kon wel juichen. Het leek haar echt helemaal niets meer te doen.

Zenuwachtig stonden Guido en Battikwa op een taxi te wachten die hen naar het ziekenhuis zou brengen, waar ze David gingen ophalen. 'Wat heb je een grote tas bij je, Tikki,' zei Guido.
'Kleertjes voor David.'
'Alleen maar kleertjes?'
'Ja, hoezo?'
'Zijn dat er niet wat veel?'
'We moeten hem toch goed inpakken, zo'n kleintje heeft zo een kou te pakken.'
'Dat begrijp ik, maar hoeveel kan een kind tegelijkertijd aan? Je sleept een hele hutkoffer mee.'
'Overdrijf niet zo. Ik vind het leuk om van alles bij me te hebben, kijken wat hem het best staat.'
'Tikki, het is geen modeshow.'
'Als ik daar nou plezier in heb.'
'Goed, goed, ik zeg al niets meer.'

De kinderarts keek bijna net zo blij als Guido en Battikwa. 'Zo, eindelijk is de grote dag aangebroken, jullie zoon gaat mee naar huis.' Dat gold trouwens ook voor het overige personeel van de afdeling, dat om het plastic bakje heen stond waar David in lag. Vooral de psychiater keek met extra veel nadruk naar Guido. Het leek of hij wilde zeggen: 'Ziet u wel dat ik gelijk heb gekregen. Uw vrouw is weer helemaal de oude.'

'Ik zou zeggen: kleedt u hem rustig aan. Komen wij zo direct afscheid nemen.' Dat hoefde de arts geen drie keer te zeggen. Battikwa ritste de tas open, haalde de kleertjes eruit en legde ze op de commode.

Ze begon dingen bij elkaar te leggen: een donkerblauw slobbroekje met een blauw-wit gestreept vestje; een ecru broekje met eenzelfde kleur truitje, waarop een kraagje dat rood-ecru gestreept was.

'Of zal ik hem toch zo'n hansopje aandoen, Guido? Is wel makkelijker én warmer. Wat denk je?'

'Tikki, het maakt me echt niet uit. Het enige wat ik nu wil is naar huis, mét David.' Guido had zich neergelegd bij die naam. Een naam was tenslotte maar een naam.

'Je hebt gelijk, ik doe hem dat blauwe slobbroekje aan met vestje.'

Battikwa pakte David uit zijn bakje en legde hem op het kleedkussen. Ze trok het ziekenhuisrompertje uit, pakte er een van haar eigen stapel. 'Guido, help je even? Ik vind het een beetje eng.'

Samen kleedden ze David aan. Toen bleek pas hoe klein hij was. De dokter had hun wel de uitkomst van de laatste meting van het gewicht verteld – 5,6 pond – maar nu zagen ze wat dat inhield. David was groot genoeg om op eigen krachten verder te gaan, maar te klein voor zelfs de kleinste maat babykleertjes. Het rompertje, het slopbroekje, het vestje, alles was te wijd. Zijn handjes zaten verscholen achter veel te lange mouwtjes en de voorgevormde voetjes van het slobbroekje hingen op enkele centimeters afstand van de echte voetjes. Het mutsje dat Battikwa hem opzette, zakte spontaan over zijn hele gezicht. David begon met zijn armpjes te maaien, maar het lukte hem natuurlijk niet zijn mutsje van zijn gezicht te duwen. Hij begon al tekenen van protest te vertonen, het gepiep van een beginnende huilbui, toen Battikwa snel het mutsje omhoogtrok. 'Daar moeten we goed op letten. Straks stikt hij nog.'

'Een baby stikt niet zomaar, hoor, Tikki.'

Ze reden naar huis, waar Battikwa's moeder en vader op hen zaten te wachten. De grootouders waren verrukt over de kleine.

'Grappig, hè, mam, die slobberige kleertjes om David.'

'Ik had wel verwacht dat ze veel te groot zouden zijn. Toen schoot me ineens jouw verzameling poppenkleertjes te binnen. Ik heb er een aantal bij elkaar gezocht en meegenomen. Ik pak ze even. Wedden dat ze precies Davids maat hebben?' Battikwa's moeder liep naar hun slaapkamer.

Guido had Battikwa tijdens haar moeders woorden helemaal grauw zien worden. Het kon niet waar zijn. Haar moeder, van geen kwaad bewust, stond op het punt alles teniet te doen. Alles wat de afgelopen tijd met zo veel moeite was opgebouwd. Alle zekerheid, stabiliteit en levensvreugde die met hard werken weer onderdeel waren geworden van Battikwa's leven. Dat kon toch niet zomaar met één beweging van tafel worden geveegd? Wat moest hij doen? Hij kon die vrouw niet verbieden de kleertjes, die ze met zo veel aandacht bij elkaar had gezocht, aan haar dochter te geven. Dan zou er pas echt stront aan de knikker zijn. Er zou over die kleertjes geruzied worden. Met alle mogelijke gevolgen van dien voor Battikwa. Hij besloot zijn mond te houden. Op hoop van zegen dan maar. Hij betrapte zichzelf erop dat hij tot God zat te bidden. Battikwa's moeder kwam terug met een stapel kleertjes. Ze vouwde ze een voor een uit. Guido kon niet anders zeggen dan dat ze erg mooi waren. Er zat zelfs een Levi's spijkerjackje bij.

'Het is lief van je, mam,' zei Battikwa, 'maar ik heb toch liever dat je de kleertjes weer meeneemt.'

'Hoezo. Je hebt ze nog niet eens gepast.'

'Mam, alsjeblieft.' Battikwa keek haar moeder smekend aan.

'Ik begrijp er niks van. Het is toch geen gezicht wat David nu aanheeft. Je kunt ze toch allicht even aantrekken, of desnoods voorhouden.'

'Mijn kind mag er niet als een pop bij liggen,' zei Battikwa.

'Ja maar, lieverd, als hij poppenkleertjes aanheeft, wil dat nog niet zeggen dat hij er als een pop uitziet. Het gaat alleen om de maat van de kleertjes.'

'Ik zeg het hierna niet nog een keer. Ik wil dat je die kleertjes weer inpakt en meeneemt. Ik wil ze hier nooit meer zien. En ik wil het woord pop ook niet meer horen.'

'Doe nou wat Batje zegt.' Haar vader, dacht Guido, had altijd de juiste opmerking op het juiste moment.

'Nou, goed dan, maar begrijpen doe ik het niet.' Battikwa's moeder klonk beledigd. 'Zulke mooie kleertjes. Moet je dat arme kind nou zien. Hoe hij erbij ligt. Alsof dát zo leuk is.'

Toen ze aan de borrel zaten, kwam de stemming er langzaam maar zeker weer in.

'Krijg je vanaf morgen kraamhulp, Tikki?' vroeg haar moeder.

'Nee, daar heb ik geen recht meer op, die hulp heb ik in het ziekenhuis verspeeld. Belachelijk natuurlijk, maar daarom hebben we een particuliere hulp ingeschakeld. Die zal ruim een week blijven.'

'Voor halve dagen?'

'Nee, hele.'

'Dat is fijn.'

'Ja, zeker. Wat weet ik nou helemaal van het verzorgen van een baby? Niets toch?'

'O, maar je leert het zo. Op de een of andere manier heb je dat toch ergens in je zitten. Pas als er een baby is, komt die kennis los.'

Ze vertelde over haar eigen ervaringen met haar baby's en Battikwa's vader voegde daar nog enige aardige anekdotes aan toe. Guido zag tot zijn vreugde zelfs dat Battikwa op zeker moment schaterde van het lachen door iets wat haar vader vertelde. Het was duidelijk dat het gevaar was overgewaaid. Tikki leek weer de ontspannenheid zelve. Blijkbaar was zijn gebed toch verhoord. De vraag was alleen door wie.

De volgende morgen stond de kraamverzorgster om precies zeven uur bij hen op de stoep. Toen ze David in zijn oversized pyja-

maatje zag liggen, zei ze: 'O, daar heb ik een heel goede oplossing voor. Voelt het kind zich ook veel beter bij.'
'Ik vind het prima zo,' zei Battikwa. 'Ik heb liever niet dat u zich met de kleding bemoeit.'
Ze klonk vreselijk uit de hoogte, maar deze kraamhulp had duidelijk met nog veel bottere bijltjes gehakt, want voordat Battikwa het wist, had ze al een luier, zo'n ouderwets wit katoenen exemplaar, bedoeld om David na zijn badje mee af te drogen, van de stapel gepakt, David van zijn pyjamaatje ontdaan en hem vanaf zijn romp tot en met zijn voetjes in de luier gewikkeld.
'Kijk hoe goed dat zit. Is toch veel handiger dan dat gepriegel met die te grote babykleertjes? In één beweging sla je de doek om het onderlichaam van de baby en maak je hem opzij vast met zo'n grote luierspeld met veiligheidssluiting. Dan is hij perfect ingebakerd en tegen een stootje bestand. Je hebt geen maillotje, broekje en slofjes nodig. Alleen een rompertje en een truitje, of vestje. Dit wordt al generaties lang zo gedaan.'

3

DE BABYBOOM

(Van Ostadestraat, de Pijp; Salieristraat, Concertgebouwbuurt)

Het had lang geduurd, maar nu was Battikwa toch eindelijk afgestudeerd. Martens was tevreden, de meelezer was tevreden en zijzelf ook. Ze zat met opgetrokken voeten in een stoel een boek te lezen toen de telefoon ging.
'Goedemorgen. Met makelaar 3D.'
Het lukte haar niet meteen de persoon aan de andere kant van de lijn thuis te brengen.
'Van het pand in de Salieristraat.'
'Goh, dat is lang geleden.'
'Tot nu toe had ik geen reden u te bellen.'
'Nu wel, dan?'
'Het is vanwege die Amerikaanse gegadigde voor het huis.'
'Die man die er een optie op had genomen?'
'Ja.'
'Wat is daarmee?'
'Hij had een hele tijd niets van zich laten horen, maar heeft zich alsnog gemeld.'
'Had hij het pand dan niet allang in zijn bezit?'
'Ik kan me voorstellen dat u daarvan uitging, maar nee, hij heeft het huis tot nu toe niet gekocht.'
'Dat verbaast me inderdaad. Maar als ik het goed begrijp, komt hij nu eindelijk over de brug. U wilt ons laten weten dat we het pand niet meer kunnen kopen.'
'Nee, dat is juist het merkwaardige. De man belde op om te zeggen dat hij er bij nader inzien toch maar van afzag.'
'Om het huis te kopen.'

'Nee, ja, dat is juist het merkwaardige...'
Die makelaar deed wel erg omslachtig. Laat hij toch met zijn verhaal op de proppen komen, dacht Battikwa ongeduldig.
'Hij zag ervan af om het pand te komen bekijken.'
'Maar hij wilde het wel kopen?' Battikwa begreep er niets meer van. 'Ongezien zo'n huis kopen?'
'Sorry, ik ben wat onduidelijk. Hij wilde het niet zien en ook niet kopen. Hij wilde helemaal niets meer.'
'Laat hij u en de eigenaar zo lang wachten om uiteindelijk dit besluit te nemen?'
'Het zou ook niet mijn manier van doen zijn.'
'Als u het mij persoonlijk vraagt, ik vind het ronduit onbeschoft. En hij heeft het huis niet één keer vanbinnen gezien?'
'Nee, hoewel hij wel de indruk wekte het pand van de buitenkant te kennen.'
'O?'
'Ja, ik weet niet, het was de manier waarop hij erover sprak.'
Aan beide kanten van de lijn was het korte tijd stil. De makelaar hervatte als eerste het gesprek.
'Hij vroeg of er nog andere gegadigden waren voor het huis.'
'En?'
'Ik vertelde hem over u, dat er een jong gezin was dat het huis erg graag wilde hebben. Althans, een tijd geleden. Hij zei te hopen dat dat nog steeds het geval was. Dat ik u blij zou kunnen maken met het huis. Het viel me op hoezeer hij dit benadrukte.'
'Vind ik niet zo vreemd. Waarschijnlijk voelde hij zich toch wel schuldig vanwege de lange duur van zijn optie.'
'Zou kunnen.'
'Mag ik u iets vragen?'
'Vanzelfsprekend.'
'Was het niet zo dat de prijs van het pand omlaag zou gaan wanneer de verkoop aan die Amerikaan niet doorging?'
'Dat heeft u goed onthouden. De prijs is inderdaad gezakt. Met

een ton. Bent u eigenlijk nog geïnteresseerd, of heeft u inmiddels al een ander huis?'

Een ton in prijs gezakt! Dat zou betekenen dat het huis nu misschien binnen hun bereik lag. Battikwa begon te beven van opwinding maar sprak zichzelf streng toe. Niet te snel juichen en zeker niet hardop. Nooit te gretig overkomen bij een makelaar. Met haar meest onderkoelde stem zei ze: 'We hebben wel wat dingen op het oog, maar niets staat nog vast. Er is nog geen besluit genomen. In principe zijn we dus wel geïnteresseerd. Kunnen we het huis eens vanbinnen komen bekijken?'

'Vanmiddag nog als u wilt.'

'Dat is wel heel snel. Moet ik even aan mijn man vragen. Of hij kan. Mag ik u zo dadelijk terugbellen?'

'Graag.'

Ze had nog niet opgehangen of Battikwa rende naar de kinderkamer. 'Guido, je gelooft het niet!' Ze vertelde hem het goede nieuws en even later belde ze de makelaar terug voor een afspraak.

'Dan zien we elkaar om twee uur voor het pand. Goed?' zei de makelaar.

'Afgesproken.'

David begon vreselijk te huilen toen Battikwa en Guido weggingen. Ze hadden hem naar haar ouders gebracht, die vlak bij de Salieristraat woonden.
'Ga nou maar,' had Battikwa's moeder gezegd. 'Het is zo over. Hij is je al vergeten voor je de hoek om bent. Zo gaat dat met baby's.'

Battikwa schrok toen ze het pand binnenging vanwege het contrast met de buitenkant.
'Wat een gore troep. Moet je zien.'
'Tikki, daar moet je doorheen kijken.'
De makelaar schoot hem te hulp. 'Mevrouw, uw man heeft gelijk. Dat vieze tapijt hier in de gang kan zo weggehaald worden. Even de lijmlaag met een sterke remover bewerken. Dan komt er een prachtige, marmeren vloer onder te voorschijn. Dat geldt ook voor de twee kamers hierbeneden.'
'Hebben die een marmeren vloer?' vroeg Battikwa verbaasd. 'Wat apart.'
'Sorry, ik druk me wat onhandig uit. Er ligt parket met daarop linoleum geplakt, maar dat kan net zo makkelijk verwijderd worden.'
De makelaar ging hun voor naar de twee kamers. Het viel Battikwa op dat de oorspronkelijke tussenwand er niet meer in zat. Een dun hardboard muurtje scheidde de kamers van elkaar. Van een mooi bewerkte schuifdeur, zo eigen aan deze huizen, was daarom geen sprake meer.

'Dat grauwe linoleum heeft het parket alleen maar goed geconserveerd,' zei de makelaar. 'De schuurmachine eroverheen en je hebt het prachtigste parket dat je je kunt voorstellen. Visgraatmotief met zwarte ebbenhouten randen.'

'Klinkt goed, hè, Tikki?'

Battikwa knikte.

'Onder dat verlaagde plafond' – de makelaar wees omhoog – 'onder die vieze rieten tegels zit het oorspronkelijke plafond nog. Ook dat is dus alleen een kwestie van weghalen en opnieuw schilderen.'

'Ik wil de achterkamer wel eens zien,' zei Battikwa.

'Dan lopen we daar toch naartoe?' zei de makelaar. Een smal deurtje in de iele wand verschafte toegang tot de aangrenzende kamer.

'Wat is dat?' Battikwa knikte in de richting van iets wat op een kleine serre leek. Het was hooguit twee bij één meter en zat aan de zijkant aangebouwd. 'Dat lijkt van later datum.'

'Dat zou ik moeten navragen bij de eigenaar. Dat weet ik zo niet. Misschien iets om planten te kweken? Er komt veel licht binnen.'

'Het is niet zo belangrijk. Laten we maar verder gaan,' zei Battikwa.

Ze liepen de gang weer in.

'U zult uw ogen niet geloven als u het tapijt van de trappen haalt,' zei de makelaar opgewonden.

In plaats van te delen in het enthousiasme vroeg Battikwa: 'Wat is dat voor een idioot poortje, midden in de gang, voor de trap?'

'Namaak, bordkarton,' zei de verkoper. 'Kun je in één keer wegtrekken.'

'Er valt hier nogal wat te ontmantelen, als je het mij vraagt,' zei Battikwa.

'Laten we naar de eerste verdieping gaan,' zei de makelaar. 'Die is zo mooi! U bent dan op slag de wat mindere kanten van dit huis vergeten.'

Net toen Guido en Battikwa een voet op de trap hadden gezet, hoorde Battikwa de makelaar achter hen zacht vragen: 'Hoort die meneer bij u?'

Ze draaiden zich om en zagen een onbekende man in de gang staan.

'Nee,' zeiden Battikwa en Guido tegelijk.

De makelaar liep naar de man toe, die net de voorkamer binnen wilde gaan. 'Meneer.'

De man draaide zich om.

'Mag ik vragen hoe u hier terechtkomt?'

De man keek met een licht verbaasd gezicht de makelaar aan en zei op een toon alsof het de normaalste zaak van de wereld was: 'Heel eenvoudig. Ik liep langs the house toen u drieën ervoor stond. U ging naar binnen en ik besloot ook een kijkje te gaan nemen. I was curious. Zou het iets voor mij zijn, vroeg ik me af. Maar als het een bezwaar is dat ik hier nu ben, then...'

'Nou,' zei de makelaar snel, 'we werken in principe alleen volgens afspraak.'

'O, dan bel ik wel een keer. No problem. Excuses voor mijn onhandigheid. Ik wist niet dat dat zo in zijn werk ging. Ik ben er al een tijdje uit, you know.'

'Ach,' zei de makelaar, 'nu u hier toch bent, zou ik zeggen, kijk rond. Tenzij' – en daarbij keek hij in de richting van Guido en Battikwa – 'tenzij u er bezwaar tegen heeft.'

'Nou, nee, mij maakt het niet echt iets uit,' zei Guido. 'Jou, Tikki?'

Battikwa hoorde wel degelijk iets van wrevel in Guido's stem. Zijzelf vond het ook niet zo'n prettig idee dat er nog een mogelijke gegadigde was. Maar het was ook vervelend om er iets van te zeggen. Daarom zei ze tegen de makelaar: 'Nee, hoor, het huis is groot genoeg.'

Wat ze op de eerste etage zagen, was werkelijk groots. Twee balzalen van kamers, waarvan die aan de straatzijde een dwarssuite

was. Dat zag je bijna nergens in Amsterdam-Zuid. Het plafond in de achterkamer was wel vier meter hoog en was prachtig bewerkt.
'Wat is dat voor iets smakeloos?' Battikwa wees op het plafond in de voorkamer.
De makelaar keek haar vragend aan.
'Dat lijken me geen echte balken,' zei Battikwa. 'Kijk maar, ze zijn vanaf de ramen aangebracht. Op die manier bieden ze geen enkele steun.'
'U heeft gelijk. Het is een verlaagd plafond met sierbalken.'
'Pure nep, dus.'
'Ja, maar het originele plafond zit er zeker goed geconserveerd onder, net als op de begane grond.'
'Moet je kijken, die open haard,' vervolgde Battikwa. 'Afschuwelijk. Het lijkt wel een blokhut. Hele boomstammen zijn er nog in te herkennen. En wat een somber, donker hout.' Terwijl ze het zei, zwenkte Battikwa's gezicht van rechts naar links en terug. 'Wat vind jij van die kasten aan weerszijden, Guido, met die kitscherige glas-in-loodraampjes?'
Hij trok een vies gezicht. 'Wat een wansmaak. Ik kan niet anders zeggen. Alles is hier kitsch, de balken, de open haard, en nep, die kasten die duidelijk uitbouw zijn. Wedden dat dat tussenmuurtje tussen kast en open haard hol is?' Guido liep ernaartoe en klopte. 'Zie je.'
'Er zijn ook wel oorspronkelijke kasten in dit pand, hoor,' zei de makelaar. 'Deze hier in de voorkamer bijvoorbeeld. Een muurkast, duidelijk gelijktijdig met de bouw van het pand ontstaan.'
'Alleen jammer van die gladde voorkant,' zei Guido. 'Hebben ze zo'n hardboardplaat tegenaan getimmerd. Van zichzelf heeft hij ongetwijfeld een prachtig reliëf.' Hij tikte er zachtjes tegen. 'Zie je, hol.'
Battikwa draaide zich om. 'Wat is dat?' Battikwa wees naar een breed vlak van in planken gesneden boomstammen die tegen de muur tegenover de open haard bevestigd zaten. 'Al net zo mon-

sterlijk donker en somber als de open haard en balken. Zou alles hier in de kamer uit dezelfde boom gesneden zijn? Bevat één boom zo veel hout?'

Aan de bovenkant van het ondefinieerbare ding, op borsthoogte, zat een opstaande rand, waar spullen op gezet konden worden, en onderaan, op kniehoogte, een gemetselde verhoging, die diep genoeg was om op te gaan zitten, maar daar zeker niet voor bedoeld was. Voor wat dan wel, dat bleef onduidelijk.

Guido liep ernaartoe en klopte op de verhoging. 'Ook hol.'

'Je lijkt wel een klopgeest,' zei Battikwa.

'Inderdaad een raar ding,' zei de makelaar. 'Is het een versiering, een meubelstuk, ik zou het niet weten. Natuurlijk valt er wel naar te informeren bij de eigenaar.'

'Doe geen moeite,' zei Battikwa, 'het moet er toch uit, net als die balken, het verlaagd plafond en de open haard.'

'De eetkamer is in ieder geval een juweeltje,' liet Guido er snel op volgen, waarschijnlijk om de negatieve teneur van het gesprek om te buigen.

'Absoluut,' zei Battikwa. 'Alleen wat die rare kast daar nou doet?' Ze doelde op een soort dressoir van donker fineer, die tegen een groot deel van de muur aan was gebouwd en ook nog eens om het rookkanaal heen liep.

'Heb ik al even aan gezeten,' zei Guido. 'Die kast trek je zo van de muur. In één handbeweging.'

'Zullen we een etage hoger gaan?' vroeg de makelaar. 'Er is nog zoveel te zien in dit huis.'

'Prima,' zei Guido.

Ze liepen naar de tweede etage, waar zich de slaapkamers en de badkamer bevonden. De onbekende man liep voor hen uit, hij was net iets sneller dan zij. Boven aan de trap gekomen, zagen ze hem ergens naar binnen gaan. Zelf bleven Battikwa en Guido geruime tijd met de makelaar op de overloop staan praten, alvorens de verschillende vertrekken te gaan bekijken. De hele conversatie lang

hield de man zich op in de voor hen nog onbekende ruimte.
'Wilt u me kort excuseren,' vroeg de makelaar aan Guido en Battikwa. 'Even controleren of de buitendeur wel dicht is.'
'Doe rustig aan,' zei Guido. 'Wij redden ons wel.'
Terwijl de makelaar de trap afliep, kwam de man te voorschijn en liep de trap op naar de derde etage. Tikki glipte snel de ruimte binnen waar de man net uit was gekomen. Guido ging haar achterna. Het bleek een soort alkoofje te zijn. Battikwa bekeek het uitvoerig, nam het helemaal in zich op. Toen klonk Guido's stem, nogal geïrriteerd: 'Tikki, ben je er met je hoofd eigenlijk wel bij? Ik vroeg je wat, je reageert niet eens. Waarom ben je zo gefascineerd door dit kleine vertrek, terwijl het hier donker, vies en stoffig is? De puinhoop van de benedenverdieping is er niets bij.'
Guido had – ten dele – gelijk. Het ging haar niet zozeer om het kamertje zelf, maar om de belangstelling die de andere gegadigde ervoor had getoond. Bovendien voelde ze zich op een merkwaardige wijze tot de man aangetrokken. Er ging iets vertrouwds van hem uit, terwijl ze hem niet kende.
Iets hier in het alkoofje had hem gefascineerd. Waarom zou hij anders zo lang zijn gebleven? Dat intrigeerde haar. En wat had hij bedoeld met de uitspraak 'Ik ben er al een tijdje uit'? Had dat er wat mee te maken? Ze verwierp die gedachte meteen. Wat een onzin. Het was natuurlijk iets heel voor de hand liggends waarom hij dat had gezegd. Die man had een Amerikaans accent. Waarschijnlijk was hij ooit naar Nederland verhuisd, als diplomaat of zo, en had hij sindsdien nooit meer een ander huis hoeven te zoeken. Dan raak je er wel uit. Grappig trouwens, een tweede Amerikaan die geïnteresseerd was in dit huis. En wat voor twee: de een had het huis nooit gezien en de ander was per toeval voorbijgelopen. Het scheen dat dit soort negentiende-eeuwse herenhuizen erg in trek was bij Amerikanen.
Het viel Battikwa op dat één wand van het alkoofje bestond uit schuifdeuren die dicht waren en ook niet open konden, omdat er

vanaf borsthoogte planken tegenaan getimmerd zaten. Aan een rails, bevestigd aan de bovenste plank, hing een oud stoffig bloemetjesgordijn dat half open was.

Ook opvallend: net boven de hoogste plank tegen de linkerschuifdeur zat een spiegel bevestigd, een wastafelspiegel, maar de wastafel ontbrak. Een afgebonden leiding die uit de vloer stak, leek erop te duiden dat hij er wel ooit had gezeten. Ze wist niet waarom, maar haar bekroop het gevoel dat het de spiegel was geweest die de aandacht van de man had getrokken.

Terwijl ze naar het functieloze voorwerp keek, doemde het beeld van haar kamertje in de ouderlijke woning voor haar op: aan de muur een spiegel, wel degelijk met wastafel, op de ombouw van het opklapbed – met dezelfde hoogte en breedte als de bovenste plank in deze alkoof en eenzelfde soort bloemetjesgordijn eraan bevestigd – een foto van haar vader, het karton achter de foto vervilt, een hoek afgescheurd. Hij was oud, haar vader, een jaar of zeventig. Een echte rabbijn, met een lange, grijze baard, een keppeltje op en peies tot op de schouders.

Ze was zich er ten volle van bewust dat haar beschrijving van die foto niet klopte. Het was niet de afbeelding van haar vader, maar die van haar opa. Toch had ze gedurende haar hele jeugd dit plaatje op deze manier gekoesterd. Als ze ernaar keek, dacht ze altijd: dit is dus mijn vader zoals hij vroeger was, in zijn jeugd, toen hij in Polen woonde en voor rabbijn studeerde. Hij was voor haar van jongs af een oude man.

In één klap wist ze het. Dat was het! Dat moest de reden zijn waarom de toevallige huisbezichtiger haar zo vertrouwd was voorgekomen. Hij deed haar aan haar vader denken, hetzelfde type, maar dan jaren jonger: een beschaafde, vriendelijke intellectueel, kraaloogjes die door brillenglazen heen twinkelen, het montuur op een robuuste neus, lange, grijze manen en boven op het hoofd een kale ronde plek, met een glans als van een bruingetinte spiegel.

Tja, haar vader. De kennis over hem waarmee ze was opgegroeid, bestond uit een schamel aantal feiten. Hij was geboren in 1916, als enig jongetje tussen vele oudere zussen, in Butzanów, een dorpje gelegen op het drielandenpunt van de Oekraïne. Hij was voorbestemd om rabbijn te worden en had de daarbij behorende streng orthodoxe opvoeding en schoolopleiding gekregen. Op zeker moment had hij zijn studie afgebroken en zich tot het communisme bekeerd. In de Tweede Wereldoorlog was hij, na een onderduikperiode, toegetreden tot het sovjetleger en na de opmars door heel Polen was hij met de artillerie op 28 april 1945 Berlijn binnengetrokken. Daarna was hij naar Nederland gegaan, waar hij haar moeder had leren kennen.

Dat was alle kennis die ze van haar vader had meegekregen. Ze had die door de beknoptheid ervan als loodzwaar ervaren. Zo veel vragen waren onbeantwoord gebleven: in welke stad had hij gestudeerd; wat had zich tussen Berlijn en Amsterdam afgespeeld en hoeveel tijd zat er tussen die twee steden; hoe was hij in Nederland verzeild geraakt; waaróm had hij juist Nederland gekozen en was het wel een keuze geweest?

Naast de woorden die ontbraken, beschikte haar vader ook niet over foto's uit zijn jeugd. Ook daardoor kon ze haar opa als vader koesteren. Dat ze haar opa zo makkelijk kon 'misbruiken', was begrijpelijk. Ze kende immers het fenomeen 'opa' of 'oma' helemaal niet. Voor haar waren het altijd lege begrippen geweest, holle frasen, uiterst bruikbaar voor een andere invulling.

Even had het erop geleken dat er een einde zou komen aan die merkwaardige persoonsverwisseling. Haar vader kreeg van een oude vriend uit Polen een Memorboek opgestuurd. Daar bleek tot hun aller verrassing ook een foto van hem als jongeman in te staan. In legeruniform, vrolijk, een beetje verlegen glimlachend.

Vanaf dat moment was ze dus wel degelijk in het bezit van een afbeelding van haar jeugdige vader en had ze haar volkomen irreële beeld van hem naar het rijk der fabelen kunnen verwijzen. Maar de foto van de jongeman die hij ooit geweest was, kwam voor haar gevoel te laat en bovendien had haar vader te lang gezwegen. Ze was opgegroeid met het gegeven dat hij als volwassen man zijn leven was begonnen. Hier, in Nederland. Alles wat daarvoor had gespeeld moest dood, want wás dood. Ook toen aantoonbaar – via een foto – bleek dat haar vader ook een 'ervoor' bleek te bezitten, mocht, nee, kon ze zichzelf niet toestaan dat te erkennen.

Totaal onverwacht kwam daar verandering in toen ze met Guido in Berlijn verbleef en ze op weg waren naar het Prinz-Albrechtterrein, om de tentoonstelling *Topographie des Terrors* te bezichtigen.

Tijdens die wandeling werd haar aandacht getrokken door de gebouwen in het sombere, oostelijke deel van Berlijn. Het was hun pokdalig uiterlijk dat haar fascineerde. Ze raakte gebiologeerd door hun aanblik, maar op het moment dat tot haar doordrong waar ze nu eigenlijk getuige van was, versteende ze. Ze realiseerde zich dat dit niet het werk was van natuurlijk verval, van jarenlange verwaarlozing. Wat ze hier te zien kreeg, waren de littekens van de Tweede Wereldoorlog. Dit waren huizen met ogen: kogelgaten en granaatinslagen die zij, onverschillige toerist, gratis en voor niks mocht aanschouwen. In bijna elk gebouw waren ze te zien, soms provisorisch opgevuld. Het verleden openbaarde zich aan haar. Ze stond oog in oog met de tekenen die haar vader had achtergelaten. De vader, van wie ze een opa had gemaakt, zag ze schietend door de straten rennen. Ze betastte de gaten, streek over het bobbelige pleister. Voor het eerst van haar leven was haar vader tastbaar geworden. Hij kreeg een jeugd, een 'ervoor'. Kogelgaten en granaatinslagen vielen samen met het beeld van die jongeman in legeruniform. Haar vader als opa verschimde.

De echte ommezwaai had plaats toen ze zich even later in de tentoonstellingsruimte van *Topographie des Terrors* bevond en naar een foto keek van twee kindjes die voor de muur van het getto van Warschau stonden, ineengedoken. Het doek dat haar vader had neergelaten om als scherm voor het verleden te dienen, bleek te zijn vergaan. Er vielen gaten in, het was een onomkeerbaar proces. Langzaam maar zeker zag ze dat er iemand achter het doek stond. De gaten werden groter, de persoon werd duidelijker. Het was Battikwa's vader als jongetje, tegen het decor van zijn jeugd. Haar leven vulde zich met achtergrond.

'Tikki!' Guido schreeuwde in haar oor.
'Wat? O, sorry, was even in gedachten.'
'Kun je wel zeggen, ja. Zullen we nou even verderkijken op deze etage? Of heb je het wel gezien?'
'Tuurlijk wil ik de rest ook zien.'
'Die indruk wekte je niet.'
'Doe niet zo flauw. Kom.' Ze trok Guido mee.

Terwijl ze het alkoofje uit liepen, zei Battikwa: 'Hoe wist die onverwachte bezoeker trouwens dat dit huis te koop was?'
'Hoe bedoel je?'
'Er hangt toch geen affiche achter de ramen met daarop: TE KOOP?'
'Via een advertentie?'
'Die staat al in geen tijden meer in de krant.'
'Misschien heeft hij iets opgevangen uit de mond van de makelaar toen we nog buiten stonden.'
'Ik blijf het eigenaardig vinden.'
'Zullen we onze aandacht nu maar weer op het huis richten, Tikki?'
'Je hebt gelijk. Welke kamer eerst?'
'Die rechts van de alkoof.'
Op dat moment voegde de makelaar zich weer bij hen.

De grote hoeveelheid aan loze ruimtes, in- en uitbouwkasten gold ook voor de rest van het huis. Zo had de slaapkamer een tweepersoonsbed dat verzonken was in een holle opbouw. Deze was bedekt met een tapijt dat doorliep vanaf de vloer. 'Het lijkt wel een hoerenkast,' zei Battikwa. 'Het valt me nog mee dat het geen rood velours is.' Verder bevatte de kamer een hele wand gevuld met garderobekasten. Het toppunt van wansmaak, een turkooise schoorsteen, bleek uit kunststof te zijn opgetrokken en was natuurlijk hol. Dat laatste gold ook voor het rookkanaal erboven.

De kamer links van het alkoofje bevatte anderhalve wand aan uitbouwkasten. Het geheel was onderverdeeld in verschillende compartimenten, zo groot dat het kamertjes op zich waren. Eén had een deur in de achterwand die uitkwam in het alkoofje. Guido en Battikwa vroegen zich af waarom die deur daar zat. Ze moesten het antwoord schuldig blijven en hielden het er maar op dat dat zo de geheimen van een oud huis waren. Vanwege de uitzonderlijk uitgebreide mogelijkheid je in al die kasten te verstoppen, leek hun deze kamer uitermate geschikt als kinderkamer.

Op de derde en laatste verdieping konden ze geen wanstaltige constructies ontdekken. Hier was alles nog tamelijk oorspronkelijk. Behalve bij de schuifdeur tussen de twee grote kamers in. Deze was dicht, maar in de andere kamer was tegen de schuifdeur een muur gebouwd, alweer bordkarton, en als je erop klopte, klonk het hol. Alsof er toch een loze ruimte tussen zat. Mede omdat er een badkamer annex keukentje in zat – er stond zelfs nog een oud gasfornuis – zag Guido in deze etage dé perfecte werkruimte. Als hij zou willen, kon hij zich er een aantal dagen opsluiten om in uiterste concentratie te schrijven.

Dan restte nog de kelder. Die was gigantisch. Hij liep onder het hele huis door en was onderverdeeld in verschillende ruimtes, afgescheiden door dunne bordkartonnen wandjes. Hier was geen kast te ontdekken. Opvallend daarentegen was het aantal houten stellages. Alle ruimtes waren ermee gevuld. Nadat Battikwa en Guido hun verwondering erover hadden geuit, vertelde de makelaar dat de vorige eigenaar wijnimporteur was en hij zijn flessen op deze rekken had liggen.

O ja, de tuin. Die was erg klein. Zelfs de kleinste tuinkast ontbrak dan ook. Maar er was genoeg ruimte voor een zandbak voor David. En dat was het belangrijkste.

'Nou, wat vindt u ervan?' vroeg de makelaar, toen ze weer op de begane grond stonden.

'Het ziet er goed uit, voorzover ik het kan beoordelen,' zei Battikwa. Het kostte haar grote moeite zo kalm over te komen, want alles in haar schreeuwde dat ze het huis dolgraag wilde hebben. Ze wist er niet zoveel van, maar begreep wel dat enthousiasme geen goede basis was voor een sterke onderhandelingspositie. 'Wat vind jij, Guido?'

'Erg belangrijk is dat we geen boven- en onderburen hebben,' zei Guido met onderkoelde stem.

'U kunt een optie nemen en dan nog eens rustig alles laten bezinken.'

'Zullen we dat maar doen, Tikki?'

Battikwa nam het op zich een makelaar te zoeken die voor hen de taxatie kon doen. Aangezien ze helemaal niet thuis was in de makelaardij, sloeg ze eenvoudigweg de *Gouden Gids* open. Herman Agsteribbe, dat klonk haar op de een of andere manier vertrouwd in de oren. Ze belde hem op en maakte een afspraak voor de volgende middag.

'Laten we David maar weer even naar je ouders brengen,' zei Guido.

'Ik weet het niet, hoor.'

'Wat weet je niet?'

'Of ik David wel bij mijn ouders moet laten. De vorige keer is hij aldoor blijven huilen vanaf het moment dat we weg waren.'

Guido was streng. 'Als je daaraan gaat toegeven, kun je het wel vergeten, Tikki. Dan kun je nooit meer ergens heen. Kinderen zijn een kei in het chanteren van hun ouders. Ze voelen direct of je makkelijk toegeeft of niet.'

'Goed, jij je zin.'

Ze brachten David naar Battikwa's ouders.

'Wie is jullie makelaar?' vroeg Battikwa's vader.

'Herman Agsteribbe,' zei Battikwa.

'Herman Agsteribbe? Dat klinkt bekend,' klonk de schelle stem van Battikwa's moeder.

'Dat vond ik ook al,' zei Battikwa. 'Ik ging ervan uit dat het kwam omdat het zo'n opvallende naam is. Wie heet er nou Agsteribbe?'

'Natuurlijk, zijn vader!' riep haar moeder enthousiast uit. 'Daar heb ik mee in de CIZ gewerkt voor de oorlog. Hij was arts.'

'Ik had het kunnen weten, arts of makelaar!' Battikwa keek naar Guido. 'Je begrijpt, beide favoriete beroepen in "ons" milieu. Ook wat dat betreft zijn mijn zus en ik een buitenbeentje.' Ze zei het op gespeeld berustende toon.

'Terwijl jullie ook nog de keuze hadden om tandarts of advocaat te worden,' zei haar moeder, op haar beurt plagerig.

Battikwa keek haar verbaasd aan. Daar grapjes over maken. Zo kende ze haar helemaal niet. Dit was een goed moment om op te staan. 'Paps en mams, we moeten gaan. Ik geef David geen kusje: dan vermijden we de indruk dat we afscheid nemen.'

Het mocht niet baten. Net als de vorige keer begon hij hartstochtelijk te huilen toen ze de kamer uit liepen.

Agsteribbe raakte niet uitgepraat over de schoonheid van het pand toen ze erdoorheen liepen.

'Ik raad u echt aan het huis te kopen. Dit zeg ik absoluut niet om u als makelaar iets aan te smeren. Geloof me, zo'n kans krijgt u nooit meer. Als u het niet koopt, doe ik het. Ik zweer het.'

'Dat klinkt enthousiast,' zei Guido. 'Ik geloof graag dat u dat niet bij ieder huis kunt opbrengen.'

'Nee, zeker niet. Ik ga nu het taxatierapport maken. Dat heeft u overmorgen in de bus. Kunt u tot dan alles tegen elkaar afwegen en een juiste beslissing nemen. Maar nogmaals, zo'n kans krijgt u echt nooit meer. In ieder geval niet voor dat geld. Ik voorspel u dat de prijzen binnen afzienbare tijd schrikbarend omhoog zullen gaan.'

Battikwa en Guido liepen naar Keyzer om na te praten.

'We moeten het doen, Tikki.'

'Ja, volgens mij ook.'

'Die Agsteribbe klonk zo enthousiast. Dat was geen gewone makelaarspraat.'

'Nee, volgens mij ook niet.'

'Je bouwt wel enige reserve in, hoor ik. Vertrouw je hem niet?'

'Ja... dat wel... maar...'

'Maar wat nou weer? Je kunt toch wel een keer wat enthousiaster doen?'

'Ja, nee, ik vind het prachtig, het huis. Ik wil er graag in wonen. Daar heeft het niks mee te maken.'

'Met wat dan wel, Tikki, met wat dan wel? We krijgen zo ongeveer een droomhuis in onze schoot geworpen en dan stel jij je zo afhoudend op.'

'O alsjeblieft, Guido, het was maar iets kleins. Ik vond hem ook ontzettend enthousiast, aandoenlijk enthousiast zelfs. Het is alleen dat...'

'Ja, wat?'

'Het is die stem, dat nasale, daar kan ik niet zo goed tegen. Hij klonk zo joods!'

'Jezus, Tikki. Krijgen we dát weer! Ik word zo langzamerhand hartstikke gek van je! Het ene moment wil je niks van je joods-zijn weten, dan weer raak je in een soort hysterische joodse kramp en vervolgens stort je je in een depressie vanwege een joodse stem. Wat wil je nou eigenlijk?'

'Ik wil dit huis. Samen met jou en David.'

'Dat gaan we regelen. Maar dan wil ik niets meer horen over het al dan niet joodse van iets of iemand, het voor of het tegen, het goed of slecht. Niets, begrepen? De wereld bestaat vanaf nu weer uit mensen. Gewoon, mensen. Wat ze zijn, maakt niet uit. Ik reken even af en dan gaan we David ophalen.'

Opnieuw had David de hele tijd gehuild.

'Misschien heeft het ermee te maken dat hij zo lang in zijn eentje in de couveuse heeft gelegen,' zei Battikwa's moeder.
'Je bedoelt, een soort verlatingsangst?' vroeg Guido.
'Ja, zoiets. Dat hij bang is weer alleen gelaten te worden op het moment dat jullie weggaan.'
'Dan moeten we daar voorlopig toch rekening mee houden,' zei Guido.

Nadat de hypotheek was geregeld, spraken ze voor de laatste keer af in het huis, maar dan in aanwezigheid van alle partijen: de verkopende en kopende partij, inclusief beide makelaars. Deze keer hadden Guido en Battikwa David meegenomen.

Toen iedereen zich aan elkaar voorstelde, viel het Battikwa op dat de eigenaar – een grote, woest uitziende man – Herman Agsteribbe geen hand gaf. Bij Battikwa en Guido kon er alleen een snauwerig, plat Amsterdams 'Graftdijk, aangenaam' vanaf. David negeerde hij volkomen. Toen zijn vrouw zich over David boog en wat kirrende geluidjes maakte, zag Battikwa dat haar man haar een woedende blik toewierp. Tot overmaat van ramp trok ze ook nog wat gekke bekken naar David, richtte zich vervolgens op en zei tegen Battikwa: 'Een serieus ventje, hè? Hij kijkt zo ernstig uit zijn ogen. En niets wat 'm ervan af lijkt te brengen.'

Graftdijk trok zijn vrouw ruw aan de arm mee. Het echtpaar was in een mum van tijd uit het zicht verdwenen. Omdat er nog het een en ander besproken moest worden, stond hun makelaar op om hen te zoeken. Ze bleken zich op de bovenste etage te bevinden. De rauwe stem van de man galmde door het hele trappenhuis: 'Ow nai, as die smous er nog is, dan kom ik niet nah benaie.'

'Guido, hoor je dat?' zei Battikwa geschrokken.

'Ja, dat krijg je met zo'n stem.'
'Wat bedoel je?'
'De stem van Agsteribbe. Daar kon jij toch ook niet tegen?'
'Nou ga je wel erg ver, Guido. Híer mag ik toch wel iets over zeggen?'
'Tuurlijk ga ik te ver. Om je te laten voelen dat je zelf soms ook niet helemaal zuiver op de graat bent.'
'Dat had ik al begrepen. Maar denk je dat die Graftdijk het over Agsteribbe heeft, en niet over mij?'
'Wat denk je dan? Hij wil het pand eindelijk wel eens kwijt na die langdurige optie. Wij zijn zeer serieuze aspirant-kopers. Hij zal zich deze mogelijkheid tot verkoop van zijn pand dus niet snel ontzeggen.'
'Toch weet ik zeker dat hij straks tegen zijn vrouwtje iets zal zeggen als: "Zie je wel, het zijn altijd joden die veel geld hebben en zich zo'n aankoop kunnen permitteren."'
'Dan vergeet hij daarbij gemakshalve dat hij ongetwijfeld zelf verzuipt in het geld.'

Battikwa zag er vreselijk tegen op, maar er volgde een tweede afspraak, waar ook Graftdijk bij zou zijn: ten kantore van de notaris voor de overdracht van het huis. Graftdijk negeerde Agsteribbe opnieuw totaal. Hij kwam wel naar Battikwa toe, maar terwijl hij haar hand nog vast had, begon hij zomaar, uit het niets, op allochtonen te schelden. Dat ze hier de boel zaten uit te vreten, alle goede banen en huizen kregen ten koste van de Nederlanders. Hij was net klaar met zijn tirade, toen er een deur openging. 'De families Graftdijk en Palladio-Rotstein kunnen binnenkomen.'
Battikwa had nog nooit in haar leven zo'n verbijsterde blik gezien als die van Graftdijk op dat moment. Ze zou niet vreemd hebben opgekeken als hij ter plekke was neergestort. Wát hij zag, was schitterend, althans naar Battikwa's mening, maar ze begreep donders goed dat Graftdijk daar heel anders over dacht. Daar stond

hun notaris: een klein, tenger vrouwtje van rond de vijftig, hoogblond haar, de ogen diepzwart opgemaakt, felrode lippen, een mantelpakje van Chanel, kousen met een naad en zwartleren pumps met naaldhakken. In haar ene hand had ze een lange, slanke sigaret in een pijpje, waarvan ze op languissante wijze trekjes nam, en onder haar andere arm zat een juffershondje dat ze stevig vastgeklemd hield. Ze zei stralend: 'Komen jullie verder.' Bij het uitspreken van het woord 'jullie' zag Battikwa Graftdijk een heel rare beweging met zijn hoofd maken. Hij probeerde te slikken, maar dat leek op de een of andere manier niet te lukken.

'Graag,' zei Battikwa. Ze liepen achter de notaris de kamer in en gingen tegenover haar zitten, met Agsteribbe aan hun ene zijde en de makelaar van Graftdijk aan hun andere zijde. Battikwa zag dat Graftdijk zijn vrouw naar voren duwde, zodat ze zo ver mogelijk van de notaris vandaan kwamen te zitten.

De notaris, nog altijd met haar sigarettenpijpje in de hand – ze rookte op zo'n esthetische manier dat je het ongezonde aspect van roken helemaal vergat –, heette iedereen welkom en begon de hele standaardprocedure af te werken. Het hondje, dat parmantig op haar schoot zat, leek met de tekst mee te lezen en gaf af en toe, als het ware ter bevestiging, een lik over haar hand. Battikwa zag dat Graftdijk van ellende niet meer wist hoe hij moest kijken.

Nadat beide partijen het contract hadden goedgekeurd, werd het ondertekend. Graftdijk had zijn handtekening nog niet gezet, of hij veerde op, schudde bijna zichtbaar zijn opgebouwde ergernis van die middag van zich af en zei op luide toon: 'Nah, dat geld slaus ik direct door na Switserland, die hele hap.'

Iedereen aan tafel kromp ineen, inclusief zijn eigen vrouw.

Battikwa gaf Guido een trap onder de tafel. Gelukkig, hij begreep de hint en stond op. 'Wij moeten helaas gaan. Ons kind ophalen bij opa en oma.' Na een heel kort 'goedemorgen' haastten ze zich de kamer van de notaris uit. Buiten gekomen gooide Battikwa haar armen de lucht in en riep: 'Mijn god, wat een vreselijke man.'

'Zeg dat wel,' zei Guido op onderkoelde toon.
'Zag je trouwens dat de notaris naar ons knipoogde toen we wegliepen?'
'Nee, dat is me ontgaan.'
'Zij gruwde natuurlijk ook van die vent.'
'Zoals hij van haar.'
'Was je dat opgevallen?'
'Onmogelijk om dat níet te zien.'
'Terwijl ik nog zo veel moeite heb gedaan om een van de weinige niet-joodse notarissen die dat kantoor rijk is voor ons te reserveren.'
'Tikki!' zei Guido dreigend.
'Grapje,' zei Battikwa snel.

Battikwa's moeder deed de deur open met David op haar arm. 'Dag, m'n kleine mannetje. Wat schittert daar een dikke traan op je wang. Hij lijkt wel van kristal.' Battikwa nam David van haar moeder over en drukte hem tegen zich aan.
'Hij was ontroostbaar.'
'Ach, arme schat, mama is er weer. Het kon niet anders. Ze moest samen met papa een huis kopen. Nou kunnen we daar heerlijk met z'n drieën gaan wonen. Jij krijgt een heel grote speelkamer.' David was meteen opgehouden met huilen toen hij haar stem hoorde, en lag nu rustig in Battikwa's armen.
'Hoe was het?' vroeg Battikwa's moeder. 'Heb je Agsteribbe de groeten van me gedaan?'
'Ja, en hij was heel verrast te horen dat jij m'n moeder bent. Je moet de hartelijke groeten terug hebben. Verder was het vreselijk.'
'Hoezo, vreselijk?' vroeg ze.
'Ik wist het de allereerste keer al toen ik hem meemaakte. Het werd nu alleen maar bevestigd. Die Graftdijk is een antisemiet van het zuiverste water.'
'Nou, nou, nou,' zei Guido, 'kan het iets minder direct?'

'Waarom? Moet zo iemand in bescherming worden genomen?'
'Natuurlijk niet. Maar we zitten hier bij je ouders. Ik kan me voorstellen dat zij dit niet echt prettig vinden.'
Battikwa's moeder maakte een beweging met haar handen om aan te geven dat het haar niet uitmaakte.
'Bovendien, ik meende iets op te vangen over allochtonen,' zei Guido. 'Waren zij het niet waartegen hij tekeerging?'
'Dat heb je goed gehoord. Maar die tirade tegen mij over allochtonen was natuurlijk pure sublimatie. Het liefst had hij de goorste dingen willen zeggen over joden. Maar ja, de centen, hè. Stel je voor dat de verkoop van het huis op het laatste nippertje afgeketst was. Vanwege zijn vuile praat. Je moet niet vergeten dat het notariskantoor in joodse handen is. Zij hadden hem op basis van zijn antisemitische ideeën kunnen weigeren. Dan maar schelden op al die vieze Turken en Marokkanen, moet hij gedacht hebben. Die vindt hij tenslotte ook weerzinwekkend.'
'Tikki, alsjeblieft, niet zo agressief over zo'n idioot,' zei Guido.
'Idioot? Het is geen idioot. Het is een enge antisemiet en een racist. Je herinnert je toch nog wel wat hij laatst over Agsteribbe zei, "Smous"?'
'Zei hij dat echt? Wat een afschuwelijke man,' zei Battikwa's moeder.
'Hoor je wat mijn moeder zegt?'
'Je hebt gelijk, maar zoals je nu reageert ken ik je helemaal niet.'
'Omdat ik dit nooit eerder heb meegemaakt.'
'Ik stel voor dat we die Graftdijk laten rusten.' Guido klonk streng.
'Het liefst in zijn graf, ja,' zei Battikwa.
'Tikki. We hebben vanaf nu niets meer met die man te maken. Het contract is getekend. Hij is de eigenaar niet meer. Dat zijn wij. Laten we een glas drinken op ons nieuwe huis.'
'Ben ik het helemaal mee eens,' haastte Battikwa's vader zich te zeggen.

Guido en Battikwa hadden afgesproken meteen in het huis te trekken. Daardoor moest de verbouwing van de begane grond, het trappenhuis en een klein deel van de eerste verdieping noodzakelijkerwijs plaatsvinden terwijl ze er woonden. De rest van het huis zou in een later stadium worden aangepast aan hun smaak. De verhuizing stond gepland voor twee dagen na de ondertekening van het contract. De dag ervoor ging Battikwa, samen met Riek, de werkster, het hele pand schoonmaken, uitgezonderd natuurlijk de benedenetage.

Ze moest David opnieuw bij haar ouders achterlaten, maar sprak wel af dat haar moeder langs zou komen als zij met haar kleinzoon het dagelijkse wandelingetje ging maken. Met een auto vol moppen, schrobbers, dweilen, stofdoeken, sopdoekjes, twee stofzuigers en schoonmaakmiddelen togen Battikwa en de werkster naar de Salieristraat. Riek veranderde, zoals altijd, meteen bij binnenkomst in een soort witte tornado. Daar loeide de stofzuiger al. Riek zou op de eerste etage beginnen en Battikwa op de laatste, zodat ze naar elkaar toe konden werken. Battikwa pakte de stofzuiger, een emmer met schoonmaakmiddelen, een mop en verdween naar boven.

Terwijl ze de trap opliep, rook ze iets. Maar wat? Een rare, maar bekende lucht. Ze snoof eens extra hard. Ineens wist ze het: gas, ze rook gas. Heel erg licht, maar het was onbetwist een gaslucht. Waar kon die nou vandaan komen? Ze begon harder te lopen, de lucht werd sterker. Merkwaardig. Als ze wel eens een gaslucht rook, was dat altijd op straat, bij de buitenleidingen. Hier werd de geur sterker, naarmate ze hoger kwam. Ze werd bang.

Nog een laatste stap en ze was op de bovenste verdieping. Ze volgde de nog steeds sterker wordende geur en liep het keukentje annex badkamertje in. Daar stond het fornuis dat er bij eerste bezichtiging van het huis ook had gestaan. Ze liep er snel op af en voelde aan de knoppen. Ja hoor, er stond een gaspit open. Weliswaar de kleinste, maar hij stond open. Hoe kon dat nou? Wat deed dat fornuis trouwens nog hier? Battikwa gooide het raam open, deed een verdieping lager in de slaapkamer hetzelfde met de balkondeuren en de deur naar de overloop. Nadat alles was doorgelucht, begon ze met schoonmaken.

Toen ze twee uur achter elkaar hard had gewerkt, ging Battikwa even op de grond zitten om uit te rusten. Ze moest weer aan dat fornuis denken. Het zat haar niet lekker. Waarom had de gaspit opengestaan? Terwijl ze daar zat, ging de bel. Ze riep in de intercom: 'Wie is daar?', terwijl ze bijna zeker wist dat het haar moeder was met David. En ja hoor, daar hoorde ze zijn hartverscheurende gehuil. Ze drukte snel op de knop en rende naar beneden. 'Daar is mama weer!' riep Battikwa al van verre. David was op slag stil. Ze liet haar moeder het huis zien. Daarna vertrok haar moeder samen met David om hem bij Guido op zijn werkkamer af te leveren. Deze zou op zijn beurt samen met David naar huis gaan.

Na zo'n vier uur kwamen Riek en zij elkaar op de tweede verdieping tegen, die ze gezamenlijk afwerkten. Daarna verlieten ze het pand en zette Riek Battikwa thuis af.

'Valt je niets op, Tikki?' vroeg Guido aan Battikwa, die na thuiskomst tegenover hem in een luie stoel was gaan zitten.

'Hè?'

'David.'

'Hij ligt lekker bij je, maar verder…'

'Dus…'

'Natuurlijk! Hij huilt niet! Dat is het! Stom dat ik dat niet meteen doorhad. Hoe lang is hij al stil?'

'Je moeder droeg hem aan mij over, huilend en wel, en ik had hem nog niet vast, of hij werd stil.'

'Wat ontzettend fijn! Dat betekent dat hij zich nu ook aan jou gehecht heeft.'

'We moeten even afwachten natuurlijk, maar ik heb goede hoop.'

'Ik weet zeker dat het vanaf nu goed zal gaan.'

Guido legde David in Battikwa's armen en pakte zijn tas. 'Ik ga naar mijn werkkamer. Een paar uurtjes werken. Zullen we wat later eten?'

'Dat is goed. Haast je maar niet.'

David zat heel rustig in zijn wipstoeltje. Battikwa vond dat hij eigenlijk iets té rustig was. Het was ook nooit aan hem te merken als hij moe werd. Hij ging niet jengelen, niet dreinen. Hij viel gewoon, net als nu, plotseling in slaap. Battikwa besloot David in zijn wipstoeltje te laten liggen. Wie weet werd hij wakker als ze hem oppakte om in zijn bedje te leggen. Voor één keer kon het wel zo. Zelf ging ze ook een dutje doen. Het was een zware dag geweest. Toen ze op bed ging liggen, schoot het haar ineens te binnen dat ze nog steeds een keer naar Amba en Ayuba moest bellen. Guido had hun na de geboorte van David een kaartje gestuurd, waarop ze een heel lieve felicitatiebrief hadden geschreven. Daar had ze ze voor willen bedanken, maar dat was er door alle toestanden nooit van gekomen. Een goed moment om het nu te doen. Kon ze hen meteen op de hoogte stellen van hun aanstaande verhuizing.

Ayuba nam op. Ook nu reageerde ze heel enthousiast en wenste ze Battikwa, Guido en David alle geluk van de wereld toe. Ayuba vertelde dat het met Amba gelukkig stukken beter ging. Ze had zelfs weer de draad van haar studie opgepakt. Met Roy, die nog steeds gevangenzat, hadden ze geen enkel contact. Wel hoorden ze via via dat hij zijn dubieuze voodoopraktijken gewoon probeerde voort te zetten, alsof er niets gebeurd was. Natuurlijk waren er juist in de gevangenis genoeg klanten te vinden die gevoelig waren voor zijn glibberige praatjes.

Nadat Battikwa had opgehangen, ging ze op haar zij liggen, de dekens tot aan haar neus opgetrokken, klaar voor een ontspannen middagslaapje. Helaas. Kwam het door het telefoongesprek, dat, al was het maar zijdelings, voor haar toch weer een confrontatie met die traumatische ervaring betekende? Of lag het gewoon aan die uren schrobben en poetsen? Battikwa wist het niet, maar zodra ze haar ogen dichtdeed begon het te malen in haar hoofd.

Hoe kwam het nou toch dat die ene pit van het fornuis had opengestaan? Ze wist zeker dat dat niet het geval was geweest toen ze laatst met z'n allen door het pand hadden gelopen. Dan zou ze dat zonder twijfel geroken hebben. Ze probeerde een logische verklaring te vinden voor deze onaangename ontdekking, maar het lukte haar niet echt. Ze draaide zich op haar andere zij. Er schoot haar iets te binnen. Tijdens dat gezamenlijke bezoek aan het pand waren de Graftdijkjes er toch zomaar tussenuit gepiept, naar boven toe, waar hun makelaar hen uiteindelijk had gevonden. Meteen daarbovenop had die vreselijke opmerking van Graftdijk door het trappenhuis geklonken. Die verdwijning had ze toen al merkwaardig gevonden. Trouwens, zij niet alleen. Ze herinnerde zich nog heel goed dat Agsteribbe een afkeurend-vragend gezicht had opgezet toen duidelijk werd waar het echtpaar zat. Waarom waren de Graftdijkjes naar boven gegaan? Die vraag was onbeantwoord gebleven. Nadat het echtpaar door hun makelaar naar beneden was gehaald en ze een paar noodzakelijke dingen gezamenlijk hadden besproken, had iedereen het pand verlaten. Guido, zij, Agsteribbe, de verkopende makelaar, meneer noch mevrouw Graftdijk was daarna nog boven geweest. Dat betekende dus dat het heel goed mogelijk was dat de Graftdijks aan die knoppen hadden gezeten toen ze in afzondering boven waren. Battikwa voelde een hamerslag tegen de binnenkant van haar borstkas en tegelijkertijd hoorde ze de buitendeur in het slot vallen. Verdomd, dat moest het zijn. Die Graftdijk had het gas opengezet. Moedwillig.

'Tikki, hallo, ik ben er weer.'

Ze zat in één keer rechtop in bed.

'Ach, lieverd, heb ik je laten schrikken,' zei Guido toen hij de slaapkamer kwam binnengelopen. 'Ben je wakker van me geworden? Sorry.'

'Het was die Graftdijk,' mompelde Battikwa.

'Wat zeg je, Tikki?'
'Die Graftdijk is een misdadiger,' zei Battikwa.
'Heb je het nou toch weer over die Graftdijk?'
Battikwa vertelde over het fornuis die ochtend. 'Graftdijk heeft die knop opengezet, ik weet het zeker. Die keer toen we met hen en hun makelaar het huis hebben doorgelopen. Toen ze er plotseling tussenuit geknepen waren, helemaal naar de bovenste etage.'
'Wacht even, Tikki, je gaat erg snel. Om welke pit ging het?'
'Het waakvlammetje. Je weet wel, in het midden, waarmee je de andere vier pitten kunt aansteken.'
'Zo'n minivlammetje? Dan zal het toch wel meegevallen zijn.'
'Helemaal niet, Guido. Het was een doordringende gaslucht. Het gas heeft er dagenlang uit kunnen stromen. Ik kreeg het er vreselijk benauwd door. Bovendien, wat maakt het uit? Feit blijft dat er een gaspit openstond waarvan de vlam het niet deed. Dat klopt toch niet?'
'Was Riek niet al eerder boven geweest? Misschien had zij het fornuis schoongemaakt en daarbij per ongeluk een van de knoppen omgedraaid.'
'Nee, Riek heeft geen stap gezet in die keuken. Ik zou de bovenverdieping doen en zíj de eerste verdieping, dat was de afspraak. Samen hebben we de tweede verdieping uitgemest. Ik weet zeker dat het die Graftdijk is geweest.'
'Ach, Tikki, weet je hoe het volgens mij gegaan is? Die Graftdijkjes zijn die bewuste dag naar de bovenste etage gegaan om het fornuis nog een keer uit te proberen. Ze stonden daar vast te dubben of ze dat ding nu wel of niet mee zouden nemen. Lijken ze me gierig genoeg voor. Zonde toch om zo'n apparaat, al is het nog zo aftands, achter te laten. Toen hebben ze waarschijnlijk per ongeluk een knop omgedraaid of niet teruggedraaid.'
Op opgewonden toon kaatste Battikwa terug: 'Dat is ook zoiets. Waaróm stond dat fornuis er nog?'

'Omdat ze ten slotte hebben besloten het ding wel achter te laten. Jammer genoeg, trouwens. Mogen wij er weer voor zorgen dat het bakbeest bij de vuilnis komt. Het is natuurlijk loeizwaar. Dat was ongetwijfeld ook hun overweging.'
'Waarom hebben ze dat niet met ons overlegd?'
'Dat hoefden ze niet, Tikki. Bij het voorlezen van het contract door de notaris is dat ook aan bod gekomen. Ik kan het zo opzoeken. Je neemt dan de roerende goederen over tegen betaling van een bepaald bedrag.'
'We hebben er dus ook nog voor moeten betalen, fraai is dat.'
'Gewoon een standaardclausule, Tikki. Zit volgens mij in bijna ieder koopcontract. Anders moet je de notaris daar nog eens naar vragen.'
'Ik ben er toch van geschrokken, van die rotopmerking van die Graftdijk toen.'
'Welke opmerking?'
'Ach, wat hij naar beneden brulde, toen hij op de bovenste verdieping stond.'
'Je bedoelt over die smous?'
'Ja, precies. In combinatie met het gas, ik weet niet.'
'Tikki, dit lijkt me het juiste moment om het onderwerp verder te laten rusten. We hebben bovendien toen naar aanleiding van die "smous"-kwestie ook een afspraak gemaakt.'
'Hoezo afspraak?'
'We zouden het niet meer over de tweedeling tussen joods en niet-joods hebben en alles wat daarmee samenhangt.'
'Nee, we zouden het onderwerp niet meer zélf aansnijden. Maar nu gaat het om een of andere gek die dit onderscheid aanbrengt. Met bovendien bijna verregaande gevolgen.'
'Tikki. Hou er nu over op.'
'Dus als jij het niet over dit soort zaken wilt hebben, dan moet ik maar mijn kop houden.'
'Alsjeblieft. Wat heeft dat nu voor zin? Laten we het over iets

anders hebben. De inrichting van het huis bijvoorbeeld, wat voor meubels we moeten aanschaffen.'
'Guido, die idioot had me bijna vergast.'
'Nu is het echt genoeg, Tikki.'
'Niet alleen mij, maar ook David.'
'Tikki, hou op!'
'Clichématig, hè. Had hij niks originelers kunnen verzinnen?'
Op dat moment begon David te huilen. Battikwa stond op om hem uit zijn wipstoeltje te halen. Ze draaide zich nog even naar Guido om. 'Wees maar niet bang. Mij zul je niet meer horen over die Graftdijk.'
Nadat ze Davids luier had verschoond en hij weer in zijn wipstoeltje lag, dat ze naast hen op de grond zette, zaten Guido en Battikwa een hele tijd zwijgend tegenover elkaar. Toen zei Guido: 'Liefste, doe nou niet zo beledigd. Je draaft echt te veel door. Dat is niet goed voor je.'
'Dan moet jij ook niet zeggen waar ik het wel en niet over mag hebben.'
'Dat is stom. Sorry, het was niet zo bedoeld.'

'We hebben veel te weinig spullen voor zo'n groot huis,' zei Battikwa tegen Guido, die achter zijn typemachine zat. Hij was zo goed en zo kwaad als het ging meteen na de verhuizing aan het werk gegaan. Slechts één bureau stond er op de bovenste etage van hun nieuwe huis, voor de rest was Guido's werkruimte leeg. Battikwa was druk bezig alle verhuisdozen uit te pakken.
'Wees maar niet bang,' zei Guido. 'Het slipt eerder dicht dan je lief is.'
'Dat is waar.'
De verhuizing was goed verlopen. Even was er een probleem geweest, omdat de verhuiswagen door een ongelukkig geparkeerde auto niet voor het pand in de Van Ostadestraat had kunnen gaan staan, maar gelukkig reageerde de eigenaar alert op het luide ge-

toeter. Daarna ging het snel. De spullen waren er zo in en ook weer zo uit. De lastigste taak kwam nu pas: waar moet wat, maar vooral: wat moet in welke kast. Gelukkig, bedacht Battikwa, was het nog altijd makkelijker om van een klein huis naar een groot huis te gaan dan omgekeerd. Je kon beter te veel dan te weinig ruimte hebben.
'Wanneer komen trouwens die werklui, Tikki?'
'Konden ze niet precies zeggen. Ze zijn nu nog in de Nicolaas Maesstraat bezig en zodra ze daar klaar zijn, gaan ze hier aan de slag.'
'Hou je het wel een beetje in de gaten? Dat ze ons niet nodeloos lang laten wachten?'
'Natuurlijk. Desnoods bel ik ze iedere dag op.'
'Kan geen kwaad, lijkt me.'

Battikwa had al snel door dat ze voor wat diepgaandere vragen niet bij het consultatiebureau moest zijn. De kinderarts zat haar een beetje glazig aan te kijken toen ze het probleem voorlegde van de huilende David en kwam pas tot leven na het door Battikwa zelf geopperde idee van verlatingsangst. Daar ging ze voor Battikwa's gevoel veel té gretig op in. Wat er vooral uit naar voren kwam, was een groot gebrek aan eigen visie, waardoor een deugdelijker diagnose uitbleef. De arts zei nog wel heel duidelijk dat er geen reden was om zich zorgen te maken. De tijd zou het probleem vanzelf doen verdwijnen. Battikwa vroeg zich af waar ze die overtuigdheid vandaan haalde. Als je niet eens een eenduidige diagnose weet te stellen, hoe kun je dan met zo veel zekerheid iets over het genezingsproces zeggen?
De zorg om Davids behoorlijk matte, bijna apathische uitdrukking op zijn gezicht, die Battikwa de laatste tijd behoorlijk bezighield, leek de arts ongegrond. 'U kijkt misschien iets te veel naar de "gelukkigebabyluierreclame". Niet elke baby is het zonnetje in huis, mevrouw Rotstein. Baby's zijn net mensen. Je hebt vrolijke, melancholische, trieste, bedachtzame en nog vele andere soorten

baby's. David is waarschijnlijk het bedachtzame type.'
Battikwa had daar zo haar twijfels over. 'Ik heb steeds het idee dat hij het wel wil, maar het niet kan.'
'Wat wil, en wat kan hij niet?' vroeg de arts.
'Nou, hij wíl wel lachen, maar het lukt hem niet. Er is iets waardoor hij geblokkeerd wordt. Dat gevoel heb ik.'
'Ik zou het toch maar een tijdje aanzien als ik u was. Wanneer het zo blijft, kunnen we altijd nog kijken of we er iets aan moeten doen.'
'Wat bedoelt u?'
'Dat we hem laten onderzoeken.'
'Door een kinderpsycholoog?'
'Bijvoorbeeld. Maar nogmaals, het gaat nu goed met David. Laten we niet gaan rommelen met hem. Hij is nog niet zo lang thuis. Hij moet eerst eens helemaal wennen en tot rust komen.'

'Ik had vanaf morgen eigenlijk een serieus begin willen maken met het onderzoek naar wat zich in de oorlog in dit huis heeft afgespeeld,' zei Battikwa tegen Guido, terwijl ze David in zijn pyjamaatje hees.
'Zou je dat wel doen?' vroeg Guido. 'Kennis maakt niet áltijd gelukkig, Tikki. Je hebt bovendien ooit gezegd dat je huiverig bent voor de waarheid over dit huis. Wie weet wat voor een ellende je allemaal tegenkomt.'
'Ik zei niet voor niets: "Ik hád een serieus begin willen maken."'
'Sorry. Niet goed geluisterd.'
Battikwa maakte een wuifgebaar met haar hand. 'Trouwens, het heeft eerder met *weten* dan met *kennis* te maken als het om dit huis gaat.'
'Maakt dat wat uit?'
'Dat vind ik wel. *Weten* gaat voor mijn gevoel aan *kennis* vooraf. De relevantie van *weten* is anders dan de waarde die ik aan *kennis* hecht. Die laatste is erg groot.'

'Heb ik gemerkt, ja.'

Battikwa sloeg even haar ogen neer en zei toen: 'Lieve Guido, ik ben veel te ver gegaan in mijn zucht naar kennis, ben me daar maar al te zeer van bewust. Wat ik tot mijn verdediging kan aanvoeren, is dat ik het niet voor het zeggen had.'

'Tikki, natuurlijk, je hebt gelijk en ik ben ontzettend blij dat je weer helemaal hersteld bent. Zeg wat je me te zeggen hebt. Ik wil het graag horen.'

Battikwa zette David op haar schoot, met zijn rug tegen haar buik. 'Er is nog een extra reden om aan kennis veel betekenis toe te kennen.'

'Die is?'

'Kennis is zo belangrijk omdat het de enige zekerheid is die je hebt. Kennis pakt niemand je af, met kennis kun je altijd verder.'

'Niet altijd dus,' zei Guido. Het floepte eruit voor hij er erg in had, zoveel was wel duidelijk, maar Battikwa schrok toch.

'Guido, alsjeblieft, waarom zeg je dat nou?'

'Sorry, Tikki, dit was niet de bedoeling, deze stomme opmerking. Het spijt me echt. Ga alsjeblieft verder.'

'Vooruit, omdat jij het bent.' Battikwa glimlachte alweer. 'Waar het om gaat is dat je kennis altijd kunt meenemen. Zelfs als je zonder voorafgaande aankondiging moet vluchten. Als je bij wijze van spreken niet eens de tijd hebt om een koffertje met een onderbroek en een tandenborstel te vullen.'

'Want kennis draag je bij je.'

'Precies. Dat is ook de reden waarom joden er altijd op gespitst zijn geweest zoveel mogelijk kennis te vergaren. Je moet wel als je voortdurend wordt bedreigd en verjaagd.'

'En daarom bekleden relatief veel joden hoge intellectuele posities. Wilde je dat zeggen?'

'Doe niet zo gek.'

'Zo gek is dat niet, hoor.'

'Weet ik ook wel, maar daar doelde ik niet op. Van belang is dat

kennis, wat mij betreft, het enige échte bezit is dat mensen erop na kunnen houden. Dat geldt voor iedereen. Maakt niet uit van welk ras iemand is en waar ook ter wereld hij zich bevindt. Eigenlijk is kennis het enige materiële van waarde dat er bestaat, al klinkt dat wat tegenstrijdig.'
'Ik begrijp heel goed wat je bedoelt. Je hebt het ook mooi onder woorden gebracht.'
'Dank je.'
'Even een kus op je lieve mond.'
Terwijl het puntje van haar neus die van Guido nog net raakte, zei hij plotseling: 'Hoe zit het nou met dat verschil tussen kennis en weten?'
'Hè, wat?'
'Daar begon je uiteenzetting toch mee, dat weten een andere lading heeft dan kennis?'
Battikwa rechtte haar rug. 'Volgens mij zit het zo,' zei ze. 'Bij *kennis* heb je inzicht in iets, bij *weten* ben je slechts op de hoogte van iets. Het eerste gaat veel dieper dan het tweede. Op het eerste kun je voortbouwen, het tweede is vooral voor eenmalig gebruik.'
'Wat is dan de link met het onderzoek naar de achtergrond van dit huis?'
'Heel simpel. Ik had graag iets over de geschiedenis van dit huis willen *weten*. Gewoon, om op de hoogte te zijn van welke mensen er hebben gewoond en hoe het ze vergaan is. Verder niets. *Kennis*, bijvoorbeeld over hun achtergronden, sociale samenstelling, ontwikkeling en diepere drijfveren, die interesseert mij niet. Althans, op dit moment niet.'
Battikwa legde David tegen zich aan, zo dat hij met zijn hoofdje boven haar schouder uitkeek.
'Klinkt allemaal heel plausibel,' zei Guido. 'Maar als ik het goed begrepen heb, wil je zelfs niet eens meer *weten* wat zich in dit huis in de oorlog heeft afgespeeld.'
'Klopt.'

'Wat heeft je tot inkeer gebracht?'
'Vertel ik je zo. Eerst even deze kleine drol in zijn bedje leggen.'
Battikwa liep met David in haar armen naar boven. Ondertussen dacht ze aan wat ze vandaag gelezen had, waardoor ze van haar speurtocht naar de geschiedenis van het huis had afgezien. Het betrof het levensverhaal van een zekere Ricbald, in de jaren dertig berucht als leidende figuur in de Amsterdamse onderwereld. Reden om hem de Nederlandse Al Capone te noemen. Ricbald bracht zijn jeugd door in de Pijp, en werd later als souteneur in het centrum actief. In de Tweede Wereldoorlog deed hij het als verrader heel goed: hij joeg zo'n tweehonderd mensen de dood in. In diezelfde periode zette hij samen met een aantal van zijn kameraden een reeks van clandestiene roulettehuizen op. Deze bevonden zich allemaal in Amsterdam-Zuid. Onder meer in de Vondelstraat, de Beethovenstraat, de Rubensstraat en op het Minervaplein. Het was dus heel goed mogelijk dat in dit huis ook zo'n gokpaleisje had gezeten. Daarnaast was het zeer waarschijnlijk dat Ricbald hier zijn souteneurschap had voortgezet. Een gokhuis en een bordeel zijn altijd al een goed huwelijk aangegaan.

Als hier in de oorlog een gokhuis en/of een bordeel had gezeten, zo redeneerde ze, dan kon het niet anders dan dat de oorspronkelijke bewoners, voor bijna honderd procent zeker joden, waren weggevoerd, waarna Al Capone en zijn maats het huis voor hun zaakje hadden geannexeerd. Het was zelfs heel goed denkbaar dat die Ricbald de familie die hier woonde, verraden had, waarop die criminelen meteen zelf het pand konden betrekken. Deze gedachten bewaarheid zien worden had Battikwa niet aangedurfd.

Weer in de kamer vertelde ze Guido over Ricbald.

'Op zich kan ik me dat heel goed voorstellen,' zei hij. 'Het probleem is alleen, Tikki, dat dit een verhaal is met een hoog "als dit, dan dat"-gehalte. Ricbald heeft *misschien* dit huis als gokpaleis gebruikt. Hij heeft er vervolgens *misschien* ook een bordeel in gevestigd. Dan heeft hier *misschien* een joods gezin gewoond dat *mis-

schien is weggevoerd. Je moet het me maar niet kwalijk nemen als ik zeg dat het ook heel anders kan zijn gelopen.'

'Zal best, maar ík heb het gevoel dat er wel zoiets is gebeurd.'

'Daar gaat het om. Ik ben blij dat je besloten hebt om niet verder in de geschiedenis van dit huis te duiken.'

'Ikzelf ook.'

'Trouwens, Tikki, van één ding kun je zeker zijn.'

'Wat dan?'

'Dat hier in de oorlog geen onderduikers hebben gezeten.'

'Hoe weet je dat?'

'Waar hadden ze zich moeten verstoppen?'

Battikwa zweeg.

'Tikki, joehoe, ik vroeg iets.'

'O, sorry, ik dacht dat ik David hoorde huilen.'

'Ben je bang dat hij iets gehoord heeft van het gesprek en denkt dat wij ons verstopt hebben?'

'Doe niet zo flauw, Guido.'

'Oké, maar luister je dan nu wel?'

'Ja, ja.'

'Wat ik wilde zeggen is dat al die nepruimtes hier aangebracht zijn door die kitschvogel, die laatste eigenaar. In de oorlog had dit huis dus helemaal geen plekken waar je je kon verstoppen.'

'Dat is waar. Daar heb je gelijk in.' En toen, om Guido terug te pakken: 'Foei, Guido, we zouden de naam van die onderwereldfiguur niet meer noemen.'

'Doe ik dat dan?'

Battikwa kneep haar ogen samen tot spleetjes. 'Rotzak,' zei ze.

'Mevrouw,' zei een van de werklui, 'we beginnen met het poortje. Dat ligt er binnen een minuut uit. Zeker weten. Het is nog dunner dan karton.'

'Ik zal blij zijn als die triomfboog verdwenen is.'

'Mijn woorden, mevrouw, mijn woorden.'

De verbouwing was begonnen. De kelder hadden ze gelaten voor wat het was. Battikwa zou hem opruimen en schoonmaken. Ooit wilden ze hem laten uitbaggeren om er, naast een archiefruimte voor Guido, een grote woonkeuken in te vestigen. Eerst werden nu de gangen en het trappenhuis onder handen genomen. Het tapijt werd van de marmeren vloer uit de hal getrokken, samen met die vieze troep die de mooie houten trappen bedekte. De muren werden opnieuw met egaal wit stucwerk bekleed.

'Wat me vandaag is overkomen, Guido,' zei Battikwa terwijl ze, met een borrel in de hand, op de bank zaten. 'Rond een uur of elf werd er aangebeld. Ik vroeg in de intercom wie er was. Ik verwachtte de postbode, met een pakje of zo, maar ik hoorde iemand zeggen: "Dit is de buurvrouw met wat post." Toch post dus, maar niet van de postbode. Ik liep naar beneden en trok de voordeur open. Op de stoep stond een vrouw. Ze zei vriendelijk dat er bij haar én haar buren post was bezorgd die voor Graftdijk bestemd was. Zij had alleen zijn nieuwe adres niet en ze vroeg zich daarom af of ik het misschien naar hem kon doorsturen. Ik zei natuurlijk dat dat geen enkel probleem was, en vroeg haar waar zij woonde. Dat bleek nummer 67 te zijn.'

'Schuin aan de overkant dus,' zei Guido. 'Merkwaardig.'
'Zeg dat wel. Ik zei dan ook dat ik het een vreemde fout in de postbezorging vond. Niet alleen omdat dit pand aan de overkant van de straat ligt, maar ook omdat het om een totaal ander nummer gaat. Er is nogal een verschil tussen nummer 100 en nummer 67. Weet je wat ze antwoordde?'
'Geen idee.'
'Het ging niet om post voor nummer 100, maar om post voor nummer 69.'
'69?' vroeg Guido verbaasd.
'Ja,' zei Battikwa, 'zo reageerde ik dus ook. Ik was helemaal stupéfait. De vrouw gaf toe dat het nogal idioot klonk en legde het me uit. Zelf woonde ze dus op nummer 67 en degene naast haar woonde op nummer 71.'
'71?' Guido klonk nu niet alleen verbaasd, hij keek behoorlijk verbouwereerd.
'Jíj reageert in ieder geval nog,' zei Battikwa, 'maar ik kon geen woord meer uitbrengen. Ik was sprakeloos. Ze zei dat het echt waar was. In de Salieristraat bestaat geen nummer 69. "Waarom niet?" vroeg ik haar. Ongemakkelijk zei ze dat het volgens haar te maken had met…. Misschien begreep ik het wel, het had met de nogal merkwaardige connotatie te maken, ik wist wel, de Fransen waren er verzot op. Ach, natuurlijk, dacht ik toen: standje 69. Dat zei ik hardop, waarna ze nog roder werd.'
'Maar als er geen nummer 69 is in de Salieristraat, waarom wordt er dan post verstuurd naar dat nummer?'
'Die vraag schoot natuurlijk ook meteen door mijn hoofd,' zei Battikwa, 'maar nog voor ik iets had kunnen vragen, ging de vrouw verder met haar verhaal. De Salieristraat was de enige straat in deze buurt die geen nummer 69 kende. De rest van de straten had wel een nummer 69. De mensen die als eersten dit huis in de Salieristraat betrokken…'
'Welk huis?' vroeg Guido.

'Huis nummer 69,' antwoordde Battikwa. 'Die mensen hadden bij de gemeente geëist dat dat nummer overgeslagen zou worden. Zo vervelend vonden ze het blijkbaar om dat getal op hun huis te hebben staan. 'Maar dat was nog niet alles, zei ze. Wij wonen op nummer 100, maar in deze hele buurt is verder geen straat te bekennen waar een huis met nummer 100 staat.' Battikwa keek Guido aan. 'Je kijkt nu alsof je je verstand verloren hebt,' zei ze en ze lachte. '"Nummero honderd" of "kamertje honderd" is een eufemisme voor het toilet. Die nette bewoners van Amsterdam-Zuid wilden niet in een pand wonen waarvan het huisnummer zo'n betekenis had. Althans, volgens die vrouw.'

'Als ik het goed begrijp,' zei Guido, 'vonden die Zuid-kakkers nummer 100 meer tegen de goede zeden indruisen dan nummer 69.'

'Hoe dat zo?'

'Behalve in de Salieristraat zijn er in alle straten wel huizen te vinden met het nummer 69, maar geen huizen met nummer 100. Raar, toch?'

'Misschien was de extra betekenis van nummertje 69 hier nog niet doorgedrongen.'

'Dat zou kunnen. Maar alles goed en wel. Hiermee is nog steeds geen antwoord gegeven op de vraag waarom er post naar Salieristraat 69 wordt verstuurd, een nummer dat niet bestaat, terwijl de post bovendien ook nog eens voor nummer 100 bedoeld is.'

'Helaas, op die vragen wist de buurvrouw geen antwoord te geven. Ik krijg, als ik zo'n verhaal hoor, meteen de neiging om tot op de bodem te gaan uitzoeken wat er aan de hand is, maar daar had zij blijkbaar geen behoefte aan.'

'Jij laat het ook uit je hoofd, Tikki,' zei Guido streng.

'Ik heb de afgelopen tijd genoeg onderzocht, bedoel je,' zei Battikwa, waarbij er een licht spottende trek op haar gezicht verscheen.

'Hoe raad je het zo.'

'Om nog even terug te komen op de buurvrouw, ze vertelde me dat ze Graftdijk wel een aantal keren heeft gevraagd de afzenders zijn goede adres door te geven. Hij mompelde steeds dat hij het zou doen, maar er veranderde niets aan de situatie. Deze vrouw heeft het uiteindelijk maar zo gelaten. Het ging om een enkel poststuk, eens in de zoveel tijd. Die gooide ze dan bij hem in de bus.'
'Een idioot verhaal.'
'Absoluut. Vooral als je bedenkt dat het altijd om officieel uitziende post ging. Terwijl je toch mag verwachten dat bedrijven over een goed adressenbestand beschikken. Nu was het volgens haar wel zo dat de namen van de afzenders haar bijna nooit iets zeiden. Geen bekende bank of een verzekeringskantoor of iets dergelijks. Ze dacht dat het om direct mail ging.'
'Klinkt alsof er een luchtje aan zit.'
'Dat verbaast ons toch niet? Die Graftdijk ís toch ook een griezel?'
'Is absoluut waar. Ben je wel van plan die post naar onze vriend door te sturen?'
'Heb ik allang gedaan. Denk je dat ik iets van die man hier in huis wil hebben liggen? Ik wilde niet eens kijken wat het allemaal was. Nadat de buurvrouw weg was, heb ik de post in een doosje gestopt en het pakket verstuurd.'

'Prachtig plafonnetje, niet, mevrouw? Die vorige bewoner had zo te zien niet veel smaak.'

'Het is schitterend,' zei Battikwa. 'En nog helemaal intact.'

De werklui hadden het verlaagde plafond op de benedenetage eruit gehaald. Battikwa had enige scepsis gehad, maar de makelaar bleek gelijk te hebben gehad. Een versierd plafond, vol met krullen, blaadjes en bloempjes was onder de rieten tegels vandaan gekomen. De hele etage veranderde erdoor van karakter, zeker nadat ook de bordkartonnen tussenmuur was weggesloopt en het vieze tapijt eraf was getrokken. De ruimte onderging een metamorfose tot een statige herenhuisverdieping: lang, breed en vooral hoog. Het scheelde zeker een halve meter met toen het verlaagde plafond er nog zat.

Net schuin tegenover hun huis zat een herenkapper. Het was een klein zaakje en de eigenaar, tevens de enige kapper, zorgde ervoor dat hij het niet al te druk had: een paar klanten per dag. De rest van de tijd zat hij buiten, voor zijn zaak, op een klapstoel alles in de gaten te houden. Ook viel het Battikwa op dat de kapper er een soort sport van leek te maken zoveel mogelijk buurtbewoners aan te houden voor een kort praatje. Nou ja, kort, zo te zien groeiden die babbeltjes vaak uit tot oeverloze gesprekken, ongetwijfeld voor het merendeel bestaande uit monologen van hem. Wanneer je op zijn toenadering inging, kwam je nauwelijks nog van hem af.

Battikwa had tot nu toe zijn machtige grijparmen weten te omzeilen, maar vanmiddag was ze dan toch, eindelijk, helaas, door hem in haar nekvel gegrepen.

'En, bevalt het huis?' had de man haar gevraagd.

'Ja zeker. Het is heerlijk om hier te wonen.'

''t Is me het pandje dan ook wel, niet?'

'Kun je wel zeggen, het is lekker ruim.' Battikwa hield de antwoorden zo kort mogelijk, in de hoop dat hij snel genoeg zou krijgen van haar afgebeten toon. Maar het scheen hem niets uit te maken. Hij ging gewoon door.

'Jammer van dat verlaagde plafond, hè, met die lelijke balken.'

'Dat slopen we er wel een keer uit.'

'Lijkt me niet verstandig.'

'Waarom? Het originele plafond zit er toch onder?'

'Daar zou ik niet te veel op rekenen, hoor.'

'De makelaar wist ons te verzekeren dat het plafond onder het verlaagde gedeelte er nog bijna gaaf onder zat.'

'Ja, makelaars, die willen verkopen, maar ík heb die vorige eigenaar, die Graftdijk, een keer als een bezetene tekeer zien gaan. Dat plafond heeft hij toen helemaal kort en klein geslagen.'

'Waarom?' vroeg Battikwa geschrokken.

'Waarom, waarom? Waarom doet iemand dat? Uit ongenoegen? Misschien had zijn lieftallige echtgenote te vriendelijk gelachen naar de groenteboer. Mevrouw, je weet het nooit bij dat soort types.'

'Hoe bedoelt u, dat soort types?' Natuurlijk had Battikwa wel een vermoeden waar de kapper op doelde, maar ze wilde het graag eens uit de mond van een ander horen.

'Zo'n pornobaron, dat kan toch niet echt goed gaan.'

'Wat zegt u?'

'Het moet toch zelfs ook aan zó iemand gaan vreten, die handel.'

'Ik begrijp, geloof ik, niet helemaal waar u het over heeft.'

'Daar is toch nooit iemand gelukkiger door geworden, die pornobranche. Of het nu om hoertjes gaat, om pornoactrices en -acteurs of om handelaren in pornoartikelen. Misschien dat souteneurs de enigen zijn die er beter uit komen dan ze erin zijn gegaan. Maar ja, dat is me een hard volk, keihard. Die zouden hun arme moedertje nog verkopen als het nodig was. Of, zoals tegenwoordig, hun eigen kinderen.'

Battikwa hield even haar adem in voordat ze, duidelijk geschrokken, zei: 'Wilt u zeggen dat Graftdijk in de pornobusiness zat?'

De kapper keek Battikwa verbaasd aan. 'Wist u dat dan niet? Hoe bestaat het. En of meneer in de pornobranche zat. Hij handelde in alles wat maar met porno te maken heeft: boekjes, films, lingerie, allerlei hulpmiddelen, alles.'

Nu was het Battikwa's beurt om verbaasd, nee, verbijsterd te kijken: 'Ons is verteld dat hij wijnimporteur was. In de kelder zijn nog de houten rekken te zien waarop de wijnflessen lagen.'

'Hebben ze u er goed tussen genomen. Die rekken, dat was voor de opslag van die rotzooi. Ik heb het al die jaren goed in de gaten gehouden.'

Daar twijfel ik niet aan, dacht Battikwa.

'Zonder ook maar ooit één keer te hebben overgeslagen, stopte er iedere week een zuurtjesroze wagen voor het huis. Daarop stonden in grote letters de woorden CANDY BOX en in iets kleinere letters: SNOEPMACHINES MET INHOUD VOOR BEDRIJVEN. Ik weet niet wat er allemaal in die auto zat, maar gewoon snoep was het niet.'

'Het is niet te geloven. Denkt u dat die makelaar van Graftdijk ons bewust heeft voorgelogen?'

'Dat moet haast wel, mevrouw. Iedereen in deze buurt wist met wat voor duistere zaakjes die Graftdijk bezig was. Niet voor niets werd hij de "pornobaron" genoemd.'

'Hij leek me nog wel zo correct.'

'Graftdijk?'

'Nee, die makelaar.'

'Ach, mevrouw, het is toch allemaal tuig. Schorem is het, schorem met een witte boord en een maatpak aan. Maffia.'

'Toch paste dat niet bij hem,' zei Battikwa, onderwijl haar hoofd schuddend.

'Die pornohandel?'

'Nee, liegen over het beroep van de vorige eigenaar.'

'Wat maakt het uit, mevrouw? Zolang je maar geen sporen tegenkomt van die uitermate vunzige handel.'

'Nee, ja, dat is inderdaad waar,' zei Battikwa, maar er maakte zich geen gevoel van opluchting van haar meester door de opmerking van de kapper. Integendeel, ze had het huis nooit met die kennis in haar achterhoofd bekeken. Wie weet wat er allemaal rondslingerde. De kelder had ze bijvoorbeeld nog steeds niet onder handen genomen.

De kapper merkte blijkbaar haar onrust, want hij zei: 'U vindt het toch niet erg wat ik verteld heb?'

'Helemaal niet.'
'U was er vroeg of laat wel achter gekomen,' voegde hij eraan toe. 'Nogmaals, het verbaast me dat u het nog niet wist.'
'Het is heel goed dat u mij ingelicht hebt. Echt, er is niets aan de hand.'
'Gelukkig maar. Als u maar weet dat de buurt erg blij is dat die Graftdijk met zijn gezin is opgerot en dat u er nu met uw gezinnetje woont.'
'Fijn om te weten.'
'Ik hou u verschrikkelijk op, maar ik vond het erg leuk eens met u gepraat te hebben.'
'Ik ook,' zei Battikwa, 'maar ik moet nu inderdaad naar huis, naar mijn zoontje.'
Ze stak snel de straat over. De jachtige stap waarmee ze dat deed, stemde overeen met het bonzen van haar hart. Het viel behoorlijk rauw op haar dak, die mededeling over het beroep van de voormalige eigenaar van het huis. Niet uit een overdreven soort preutsheid. Iedereen moest maar doen waar hij zin in had en mocht wat haar betreft er de meest uiteenlopende seksuele fantasieën en voorkeuren op na houden. Zeker sinds ze haar studie over Landsmann achter de rug had: Sacher-Masoch, Wilhelm Reich, Freud, *L'Histoire d'O*, noem maar op. Wat dat betreft kon niets haar nog shockeren. Alleen, dit was anders. Dit had met de geschiedenis van het pand te maken. Eerst had ze aan de mogelijkheid gedacht van een gokhol, waarschijnlijk tevens bordeel, en nu kwam daar een verzendhuis voor pornoartikelen bij. Dan wist ze nog niet eens wat zich er vóór de oorlog had afgespeeld. Misschien was het huis wel van oudsher een onderkomen geweest van de onderwereld.

Wacht eens, dacht ze plotseling, dat ingewikkelde verhaal over post voor nummer 69 – een nummer dat in de Salieristraat niet bestond – die eigenlijk voor Graftdijk bedoeld was, zou dat niet ook met die pornobusiness te maken hebben? Dit was te toevallig om niet waar te zijn. Het kon bijna niet anders of wat ze nu dacht klopte. Dat nummer 69 verwees naar het vieze handeltje van die Graftdijk. En die ondefinieerbare zakelijke post had daar natuurlijk ook mee van doen. Mensen in die business opereerden altijd anoniem en werkten vaak met fakeadressen, want het was een stelletje lafbekken. Alles viel op zijn plek. Het gaf Battikwa een raar gevoel van opluchting.

Het was toch niet te geloven. Dat uitgerekend zíj in deze nette, welgestelde buurt een huis moesten treffen met zo'n historie. Toch had de kapper wel gelijk. Als verder niets meer in het pand deed herinneren aan hun voorgangers, waar zou ze zich dan druk over maken? Het vervelende was alleen dat ze dat wél deed. Hoe ze het ook wendde of keerde, de wetenschap dat dit huis een veilig oord was geweest voor allerlei groezelige zaakjes, gaf haar een onbehaaglijk gevoel.

Battikwa stak de sleutel in het slot en deed de deur open. Ze hoorde Guido's stem vanaf de eerste etage: 'Gezellig gebuurd met onze kapper?' Guido stond boven aan de trap.

'Hoe weet je dat?' vroeg Battikwa, terwijl ze langs de trap omhoogkeek.

'Ik keek toevallig uit het raam,' zei Guido terwijl hij naar beneden liep. 'Wat een kletsmajoor, hè? Ik ben er één keer in getrapt toen hij me staande hield. Pas na drie kwartier heb ik me los weten te rukken. Als het gesprek nou nog ergens over was gegaan... Maar nee, het was één grote klaagzang over zijn beroep. Maar zie jij die man ooit werken? Ik had je nog voor hem willen waarschuwen. Gelukkig heb jij er minder moeite mee om je van zo'n zeur te ontdoen, toch?' Guido keek Battikwa aan. 'Is er iets?'

Ze knipperde even met haar ogen en keek Guido vervolgens strak aan: 'Die kapper had mij wel degelijk wat te vertellen.'

'Wat dan?'

Battikwa deed verslag van het gesprek. 'Heeft hij jou daar niets over verteld?'

'Nee, dit is helemaal nieuw voor mij.'
'Ik begrijp niet waarom die makelaar dat voor ons verzwegen heeft. Of eigenlijk, ons voorgelogen heeft. Hoe komt hij erbij: wijnimporteur.'
'Ach, Tikki, zolang wij alleen Graftdijks huis hebben gekocht en niet zijn handeltje, blijft het woongenot voor ons toch hetzelfde, niet?'
'Zoiets zei die kapper ook al.'
'Wat?'
'Dat er niks aan de hand is, zolang we maar geen sporen van zijn handel tegenkwamen.'
'Is toch ook zo.'
'Maar we hebben er toch helemaal niet naar gezocht.'
'Ach, Tikki, die Graftdijk is echt niet gek. Hij zal heus niets hebben laten slingeren. Dat soort mensen is het gewend om alle sporen van hun handel uit te wissen. Zet het uit je hoofd.'
'Toch vind ik het een onaangenaam idee.'
'Wat?'
'In een huis te wonen waar porno verhandeld is.'
'Volgens mij kun je dan nergens meer terecht. Overal is wel iets aan de hand. Nu heb je het toevallig gehoord omdat het zo'n kletskous is, die kapper. Voor hetzelfde geld was je het nooit te weten gekomen.'
Battikwa keek Guido aan. 'Je hebt gelijk. Laten we er maar over ophouden. Wíj wonen nu tenslotte in dit huis. Het is van ons en al onze voorgangers hebben er niets meer mee te maken.'
'Precies.'

Guido en Battikwa woonden tijdelijk op de slaapverdieping, nu de werklui de eerste etage onder handen namen. De lelijke muurkast van fineer uit de eetkamer was er als eerste uit gesloopt. Vervolgens waren de hardboardplaten van de deuren aan de beurt, inclusief die van de muurkast in de eetkamer. Ook de schuifdeur bleek met hardboard betimmerd. Er kwam een schitterend bewerkte deur van vier bij drie meter te voorschijn, die met glas-in-loodraampjes was opgesierd. De ombouw van de schuifdeur bleek, na het afpellen van de platen, eenzelfde reliëf te vertonen.

Guido en Battikwa spraken af om zowel het verlaagde plafond als alle blokhutdecoraties voorlopig te laten zitten. 'Ach, zo'n haard is wel gezellig,' zei Guido. 'Ik ben er inmiddels al aan gehecht geraakt.'

'Lekker met vuur spelen, hè?' plaagde Battikwa.

'Toch is het net alsof David niet meer zo vrolijk is sinds we in dit huis wonen,' zei Battikwa tegen Guido.

'Onzin, Tikki. Toen we in de Van Ostadestraat woonden, was hij nog veel te klein om te kunnen beoordelen hoe vrolijk hij al dan niet was.'

'Nou, in het begin misschien, maar we hebben er best nog wel een tijdje gewoond. Zo piepklein was David niet meer toen we gingen verhuizen.'

'Tikki, alsjeblieft, haal je geen rare dingen in je hoofd. Laat dat kind zich toch rustig ontwikkelen. Je hoeft niet iedere minuut, vierentwintig uur per dag analyses over hem uit te storten.'

'Ik mag toch wel een beetje bezorgd zijn?'

'Een beetje, ja, maar pas op dat je niet in een overbezorgde joodse memme verandert. Zo een die haar kind in liefde smoort.'

'Rustig maar. Ik hou mijn mond al.'

'Ligt David nu te slapen?'

'Ja, waarom?'

'Ga mee. Drinken en eten we iets aan de overkant.'

'En als David nou wakker wordt.'

'Een halfuurtje, meer niet. Dan ga je na een kwartiertje even kijken. Er kan helemaal niks misgaan.'

'Oké. Ik heb erge trek, dus het komt goed uit.'

'Mooi zo. Ik heb daar een keer een soep en een saté genomen en

dat was allebei heerlijk. Die moeder van de kroegbaas kan echt uitstekend koken.'
'Ik vind het wel een beetje een raar stel. Het lijken eerder man en vrouw dan zoon en moeder.'
'Voorzover ik het goed heb begrepen, was zij heel jong toen ze hem kreeg. De vader was op dat moment al uit beeld verdwenen.'

Behalve Guido en Battikwa waren er slechts twee andere klanten, maar volgens Guido was het er nooit druk. De kroegbaas leek het vreselijk te vinden als er meer dan vijf gasten waren, een vreemde instelling voor iemand met een café. Terwijl Guido met de kroegbaas sprak, raakte Battikwa aan de praat met de moeder. Gebabbel was het, waardoor Battikwa met een half oor naar het gesprek tussen Guido en de kroegbaas kon luisteren. Toen ze de term 'pornobaron' opving, spitste ze haar oren.

'Het was een goedlopend bedrijf,' zei de kroegbaas. 'Volgens mij was die man op zeker moment multimiljonair.'

'Hij is er in ieder geval niet beschaafder door geworden,' zei Guido.

De kroegbaas ging er niet op in. Waarschijnlijk begreep hij de toespeling niet eens. Voor hem was er waarschijnlijk maar één onderwerp van belang: geld. 'Zo'n rijkdom bereik je volgens mij niet als je alleen maar de geijkte paden beklimt,' zei hij. 'Zelfs niet in die business.'

'Wat bedoel je?' hoorde Battikwa Guido vragen.

'Nou, dat je met alleen wat seksstandjes op foto en film niet zo'n groot bedrijf opbouwt. Ook al zijn de combinaties nog zo gevarieerd. Het komt toch altijd op hetzelfde neer: mannen met vrouwen, vrouwen met vrouwen en mannen met mannen. Ook het aantal soorten hulpmiddelen blijft beperkt.'

'Wat deed hij dan nog meer volgens jou?' vroeg Guido.

De moeder liep naar achteren, naar de keuken om de soep te halen, waardoor Battikwa zich helemaal op het gesprek naast zich kon concentreren.

De cafébaas boog zich naar voren en zei zacht tegen Guido: 'Kinderporno, ik weet bijna honderd procent zeker dat kinderporno de belangrijkste poot was binnen zijn bedrijf. Dat tikt aan.' De man bewoog daarbij duim en wijsvinger over elkaar heen als om zijn uitspraak kracht bij te zetten.

Battikwa had het gevoel dat de rode wijn omhooggestuwd werd naar haar wangen.

'Hoe jonger, hoe beter, als je het mij vraagt.' De bareigenaar sprak nog zachter en kwam vlak bij Guido's oor. Battikwa probeerde ongemerkt ook wat dichterbij te komen. 'Ik heb wel eens horen vertellen dat zelfs baby's in aanmerking kwamen.' Het was niet meer dan gefluister, maar nog net verstaanbaar voor Battikwa. Het rood in haar wangen wist niet hoe snel het rechtsomkeert moest maken. Ze voelde hoe haar voorhoofd, nek en hals klam van het zweet werden.

Net op dat moment kwam de moeder met de dampende koppen soep aanlopen.

'Ik ben even naar de wc,' zei Battikwa met een dun stemmetje.

'Voel je je wel goed?' vroeg Guido bezorgd.

'Ja, niks aan de hand. Al die drank, hè. Werkt extra op je blaas.' Ze lachte vaag en draaide zich om. Op de wc ging ze met haar hoofd tussen haar knieën zitten. Langzaam stroomde het bloed weer naar haar gezicht. Kinderporno, baby's. Ze bleef nog een tijdje zitten, stond vervolgens op, hield haar polsen onder het koude water en ging terug naar de bar.

'Je soep wordt helemaal koud, lieverd,' zei Guido.

'Ik heb ineens niet zo'n trek meer,' zei Battikwa. 'Eet jij die van mij maar op als je nog zin hebt.'

'Gaat het echt wel met je?' Guido keek haar bezorgd aan.

'Ja, ik ben alleen wat moe. Ik ga vast naar huis. Ik vind het toch niet zo'n prettig idee dat David alleen thuis in zijn ledikantje ligt.'

'Het is nog maar een baby'tje, toch?' zei de vrouw. 'Dan kan ik het me wel voorstellen dat je hem niet graag alleen laat.'

'Ik kom zodra ik klaar ben, goed?' vroeg Guido.
'Eet maar rustig. Ik ben gewoon thuis.'
David lag heerlijk te slapen toen ze om het hoekje van zijn kamer keek. Ze sloot de deur en ging naar de huiskamer. Daar zette ze de tv aan om de stilte te verdrijven, die ze als beklemmend ervoer.
Ze schrok wakker uit een soort halfslaap toen ze de voordeur luid in het slot hoorde vallen. De dranger was niet helemaal goed afgesteld.
'Joehoe!' hoorde ze van beneden. 'Ik ben thuis. Even naar de wc en dan kom ik naar boven.'
Battikwa schoot rechtop in de kussens en zat net haar ogen uit te wrijven toen Guido binnenkwam. 'Gaat het weer een beetje? Je zag daarstraks zo wit.'
'Ik heb een beetje gedommeld en nu voel ik me al wat beter.'
Guido keek haar onderzoekend aan. 'Hoe kwam het dat je je plotseling zo naar voelde?'
'Weet ik niet.'
'Echt niet?'
Battikwa zweeg.
'Je hebt toch niet het gesprek gevolgd dat ik met de barman had over de vorige eigenaar?'
Nog steeds hield ze haar mond.
'Tikki, ik vroeg je wat.'
'Wat?'
'Of je het gesprek tussen mij en de bareigenaar had gehoord.'
'Eh, ja.'
'Helemaal?'
'Ja.'
'Alles?'
'Ja, dat zei ik al.'
Battikwa zag dat Guido schrok. 'De hufter! Dat is het enige wat sommige mensen altijd goed doen: anderen bang maken.'

Beiden waren gedurende enkele minuten stil.
'Luister goed naar wat ik je nu ga zeggen,' zei Guido, terwijl hij Battikwa doordringend aankeek.
Zij keek hem recht in de ogen. 'Ik luister.'
'Die bareigenaar kletst uit zijn nek. Ik ben er al vaker geweest. De man houdt ervan om mensen op de kast te jagen.'
'Het sluit anders wel naadloos aan op wat die kapper me vertelde,' zei Battikwa.
'Tikki, toe, er is een groot verschil tussen gewone porno en kinderporno. Babyporno, hoe verzint hij het! Dan moet je wel een heel zieke geest hebben. Die barman is een rasechte kwaadspreker. Een totaal gefrustreerd persoon. Dat kan toch ook niet anders als je op die leeftijd nog steeds met je moeder woont? Alsjeblieft, zet het uit je hoofd. Het is lariekoek.'
'Toch ben ik er behoorlijk ziek van,' zei Battikwa.
'Logisch. Ik ben ook geshockeerd: door het feit dat iemand in staat is om zoiets gruwelijks over een ander te verzinnen en rond te bazuinen.'
'Ik weet niet of het dát is.'
'Je mág geen geloof hechten aan dat soort geklets. Ik vind die vorige eigenaar van dit huis ook een vreselijke man, maar zoiets mag je nooit straffeloos over iemand beweren.'
'Dat is zo.' Battikwa fluisterde bijna.
'Weet je wat het is? Als iemand zoiets durft te vertellen over één persoon, dan doet hij het over iedereen. Ik ben benieuwd wat hij allemaal al over ons heeft rondgestrooid.'
'Zou het?' vroeg Battikwa.
'Zeker weten. Maar daar moeten we ons verder niet mee bezighouden. Kom, ik hoor David door de babyfoon. Ik haal hem wel even.'
'Als je wilt heel graag,' zei Battikwa.
'Ik lust nog wel een digestivo en een espresso als ik weer beneden ben.'

'Zorg ik voor,' zei Battikwa met een stem waardoor vaag iets van opluchting klonk.

Terwijl Guido de kamerdeur opendeed, draaide hij zich nog even om en zei: 'Zul je het gesprek helemaal uit je hoofd bannen?'
'Ik beloof het.' De eenvoud van haar woorden zorgde ervoor dat ze er zelf in geloofde, in ieder geval op dat moment.

De slaapverdieping lieten ze tijdens de verbouwing ongemoeid. Die moest in de toekomst maar eens in zijn geheel worden opgeknapt. Belangrijker was dat Guido's etage werd verbouwd. Het bestond uit drie vertrekken – twee grote kamers en één klein hokje – en moest tot één grote ruimte worden omgetoverd. Ook hier werd het plafond eruit gesloopt, niet omdat het verlaagd was, maar vanwege de afzichtelijkheid: vierkante platen van piepschuim. Opvallend genoeg kwam ook hieronder een behoorlijk hoge loze ruimte met daarin slechts rietplaten te voorschijn. Het lattenwerk waar de platen tegenaan geplakt waren, werd vervangen door een nieuw raamwerk ten behoeve van de gipsplaten met stucwerk, maar dan een stuk hoger aangebracht. Zo werd ook het volume van deze etage een stuk groter.

'Hallo, mevrouw Rotstein, ik moet u iets vertellen.'
Battikwa kreunde. Weer die kapper. Ze maakte het slot van haar fiets open.
'Ik heb nogal haast,' riep ze terug.
'Tien seconden, meer niet.'
Het moest maar. Met de fiets in de hand liep ze naar de overkant. Wat zou die man nu weer hebben?
'Ik wilde het u beiden aldoor al vertellen, maar het kwam er steeds niet van. Ik spreek u ook zo weinig. Voordat jullie het pand kochten, heb ik een paar keer achter elkaar een man naar het huis zien kijken. Hij stond het met een taxerende blik op te nemen.'
'Nou?' vroeg Battikwa korzelig.

'Ik dacht dat het een potentiële koper was. Iemand die maar niet kon besluiten of hij het huis wel of niet wilde. Toen jullie er eenmaal in getrokken waren, heb ik hem ook niet meer gezien. Logisch, leek me. Het gekke is dat die man gisteren weer opdook. Hij stond op precies dezelfde plek als daarvoor, op precies dezelfde manier naar het huis te turen.'

'Weet u zeker dat het dezelfde man was?'

'Absoluut. Hij zag er exact hetzelfde gekleed uit. In een zwart pak, met een antracietkleurige winterjas en een chique herenhoed.'

'Hé, die man hebben Guido en ik volgens mij ook een keer bij het huis gezien,' zei Battikwa verbaasd. 'Toen piekerden we er nog niet over het pand te kopen, maar zijn we er wel langs gelopen om het van buiten te bekijken. Gewoon, uit interesse. Vreemd.'

'Wat?'

'Het is nu geen winter meer.'

'Precies. Daarom viel het me ook zo op, omdat ik het nogal merkwaardig vond dat hij winterkleding droeg.'

'Hij is blijkbaar erg gehecht aan zijn mooie outfit. Laten we het daar maar op houden.' Battikwa kreeg de kriebels van dit gesprek. Ze wilde weg.

'Het maakt verder natuurlijk niet uit, maar ik wilde het u toch even laten weten. Ik dacht dat u misschien wist wie die man was. Een oude aanbidder of zo?' De kapper lachte. 'Het is een knappe man. Een stuk ouder dan u, dat wel, maar toch heel charmant. Iemand die zeker bij u past.'

'Aardig dat u het zegt, maar ik ben heel tevreden met mijn eigen man.'

'Dat begrijp ik, die mag er ook wel zijn. Trouwens, nu ik u toch spreek, heeft u nog overblijfselen gevonden?'

'Overblijfselen?' vroeg Battikwa, terwijl nauwelijks tot haar doordrong wat de man vroeg, zo stond ze zich te verbijten. Tien seconden had hij gezegd.

'Ja, van die Graftdijk.'
'Wat bedoelt u nou,' zei ze korzelig.
'Losse dingen die hij heeft achtergelaten.'
'Wat is daar zo interessant aan?' Ze raakte steeds geïrriteerder.
'Ach, ik ben nou eenmaal nieuwsgierig.'
'Dan moet ik u helaas teleurstellen. Ik heb alleen wat reuzenpuzzels kunnen ontdekken, opgeplakt op hardboard. U weet wel, van die gruwelijk lelijke dingen: een zeilschip op woeste zee, een poes in haar mandje, een stilleven van een mondschilder. Ik hoop niet dat u daar serieus in geïnteresseerd bent. Ik heb ze allang bij het vuilnis gezet.'
'Ik weet wat u bedoelt, maar nee, van dat soort kitsch houd ik ook niet.'
'Nu ik er zo over nadenk,' zei Battikwa, 'misschien was het wel wat geweest voor uw kapperszaak. Die ziet er zo kaal uit.'
De kapper slaakte een kreet, hij klonk bijna nichterig. 'Ik moet er niet aan denken. Voor mij geen frutsels, snuisterijtjes of schilderijtjes. Hier niet en thuis niet.'
'Dat is dan een pak van mijn hart,' zei ze sarcastisch.
'Verder heeft u niks gevonden?'
Battikwa begon te koken. 'Wat wilt u nou?'
Het ontging de kapper blijkbaar volledig dat ze op barsten stond. 'Ik dacht, misschien bent u nog iets uit zijn verzameling bijzondere tijdschriften tegengekomen.'
'Bijzondere tijdschriften?'
'Ja, van die dingen die tegen alle gevoel van waardigheid, van menselijkheid indruisen, zal ik maar zeggen.'
Battikwa schrok. 'U bedoelt toch niet dat die man... die Graftdijk... dat hij nazi-lectuur in zijn bezit had?'
'Ik kan u even niet volgen. Nazi-lectuur?'
Battikwa voelde hoe haar gezicht kleurde. Ze probeerde zich zo goed en zo kwaad als het ging uit de situatie te redden. 'Ja, kijk, we hebben wat vervelende dingen met hem meegemaakt, dus... ik...'

'O, heeft u het daarover.' De kapper klonk erg opgelucht. 'Wat dat betreft hoeft u me niks uit te leggen. Dat die man een racist is, dat is zo duidelijk als wat, maar nazi-lectuur, nee, daar zie ik hem toch niet voor aan. Daar is hij volgens mij ook te dom voor. Het zou me niets verbazen als hij analfabeet was. Vandaar dat hij zich met zo veel wellust op de plaatjes en de videobusiness heeft gestort.' De kapper gniffelde. 'Ik bedoelde pornolectuur, of verwante artikelen.'

Battikwa ademde diep in en zei: 'Nee.'

'U heeft niets van dat spul gevonden?'

'Nee.'

'Sorry, het is erg onattent van mij om het daar met u over te hebben. Het is al zo vervelend dat u van mij moest horen dat die Graftdijk in de pornobusiness zit. Ik moest er gewoon weer even aan denken, omdat u het huis onderzocht heeft en gezuiverd op Graftdijks "nalatenschap".'

'Ik heb helemaal niets onderzocht en niets gezuiverd,' zei Battikwa.

'O, dat dacht ik, nu u vertelde dat u wel op andere zaken bent gestuit. Dan zou het toch niet ondenkbaar zijn.'

'Als u met die andere dingen die puzzels bedoelt, die hingen gewoon aan de muur in de eetkamer.'

De kapper raakte helemaal van streek, maar hij kon blijkbaar niet terug. Op monomane wijze ging hij voort op de weg die hij was ingeslagen. 'Ik dacht, misschien zijn er inmiddels wel wat dingen boven water gekomen. Zeker ook omdat u van alles heeft laten wegbreken. Tenminste, er is toch een aantal containers vol troep gevuld? Nou ja, ik bedoel, hoe moet ik het zeggen, het zou voor u vervelend zijn, maar op zich lijkt het me normaal als u iets had gevonden.'

Battikwa voelde dat de afschuw van haar gezicht was af te lezen.

De kapper kwam er nu helemaal niet uit. 'Het is vanwege Graftdijks reputatie. Dat begrijpt u natuurlijk niet. Daardoor lijkt het me bijna onmogelijk dat alle sporen zijn uitgewist.'

'Ik weet niet waar u het over hebt, maar ik moet er nu echt vandoor.' Wat een oud wijf, die kapper. Dat geklets en geroddel. Ze werd er helemaal naar van. Het leek verdorie wel de Jordaan hier.

'Laat maar. Het slaat inderdaad nergens op wat ik zei. Vergeet het, alstublieft. Ga maar snel. Mocht ik die man nog eens zien, dan vraag ik het hem gewoon op de man af.'

'Wat?' riep Battikwa nog, terwijl ze al wegfietste.

'Waarom hij dat huis steeds komt bekijken.'

'U doet maar.' En weg was ze, de hoek om.

'Tikki, wat lig je toch te woelen?' Terwijl Guido dit zei, knipte hij het bedlampje aan.
'Ik lag na te denken over David. Over wat je laatst over hem zei.'
'Wat zei ik dan?'
'Dat je helemaal niet kunt beoordelen of hij anders is sinds we hier wonen.'
'Ja, en?'
'Het kan dus ook zo zijn dat hij altijd al hetzelfde is geweest. Dat ons pas na verloop van tijd die lege blik in zijn ogen is gaan opvallen.'
'Het klinkt weer aardig ingewikkeld.'
'Je moet tenslotte aan zo'n kind wennen. Niet alle typerende kenmerken vallen meteen op.'
'Wat bedoel je?'
'Eigenlijk is het veel erger.'
'Wat?'
'Als dat afwijkende gedrag er vanaf het begin al was.'
'Hoezo erger? Hoezo afwijkend gedrag?'
'Dat zou kunnen betekenen dat hij autistisch is.'
'Autistisch? Lieve help, Tikki, hoe kom je daar nu weer bij? Denk je ook wel eens niet het ergste van iets?'
'Er schoot me een verhaal van Kneppelhout te binnen. "Waanzinnig Truken", over een autistisch meisje.'
'Lieverd, ze wisten in die tijd niet eens wat autisme was.'
'Nee, dat is zo, maar het is later, wel met die kennis, nog eens geanalyseerd en toen kwam iemand tot die conclusie.'

'Hoe oud was dat wicht?' Guido was duidelijk geïrriteerd.
'Dat *meisje*,' zei Battikwa, 'was een jaar of tien, twaalf.'
'Daar heb je het al. David is nog niet eens een halfjaar oud.'
'Maakt niet uit. Weinig uitdrukking in de mimiek is er bij autisten vanaf de babytijd. Daarom moest ik er ook aan denken. Bovendien komt bij jongens autisme veel vaker voor.'
'Tikki, je leest te veel sprookjes.'
'Ik dacht dat ik alles te wetenschappelijk benaderde.'
'Ook. Blijkbaar bestaat er bij jou niet zoiets als een normale manier. Daar zal ik je dan maar bij helpen. Hier komt het: David is niet autistisch. David is een heel gezonde, gewone baby. Nu doe ik het licht uit en gaan we slapen.'
Battikwa bleef gespannen liggen. Waarschijnlijk had Guido gelijk en was dat hele idee van autisme onzin. Ze wist er niet zoveel van en David leek er verder ook geen symptomen van te hebben. Maar er moest een reden zijn waarom David zo mat was. Zou het niet toch met het pand te maken hebben? Een huis met een beetje geschiedenis is leuk, maar dit had wel een erg grote overdosis aan fout verleden. Draafde ze nu te ver door? Wat wist zo'n kind daar nu van. Aan de andere kant, kinderen, ook baby's, waren extreem gevoelig voor sfeer. Misschien voelde David wel iets waar volwassenen helemaal geen zintuig meer voor hadden, afgestompt als ze door de jaren heen geraakt waren.
Ze moest echt ophouden met dat malen en zichzelf dwingen haar gedachtestroom stop te zetten. Als ze nu niet ging slapen, was ze morgen een lijk én uiterst chagrijnig tegen David, die weer vroeg wakker zou zijn.
'Tikki,' klonk het slaapdronken, 'hou op met woelen. Ga slapen. Anders moet je maar ergens anders gaan liggen.'

Eindelijk had Battikwa moed gevat en was met drie rollen grofvuilzakken de keldertrap afgedaald. Ze had de babyfoon meegenomen zodat ze David, die zijn middagslaapje deed, goed in de gaten kon houden. Wat een mesthoop trof ze aan. Behalve hun eigen overtollige troep die ze zolang in de kelder hadden laten zetten door de verhuizers, was de kelder ook gevuld met afgedankte rotzooi van Graftdijk. Dat was haar de eerste keer bij de bezichtiging eigenlijk niet zo opgevallen. Vooral die zogenaamde wijnrekken bevatten allerlei onduidelijk spul, voornamelijk ijzerwaren en hout in allerlei soorten en maten: van platen tot kleine blokjes. Gecombineerd met de aanwezigheid van een brede werkbank die een hele wand besloeg, begreep Battikwa dat hij een zondagklusser was die, samen met zijn zoontje – er stond ook nog een schattig kinderwerkbankje, leuk voor David over een paar jaar –, voor zijn plezier het hele weekend de kelder in dook om van alles te fabriceren. Waarschijnlijk vooral veel nutteloze dingen.

Ze moest aan de slag, anders werd het niks vandaag. Toen ze vele zakken later op haar horloge keek, zag ze tot haar schrik dat ze al twee uur bezig was, terwijl de hoeveelheid afval nauwelijks geslonken leek. Wat een onbeschoftheid van die mensen om al die afgedankte waar achter te laten! Over één ding kon ze opgelucht zijn: ze was nog geen vieze dingen tegengekomen.

Battikwa's gedachten zwenkten naar de kapper, voor wie het onmogelijk leek dat alle sporen van Graftdijks handel zouden zijn uitgewist. Waarom dacht hij dat en waarom had hij gezegd dat het vooral aan Graftdijks reputatie lag dat niet alles weggewerkt kon zijn? Daarmee leek de kapper niet zomaar op het beroep van pornoboekjesverkoper te doelen. Had Graftdijk ook een reputatie als sloddervos? En waarom was die anders uiterst gemoedelijke man in de loop van het gesprek zo zenuwachtig geworden? Natuurlijk, zíj was niet de vriendelijkheid zelve geweest, maar de oorzaak daarvan lag tenslotte bij de kapper zelf, hij had het uitgelokt door wat hij zei. Battikwa probeerde zich te concentreren. Het leek alsof er nog iets was met die Graftdijk, iets wat zij niet wist en wat die kapper haar niet graag zelf wilde vertellen. Ze zuchtte diep. Kom, ze moest verder. Met alleen peinzen en piekeren schoot ze niet op. Ze rolde een nieuwe vuilniszak af en opende hem. Op dat moment hoorde ze David in de babyfoon. Het was een aanzet tot huilen. Natuurlijk, hij moest inmiddels behoorlijk hongerig zijn. Ze onderbrak haar werk en liep naar boven.

Nadat ze David te eten had gegeven, ging ze verder met het vullen van zakken.

Je zou bijna wensen dat ze nog op de Van Ostadestraat woonden, bedacht Battikwa zich. Daar hadden ze tenminste geen last gehad van roddelende overburen zoals hier: én een kapper én een kroegbaas. Battikwa voelde een zware gong in haar borstkas. Wacht eens, zou dat het niet zijn? Ze zette de vuilniszak op de grond en richtte zich op. Zou de kapper misschien op die babypornobusiness gedoeld hebben? Boekjes met babyporno? Zou dat het niet zijn? Als die kroegbaas ervan op de hoogte was, waarom de kapper dan niet? Guido kon wel zeggen dat die kroegbaas alles verzon, maar hoe kon hij dat nou zo zeker weten? Ze streek een paar keer heftig door het haar. Ineens was ze ervan overtuigd: die kapper wilde via haar iets meer te weten komen over dat gedoe met die babyporno. Dat was het natuurlijk! Even werd Battikwa overvallen door een gevoel van opluchting, heel even maar, want meteen daarop drong het huiveringwekkende ervan tot haar door. Bovendien, bedacht ze, waarom had de kapper gesproken over sporen die niet allemaal konden zijn uitgewist? Dat zat Battikwa niet lekker. Het uitwissen van sporen in relatie tot babypornoboekjes? Zo sprak je daar niet over. Hoewel, zíj zou daar op een dergelijke manier niet over praten. Die man misschien wel.

'Tikki, schiet je al op?'

Hé, dat was Guido. Battikwa liep naar de trap en keek naar boven.

'Wat doe jij hier?'

'Ik ga even een luchtje scheppen. Ik wilde weten hoe het met jou ging.'

'Goed, alleen is het veel werk. Die Graftdijk en zijn vrouwtje hebben een ongelooflijke hoeveelheid rotzooi achtergelaten.'

'Waarom heb je Riek eigenlijk niet gevraagd om je te helpen? Dat doe je anders toch ook altijd?'

'Is niet nodig. Ik begin er trouwens al aardig doorheen te raken.'

De eigenlijke reden waarom ze Riek niet had gevraagd, was dat ze er toch rekening mee had gehouden iets van Graftdijks vunzige handeltje te vinden en ze wilde absoluut niet dat Riek daar getuige van zou zijn. Maar dat hoefde Guido niet te weten.

'Dan ga ik maar. Tot straks!'

'Dag, lieverd, zet er maar stevig de pas in.'

'Doe ik.'

Battikwa hoorde de buitendeur in het slot vallen. Ze nam zich voor om vóórdat Guido terug was klaar te zijn met deze klus. Even niet denken, maar alleen doen. En ze wilde zich vooral geen zorgen maken over eventuele vondsten. Tot nu toe was ze niks tegengekomen, dus het moest wel heel raar lopen wanneer dat alsnog zou gebeuren.

Het lukte haar. Vijf minuten voordat ze Guido zijn sleutel in het slot hoorde steken, knoopte ze de laatste vuilniszak dicht. Klaar.

De verbouwing was afgerond, althans de eerste fase ervan. Er zou nog een tweede ronde komen, waarschijnlijk over twee jaar, om de rest van het huis aan hun smaak aan te passen. Nu hadden Guido en Battikwa vooral behoefte aan rust. Voordat ze daarvan ten volle zouden gaan genieten, nodigden ze een aantal vrienden uit om hun huis feestelijk in te wijden. Voor hen beiden ook een mooie gelegenheid om weer eens met iedereen bij te praten. Meestal troffen ze elkaar in het café, maar door de drukte rondom de verhuizing en verbouwing was dat er al een hele tijd niet van gekomen.

Nadat ze de gasten hadden rondgeleid en in de huiskamer waren neergestreken, vroeg Dennis, een collega en vriend van Guido: 'Voel je je een beetje thuis hier, Tikwa?'

'Vanaf het begin.'

'Kan ik me eigenlijk ook wel voorstellen. Het is het ideale huis: groot, klassiek, chic, labyrintisch. Je kunt er én in wonen én in werken. Wat wil je nog meer?'

'Niks, dus.'

'Ik vond het wel grappig toen ik in het café hoorde over de vorige bestemming van het pand.'

'Hoezo, grappig?' vroeg Battikwa kortaf. Dat onderwerp was wel het laatste waar ze nu zin in had.

'Er zou een bordeel in hebben gezeten.'

'Een bordeel? Belachelijk.'

'Dat is wat me verteld werd.'

'Dat slaat echt helemaal nergens op.'

'Het was ook wel een beetje warrig verhaal, moet ik zeggen. De vorige eigenaar was failliet gegaan, of wilde juist naar een nog groter pand verhuizen, dat was niet helemaal duidelijk. Bovendien werd het geheel nog eens extra smeuïg gemaakt door allerlei tot de verbeelding sprekende details. Bijvoorbeeld wat jullie aantroffen toen je het pand ging bezichtigen: de dame des huizes zou de pose van een echte hoerenmadam hebben aangenomen. Gelegen op een witleren bank en omgeven door weelderige rode velours kussens en gordijnen. Een tijgervel voor de open haard maakte het helemaal af. Die hele setting leek me wat overdreven.'

'Van wie heb je al die onzin?' zei Battikwa verontwaardigd.
'Rustig maar, Tikwa. Niet zo preuts, hoor. Ben ik niet van je gewend.'
'Die man handelde in pornoartikelen,' zei ze afgebeten.
'Ah, ook dat nog! Ondernemend type. Des te beter toch? Dan heeft hij vast wat aardig roerend goed voor jullie achtergelaten. Een leuke babydoll, of zo. En... niks kosten koper. Bij de prijs van het huis inbegrepen.' Hij schoot in de lach.
Abrupt stond Battikwa op. 'Sorry, ik moet even ergens voor zorgen.'
Ze liep naar haar werkkamer en ging achter het bureau zitten. Wat was dat nou weer voor een verhaal, dat hier een bordeel zou zijn gevestigd? Zou dat praatje zijn ontstaan vanwege die 'Al Capone', omdat hij misschien in dit pand had gezeten? Ze kon het zich niet voorstellen. Die man leefde in het geheel niet meer in het bewustzijn van de mensen en zij had het, buiten Guido om, met niemand over hem gehad. Aangezien Guido al in geen tijden vrienden uit het café had gesproken, kon dit gerucht ook niet gebaseerd zijn op informatie van hem. Battikwa stond op en liep naar de keuken om een glas water te pakken. Weer op haar kamer zette ze zacht een cd van Miles Davis op en ging in een van de makkelijke fauteuils zitten. *Sketches of Spain* had altijd een goede uitwerking op haar gedachtestroom. Nadat ze zo'n vijf minuten met haar ogen dicht had geluisterd, schoot ze ineens omhoog. Kon het inderdaad niet zo zijn dat die Graftdijk, naast zijn handel in pornoartikelen, hier óók een bordeel gevestigd had? Het huis was er groot genoeg voor en de inrichting hadden Guido en zij meteen heel bordeelachtig gevonden. Daarbij oogde de vrouw van Graftdijk inderdaad als een echte hoerenmadam. Misschien was het helemaal geen onzinverhaal, dat als borrelpraat werd rondgestrooid. Battikwa kreeg het ineens erg benauwd. Ze liep naar de keuken, deed de buitendeur open en ging op het trapje zitten dat naar de tuin leidde. Het was behoorlijk fris en doordat ze bezweet was, begon ze al snel te

rillen. Maar de buitenlucht deed haar goed. Na zo'n minuut of tien kwam ze tot rust en ging weer naar binnen. Ze zouden haar anders gaan missen en ze zat er niet op te wachten dat Guido haar hier aantrof en wilde weten wat er aan de hand was. De situatie was zo al enerverend genoeg. Als ze hem daarin zou betrekken, maakte dat het alleen maar erger. Battikwa probeerde zo goed en zo kwaad als het ging de rest van de avond een vrolijke en ontspannen houding aan te nemen.

Diezelfde nacht werd Battikwa geplaagd door nachtmerrieachtige dromen waarin flarden uit gesprekken van de afgelopen tijd naar boven kwamen.
'Souteneurs, die zouden hun eigen kinderen nog verkopen.'
'Kinderporno was de belangrijkste poot binnen zijn bedrijf. Zelfs baby's kwamen in aanmerking.'
'Heeft u nog overblijfselen gevonden?'
'Al die nepruimtes zijn aangebracht door die laatste eigenaar. In de oorlog bevatte dit huis helemaal geen ruimtes waar je je kon verstoppen.'
'Het lijkt me bijna onmogelijk dat alle sporen zijn uitgewist.'
Battikwa schrok wakker. Ze was verward en helemaal doorweekt. Zou ze kou hebben gevat toen ze buiten op de trap had gezeten? Uit wat voor een vreselijk inferno was ze ontwaakt?
Tot het uiterste gespannen lag ze in bed, terwijl het in haar hoofd vreselijk tekeerging, de gedachten over elkaar heen tuimelden. In die chaos probeerde ze orde te scheppen, wat langzaam maar zeker resultaat had. Het werd daarboven iets helderder. En toen, in een moment van uiterste luciditeit, wist ze het, begreep ze het ineens en schrok daar tegelijkertijd zo vreselijk van dat haar lichaam zich samentrok in een kramp.
'Tikki, wat is er?' klonk slaperig en zwaar de stem van Guido.
'Niks, lieverd.'
'Ik dacht dat ik je hoorde.'

'Nou, je kunt me hooguit hebben voelen bibberen. Ik geloof dat ik een beetje koorts heb.'
Guido kwam met moeite overeind. 'Laat eens voelen.' Hij legde zijn hand op haar voorhoofd. 'Een beetje? Je bent behoorlijk heet. Dat wordt morgen zeker in bed blijven.'
'Ach kom, wat een onzin. Morgenochtend ben ik weer helemaal beter.'
'Dat zullen we nog wel eens zien. Zo niet, dan blijf jij mooi onder de wol. Wil je nu iets hebben?'
'Een glaasje water, meer niet.'
Ze trapte haar dekbed van zich af. Wat een hitte. Ze moest inderdaad hoge koorts hebben en de hartkloppingen die ze voelde, zelfs hoorde, hadden daar indirect mee te maken: ze waren het resultaat van de koortsdromen waaruit ze was ontwaakt en die als bij hoge uitzondering niet slechts nutteloze nachtmerrieachtige beelden hadden voortgebracht. Integendeel, het ijlen had haar een waarheid aangereikt en het was die waarheid die haar hart met veel geweld tot bonzen had gebracht, die haar bang had gemaakt, angstig, maar ook boos. Na het ontwaken was het slechts een kwestie geweest van logisch nadenken, alles in de juiste volgorde leggen, waarna alle puzzelstukjes in één keer op hun plek waren gevallen.
Het betrof een gruwelijke waarheid, een waarheid die als waarheid eigenlijk nooit had mogen bestaan. Op het moment dat ze hieraan dacht, ging er een siddering door haar heen en klappertandde ze. Ze trok het dekbed weer over zich heen. Na enkele minuten kwam haar lichaam tot rust, waardoor ze verder kon gaan bij waar ze gebleven was met het op een rijtje zetten van alles. Want ook al was de waarheid nog zo wreed, ze voelde zich verplicht haar onder ogen te zien. Die babyporno waar de bareigenaar over had gefluisterd, behoorde wel degelijk tot de dagelijkse praktijk van Graftdijk. Alleen was het nog veel erger dan ze ooit had kunnen vermoeden. Het ging niet op de allereerste plaats om boekjes met daarin afbeeldingen van babyporno die hier nog te vinden zouden

zijn. Het ging om de daad zelf, om babyporno in levenden lijve en de sporen die dat had achtergelaten. In dit huis waren baby's verkracht. Bedoeld voor opnamen. Opnamen die weer gebruikt waren voor van alles en nog wat: video's, boekjes en dergelijke. Onder dit dak hadden deze misdaden plaatsgevonden.

Helaas was hiermee nog geen einde gekomen aan de gruwelijkheden, want wat was er vervolgens gebeurd met de baby's die verkracht waren? Zo'n monsterlijke daad overleefden ze natuurlijk nooit. De misdadigers hier in huis hadden vervolgens een lijk, of beter gezegd, een lijkje in hun bezit. Plat geformuleerd: ze zaten met een lijk in hun maag. Wat te doen? Het weggooien? Begraven? Waar? Wanneer? Ze hadden zich er ongetwijfeld niet altijd meteen van kunnen ontdoen. Dus moesten de babylijkjes verstopt worden. Dat was het. Dat was de waarheid. Ze werden verstopt, hier in huis. Plek genoeg. Al die holle ruimtes. Wat hadden ze zich vergist, Guido en zij. Ongelooflijk. Het waren helemaal geen loze ruimtes, ze hadden wel degelijk een functie gehad. Maar het ergste kwam nog. De kapper had geprobeerd daar iets over los te laten, maar durfde het niet aan. Ze wist nu waar hij aan had gedacht. Die sporen waar de kapper over had gesproken, dat waren de baby's die Graftdijk en zijn medebarbaren verstopt hadden en vergeten waren in een later stadium ergens te lozen. Die moesten zich dus nog in het huis bevinden.

Battikwa had geen rust meer in haar lijf. Ze draaide zich van de ene op de andere zij, zonder ook maar een minuut op een kant te blijven liggen. Ze moest op zoek gaan, hoe gruwelijk het ook was. Ze moest bewijzen gaan verzamelen. Er waren hier dode baby's in huis. De lichaampjes waren inmiddels helemaal vergaan, maar er moesten wel sporen te vinden zijn. Dat was waar die kapper op doelde. Jezus! Dat was wat hij had gesuggereerd!

Het was zaak om het stiekem te doen. Guido mocht hier niets van merken. Hij zou haar tegenhouden, desnoods onder dwang, dat wist ze zeker. Hij zou haar laten opsluiten op een gesloten afdeling van een psychiatrische inrichting, in de overtuiging dat ze nu echt krankzinnig was geworden. Onzin natuurlijk, Battikwa had zich nog nooit zo goed gevoeld als nu. De waarheid te weten, hoe gruwelijk ook, gaf haar een gevoel van opluchting. De energie bruiste door haar lichaam. Ze moest bedenken hoe ze dit zou aanpakken nu Guido niet meer buiten de deur werkte. Battikwa's hersenen draaiden op volle toeren. Het was natuurlijk wel zo dat Guido helemaal boven in het huis zat en er vaste werkuren op na hield. Als ze stilletjes te werk ging, kwam ze een heel eind. Nu maar hopen dat ze niet echt ziek zou worden. Dit waren haar laatste gedachten. Battikwa viel als een blok in slaap.

De volgende morgen merkte Battikwa dat ze behoorlijk ziek was. Ze maakte een handdoek nat en legde die in het nachtkastje. Dan kon ze wanneer ze Guido hoorde aankomen, snel de handdoek pakken en haar gezicht en handen ermee afvegen, zodat die voor heel even koel werden en Guido kon denken dat de koorts was gezakt. Hij trapte erin, en toen hij na het ontbijt opnieuw naar zijn werkkamer verdween, kon Battikwa op onderzoek uit. Ze besloot in de kelder te beginnen. Dan was ze in ieder geval ver van haar 'tegenstander' verwijderd, die drie etages hoger zat. Vanaf het moment dat ze dit weloverwogen besluit genomen had, was de systematiek ver te zoeken. Ze ging als een bezetene te werk. Vloog van de ene ruimte naar de andere, van de ene etage naar de andere. Was ze net in de kelder bezig de muren te bekloppen, zonder precies te weten wat ze zou moeten horen om reden te hebben voor verder onderzoek, het volgende moment bedacht ze dat ze beter op de eerste verdieping de holle ruimtes die aan weerszijden van de twee kasten links en rechts van de open haard zaten, kon gaan onderzoeken. Met een handboortje dat ze uit het kindergereedschapskistje van David had gehaald – een cadeautje van haar vader voor als David wat ouder zou zijn – maakte ze er kleine kijkgaatjes in, maar ze ontdekte niets. Zo werkte Battikwa die ochtend als een razende het huis door. Ze wist op een gegeven moment niet eens meer wat nu wel en niet aan de beurt was geweest. Gelukkig had Guido zijn muziek op vol volume staan, anders zou hij zeker verbaasd zijn komen informeren wat er aan de hand was. Het zat haar trouwens helemaal mee, want hij belde tegen halfeen naar beneden met de mededeling dat hij graag op zijn werkkamer wilde lunchen. Of Battikwa een boterhammetje voor hem wilde maken, dan kon hij doorwerken. Battikwa bedacht nog net voor ze naar boven liep met Guido's lunch, dat ze haar gezicht weer even moest afdeppen. Zeker na al die inspanningen moest ze zo rood als een kreeft zien. De kleur wilde niet echt wegtrekken, maar de temperatuur van haar gezicht kreeg ze wel weer, tijdelijk, naar beneden. Nadat ze bij Guido was geweest, nam ze een korte pauze. Ze voelde zich nu wel heel erg koortsig. Het gebonk in haar hoofd werd bijna ondraaglijk. Het liefst was ze in bed gedoken, maar ze moest door. Ze kon het zich niet permitteren om nu op te houden. Nergens was ook maar de kleinste aanwijzing te vinden voor Graftdijks gore praktijken. Battikwa raakte steeds geobsedeerder, en zocht steeds fanatieker. Ze had zeker al dertig kasten geïnspecteerd, een ongelooflijk karwei. De inbouwkasten had ze nog buiten beschouwing gelaten. Die hadden een aparte behandeling nodig, want het was mogelijk dat zich achter de wand van zo'n kast een loze ruimte bevond. Daar kon die gek wel van alles in gestopt hebben.

Tijdens haar zoektocht stuitte ze ook op onvermoede holle ruimtes, zoals die boven het kaptafelgedeelte van de wandkast in hun slaapkamer. Erboven bevond zich een horizontale glazen plaat waarachter een lamp bevestigd was. Battikwa bedacht dat die vervangen moest kunnen worden. Conclusie: die glasplaat was verwijderbaar. Inderdaad lukte het haar de plaat weg te schuiven. Ze stak haar hoofd in het gat en ontdekte dat er een ruimte was over de hele lengte van de wandkast. Maar behalve veel stofwebben kon ze er niks in ontdekken.

Op een gegeven moment had ze alle etages afgewerkt, maar nergens was ze ook maar het kleinste spoor tegengekomen. Ze hoefde niet te verwachten dat de etage van Guido iets zou opleveren. Daar was tijdens de verbouwing alles uit gesloopt, dus mocht zich er al iets hebben bevonden, dan zou dat allang aan het licht zijn gekomen.

Battikwa kon het niet geloven. Er móest iets zijn. Ze was het verplicht aan al die onschuldige slachtoffertjes om de waarheid boven water te halen. Maar hoe, in godsnaam? Als ze zich nou maar niet zo ziek voelde. Op deze manier kon ze niet eens goed nadenken. Ze liep naar de zitkamer en ging op de bank liggen, de ogen dicht.

Ze dommelde in slaap en werd wakker door brabbelgeluidjes van David in de babyfoon. Het waren de geluidjes van een tevreden kind, wat overigens niet wilde zeggen dat hij inmiddels een vrolijker kind was. Er kon nog steeds geen lachje af.

Battikwa staarde in de richting van de eetkamer. Haar blik zwenkte vervolgens omhoog, naar de bovenkant van de schuifdeurombouw, waar hij bleef hangen. Dat was het! Battikwa schrok door de ingeving die ze had. Natuurlijk, dat ze daar niet eerder op was gekomen. Dat kwam doordat Guido zo stellig had beweerd dat zich hier nooit onderduikers hadden kunnen schuilhouden, omdat alle loze ruimtes door die Graftdijk waren aangebracht, ver na de Tweede Wereldoorlog. Ze kon zich wel voor de kop slaan. Het was de meest voor de hand liggende plek, de ruimte die in de oorlog in zeer veel huizen gebruikt werd als onderduikplaats. Zo vaak zelfs dat de Duitsers op zeker moment ervan op de hoogte waren en bij huiszoekingen met hun bajonetten door het hout prikten of er een kogel doorheen schoten. En zij had het niet willen zien: de loze ruimte boven de schuifdeuren.

Die moest onderzocht worden, maar hoe? Ze probeerde na te denken, maar wat voelde ze zich ziek. Hoe zat het ook alweer? Op welke manier verschaften die onderduikers zich toegang tot zo'n ruimte? Ze hield even haar gezicht onder de kraan. Terwijl ze zich afdroogde, wist ze het weer. Via een luik in het plafond. Battikwa snelde de kamer uit en rende naar boven. Het luik moest zich in het tussenkamertje op de tweede verdieping bevinden. Het meest onooglijke hokje van het hele huis was weer eens het middelpunt van haar aandacht. Ze dook op de grond en begon de vloer met haar handen af te tasten.

Hoe ze ook zocht, ze vond niks. Hoe nu verder? Misschien moest ze eens kijken of in de naastgelegen muurkast in de huiskamer een luik zat. Met de trap die nog op de slaapkamer stond vanwege haar zoektocht boven de kaptafel, liep ze naar beneden. Helaas, ook daar kon ze niks ontdekken. Ze klopte voor de zekerheid tegen de wand van de ruimte boven de schuifdeur. Hij klonk inderdaad hol. Het had alleen geen zin om er gaatjes in te boren. Die constructie was van eerder datum dan dat Graftdijk erin was getrokken. Zonder een al bestaande opening had hij er niets mee kunnen beginnen.

Gedachteloos klopte ze op een van de balken. Wat nu? Dat klonk hol. Bijna op hetzelfde moment dat Battikwa dit lege geluid hoorde, sloeg haar hart een slag over. Het zou toch niet waar zijn? Nee, dat kon niet. Terwijl ze dit dacht, wist ze dat het wel zo was. Niemand zou ooit op het idee komen om daarin te kijken, moest die idioot van een Graftdijk hebben gedacht. Welke associatie lag er meer voor de hand bij balken dan dat ze massief waren omdat ze een belangrijk deel van het gewicht van het huis moesten dragen? Maar deze balken hadden helemaal geen functie, althans, dat dachten Guido en zij. Alweer moest Battikwa toegeven dat ze erin getrapt waren. Ze zag nu ook dat de balken uit meerdere, aan elkaar vastzittende stukken waren gemaakt. Ze sprong van de trap, pakte het boortje en klom even zo snel weer de trap op. Ze zette de boor in het hout, maar ze had nog geen twee keer kunnen draaien, of het boortje brak af. Snel pakte ze een reserveboortje, maar ook dat brak af. Wat moest ze nu doen? Wacht eens, die aparte stukken balk, die waren er natuurlijk niet voor niets. Die waren ongetwijfeld makkelijk van elkaar te scheiden zodat ze tamelijk moeiteloos de geheime bergplaats hadden kunnen openen. Een zaag, ze had een zaag nodig. Tijdens de grote opruiming had ze er in de kelder een gevonden en die had ze als een van de weinige dingen niet weggegooid. Ze had toen al het vermoeden dat hij wel eens van pas kon komen.

Battikwa zette de zaag op een naad van een willekeurig uitgekozen balk. Hij ging er inderdaad bijna doorheen als door boter. Het kleine stuk was makkelijk van het plafond los te trekken. Battikwa keek erin: niks. Vervolgens scheen ze met een zaklantaarn in het lange gedeelte dat nog aan het plafond bevestigd was: ook niks. Zo werkte ze alle balken af, maar ze vond helemaal niks. Dit was te veel voor haar. Die grote inspanningen vandaag, het was allemaal voor niets geweest. Ze zakte op de grond en begon te huilen. Al haar frustratie van die dag stroomde in tranen uit haar ogen. Ze ging zo op in haar verdriet dat ze David niet hoorde die ook lag te huilen. Hij had ongetwijfeld een vieze luier en wilde zijn bedje uit. Dat tweestemmige gehuil hield een minuut of tien aan, waarna dat van David ophield en ze Guido ineens met hem op zijn arm voor haar zag staan. Battikwa zag via zijn ogen de ravage die ze had aangericht.

4
DE KAST

(Salieristraat, Concertgebouwbuurt)

Battikwa stak de sleutel in het slot en duwde de voordeur open, die halverwege klem kwam te zitten tegen een bergje post.

'Zou mijn moeder niet langs zijn geweest vandaag?' vroeg ze zich hardop af.

'Ze ging toch een weekendje weg, samen met je vader?' zei Guido.

'Dat is waar ook, helemaal vergeten.' Battikwa bukte zich, wurmde enkele enveloppen onder de deur uit en duwde hem open. Guido liep naar binnen, David in zijn armen.

Wat gaf dat toch een heerlijke koelte, dacht Battikwa, zo'n marmeren bak die de gang in feite was.

'Even in de huiskamer uitrusten voor ik David in bed leg,' zei Battikwa.

'Lijkt me geen goed idee,' zei Guido. 'Kijk eens hoe slaperig onze kleine man is.'

'Wat maak jij je plotseling druk om Davids slaapritme,' zei Battikwa verbaasd.

'Ik zie gewoon dat hij erg moe is. Niet zo vreemd toch, na zo'n lange reis.'

Battikwa boog zich over David heen. 'Je hebt gelijk. Hij zit aan zijn oortje te trekken. Ik gooi hem direct in zijn bed. Loop je even mee?'

Terwijl ze de trap opliepen, keek Battikwa naar het stapeltje post in haar hand. Er lag een los papiertje bovenop, duidelijk uit een agenda gescheurd. Er stond maar één regeltje op: 'Wij zijn een paar keer langsgeweest. Zullen het proberen opnieuw.' Merkwaardig. Geen naam, geen datum of tijdstip. En dan dat ene rare zinnetje. Enfin, als het echt dringend was, zouden ze zich zeker opnieuw melden, wie het ook waren. Ze legde de post op het marmeren gangtafeltje van de eerste verdieping en liep door naar de tweede, Guido en David achterna.

In de kinderkamer nam Battikwa de kleine van Guido over en zei tegen hem: 'Ga maar vast naar de huiskamer. Ik kom zo.' Ze deed David een schone luier aan, hees hem in zijn pyjamaatje, legde hem in het ledikant en stopte hem onder. Het liefst zou ze ernaast willen gaan liggen, heerlijk wegzakken in een diepe slaap. Ook zij was moe van de reis.

Ze waren net terug van een twee maanden durend verblijf in het zonnige zuiden van Frankrijk, geregeld door Guido toen Battikwa op de psychiatrische afdeling van het Academisch Medisch Centrum verbleef. Na haar ontslag uit het ziekenhuis waren ze rechtstreeks naar de Provence afgereisd. De geur van ether direct vervangen door die van lavendel.

'Slaap zacht, lieverd.' Ze gaf David een kus op zijn voorhoofd en trok aan het touwtje van het muziekspeeldoosje dat boven het ledikant hing. Hij was er eigenlijk al te groot voor, maar het muziekje was het enige dat zijn nog altijd serieuze, ietwat gespannen trek op zijn gezicht tijdelijk deed verdwijnen. Ze liep de kinderkamer uit en sloot zacht de deur.

Battikwa zag dat het stapeltje post van het gangtafeltje verdwenen was. Het was zeker door Guido mee naar binnen genomen. Ze opende de deur van de huiskamer, deed een paar stappen en stopte toen plotseling. Ze draaide het hoofd naar Guido, die haar met een stralend gezicht aankeek.

'Ik dacht, ik kan je toch niet in die puinhoop laten thuiskomen?' Battikwa reageerde niet.

'Vind je het niet mooi?' Guido keek vertwijfeld.

'Niet mooi?' Eindelijk had ze haar stem terug. 'Niet mooi? Ik vind het prachtig, fantastisch. Heerlijk dat je die monsterlijke bruine rotzooi hebt laten weglopen.' Battikwa hief haar hoofd weer omhoog.

In plaats van de gehavende balkenbrij, het laatste wat ze van het huis had gezien voor ze werd afgevoerd, keek Battikwa aan tegen een egaal wit plafond.

'Nou,' zei Guido, 'de balken zijn niet weggehaald, hoor. Dat zou te ingrijpend zijn geweest. Dan hadden de muren ook aangepast moeten worden. Ik heb gewoon gipsplaten tegen de balken laten bevestigen met daaroverheen een laag stucwerk.'

'Wat lief dat je dat gedaan hebt,' zei ze. 'Ik heb er vaak over gepiekerd, in Frankrijk. Ik vroeg me af hoe het zou zijn om weer geconfronteerd te worden met de tekenen van Graftdijk in deze kamer. Het idee van zelfs maar het kleinste ding deed me al huiveren.'

'Je ziet, de sporen zijn weggewerkt. Er is niks van over.'

'Ik weet niet wat ik moet zeggen,' zei Battikwa.

'Niets. Geniet ervan. Ga op de bank liggen en neem het nieuwe plafond goed in je op. Ik ga een kleine wandeling maken, even mijn benen strekken na die lange rit. In orde?'

'Ja, prima.'

Terwijl Guido de kamer uit liep, zwenkte Battikwa's blik naar het salontafeltje. Daar zag ze de berg post liggen die zich tijdens hun afwezigheid had gevormd, netjes gesorteerd door haar moeder. Blijkbaar had Guido het stapeltje van vandaag erbij gelegd. Het geheimzinnige briefje lag bovenop.

Battikwa lag op de bank en nam het strakke, witte stucwerk van het plafond in zich op. Gek idee dat zich daaronder die arme, door haar mishandelde balken bevonden. Het betekende overigens wel dat er loze ruimtes bij waren gekomen. Ze corrigeerde zichzelf meteen. Ze moest zich niet aanstellen. Als ze ooit overtuigd had kunnen zijn van de volkomen zuiverheid hier in huis, was het nu wel, juist na Guido's ingrijpen. Loze *lege* ruimtes waren het deze keer. Telde Arles bovendien niet meer? Op het moment dat ze die naam voor zichzelf uitsprak, voelde ze een opvallend soort verwantschap tussen de twee situaties: toen daar en nu hier, onnoembaar maar onmiskenbaar aanwezig.

Ze dacht aan het stadje dat ze tegen het slot van hun verblijf in de Provence hadden bezocht. Hoe was het toch mogelijk dat ze die middag zó gelouterd te voorschijn was gekomen uit de nieuwe crisis die even daarvoor had gedreigd; dat ze eindelijk het gevoel had, nee de overtuiging, dat ze al haar ballast, al haar demonen van de afgelopen lange tijd van zich had afgeschud?

Ze had Guido en David achtergelaten op het plein, het voormalige Forum, waar ze met zijn drieën op een terras waren gaan zitten om uit te rusten van de vermoeiende dag vol bezienswaardigheden, en was zelf naar het museum gelopen, vlak om de hoek. Niet om er de tentoongestelde vroegchristelijke kunst te bekijken, maar om datgene te bestuderen wat er onder het vloeroppervlak schuilging en wat alleen via een trap in het museum bereikbaar was.

Guido had nog geprobeerd haar tegen te houden. 'Zou je dat

nou wel doen? Blijf toch lekker zitten, hier op het terras. We hebben vandaag echt al genoeg de toerist uitgehangen.'

Maar ze wilde zich, nu ze eindelijk na al die weken dit uitstapje maakten, niet de kans laten ontgaan om de oorspronkelijk als fundamenten gebouwde ondergrondse galerijen van het Forum te bekijken. Een fascinatie voor de cryptoportieken had zich in haar genesteld toen ze las dat die, na eeuwen ontoegankelijk te zijn geweest, pas weer aan het begin van de Tweede Wereldoorlog waren uitgeruimd omdat men ze nodig had als schuilplaats.

Battikwa was nog bezig met de afdaling toen ze besefte dat ze boven had moeten blijven, schuilend tegen de zon onder het bladerdak van de platanen dat het plein bedekte, een pastis binnen handbereik. Guido had zich duidelijk niet gerealiseerd wat voor een claustrofobische ruimten deze cryptoportieken waren. Hij zou haar anders zeker hebben tegengehouden.

Beneden had zich in haar hoofd een groot hallucinatoir spektakel afgespeeld, tijdelijk stilgezet door een heldere gedachte. Nou ja, schijnbaar stilgezet en schijnbaar helder, want het denkbeeld was zo misplaatst dat het de chaos die onder haar hersenpan heerste vooral had bevestigd. Ze had op zeker moment gemeend voor een dodenmasker te staan, wat niet klopte, en ze had het niet bestaande dodenmasker ook nog eens geprobeerd te identificeren. Voor dat laatste had ze een niet eens zo kromme redenering gevolgd, maar wel een die absoluut ongeldig was binnen de bestaande situatie. Wat ze zag kon niet het hoofd van Octavius zijn, aangezien deze kop volkomen glad was, terwijl Octavius een baard had laten staan als teken van rouw na de moord op zijn adoptievader Caesar. Het klopte inderdaad dat die kop ooit was gevonden in deze cryptoportieken, maar ze hadden hem bij de ontsluiting van de fundamenten meteen in een museum ondergebracht.

Weer boven, ontsnapt aan de onderwereld, had Battikwa net zolang tegen een sarcofaag van het museum aan geleund tot ze helemaal tot rust was gekomen. Guido mocht niks merken van haar

paniekaanval. Korte tijd later zat ze bij hem op het terras. Zonder zweet, zonder hartkloppingen, volkomen kalm, alsof er niets was voorgevallen. Het enige commentaar van Guido was dan ook: 'Wat ben jij snel terug uit dat onderaardse paradijs van je. Wedden dat je pastis zelfs nog koud is?'
Ze had Guido voorzichtig gemaand om op te stappen. Ze wilde weg van deze plek.
'Een laatste wandeling door Arles voordat we vertrekken lijkt me zo heerlijk,' was haar smoes geweest.
'Je weet toch dat ik geen stap meer zou verzetten,' zei Guido.
'Ik wil zo graag,' had ze op smekende toon gezegd.
'Je hebt nog een vol glas staan.'
'Please.'
'Goed dan,' verzuchtte Guido.
Ze hadden langs een kanaal gelopen, lelijk zoals alleen een kanaal lelijk kan zijn. Het leidde tot veel gemopper bij Guido. 'Als je nog eens iets weet. Leuke wandeling, hoor.'
Ze kibbelden nog een tijd voort. Toen, plotseling, alsof hij uit de lucht was neergedaald, stonden ze aan het begin van een prachtige laan met aan weerszijden bomen. Zo druk en rommelig als het in het centrum van Arles was geweest, zo rustig en verstild was het hier.
'Net een paradijs, vind je niet?' vroeg Battikwa. 'De zon die schittert door de prachtige bomenlaan. Gefluit van vogels. Verder doodse stilte. Geen mens te bekennen. Wat wil je nog meer?'
'En die stenen doodskisten dan?'
Battikwa tuurde de laan af, de rechterhand als een zonneklep boven haar ogen. Behalve bomen stonden aan beide kanten ook sarcofagen: verweerd en vervallen, sommige met deksel, de meeste zonder, maar desondanks indrukwekkend door hun symmetrische opstelling naast het pad, parallel aan de bomenrij.
'Ik geef toe,' zei ze, 'het klinkt misschien raar, maar ik vind niet dat ze detoneren. Bekijk die sarcofagen van een afstand, gebruik

een beetje je fantasie en het lijkt net alsof de bomen erin geworteld zijn. Zoals een plant in een rechthoekige plantenbak, zo'n grijze, van asbest.'
'Weet je eigenlijk waar we ons bevinden?'
'Help me eens.'
'Les Alyscamps.'
'De begraafplaats van Arles? Ik bedoel, de voormalige dodenstad van Arles?'
'Ja.'
'Ach, dat ik díe niet herkende.' Ze keek nog eens om zich heen, heel nadrukkelijk in alle richtingen, als het ware om de schade van het niet weten in te halen. 'Sorry dat ik het zeg, maar het moet me ook wel van het hart dat die foto in onze reisgids erg klein en onduidelijk was.'
'Dat is waar, de necropool komt er bekaaid van af.'
'We zouden hem bovendien ook nog misgelopen zijn als ik je niet had meegesleept voor een laatste wandeling.' Een vuilwitte, magere kat schoot voor het kinderwagentje de weg over, waarna Battikwa het karretje als in een reflex naar achteren trok. David schrok wakker en begon te huilen. Snel boog Battikwa zich over de wagen en wist hem met sussende woordjes stil te krijgen. Ze liepen weer door.
'Overigens,' zei Battikwa, 'verandert het niks aan mijn gevoel nu ik weet dat het om Les Alyscamps gaat. Ik vind dit een heel serene plek. Onwerkelijk gewoon.' Battikwa ontdekte dat de helletocht van daarstraks, al wandelend langs de sarcofagen, tot nauwelijks nog herinnerbare beelden was vervaagd. Ze voelde zich opgeruimd.
'Bijna saai, hè?' zei Guido.
'Hoezo saai. Mag iets dan niet gewoon prettig zijn, aangenaam?'
'Je begrijpt me verkeerd. Ik doel op iets heel anders.'
'Wat dan?'

'Dat Les Alyscamps vroeger veel meer leefden dan nu.'
'Rare uitdrukking in dit verband.'
'Minder vreemd dan je denkt. Wat zou je ervan vinden als hier tussen de sarcofagen metershoge vlammen brandden, dikke rookwolken uit de doodskisten opstegen, geklaag klonk vanuit de stenen doodskisten en menselijke wezens er half uit kropen? Dit alles onder het toeziend oog van ons beiden.'
Battikwa keek Guido met opgetrokken wenkbrauwen aan.
'Nou zeg, dát klinkt plechtig! Hoe kóm je erbij? Waarom moet je aan zoiets lugubers denken?'
'Fictie.'
'Fictie?'
'Dante.'
'Guido, wat bedoel je?'
'Dante kon zich dat wel voorstellen. De beelden die ik net schetste zijn afkomstig van hem. Nou ja, van hem en Gustave Doré dan. Uit de *Divina Commedia*. Het zijn de beelden van de onderhel, de stad Dis, zoals Dante die zag. Die had hij afgeleid van Les Alyscamps. Van Gustave Doré bestaat een illustratie waarop Dante met Vergilius erbij staat toe te kijken.'
'Mijn visie staat er precies lijnrecht tegenover. Het heeft zelfs iets oneerbaars: het paradijs, hoe heb ik het zo durven te noemen?'
'Tikki, zo serieus meende ik het niet.'
'Komt goed uit,' zei ze. 'Ik ook niet. Bovendien, wat zou ik me druk maken. Zoveel weet ik ook wel weer van Dante: het paradijs was niet echt aan hem besteed.'
Vragend gezicht van Guido.
'Begrijp dan. Iedereen is het erover eens dat het "Paradijs" het relatief zwakste deel van de *Divina* is, toch?'
'O, bedoel je dat.'
Nu keken ze beiden in gedachten de laan af.
'Weet je, Tikki?'
'Nee.'

'Het is helemaal niet zo vreemd dat de uitbeelding van Les Alyscamps door Dante ons wat merkwaardig voorkomt.'
'Waarom niet?'
'Er is een verschil tussen Les Alyscamps van toen en van nu. In Dantes tijd was het grootste deel van de dodenstad zoals die ooit heeft bestaan nog intact. Dat was een veel uitgestrekter gebied dan nu. Ze worden niet voor niets de Elyzeese velden genoemd. Bovendien waren de meeste graven nog gevuld. Het was een begraafplaats in vol bedrijf en bovendien heel erg beroemd.'
'Bedoel je dat Les Alyscamps in die tijd meer tot de verbeelding spraken?'
'Lijkt me wel. De mens geloofde toen bovendien nog in hel en verdoemenis. Daardoor kon zo'n dodenstad in Dantes fantasie makkelijk een metamorfose ondergaan tot de hel. Hij maakt overigens wel ergens een duidelijk onderscheid tussen Les Alyscamps en de stad Dis.'
'Hij doorbreekt de fictie?'
'Zo zou je het kunnen zeggen.'
'Wat schrijft hij dan?'
'Dat men bij beide velden veel graven kan onderscheiden, maar dat alleen in de stad Dis gruwelijk wordt geleden. Dan volgt het stuk over de brandende sarcofagen. Dat die zo heet zijn als een oven en er gekwelde kreten van gefolterden uit opklinken.'
'Bah, wat afgrijselijk,' zei Battikwa.
'Ja,' zei Guido, en vervolgens met gedragen stem: '"Zij willen dood en mogen niet dood. De dood vlucht zelfs van ze weg. Wij moeten dood en willen het niet. Hun is de hoop ontnomen op de dood. Wat is nou de echte hel: hier of daar."'
'Citaat?'
'Ja. Ik weet alleen niet meer van wie en waaruit.'
'Het klinkt in ieder geval nog wreder dan het beeld van de hete sarcofagen.'
'Omdat het op onszelf slaat, we voelen ons er direct door aangesproken.'

'Dat zal het zijn.'

David begon te draaien en liet wat kreuntjes horen. Battikwa liep om het wagentje heen. 'Hé, kleine man, je hebt toch geen poepluier? Dat doe je me nu toch niet aan?' Ze bracht haar gezicht wat dichter bij hem en rook even. 'Nee, gelukkig, niets aan de hand.' Ze gaf David een kusje op zijn wang en ging weer achter het karretje staan.

'Nog even over Les Alyscamps, Tikki. Echt, die leefden vroeger als de pest. Les Alyscamps, dus' – Guido sprak de zin uit met op iedere lettergreep extra veel nadruk – 'spraken inderdaad veel meer tot de verbeelding. Zie je het al voor je? Het is mooi weer, blauwe lucht, stralende zon en dan het zicht op de Rhône die vol ligt met dobberende lijkkisten. Hier en daar een vogel die erop zit uit te rusten. Het negatief van pleziervaartuigen die van stal worden gehaald op een mooie zomerse dag. Zoals op de Amstel tussen Carré en het Amstelhotel, waar we zo vaak hebben staan kijken.'

'Ik moet zeggen, je beschikt wel over een grote voorraad interessante vergelijkingen.' En om Guido voor te zijn zei ze er meteen achteraan: 'Mocht je dat soms denken, dit was niet sarcastisch bedoeld.'

'Blij dat je het zegt.'

'Maar het is in dit geval geen vergelijking van Dante, hè, dat is onmogelijk.'

'Nee, heb ik zelf bedacht. Ik doel op een speciaal gebruik dat de rijken er ooit op na hielden. Die lieten zich na hun dood in een eenvoudige kist over de Rhône meesleuren, waarna het vlot werd opgevangen door doodgravers. Die vonden een vergoeding in de kist, zodat ze de overledene in een sarcofaag op de "Elyzeese velden" konden bijzetten.'

'Mooi verhaal. Vooral dat detail over het geld in de kist is intrigerend. Zouden die dobberende lijkkisten nooit geplunderd zijn?'

'Hoe bedoel je?'

'Dat zo'n lijkkist door dieven voortijdig uit het water werd

gevist, geopend en van het geld werd ontdaan.'
'En de kist?'
'Lieten ze achter, of duwden ze weer in het water. Weet ik veel.'
'Ben ik nergens iets over tegengekomen.'
'In ieder geval hoefden ze er niemand voor te vermoorden.'
'Waar heb je het nou weer over?'
'Het ging toch om lijken? Die zijn al dood.'
'O, bedoel je dat.'
'Heb je nog meer spannende verhalen over Les Alyscamps?' vroeg Battikwa.
'Nee, alleen nog iets opmerkelijks wat niet met verdichtsels te maken heeft.'
'Wat dan?'
'Weet je wat ze in de jaren zeventig gevonden hebben in Trinquetaille, tot waar de necropool liep?' vroeg Guido.
'Nee.'
'Een nog ongeschonden sarcofaag. Met daarin…' Guido's stem stokte even.
'Laat me raden. Een lijk?' vroeg Battikwa op een plagerige toon.
'Ach nee, laat maar. Niet interessant.'
'Jawel, nu wil ik het weten ook. Wat zat erin?'
Nog aarzelde Guido, maar toen zei hij: 'Het skelet van een ongeveer vijfentwintigjarig meisje en haar pasgeboren kind.'
Nog voor de stilte pijnlijke vormen kon aannemen, zei Battikwa: 'Ik ben blij dat we nu over de "doodse" Alyscamps kunnen lopen. Ik vind het hier heerlijk. Goed dat we nog even zijn gaan wandelen, al was het niet volgens plan. Niet?'
'Zeker weten.'

Met zijn drieën waren ze de hele laan afgelopen, David slapend in zijn wagentje. Battikwa had zich er ontzettend thuis gevoeld, wat natuurlijk raar was. Ze liep tussen de resten van een dodenstad en ze voelde zich er thuis. Bij iedere stap die ze zette, iedere blik die ze in een volgende sarcofaag wierp, voelde ze zich rustiger worden. De spanningen die zich – vanaf haar allereerste psychische stoornis – in haar opgehoopt hadden, was ze bezig beetje bij beetje af te geven aan de buitenwereld. Aan het einde van de laan had ze zich geheel gelouterd gevoeld. Waar het door kwam? Een verklaring had ze er niet voor gehad. Ze had het maar over zich heen laten komen en zich er niet al te druk over gemaakt.

Werd het misschien duidelijker nu ze er met afstand naar kon kijken? Als ze zich eerst eens goed realiseerde waar het om ging. Dat zij, Battikwa Rotstein, die zo'n problematische verhouding had met de dood, een catharsis had ondergaan op de plek waar de dood regeerde.

Battikwa richtte zich in één keer op. Dát was het. Les Alyscamps, daar regeerde de dood juist níet. Waar ging het nou om, dat hele gesprek dat ze toen hadden gevoerd, zij en Guido? Dat er in deze tijd juist helemaal geen leven was op Les Alyscamps, dat wil zeggen, dat de dood er helemaal geen rol meer speelde. Het grootste deel van de Elyzeese velden bestond niet meer en wat er aan sarcofagen over was, die waren leeg. Dáár moest de oplossing in gelegen zijn: de lege sarcofagen. Niet alleen had ze te maken met graven van anonieme doden, doden die met de beste wil van de wereld ook geen familie konden zijn. De lichamen van de doden die er ooit hadden gelegen, waren vergaan. De dood was er voorbij. Wat overbleef waren lege omhulsels.

Met een schok ging ze nog rechter zitten. Dat was het misschien wat haar een gevoel van verwantschap had gegeven tussen hier en nu en toen en daar: de aantoonbaar lege en loze ruimtes op beide plekken die haar 'doodsangst' om zeep hadden gebracht.

Wreed werd Battikwa wakker geschud uit haar overpeinzingen doordat de bel ging. Dat kwam beroerd uit. Zou het Guido zijn? Dat was dan wel een heel klein blokje om. Hij had pas een paar minuten geleden de deur achter zich dichtgetrokken. En dan ook nog zijn sleutel vergeten. Irritant.

Uit de intercom kwam alleen een brommend geluid en de deuropener weigerde zijn werk te doen. Battikwa liep naar beneden en opende de voordeur. Ze had haar mond al half open met de bedoeling eens flink tegen Guido uit te varen, toen ze ontdekte dat ze recht in de donkere spiegels van drie paar zonnebrilglazen keek. Voor ze iets kon zeggen, maakte zich een stem uit het gezelschap los, afkomstig van een oudere man. 'Good evening, madam, of is het nog middag?' Hij keek op zijn horloge en zei: 'Nee, het is net avond. My name is Ehrlich, Jitschok Ehrlich.'

Dat was opmerkelijk. Die Engelse woorden sprak de man uit met een duidelijk Amerikaanse tongval, terwijl het Nederlands zo goed als accentloos was. Zijn verschijning was in ieder geval heel Amerikaans in de zo typerende vrijetijdskledij: geruite katoenen broek, poloshirt en, iets wat niet echt bij hem leek te passen, een baseballpet op.

'How shall I say? Ik wil u iets vragen. Ik heb vroeger in dit huis gewoond. As a child. Dan zijn we naar de States gevlucht. Mijn ouders en ik. In World War Two. Daar zijn we een nieuw leven begonnen. Ik ben nu voor het eerst hier terug. In mijn geboortestad. Together with my wife and daughter. Daarom heb ik een verzoek. I should like to show them the house. Het huis waar ik mijn jeugd heb doorgebracht. Een belangrijk deel daarvan. I know, ik overval u hiermee vreselijk. Dus als het niet uitkomt, dan niet. Dan heb ik daar alle begrip voor. But tomorrow? Misschien dat het morgen wel mogelijk is? A short visit?'

Het spoot eruit, alsof wat hij te melden had gedurende lange tijd in hem had zitten gisten en hij het niet meer binnen kon houden. Battikwa voelde dat ze wankelde. Hier voor haar stond het antwoord op haar vraag, of in ieder geval op een deel ervan. De vraag die ze zo graag wel en niet beantwoord zag: wie hier ooit in de Tweede Wereldoorlog hadden gewoond. Ze twijfelde wat ze moest doen. Ze wilde de man ogenblikkelijk binnenlaten, maar durfde het niet goed aan nu Guido niet thuis was. Op een moment als dit merkte ze dat ze nog niet helemaal de oude was.

'Mijn man is even weg. Kunt u over een halfuurtje terugkomen? Dan is hij er weer. Ik bedoel, ik ken u niet en vind het prettig als hij erbij is.'

Terwijl ze het zei, voelde ze zich al beschaamd. Waarom liet ze die mensen niet gewoon binnen? Maar het was al te laat. De man zei vriendelijk: 'Sure. I understand. U kunt niet zomaar iedereen in huis halen. Dat doen we in New York ook niet. We will come back later.' En weg waren ze.

'Niet zomaar iedereen'. Deze mensen behoorden niet tot de categorie 'zomaar iedereen'. Voor haar had een man gestaan die ooit gevlucht was voor de nazi-terreur. Hoe had ze zo bot kunnen zijn hem de deur te wijzen? Ze voelde dat hij niet terug zou komen, daar leek hij te bescheiden en te beschaafd voor.

Plotseling zag ze Guido aankomen. 'De sigarenman was nét dicht, ik wilde een krantje kopen!' riep hij haar toe en hij stak schuin de straat over naar hun huis. Battikwa rende het gezelschap achterna, dat, geattendeerd door het geluid van snelle voetstappen achter zich, stopte. 'Mijn man is er weer,' zei Battikwa buiten adem. 'Komt u alstublieft mee.'

Ze liepen terug en toen ze voor de deur stonden, legde Battikwa in het kort de situatie aan Guido uit. 'Natuurlijk kunt u het huis zien,' zei Guido spontaan. Net voordat Battikwa de deur achter zich dicht liet vallen, wierp ze een vluchtige blik in de straat. Wat was die uitgestorven! Nauwelijks geparkeerde auto's, geen spelende kinderen. Veel gezinnen moesten dit weekend nog van vakantie terugkeren, hoewel het al begin september was.

Ze begonnen op de begane grond. 'Ach. Die kamers. Ze zijn nog precies hetzelfde,' zei Ehrlich. 'Alleen die tussenwand is nieuw.'

'Die serre,' zei Guido, 'of wat het ook mag zijn, kent u neem ik aan ook niet.'

'Zeker wel.' Hierbij knikte Ehrlich nadrukkelijk met zijn hoofd.

'O,' zei Battikwa. 'Wij dachten dat het er later aan gebouwd was.'

'Nee, hoor. Mijn vader was hier altijd in de weer. In zijn vrije tijd dan.'

'Wat deed hij daar?' vroeg Battikwa, terwijl ze een cactuskwekerij voor zich zag.

'Hij stookte hier liquor, ach, hoe noem je dat?'

'Drank,' zei Guido.

'Precies, drank. U moet weten, hij was wijnimporteur. Een wijnimporteur met verstand van zaken.' Ehrlich keek hen bijna ondeugend aan.

Battikwa was half verbaasd, half onthutst door de woorden van Ehrlich. Wijnimporteur. Hij ook al? Ze keek naar Guido. Deze trok een gezicht van: laat maar. Ze zei er dan ook niks over.

'Hij had eigenlijk chemicus willen worden,' zei Ehrlich. 'Vandaar dit bescheiden laboratoriumpje. Het was geen slecht spul dat hij fabriceerde. Honderd procent zuivere wodka. Uit aardappels gestookt.'

Zo liepen ze verder met z'n vijfen het huis door, over de trappen, door de gangen, kamer in, kamer uit.

'Dit hier is de kamer van ons zoontje, David,' zei Battikwa. 'Hij ligt nu te slapen. We kunnen wel even om de hoek kijken. Graag zachtjes, ik zou het jammer vinden als hij wakker werd.'

Terwijl ze door het huis wandelden, vertelde Jitschok Ehrlich wat er was veranderd en wat nog hetzelfde was. De kamer die David nu had was zijn kinderkamer geweest; hij had zich moeten wassen bij een wasbak in het alkoofje. Het gezin zeilde overal langs, alsof het bang was tegen dingen aan te stoten, om te stoten. Maar veel aannemelijker was het omgekeerde: de angst om door dingen geraakt, aangeraakt te worden, geëmotioneerd te raken. Desondanks, of misschien juist dankzij de gecreëerde afstand, werd het een aangrijpende tocht. Vooral de dochter had het te kwaad – iedere toelichting van haar vader zorgde voor nieuwe tranen – en Battikwa begreep dat maar al te goed. Ook al was het een volwassen vrouw, het was háár vader wie dit alles ooit was aangedaan, die was losgerukt van zijn ouderlijk huis.

Battikwa wist niet of het daardoor kwam, maar tegelijkertijd met deze gedachte drong tot haar door dat ze Ehrlich vanaf het moment dat hij het huis was binnengegaan op vrijwel geen enkel Engels woord meer had kunnen betrappen. Terwijl er op de stoep van hun deur zelfs hele Engelse zinnen uit zijn mond waren gerold. Een merkwaardige omslag, zo leek het, maar de oplossing was heel eenvoudig. Dit huis vertegenwoordigde de man zijn jeugd. Daar hoorde de Amerikaanse taal, die hij later had aangeleerd ten behoeve van een nieuw, door omstandigheden afgedwongen leven, niet in thuis. Jammer voor zijn vrouw en dochter, die vast niets konden verstaan van het Nederlands, maar het verleden woog tijdelijk zwaarder dan het heden.

'Alleen de kelder nog,' klonk het ver weg uit Guido's mond, maar voldoende dichtbij om Battikwa weer terug te brengen bij de rondleiding. Maar goed ook, want ze voelde dat dit soort psychologiserende bespiegelingen niet al te best voor haar waren. Die moest ze, zo kort na hun terugkeer van twee lichte, zonnige maanden, zoveel mogelijk proberen te vermijden. Hoe oppervlakkiger de observaties, hoe beter. Om maar iets te noemen: het was haar opgevallen dat het rijtje Amerikanen, Amerikaanse Nederlanders of Nederlandse Amerikanen die iets met dit huis hadden steeds langer werd.

'Ach ja, de kelder,' zei Ehrlich. 'Daar heb ik heel wat uurtjes in doorgebracht. Vooral bij slecht weer. Dan was ik er aan het... aan het... Ach, daar ben ik de naam ook al van vergeten. Zo lang geleden is het. Met van die rollerskates, onze dochter had ze ook.'

Battikwa wilde hem net te hulp komen, toen het hem te binnen schoot. 'O ja, rolschaatsen. Heerlijk was dat.'

'Niet te geloven,' riep Ehrlich uit, toen ze het trapje waren afgedaald en in de kelder stonden.

'Wat?' vroeg Guido.

'Die stellages, ze staan er nog.'

'Waren die er toen ook al?' vroeg Battikwa verbaasd.

'Voor de wijnopslag.'

'Waren het júllie wijnrekken?' riepen Battikwa en Guido tegelijkertijd.

Ehrlich gaf geen antwoord, maar zei alleen, hoorbaar aangedaan: 'Wat bijzonder dat ze de tijd overleefd hebben.'

Na de rondleiding liepen ze terug naar de eerste etage om in de huiskamer nog wat na te praten. Jitschok Ehrlich stond stil in de eetkamer. 'Wat een prachtige tafel. Frank Lloyd Wright, nietwaar? Ik heb een catalogus met werk van hem. Als ik weer even "thuis" wil zijn, zoals vroeger, bekijk ik onder meer de foto van die tafel.'

Battikwa raakte lichtelijk in verwarring. Die man kon toch niet weten dat deze tafel in het huis stond waar hij zijn jeugd had doorgebracht? 'Thuis? Wat bedoelt u?' vroeg ze dan ook.

'Amsterdam-Zuid. De tafel doet me erg sterk denken aan de bouwstijl van de sjoel op het Jacob Obrechtplein. Een gebouw met veel mooie herinneringen. We zaten er alle feest- en gedenkdagen.'

Natuurlijk, nu wist Battikwa waarom ze zo'n vertrouwd gevoel had gekregen toen ze de tafel in de etalage van Wonen 2000 voor het eerst had gezien.

'Mijn vader had er een van de beste plekken,' zei Ehrlich, 'op de eerste rij, vlak voor de voorzangerslessenaar. Toen ik nog klein was, zat ik bij hem op schoot of stond ik tussen zijn benen.'

Stom dat ze zelf nooit die relatie met de sjoel had gelegd. Het had er ongetwijfeld mee te maken dat ze het gebouw van meet af aan erg lelijk had gevonden, met zijn blokvormige elementen, strenge toren en ver overstekende dakvlakken, terwijl het met de tafel van Frank Lloyd Wright liefde op het eerste gezicht was geweest. Maar het was waar, juist vanwege die afzonderlijke kenmerken van de sjoel hoorde het gebouw thuis in de sfeer van Dudok en dus van Frank Lloyd Wright. Vooral de zes vensterstroken in elk van de korte zijwanden van de sjoel leken sprekend op de openingen in de poten van de tafel.

'Soms had ik geluk,' zei Ehrlich. 'Dan was de buurman van mijn vader afwezig en mocht ik op de bank naast hem de dienst volgen.'

Jitschok Ehrlich zei het op een toon die een groot heimwee verraadde, en aan de ingekeerde blik te zien, werd hij na het laatste woord te hebben uitgesproken, geheel opgeslokt door de herinnering aan die periode uit zijn leven.

'Heeft u zin in koffie of thee?' doorbrak Battikwa de beladen stilte. Ze schaamde zich voor de onbenulligheid ervan, maar stelde de vraag omdat er voor haar gevoel plotseling een onbestemd soort onheil uitging van Jitschok Ehrlichs verleden – een vreemde, ongefundeerde angst harerzijds – en ze hem daarom weer naar het heden wilde terughalen en daar zo snel geen originelere manier voor wist te verzinnen.

'Heerlijk,' zei Ehrlich. 'Koffie graag.'

Korte tijd later kwam Battikwa de kamer weer binnen met een vol dienblad.

'In de CIZ?' hoorde ze Guido vragen.

'Ja,' antwoordde Jitschok Ehrlich.
Terwijl ze het dienblad neerzette, zei Battikwa: 'Het liefst wil ik zo min mogelijk de naam van dat ziekenhuis horen. Mijn amandelen zijn er ooit geknipt.' Ze had er inderdaad geen goede herinneringen aan, maar dat ze dit nu zei was toch vooral vanwege haar drang Ehrlich bij zijn verleden weg te halen.
'Wat klinkt dat leuk,' zei Ehrlich, 'amandelen. Heerlijk om zo'n woord weer eens te horen. Het komt zo grappig over. Beter dan tonsils. Ik vertelde net aan uw man dat de mijne daar ook geknipt zijn.'
'Nou, grappig zou ik het niet direct willen noemen,' zei Battikwa. 'Ik heb daar mijn eerste traumatische ervaring opgedaan. Ik lag nog bij te komen van de ingreep, toen mij werd gevraagd of ik vla wilde. Ik verstond sla en ik was dol op sla, maar ging letterlijk over mijn nek van vla. Toch moest en zou ik het opeten. Sadisten waren het.'
Battikwa stond even heel erg verbaasd over zichzelf. Dat kwam er soepel uit. Die frustratie over de CIZ zat blijkbaar veel dieper dan ze altijd had gedacht. Zou dat meegespeeld hebben bij haar niet te verklaren plotseling opkomende angst toen Ehrlich het over zijn verleden had? Wie weet, maar misschien moest ze zich er niet te veel in verdiepen. Sterker, nu ze er even wat langer over nadacht, was ze van mening dat ze haar paniekerige houding ten opzichte van Ehrlichs verleden geheel overboord moest zetten. Hij was hier tenslotte gekomen *vanwege* dat verleden. Het was de drijfveer voor de hele onderneming. Daar kon ze niet omheen, tenzij ze hem nu zou wegsturen. Maar dat wilde ze niet op haar geweten hebben.
Ze spraken nog een tijdje over de buurt, de zwemlessen in het Zuiderbad en het spelen op het Museumplein. Battikwa complimenteerde Jitschok Ehrlich met zijn Nederlands, dat hij zo goed beheerste.
'Ik heb hier een perfecte schoolopleiding gehad. Voor zolang het duurde dan. In Amerika heb ik het Nederlands goed bijgehouden.'

'Op welke scholen heeft u gezeten?' vroeg Battikwa.
'Op de Morticinischool. Lagere én middelbare school.'
'Toevallig,' zei Battikwa, 'dat was ook mijn school, het Morticini Lyceum, dan.'
'Wat een coincidence, inderdaad.'
'Wanneer zat u erop?'
'Maar één jaar, in '40-'41. We vluchtten in de zomer van 1941.'
'Dan behoort u dus tot de "oorlogsklas",' zei Battikwa.
'Oorlogsklas?' Jitschok Ehrlich klonk geschrokken.
'Sorry dat ik me zo uitdruk. U begrijpt natuurlijk helemaal niet waar ik het over heb.'
'Inderdaad.'
'Ik was op een reünie van het Morticini Lyceum en stond erbij toen van een stel oud-leerlingen foto's werden gemaakt. Mij viel op dat er relatief veel waren komen opdagen.'
'Hoezo relatief veel?'
'Omdat het om een groep uit 1940 ging en een groot aantal van hen joods was.'
'O, bedoelt u dat.'
Battikwa keek Jitschok Ehrlich observerend aan. Het viel haar op hoe bedrukt hij keek. Zo was ook de toon van zijn reactie: terneergeslagen. Een verdere uiteenzetting van zijn kant bleef bovendien uit, terwijl je zou verwachten dat hij het een en ander te vertellen had over die 'oorlogsklas'. Omdat Battikwa het gevoel had dat de stilte nogal pijnlijk werd, nam ze maar weer het woord. 'Het was heel erg klein, hè, die school toen?'
'Ja. We zaten in een woonhuis.'
'Een pand op de De Lairessestraat.'
'Klopt. U weet er veel van.'
'Ik heb een fotoboek waar dat allemaal in staat. Ik pak het even.'
'Really, het is niet nodig,' zei Ehrlich, maar Battikwa was al weg.
Ze kwam met twee boeken onder haar arm de kamer binnen. 'Ik heb ook het fotoboek van de laatste reünie meegenomen. Daar staat

de foto in van die "oorlogsklas" waar ik het net over had. Wie weet herkent u nog wat klasgenoten.' Ze sloeg het eerste fotoboek open. 'Kijk, dit is het pand aan de De Lairessestraat. En hier, een foto van twee van de leerlingen toen. Kent u die misschien?' Battikwa keek Jitschok Ehrlich aan. Ze zag dat hij knalrood was geworden. 'Voelt u zich wel goed? Vindt u het vervelend om die foto's te zien? Stom van me, om daar geen rekening mee te houden.' Opnieuw realiseerde Battikwa zich hoe gevoelig het voor Jitschok Ehrlich moest liggen, de confrontatie met deze periode uit zijn leven.
'Nee, dat is het niet. Ik, eh, ik...' Even was het stil. Toen zei Ehrlich, terwijl hij Battikwa aankeek: 'Ik moet u wat bekennen. Ik heb u niet alles verteld. Erger nog. Ik heb u het belangrijkste niet verteld. Er is eigenlijk een heel andere reden waarom ik hiernaartoe ben gekomen.'
'Een andere reden? Wilde u het huis dan niet vanbinnen bekijken?' vroeg Battikwa.
'Dat is het niet.'
Battikwa keek bezorgd naar de man.
'Ik heb het huis al eens bezichtigd.'
'Hè?'
'Dat betekent niet dat ik het niet ook graag aan mijn gezin wil laten zien, hoor. Dat staat er los van.'
'Wanneer bent u dan hier binnen geweest?'
'Toen u en uw man er rondgeleid werden.'
'Was ú dat?' riep Battikwa.
'Ja, dat was ik.'
Ehrlich verwisselde zijn zonnebril, die hij aldoor op had laten staan, voor een gewone bril en zette zijn baseballpet af.
'Nu zie ik het!' zei Battikwa opgewonden. 'U bent het inderdaad.'
'Tja, kleine vermomming,' zei Ehrlich.
'Ik begrijp er helemaal niks van,' zei Battikwa.
'Nee', zei Guido, 'ik ook niet.'

'Het spijt me,' zei Ehrlich, 'ik heb u in verwarring gebracht. Dat was zeker niet de bedoeling. Het is voor mij zeer emotional, deze onderneming. Ik merk nu pas hoe het me aangrijpt. Ik was er al bang voor.'

Omdat Battikwa vreesde dat hij zich zou bedenken en zou opstappen, zei ze snel: 'Dat begrijpen we heel goed. Vertelt u uw verhaal rustig. We willen u absoluut niet opjagen.'

'Dat is lief van u,' zei Ehrlich. 'Weet u, ik ben een paar keer in Amsterdam terug geweest. De afgelopen jaren. Zo was ik ook op die reunion, sorry, reünie aanwezig. Samen met mijn vrouw.'

Ehrlich draaide zijn hoofd naar zijn vrouw, waardoor Battikwa hem van opzij te zien kreeg. Ze schrok. Dit kon niet waar zijn. In één keer herkende ze Ehrlich als de man die haar onlangs was opgevallen op de 'oorlogsklasfoto'. Hij had zich inmiddels weer naar Battikwa omgedraaid en vroeg: 'Is er iets, u ziet zo bleek?' Ze schudde haar hoofd en zei toen: 'Ik heb u toen gezien. Dat was u, die man in een wit pak met een grote witte hoed.'

Ehrlich zei berustend: 'Ja, dat was ik.'

Battikwa riep opgewonden uit: 'Wist u dat u in het fotoboek van de afgelopen reünie stond?'

'Ja zeker,' zei Ehrlich.

'Heeft u dat?'

'Ja, net als dat andere fotoboek. Daar wil ik trouwens ook nog iets over kwijt. Die foto met die twee kinderen. Die jongen en dat meisje. Wat u me net liet zien. Die jongen ben ik.'

Battikwa keek hem aan of hij net verteld had dat hij de Messias zelf was.

De vrouw en de dochter zaten nogal schaapachtig te kijken. Ze begrepen duidelijk niets van het gesprek. Ehrlich legde hun in het kort uit wat er aan de hand was. Vervolgens richtte hij zich weer tot Battikwa en Guido. 'Ik wilde toen heel graag aanwezig zijn. Bij de reünie. Maar het was niet de belangrijkste drijfveer om naar Amsterdam te komen. Ik ben gegaan vanwege dezelfde reden als nu.'

'Wat is die reden dan?' vroeg Guido, die zich tot nu toe nogal op de achtergrond had gehouden.
'Die reden is heel erg persoonlijk. Heel erg ingewikkeld. Het is zelfs bijna aanleiding geweest om dit huis te kopen. Een tijd later.'
'Was dat toen u samen met ons het pand binnen bent gegaan?' zei Battikwa. 'Toen het eigenlijk te laat was, omdat wij al serieuze gegadigden waren?'
'Nee, het was een hele tijd daarvoor. Ik ben toen vanuit Amerika ermee bezig geweest.'
'Wacht eens,' zei Guido. 'Was ú dat? Nee, dat kan niet. Of...?'
'Wat wil je vragen, Guido?' vroeg Battikwa.
Guido keek nogal leep naar Ehrlich. 'Was u die Amerikaan die een optie had genomen op dit huis?'
Battikwa draaide snel haar gezicht naar Ehrlich. 'Nee!' riep ze.
'Ja, dat was ik.'
'Nou gaat u ons zeker ook vertellen dat u die man was die dit huis stond te fotograferen.' Battikwa zei het op een toon van: u moet wel van heel goeden huize komen, willen we dát geloven.
'Ik herinner me nog dat jullie op mij werden geattendeerd door het geklik van het fototoestel.'
Battikwa sperde haar ogen ver open. 'Dus... dat was u ook?'
'Ja.'
De vrouw van Ehrlich keek angstig naar haar man. Ze was waarschijnlijk bang dat er tussen hem en Guido en Battikwa onenigheid was ontstaan. Ehrlich had het in de gaten, wisselde een paar woorden met haar, waarop ze gerustgesteld leek.
'Dit alles moet voor u krankzinnig zijn, totally. Ik zal het u daarom nu vertellen. Wat de achtergrond is. Van deze rare gang naar mijn ouderlijk huis.'
'Graag,' zei Battikwa.
'En hoe ik hier uiteindelijk ben terechtgekomen. Vandaag.'
'Ja,' zei Guido, 'dat willen we wel horen.'
Ehrlich ademde diep, keek beurtelings naar Guido en Battikwa

en begon te praten. 'Het gaat om de laatste wens van mijn vader. Alweer jaren geleden. Ik zat aan zijn bed. Op een middag in het ziekenhuis. Hij was ernstig ziek, cancer. Mijn vader sprak met een ijle, bibberige stem. Die paste totaal niet bij hem. Daarom luidde die stem voor mij zijn einde in. Veel meer dan de voorspelling van de artsen. Volgens hen had mijn vader niet lang meer te leven. Maar plotseling, van het ene op het andere moment, had hij zijn eigen stem weer terug. Zijn stevige, barse stem. Geheel onverwacht. Iedere zin zit daarom voor altijd opgesloten, hier.' Ehrlich tikte een paar keer met zijn wijsvinger tegen de zijkant van zijn hoofd, net boven de slaap. '"Ga naar Amsterdam, naar het huis waar je bent opgegroeid. Bel aan en vraag de mensen die er nu wonen of je binnen mag komen. Leg uit dat dit je geboortehuis is. Dat je het noodgedwongen hebt moeten verlaten. Samen met je ouders. Tijdens de Tweede Wereldoorlog. Dat je het graag nog eens vanbinnen wilt zien. Als het lot je goedgezind is, zijn het vriendelijke mensen. Die zullen je zeker binnenlaten. Als jullie wat nader kennis hebben gemaakt met elkaar, misschien na een rondleiding door het huis, vertel je hun de echte reden van je komst."'

Battikwa nam een slok van haar koffie. Ze huiverde. Kwam het door de bitterheid ervan? In Frankrijk hadden ze steeds café au lait gedronken.

'Mij leek het al enerverend genoeg,' zei Ehrlich. 'Het weerzien met dit huis. Het huis waar ik mijn jeugd heb doorgebracht. Nóg een mission? Daar zag ik tegen op. Maar goed, het ging niet om mijn zielenheil. Mijn vader vroeg mij vervolgens of ik me de muurkast nog herinnerde. De muurkast in de woonkamer. Die aan de schuifdeuren grensde.' Ehrlich wees naar de kast. 'En óf ik mij die herinnerde. Het was de feestkast. Zo noemde ik hem vroeger tenminste. Alle mooie spullen voor de sjabbatavond en andere feestelijkheden lagen altijd daarin. Veel waren van zilver. De kandelaar, de kiddoesjbekers, het bestek, de onderzetters voor de wijnglazen, de servetringen, de broodschaal voor sjabbat. Ik zie nog de afbeelding van twee challabroden erop voor me. Natuurlijk bevatte de kast ook minder kostbare zaken. Voor mij daarom nog niet minder waardevol: verjaardagsslingers, verschillende soorten kaarsen, gebaksbordjes, de chanoekia van blik, die ik op de kleuterschool had gekregen. Hij was door de jaren heen steeds meer vervormd geraakt. Zat vol butsen. Ik weet nog dat ik mezelf tijdens Chanoeka in het eerste oorlogsjaar een plechtige belofte deed. Ik nam me heilig voor mijn chanoekia altijd te blijven gebruiken. Het armzalige geval. Iedere Chanoeka zou ik hem tooien met de kaarsjes. Elke avond eentje meer, tot de rij van acht vol was. Het is er niet van gekomen. De eerstvolgende Chanoeka vierden we in een vreemd huis. In een vreemde stad. In een vreemd land. Ik heb mijn kandelaartje nooit teruggezien.' Jitschok Ehrlich leek gedurende enkele minuten heel ver weg. Vervolgens schrok hij op, knipperde een paar keer met de ogen en ging verder met zijn verhaal.

'De bodem van de kast bestond uit een dubbele vloer, zei mijn vader. De bovenste laag kon je er zo uit halen. Een stuk of zes losse planken. Daaronder bevond zich eenzelfde planken vloer, die vast lag. Behalve één stuk, dat de lengte had van de kastvloer. De breedte was zo'n veertig centimeter. Het was eigenlijk een luik, maar dat viel niet op. Zelfs als je het wist was het onzichtbaar. Dat kwam doordat het losse stuk op de naden was doorgezaagd. Mijn vader zei me dat ik moest vragen of ik even in die kast mocht kijken. Ik zou het schot moeten openen. Wat ik dan te zien kreeg was zand, Schevenings strandzand.'

Tijdens het verhaal van Ehrlich voelde Battikwa zichzelf bijna veranderen in de kast bij wie de grond onder de voeten werd weggesloopt. Zij, die het hele huis had beklopt en bij het minste vermoeden van een loze ruimte, hoe klein ook, deze binnenstebuiten had gekeerd, zo rigoureus dat er ten slotte één grote puinhoop restte, in het huis en in haar hoofd; zij, de perfectioniste van de 'opruimingsdienst', had geen rekening gehouden met zand als camouflagemiddel voor een geheime bergplaats. Stom, ongelooflijk stom, want wat maakt massiever, wat vult beter op, tot in de kleinste hoeken en kieren, dan zand? Battikwa's blik viel toevallig op Guido en ze zag dat hij haar bezorgd aankeek. Had hij eenzelfde associatie bij dit verhaal en was hij bang dat ze het psychisch niet aankon? Ze zou het hem later vragen. Nu moest ze haar aandacht weer op Ehrlich richten.

'Mijn vader vroeg me of ik me het volgende herinnerde: dat we vroeger altijd twee emmertjes vol zand mee terugnamen. Van het strand. Als we daar een dagje waren geweest. Om mijn zandbak bij te vullen. Die zandbak waar ik hele dagen in doorbracht.' Ehrlich zweeg even. 'Vervolgens zei mijn vader dat ik van het zand in de kast zoveel mogelijk moest weggraven. De rest zou zich vanzelf wijzen.'

Weer laste Ehrlich een pauze in, nu iets langer. Het leek erop dat hij zichzelf moest opladen om verder te kunnen spreken.

De dochter greep de onderbreking aan om iets tegen haar moeder te fluisteren. Blijkbaar vroeg ze waar haar vader het over had, want Battikwa ving op dat de moeder tegen haar zei: 'It's about the hidden place, I think,' waarna de dochter knikte.

Battikwa voelde zweetplekken ontstaan onder haar oksels. Deze drie mensen, of in ieder geval Ehrlich, wisten, ver voordat zíj op handen en voeten door het huis had gekropen, in kasten was gedoken, op trappen en ladders had gestaan, van een geheime bergplaats af. Het was bijna niet te bevatten. Zou het ook zo zijn dat die verborgen plek iets met de... nee, dat was onmogelijk, die inpandige minizandbak kon niets te maken hebben met de ruimte waar zij naar op zoek was geweest. In haar geval betrof het een plek van recente datum. Bij Ehrlich ging het om iets wat niet later dan uit de Tweede Wereldoorlog kon stammen. Gelukkig maar. Even hield ze haar adem in. Wat had ze gedacht? 'Gelukkig maar'? Terwijl het om de oorlog ging? Hoe was het mogelijk? Dat was wel het allerlaatste tot waar ze zichzelf toe in staat achtte.

Haar gedachten flitsten door elkaar als de blauwe elektriciteits-

stralen in een glazen bol, maar plotseling, alsof iemand de energietoevoer had afgesneden, kwamen ze tot rust. Battikwa realiseerde zich ineens wat de oorzaak was geweest van die ogenschijnlijk onmogelijke gedachte. Die constatering had ze nodig gehad om de dreiging die er voor haar van de geheime bergplaats in de kast was uitgegaan, teniet te doen. Ze ontspande zich. Net zoals haar angst voor de verborgen plek was verdwenen, zo verdween ook het schuldgevoel voor haar blijdschap over de oorlog. Wat restte was grote nieuwsgierigheid naar wat zich in de kast zou bevinden.
Ehrlich vervolgde: 'Na deze uiteenzetting citeerde mijn vader uit de thora. Zonder verdere toelichting. De regels zijn me woordelijk bijgebleven:

Toen sprak Joseph tot zijn broeders:
ik sterf;
maar God zal u gedenken
en u doen optrekken uit dit land,
dat Hij toegezworen heeft aan Abraham,
aan Izak en aan Jakob.

Daarna zei hij nog: "Ik heb het voor je moeder gedaan. Het was haar wens." Verder heeft hij me niets meer gezegd. Hij sloot zijn ogen. Ik weet nog dat ik dacht: hij wordt overvallen door een grote vermoeidheid. Door de inspanning van het vertellen. Misschien was dat het ook wel. In ieder geval heeft mijn vader zijn ogen nooit meer opengedaan.' Ehrlich zweeg.
'We zijn toe aan iets sterkers, geloof ik,' zei Guido. 'Kan ik u iets inschenken? Meneer Ehrlich, heeft u misschien zin in een Hollandse borrel?'
Ehrlich keek op. 'U heeft zeker geen wodka?'
'En of we die hebben,' zei Guido triomfantelijk. 'Battikwa is een fervent wodkadrinker. Heeft ze van haar Poolse vader. Was automatisch bij haar opvoeding inbegrepen.'

Guido ging druk in de weer met flessen en glazen. Battikwa stak een paar drijfkaarsjes aan. De schemering zou snel invallen. Ook daaraan merkte je dat het al laat in de zomer was.

Jitschok Ehrlich ging verder met zijn verhaal. 'We hebben mijn vader volgens de joodse traditie begraven. Wat trouwens nog niet zo gemakkelijk voor mekaar te krijgen was.' Hij zei het met hoorbaar vastere stem. De korte pauze had hem blijkbaar goed gedaan.

'Dat verbaast me,' zei Battikwa. 'In Amerika? Het land van de vrijheid? Ik heb nooit gehoord dat daar problemen mee waren.'

'Ik druk me wat onhandig uit. Natuurlijk is het geen probleem, een joodse begrafenis. Wat wel moeilijk is: de talloze begrafenisondernemers van je afhouden. Zelfs als ze weten dat de overledene streng orthodox was. Je wordt overspoeld door schreeuwerige advertising. Allerlei vormen van lijkbezorging worden aangeprezen. Het komt overigens overal op hetzelfde neer. Wat ze doen met het lijk is... nu moet ik me even concentreren. Ik had het exact onder woorden gebracht. In het Amerikaans. Ik wil proberen het in goed Nederlands te zeggen.'

'Wij wachten wel, hoor,' zei Battikwa.

'Ik heb het,' zei Ehrlich na een paar minuten. 'Wat ze doen is het lijk opvullen, scheren, invetten, opmaken, poederen en mooi aankleden. Het lijk verandert dan in een soort heiligenbeeld.' Ehrlich pakte zijn wodka. 'Lechaïm, gezondheid!' Hij sloeg in één keer zijn glaasje achterover, zette het met een iets te harde klap op de glazen salontafel en begon weer te praten.

'Nou ja, u begrijpt het. Mijn vader wilde dat ik in die kast ging kijken. Jarenlang heb ik rondjes gedraaid.'

'Eromheen gedraaid,' zei Battikwa.

'Wat?' vroeg Ehrlich, duidelijk in verwarring gebracht.

'U zei: "Jarenlang heb ik rondjes gedraaid", maar u bedoelde natuurlijk: Jarenlang heb ik eromheen gedraaid.'

'Natuurlijk. Excuseer mij.'

'Nee,' zei Battikwa. 'Ik moet me excuseren. Ik heb u onderbro-

ken voor zoiets onbenulligs. Sorry, maar het ontglipte me.'
'Niks aan de hand.' Hij nam tussendoor een slok uit zijn glaasje, dat opnieuw gevuld was door Guido. 'Ik aarzelde dus om hiernaartoe te gaan. Ik was steeds op zoek naar nieuwe excuses. Smoesjes om niet naar mijn geboortehuis te hoeven gaan.'
Battikwa glimlachte. Toen ze Ehrlich smoesjes hoorde zeggen, moest ze denken aan een grappige verspreking van haar vader. Hij had het altijd over uitsmoezen. Omdat ze met het woord opgroeide, had het lang geduurd voordat ze zich ervan bewust werd dat het om een samentrekking ging van uitvlucht en smoes.
'Maar,' ging Ehrlich verder, 'het ging wel om de laatste wens van mijn vader. Dat begon te knagen. Vooral toen ik zelf ouder werd. Er speelde bovendien nóg iets mee: heimwee. Dat is wat ik kreeg, heimwee naar het huis. Ik wilde het nog een keer gezien hebben. Het werd een ondraaglijke gedachte. Nooit meer in dit huis te zijn geweest. Het huis van mijn jeugd. Dat ik dat bij mijn dood moest toegeven. Dat vooruitzicht kon ik niet aan. In zoverre heb ik dus helemaal geen smoes gebruikt om uw huis binnen te komen. Ook al ben ik er inmiddels een keer binnen geweest. Dat was illegaal. Voor mijn gevoel telt het daarom niet. De drijfveer was dus uiteindelijk een diep verlangen. Contact met mijn verleden. Dat deed mij besluiten toch naar Amsterdam te gaan, naar dit huis.'
'De eerste aanleiding om te gaan was die reünie van het Morticini Lyceum,' zei Battikwa zacht.
Ehrlich leek even verstoord, maar herstelde zich snel. 'Ja, die reünie gaf mij een duwtje. Net dat ene dat ik nodig had. Niet voor een bezoek aan Amsterdam. Daar had ik geen moeite mee. Wel om mijn mission naar het ouderlijk huis te rechtvaardigen.' Hij zakte weer weg. In diep gepeins deze keer, zo leek het.
'Toch heeft u toen het huis niet bezocht, is het wel?' Battikwa vroeg dit om Ehrlich er weer bij te krijgen.
Het hielp. Bijna zonder overgang, alsof hij niet ver weg was geweest met zijn gedachten, vervolgde hij zijn verhaal. 'Nee, ik kon

het niet aan. Ik durfde het niet. Ik ben zelfs niet naar deze straat gegaan. Om het huis van buitenaf te bekijken.'
Opnieuw was Ehrlich een tijdlang stil.
'Het is maar goed ook dat u hier toen niet heeft aangebeld,' zei Battikwa. 'U was zeker niet verder gekomen dan de voordeur. Beter gezegd, niet verder dan de intercom. Uw naam zou voor de toenmalige eigenaar voldoende zijn geweest om u op de stoep te laten staan.'
'Hoezo?' vroeg Ehrlich.
'Vertel ik nog wel. Eerst úw verhaal.'
'Ik ben nog een keer teruggegaan naar Amsterdam. In mijn eentje. Ik durfde niet aan te bellen. Wel ben ik naar het huis gaan kijken. Een paar dagen achter elkaar. Toen heb ik het huis gefotografeerd. Een van die keren.'
'Er zou toch niemand open hebben gedaan. Het stond te koop en de eigenaar was er al uit,' zei Battikwa.
'Dat begreep ik later ook.'
'Kreeg u op de een of andere manier een krant onder ogen,' vroeg Guido, 'waarin een advertentie voor het huis stond?'
'Nee, ik hoorde het. Bij toeval. Via oude vrienden van mijn ouders. Die woonden nog in Amsterdam. Op het Minervaplein. Zij schreven me dat het te koop stond. Het huis waar ik als kind had gewoond. Toen kreeg ik dat idee. Om zelf eigenaar te worden. Dan kon ik ermee doen en laten wat ik wilde. Als het mijn bezit was.'
'Een gedurfd plan,' zei Guido.
'Maar u heeft het niet gekocht,' zei Battikwa.
'Nee.'
'Wat heeft u uiteindelijk tegengehouden?' vroeg Guido. 'U heeft er gedurende een lange periode een optie op gehad. Blijkbaar twijfelde u heel erg.'
'Het ging mis. Vanaf het moment dat ik de optie had genomen.'
'Wat gebeurde er?' vroeg Battikwa.

'Ik werd bang. Ik durfde geen afspraak met de makelaar te maken om het huis te gaan bezichtigen.'
'Ik kan me daar wel iets bij voorstellen,' zei Battikwa. 'Het is niet niets, een heel pand kopen. Zo'n besluit legt een grote druk op je.'
'Mijn vrouw raadde me aan naar Amsterdam te gaan. Zonder afspraak. Misschien zou dat helpen en durfde ik dan wel contact op te nemen met de makelaar. Vanuit de stad zelf.'
'En?' vroeg Battikwa.
'Niets. Ik ben wel naar de Salieristraat gegaan. Ik heb even voor het huis gestaan. Meer niet.'
'Dat is alles?' vroeg Battikwa.
'Ja, dat is alles. Ik ben weer teruggevlogen. Toen heb ik een hele tijd gewacht.'
'Gewacht?' vroeg Guido.
'Of mijn angst zou verdwijnen. Dat gebeurde niet. Het werd alleen maar erger. Het was uiteindelijk zelfs voldoende om een aanval van hyperventilatie te krijgen: het idee dat ik naar Amsterdam zou moeten.'
'U heeft die stad vroeger als kind plotseling moeten verlaten,' zei Battikwa, 'onvrijwillig, onder extreem gevaar. Dat speelde nu natuurlijk op.'
Ehrlich hoorde niet wat ze zei of wilde het niet horen. Hij ging gewoon door met zijn verhaal. 'Uiteindelijk dwong mijn vrouw mij om die makelaar te bellen. Om te zeggen dat ik ervan afzag.'
'Was u daarna opgelucht?' vroeg Battikwa.
'Het gevoel toen? Terrible! Ik had de hoorn nauwelijks neergelegd: spijt. Ik had alleen maar spijt. Ik zei tegen mijn vrouw: "Wat heb ik nu gedaan? Ik heb het vergooid. De enige kans om mijn vader tegemoet te komen. Ik bel die makelaar meteen weer op."
"Nee," zei mijn vrouw toen, "dat doe je niet. Dan begint alle ellende opnieuw. Desnoods vlieg je meteen naar Amsterdam. Als je dat tenminste nu wel weer durft. Je praat nog eens met die make-

laar. Dan ga je met hem het huis bekijken. Hopelijk kan dat nog. Maar je belt niet.'"

Ehrlich keek in de richting van zijn vrouw, lachte naar haar en zij glimlachte terug.

'Ik ben inderdaad op het eerstvolgende vliegtuig gestapt. Ik heb me naar hotel Bredero laten rijden, bij aankomst. Dat is in de Jan Luijkenstraat. Daar heb ik mijn spullen neergezet. Toen ben ik doorgereden naar de Salieristraat. Daar zag ik u beiden het huis ingaan. Samen met de makelaar.'

'En bent u achter ons aan naar binnen geslopen.'

'Zonder erbij na te denken. Er was ook geen tijd om ervoor terug te schrikken. Ik weet nog dat ik heel helder was. De makelaar zei dat ik zelf maar een beetje door het huis moest lopen. Toen bedacht ik iets. Ik zou misschien wel in de kast kunnen gaan kijken. De makelaar was toch met u bezig.'

'Dat is niet gelukt?' vroeg Battikwa.

'Nee, ik wilde de kastdeur openen. Toen kwam juist de makelaar de kamer binnen. Hij vroeg me of ik alles gezien had. Hij wilde me duidelijk kwijt. Logisch, hij voelde natuurlijk dat u het huis zou kopen. Ik was alleen maar een stoorzender. Toen ben ik weggegaan.'

'Wat erg voor u,' zei Battikwa.

'Nee, hoor, ik nam me op dat moment heel stellig iets voor. Ik zou een keer contact met u opnemen. Al was het pas over twee jaar. Ik moest u een keer het verzoek voorleggen.'

'Dat heeft u niet gedaan,' zei Guido.

'Terug in Amerika was alle durf weer weg. Bellen of schrijven was ondenkbaar. Daarom heb ik op een dag mijn vrouw en mijn dochter voorgesteld naar Amsterdam te gaan. Met z'n drieën. We zouden zonder van tevoren te bellen bij u langsgaan. Hier zitten we dan.'

'U boft,' zei Guido. 'Wij zijn net terug na een afwezigheid van twee maanden. Het is bovendien vakantietijd.'

'Dat is absoluut waar,' zei Ehrlich, 'het geluk is met me. Godzijdank. Het was de enige mogelijkheid. Anders had ik het nooit aangedurfd. Even zag ik het erg somber in. Toen we een paar uur geleden bij u aanbelden. Niemand deed open.'

Battikwa keek naar de kast. Het leek alsof deze zich had losgemaakt uit de ruimte, zoals gebeurt wanneer je door een koker kijkt en een willekeurig object in de verte fixeert.

'Tja, nou zit ik hier. Mijn vader zag het wel heel simpel. Dat realiseer ik me maar al te goed. Vragen of ik "even" in de kast mocht kijken. Zo werkt het natuurlijk niet. Wie laat nu een, hoe noem je dat ook alweer, zo iemand als ik, a perfect stranger?'

'Een wildvreemde,' zei Guido.

'Precies, een wildvreemde. Wie laat nou een wildvreemde "even" in zijn kast kijken? Het is al moeilijk genoeg om het huis binnen te komen, toch?' Hierbij keek Ehrlich Battikwa aan.

Ze kreeg een kleur.

Ehrlich zag dat waarschijnlijk, want hij zei snel: 'Sorry, daar bedoel ik niets mee. Ik had al gezegd dat ik dat volkomen normaal vond.'

Battikwa wimpelde het weg. 'Maakt niet uit. Ik begrijp wat u bedoelt.'

'Toch, het is een merkwaardige vraag die ik moest stellen. Met van die bijkomstige eigenaardigheden. Over de losse vloer en dergelijke. Bovendien ben ik er ook een beetje huiverig voor. Dat geef ik graag toe. Ik heb geen idee van wat ik er zal aantreffen. Het zal heus geen bom zijn, maar wat dan wel?'

Bam! Battikwa had het gevoel alsof er echt een bom ontplofte, maar dan binnen in haar, zo onverwacht laaide de angst weer op voor wat zich in de kast zou kunnen bevinden. Het ging met zo veel geweld gepaard dat ze het dreunen van haar hart zelfs hoorde nagalmen in haar oren. Ondertussen meende ze ook nog David te horen huilen. Ze probeerde zo goed en zo kwaad als het ging tussen de slagen door te luisteren. Nee, ze moest het zich verbeeld hebben. Behalve de herrie die ze zelf produceerde was het overal doodstil, zowel binnen als buiten, waar nu de stilte van de schemering heerste. Battikwa schudde op theatrale wijze haar schouders, als om zich van de ergernis over haar eigen gedrag te ontdoen en zichzelf tot de orde te roepen. Ze had voor zichzelf toch al uitgemaakt dat die bergplaats niet besmet kon zijn door Graftdijk. Dan moest ze nu ophouden met dat paniekerige gedoe rondom die kast. Dat was nergens voor nodig.

Heel even, gedurende een fractie van een seconde, voelde ze opluchting, waarna ze opnieuw werd getroffen door een angstaanval. Ze had het niet voor mogelijk gehouden, maar deze was nog heviger dan de vorige. Een gruwelijke waarheid drong tot haar door. Haar veronderstelling dat Graftdijk niets met die geheime plek in de kast te maken kon hebben, van dat hele idee klopte niets. Dat zij, Battikwa, die verborgen ruimte in de kast niet ontdekt had tijdens haar bizarre zoektocht, wilde nog niet zeggen dat ze Graftdijk ontgaan was. Niets was er wat die garantie bood. Integendeel, zo iemand als Graftdijk, zo'n foute onderwereldfiguur, hield natuurlijk juist altijd rekening met het meest waarschijnlijke. Ook al omdat hij voortdurend alert moest zijn op een mogelijke afrekening binnen het milieu. Er was een veel grotere kans dat hij de plek wel ontdekt had dan niet en als dat inderdaad zo was, dan moest hij het gevoel hebben gehad dat de onzichtbare opbergplaats speciaal voor hem was ingericht. Een geheime ruimte gevuld met zand. Wat was logischer dan daar een babylijkje in te begraven? Het gaf er zelfs iets beschaafds aan. Gruwelijk!

Battikwa deed haar uiterste best om haar lichaam in bedwang te houden, want Guido mocht onder geen beding merken dat er iets aan de hand was. Ze probeerde zo goed en zo kwaad als het ging haar gedachten te ordenen. Wat moest ze doen met deze kennis? Het was ondenkbaar dat ze in dit stadium Jitschok Ehrlich nog kon tegenhouden in zijn jarenlang uitgestelde zoektocht.

Hoe zou ze het bovendien Guido moeten uitleggen? De aanvraag van een scheiding was waarschijnlijk het minste wat ze als reactie van zijn kant kon verwachten. De enige oplossing die ze kon bedenken, was Ehrlich juist wél zijn gang laten gaan en hem wel de ruimte laten ontsluiten. Dat had namelijk één groot voordeel: dan hoefde ze het zelf niet te doen. Even dacht ze nog na, maar ze kwam al snel tot de conclusie dat dit het best denkbare plan was. Battikwa vermande zich en dwong zichzelf tot rust te komen. Dat lukte wonderwel. Zo plotseling als de paniek was komen opzetten, zo abrupt verdween ze weer en stopte ook het lawaai in haar oren. Ze begon te praten, gedurende een paar woorden met enigszins trillerige stem, maar al snel op haar bekende standvastige toon: 'Meneer Ehrlich, de kast is er nog. Dat is op zich een groot wonder. Hij heeft verschillende verbouwingen overleefd: tijdens de gladstrijkmanie van de jaren zeventig, tijdens de uitbreekwoede van de jaren tachtig. Daarna ontstond de mode om alles in de oorspronkelijke staat terug te brengen. Daar hebben wij gelukkig ook aan meegedaan. De kast is door ons in zijn oude glorie hersteld. Zo is onder andere de hardboardplaat van de deur gehaald. Daardoor zijn het mooie reliëf en het glazen paneel te voorschijn gekomen. Maar zelfs tijdens deze restauratie is de toegang tot de ruimte onder de vloer niet ontdekt. Ook een groot wonder.'

Battikwa's ferme uitspraken ten spijt, was er ondertussen maar één ding dat haar bezighield: wat zich in die schuilplaats zou bevinden. Maar ze ging dapper door. 'We zijn het dus alleen al aan de kast verplicht hem de mogelijkheid te bieden eindelijk zijn geheim prijs te geven na al die jaren van bescherming. Daar is de kast. Hij staat tot uw beschikking.'

Battikwa deed het licht in de kast aan en haalde twee platte wijnrekjes en een telefoonboek weg die op het vloertje lagen, zodat de man erbij kon. Toen deed ze een paar stappen achteruit. Ehrlich knielde neer. Zijn vrouw stond achter hem, haar hand rustte op zijn schouder.

Jitschok Ehrlich tilde de losse planken op. Dat ging soepel. Maar de openingen in de naden van de ondervloer waren niet zichtbaar met het blote oog. Hij voelde en duwde, nergens was ook maar enige beweging in te krijgen.

Hij moet een mes hebben, dacht Battikwa. Ze liep naar de keuken, deed het licht boven het aanrecht aan en rommelde wat in de keukenla. Even later overhandigde ze Ehrlich een klein vleesmes en ze zag dat haar hand trilde. Ondanks haar angst voor wat komen zou, bleef ze er toch met haar neus bovenop zitten.

Meteen bij de eerste naad die Ehrlich probeerde, gleed het lemmet in het hout weg, de diepte in. Hij duwde het heft met zijn hand een beetje naar rechts. Een deel van de bodem kwam omhoog. Hij tilde het eruit, hield het even vast terwijl zijn ogen gedurende enkele minuten gericht bleven op hetgeen hij ontsloten had.

Toen draaide hij zich om, legde het hout neer en zei: 'Een klein formaat zandbak. Daar lijkt het nog het meest op. Met echt strandzand, vol hele en halve schelpjes. De geur van Scheveningen is onmiskenbaar.'

Terwijl in Jitschok Ehrlichs ooghoeken twee heel kleine druppeltjes blonken, voelde Battikwa zich steeds banger worden.

'Heeft u misschien een emmer en een schep?' vroeg hij.

Battikwa probeerde na te denken. Een emmer en een schep. Een emmer had ze wel, dat was geen probleem, maar waar haalde ze nou zo snel een schep vandaan? Guido en zij hadden beiden zo'n hekel aan tuinieren, dat zelfs het kleinste tuinschepje ontbrak. Ach, natuurlijk, het schepje van David. Eigenlijk was het niet eens van hem. Battikwa had het gevonden in Frankrijk, op het strandje bij de rivier waar ze iedere dag naartoe gingen. Het moest nog in de auto liggen. Voor de tweede maal verliet Battikwa de kamer om gereedschap te gaan zoeken, maar ze was blij dat ze even weg mocht. De discrepantie tussen haar vrees voor wat komen zou en Ehrlichs overgave aan een bezigheid waarmee hij iets uit het verleden hoopte te ontsluiten, werd haar een moment te veel.

Weer in de kamer gaf ze Jitschok Ehrlich een felrood kinderschepje, waarmee hij voorzichtig begon te scheppen. Battikwa bleef naast hem gehurkt zitten en zag daardoor dat hij al snel ergens op stuitte. Hierna ging hij verder aan de zijkanten. Langzaam maakte zich iets los uit de zandmassa. Hij draaide zich om naar zijn vrouw, die knikte. Hij diepte iets op uit de kast. Battikwa probeerde zich zo snel op te richten, dat ze daarbij haar evenwicht verloor en achteroverviel.

'U heeft zich hopelijk geen pijn gedaan?' zei Ehrlich geschrokken.

'Nee, niets aan de hand,' antwoordde ze snel. 'Mijn billen hebben de val gebroken.'

'Gelukkig,' zei hij, waarna hij het voorwerp in de kamer neerzette: een rieten mandje. Er zat een envelop op bevestigd. 'Een brief,' zei Ehrlich.

'Een brief?' vroeg Battikwa. Dat was wel het laatste wat ze verwacht had van zo'n analfabeet als Graftdijk.

'Ja, lijkt me wel. Mijn naam staat erop. Ik herken bovendien het handschrift van mijn vader.'

Battikwa had het gevoel alsof ze half levend uit een graf werd getrokken, net op tijd gered van de verstikkingsdood. 'Wilt u zeggen dat het een persoonlijke brief is van uw vader aan u?' vroeg Battikwa, hoorbaar naar adem happend.

'Wat zou het anders moeten zijn?' zei Ehrlich. En aansluitend op bezorgde toon: 'Weet u zeker dat het gaat?'

'Ja, echt, het grijpt me gewoon een beetje aan. Dat is alles.'

Ondertussen had Battikwa het liefst iedereen omhelsd en gezoend. Wat was ze blij. De aanwezigheid van de brief kon maar één ding betekenen: Graftdijk was met zijn gore tengels niet in de buurt geweest van deze geheime ruimte. Die zou hem onherroepelijk hebben onderschept. In één klap was Battikwa weer helder en alert. 'Zullen Guido en ik dan maar even weggaan, zodat u de brief rustig met uw familie kunt lezen? Dit gaat ons helemaal niet aan.'

'Nee, blijf,' zei Jitschok Ehrlich. 'U heeft hier ook recht op. Mede dankzij u bestaat het pakketje nog.' Voorzichtig trok hij de envelop van het mandje, wat lukte zonder het papier te beschadigen. Hij opende de envelop, haalde de brief, die erg dik was, eruit. Juist op dat moment klonken er huilgeluiden uit de babyfoon.

'Sorry, ik moet even naar David,' zei Battikwa.

'Ik wacht tot u terug bent,' antwoordde Ehrlich.

De dochter stond ook op. Ze maakte gebruik van de pauze om naar de wc te gaan en kwam bijna tegelijkertijd met Battikwa, die David op de arm had, de kamer weer in.

Het gezin Ehrlich boog zich over hem heen. 'Wat een mooie jongen,' zei Ehrlich, 'maar met een nog ernstiger gezicht dan dat van zijn moeder.' Daarbij keek hij met een heel lichte zweem van ironie op zijn gezicht Battikwa aan.

'Ik maak zo wel wat eten voor hem warm, anders moet u zo'n tijd wachten,' zei Battikwa snel, om het onderwerp van Davids gezichtsuitdrukking te omzeilen.

'Nee,' zei Ehrlich, 'laat dat arme kind niet wachten. Ik heb dit zo veel jaar uitgesteld. Een paar minuten erbij maakt dan ook niet uit.'

Battikwa ging naar de keuken en maakte het potje warm. Nadat ze het uit het pannetje met warm water had gehaald, liet ze het bijna uit haar handen vallen. Pure nervositeit. Ze kwam de kamer weer binnen. 'Geef hem maar,' zei ze tegen Guido, die David op de arm had. David had goede trek. Het eten ging er in een mum van tijd in.

'Wilt u nog wat drinken?' vroeg Guido aan Ehrlich. 'Dan haal ik even iets.'

'Straks, graag. Ik wil eerst de brief lezen.'

'Natuurlijk. Ga uw gang.'

Voordat Ehrlich de brief begon voor te lezen, wendde hij zich tot zijn vrouw en dochter. Battikwa hoorde hem zeggen dat hij later in het Engels verslag zou doen. Zo te zien vonden ze dat prima. Het kwam er dus op neer dat Guido en zij als eersten de inhoud van de brief zouden vernemen.

'"Lieve zoon, als jij deze brief leest ben ik er niet meer. Hoe vaak zou in de geschiedenis van de mensheid deze zin zijn opgeschreven? Vaak, heel vaak. De zin is ook al oud, heel oud. Waarschijnlijk gaat hij terug tot de tijd van voor onze jaartelling. Ik kom daarop, omdat ik je wil meenemen naar de periode van de derde aartsvader, Jakob, of Israël, zoals zijn naam luidde na het gevecht met een bovenaards figuur bij de rivier de Jabbok, en zijn zoon Josef. Ik weet het, je kent de thora goed. Maar ik denk dat jij één aspect van dat wat ik je nu ga vertellen niet weet. Het is mijzelf ook altijd ontgaan, tot voor kort, toen ik ervoor ben gaan zitten om er doelgericht naar te zoeken. En dat heeft zijn reden.

Je weet hoe ons bestaan is aangetast door de Duitsers. We zijn gestigmatiseerd, we worden ontmenselijkt. Op zulke besmette grond wil en kan ik niet meer leven. Daarom heb ik de knoop doorgehakt en een plan dat al langere tijd door mijn hoofd speelde ten uitvoer gebracht. Nu kan het nog. Binnenkort hoogstwaarschijnlijk niet meer. Wij zullen dit land voor altijd achter ons laten en een plek op aarde zoeken waar ons volk in vrede kan leven, het hele joodse volk. Al aan Abraham is ons Kena'an beloofd, maar nooit hebben we er ons permanent kunnen vestigen. Zelfs nu, in deze barre tijden, worden de grenzen van Palestina voor joodse vluchtelingen gesloten gehouden. Gelukkig heeft ons gezin, door allerlei relaties, de mogelijkheid het land te ontvluchten. Binnen zeer afzienbare tijd vertrekken wij. We zullen hier veel moeten achterlaten, en niet alleen in materieel opzicht. Lees daarom wat ik in de thora vond, samen met de uitleg in de midrasj, deze laatste conclusie indachtig. Na zijn omzwervingen, van Mesopotamië naar Kena'an, is het Egypte waar Israël zal sterven. Als hij zijn zoons gezegend heeft, draagt hij Josef op hem na zijn dood naar Kena'an te brengen en hem te begraven in het familiegraf, bij de aartsvaders, zijn grootvader Abraham en zijn vader Jitschaak en hun vrouwen, Sara en Rivka. Israëls laatste rustplaats mag zich niet bevinden tussen de Egyptenaren. Hij wil bij zijn volk zijn, in het land dat God voor hen bestemd heeft. Tot zover ken je het verhaal. Israël sterft en Josef draagt een aantal geneesheren op zijn vader te balsemen op dezelfde manier zoals bij hooggeplaatste Egyptenaren gebeurt. Dat is uitzonderlijk, want zoals je weet, mijn zoon, is het volgens het joodse geloof ten strengste verboden om iets met het lichaam van een dode te doen. Het moet met rust gelaten worden. Slechts een symbolische wassing is toegestaan, maar zelfs dan wordt het hele lichaam, inclusief het gezicht, helemaal bedekt. Het aanschouwen van het aangezicht na het overlijden wordt gezien als een aantasting van de geestelijke integriteit van de mens. Hij is onbeschermd en kwetsbaar. De opdracht van Josef om in dit geval het lichaam van Israël te balsemen, komt dan ook uit pure noodzaak voort. Israël moet over land vervoerd worden van Egypte naar Kena'an, wat een lange tijd in beslag neemt. Zonder balseming zou het lichaam onderweg vergaan.'"

David lag tevreden kijkend op Battikwa's schoot. Ze pakte hem onder de oksels en trok hem omhoog, zodat hij lui tegen haar aan kwam te zitten, het hoofd tegen haar bovenarm geleund.

'"Veertig dagen duurde het balsemen, waarna Josef toestemming vraagt aan de farao om zijn vader naar Kena'an te brengen. De farao stemt toe en met een groot gevolg vertrekt Josef, samen met de kinderen Israëls, naar Kena'an, het gebalsemde lichaam op een wagen.

Jaren later, wanneer Josef zelf op sterven ligt, heeft hij een soortgelijk verzoek over de bestemming van zijn lichaam als Israël. Hij vraagt zijn broers of ze hem, als de tijd daar is, naar het land zullen meenemen dat God aan Abraham, Jitschaak en Jakob heeft beloofd. Ook hij wil de uiteindelijke rust vinden tussen zijn volk en zijn familie:

> Jozeph stierf
> honderd en tien jaar oud;
> men balsemde hem
> en legde hem in eene kist in Egypte.

Deze tweemalige balseming is datgene wat nieuw voor mij was, hoewel het te lezen is in de thora, en ik er dus allang van op de hoogte had moeten zijn geweest. Maar blijkbaar geldt het zelfs voor zo'n heilig geschrift: een mens leest selectief, zoals hij zoveel selectief doet, of niet doet."'

Battikwa vroeg zich af of ze voor Jitschok Ehrlich niet een glas water moest pakken, zijn mond en keel waren hoorbaar droog, maar ze durfde hem op geen enkele wijze te storen. Ze kon het zelfs niet opbrengen de leeslamp die naast Ehrlich stond aan te doen, terwijl dat, gezien de invallende duisternis, geen overbodige luxe was. Nee, ze kon niet het risico nemen dat Ehrlich afgeleid zou worden. Deze brief moest er in één keer uit.

"'Het duurt overigens, zoals je natuurlijk weet, nog lang voordat God zijn belofte aan Abraham en Izak en Jakob kan nakomen en het volk Israël in het Beloofde Land Kena'an zal aankomen. Pas ten tijde van Mozes kunnen de joden uit Egypte vertrekken en dan zullen er nog eens veertig jaar overheen gaan eer ze in het Beloofde Land aankomen. Heb jij, mijn zoon, je overigens nooit afgevraagd waarom Mozes na zijn geboorte nog drie maanden verborgen werd gehouden door zijn moeder? En heb jij, mijn zoon, je nooit afgevraagd hoe het kwam dat ze dit kon doen, blijkbaar zonder argwaan te wekken voor de buitenwereld? Men ziet toch aan een vrouw dat ze hoogzwanger is en op het punt staat te bevallen?'"

Even zag Battikwa het gezicht van Ehrlich oplichten, de starre gezichtsuitdrukking maakte voor korte tijd plaats voor een nieuwsgierige blik.

'"Mozes werd zes maanden na zijn verwekking geboren, althans volgens de uitleg in de midrasj. De buitenwereld verwachtte de baby nog niet, waardoor pas na drie maanden gevaar dreigde. Het gevolg van dit intense contact tussen moeder en kind was natuurlijk wel dat er een diepe band ontstond en de moeder het kind niet meer zomaar in de Nijl kon verdrinken (als een moeder dat al ooit zou kunnen)."'

Jitschok Ehrlich knikte, duidelijk instemmend met de redenering die zijn vader hem vanuit het verleden toevertrouwde. En Battikwa moest toegeven dat ze, alle uitleggingen ten spijt, vanaf de joodse lagere school Tira Chol tot aan de middelbare school Gersonides nooit deze versie had gehoord over het verbergen van Mozes voordat hij in een mandje in de Nijl werd gelegd. De aandacht was altijd gericht geweest op de – inderdaad ingenieuze – truc die zijn moeder had toegepast door het bevel van de farao net niet naar de letter uit te voeren.

Jitschok Ehrlich las weer verder. '"Trouwens, er is een aspect dat altijd weggemoffeld wordt, maar het is wel een interessant en vooral menselijk element dat Mozes aankleeft."'

Ondanks het gebrek aan licht – de duisternis was nu echt ingevallen en Ehrlich zelf was een zwarte vlek met een contour van licht om zich heen waardoor hij zijn menselijke vorm behield – zag Battikwa toch, weliswaar vaag, dat na deze woorden Ehrlichs gezicht nog meer opklaarde en dat daarin de expressie van een uur daarvoor terugkeerde.

'"Mozes wordt gezien als de verlosser van het volk Israël uit Egypte. Daar wordt hij om geëerd. Terecht, want hoe zou het anders met ons zijn afgelopen? Zo iemand hebben we nu ook nodig. Helaas, in deze dagen is er niemand die ons verlost van de barbarij van de Duitsers. Maar het heeft God wel heel veel moeite gekost om Mozes ervan te overtuigen dat hij naar Egypte moest terugkeren om zijn volk te redden. Mozes wilde helemaal niet gaan. Maar liefst vijf tegenwerpingen voert hij voor zijn opdracht aan. God weet ieder bezwaar met superieure argumenten van tafel te vegen, hoewel hij uiteindelijk wel vol woede reageert op zo veel onwil, lafheid eigenlijk, om het beestje maar bij de naam te noemen. Voor een van de problemen die Mozes voorziet als hij zal teruggaan naar Egypte, naar zijn volk dat gebukt gaat onder het slavend bestaan, heeft God een prachtige oplossing. Mozes is bang dat zijn volk niet zal geloven dat hij door God gezonden is. Om aan het volk te bewijzen dat het zeker God is die Mozes gestuurd heeft, moet hij voor de ogen van zijn volk zijn staf op de grond gooien, waarna die in een slang zal veranderen. Als Mozes hem dan bij de staart pakt, zal de slang weer in een stok veranderen. Zo gebeurt het ook.

De rest van het verhaal is overbekend: de tien plagen, de uittocht uit Egypte en de reis door de woestijn. Veertig jaar duurt het eer Josef rust vindt.

Als alles is gelopen zoals ik wilde, lieve zoon, lig ik nu in het familiegraf. Waar zich dat bevindt, in welk land, dat weet ik niet. Palestina, of dat andere Beloofde Land, het land van de Grote Beloftes, Amerika, wie zal het zeggen. Wat ik wel weet is dat ons hele gezin in dit graf moet komen te liggen. Open nu het mandje en je zult begrijpen wat je te doen staat. Ik heb een bewijs van goedkeuring gezocht. De thora bevatte onverwacht een soort jurisprudentie, al geldt die voor Kena'an. Maar, wie weet, lig ik nu wel in Palestina. Je vader.'"

Buiten was het nu helemaal donker. Het gezelschap zat vrijwel in het duister, maar lichtte van voren enigszins op door de spaarzame stralen van de kastlamp. Davids grote, zwarte ogen vingen zodanig het licht op dat zijn doorgaans zo serieuze gelaatsuitdrukking nu vooral heel melancholisch leek.

'Laat ik het mandje dan maar openmaken,' zei Ehrlich zacht.

Hij hoefde alleen een soort houten pen uit twee rieten lussen te trekken en kon daarna de deksel omhoogdoen.

In het mandje lag, in satijnachtige stof ingebed, een pop, maar zo'n lelijk exemplaar had Battikwa nog nooit gezien. Het ding bestond alleen uit een romp met een kop en het gezichtje was niet van plastic, maar leek van papier-maché gemaakt. De romp was met een grove, grauwwitte stof omwikkeld. Ze kwam iets omhoog en boog zich samen met David, die ze goed tegen zich aan geklemd hield, over het mandje om de pop nader te bestuderen. Nu ze het beter kon zien, besefte ze dat de pop net zo goed wel lichaamsdelen kon hebben, maar dat die aan het oog werden onttrokken door de windsels. Tussen de kop en de romp zag ze iets glinsteren. Ze boog nog iets verder naar voren en deinsde geschrokken terug. Was het eigenlijk wel een pop?

Ehrlich tilde het hoofdje iets omhoog, nam het glinsterende voorwerp tussen zijn vingers en trok het over het hoofdje. Het was een kettinkje, zag Battikwa nu, een gouden kettinkje met daaraan een rond naamplaatje. Ze ging weer zitten. Ehrlich legde het kettinkje voorzichtig in zijn hand, draaide het naamplaatje om en verstarde. Snel gaf hij het sieraad aan Battikwa. Ze sloeg het kettinkje om haar middelvinger en wilde net lezen wat er op het naamplaatje stond gegraveerd, toen het handje van David al graaiend het kettinkje wegtrok. Hij draaide zich half om naar Battikwa en hield het sieraad voor haar, alsof hij het haar hoogstpersoonlijk wilde laten zien. Battikwa's gevoel sloeg in luttele seconden om van speels geërgerd tot diep geschokt: Davids hele kindersnoetje, dat ze tot nu toe toch niet anders dan licht apathisch had gekend, straalde van oor tot oor. Ze greep ruw het kettinkje uit zijn hand en las: 'Jossie Ehrlich $\frac{\text{30 juni 1941}}{\text{5 Tammoez 5701}}$', en op de andere kant: 'Zijn nagedachtenis zij tot zegen'. Battikwa hoorde David kraaien van plezier.

TOEGEPASTE VERGANKELIJKHEIDSLEER

EPILOOG

Battikwa hief haar hoofd op naar Guido. 'Ik ben opgegroeid met mijn vader, mijn moeder, mijn zus en de dood. Heel bewust noem ik de dood in hetzelfde rijtje. Zoals mijn vader, mijn moeder en mijn zus er waren, dag en nacht, en ik altijd door hen was omgeven, zo was ook de dood een soort lid van het gezin. Net zomin als ik me afvroeg waarom ik met mijn ouders leefde, of met een zus, vroeg ik me af waarom de dood onderdeel van mijn leven was. Hij was er gewoon. Punt uit. Ik was dus ook niet bang voor de dood. Ik kende hem immers? Je bent toch ook niet bang voor je moeder, of je vader, of je zus? Wel kun je bang zijn voor een buurman die je niet kent, of een nieuwe juf. Maar de dood, nee, die was veel te bekend.'

'Stelde je je ook voor dat hij bij jullie aan tafel zat, mee at en mee dronk als vijfde lid van het gezin?'

'Nee, zo duidelijk omlijnd was hij niet. Het was zeker geen menselijk figuur. Ik denk dat je mijn opvatting over de dood moet zien zoals gelovigen het bestaan van God omschrijven: als een soort almachtig iets. Altijd en overal aanwezig, maar onkenbaar en onzichtbaar.

Ik was een gelovige van de dood. Gaandeweg veranderde mijn vertrouwen in de dood. De geruststellende aanwezigheid van de dood zette zich om in een angst voor die dood, maar dan wel op een geheel andere manier dan doorgaans het geval is. Ik werd bang dat de dood wanneer die echt mijn pad zou kruisen mij niets meer zou doen. Als mijn moeder dood zou gaan, zou ik er geen traan om laten. Ik was immuun geraakt voor de dood. Althans, dat vreesde ik. Het bleek de paradox in mijn leven: opgegroeid met de dood als schim uit het verleden, gevormd door familieleden die gestorven waren lang voordat ik ter wereld was gekomen, was ik gevoelloos geworden voor de echte dood, de dood nu. De dood die dierbaren van mij zou treffen. Die angst werd alleen maar steeds groter. Dat had te maken met het feit dat ik tot op heden nog nooit had kennisgemaakt met de dood in het heden, wat mede veroorzaakt werd door de dood uit het verleden. Het is op zichzelf niet uitzonderlijk dat je op je twintigste nog geen sterfgevallen van familieleden hebt meegemaakt, zoals ik. Zelfs je opa of oma kunnen onder normale omstandigheden nog jaren mee. Het bizarre in mijn geval was alleen dat ik nauwelijks nog familieleden had van wie ik het overlijden zou kunnen meemaken. Behalve mijn ouders en mijn zus was het grootste deel van onze familie immers al dood. Ik groeide dus op met de dood, zonder het sterven ooit uit eigen ervaring mee te maken. Het grote dilemma in mijn inmiddels volwassen leven is dat ik dus niet bang ben voor het verdriet waar ik door overmeesterd zal worden als mijn lieve vader sterft, maar ik totaal in paniek raak bij de gedachte dat ik op dat moment niets zal voelen. Het komt er eigenlijk op neer dat ik geen opleiding heb gehad in de *toegepaste* vergankelijkheidsleer. Ik heb het niet over de theoretische of filosofische kant. Het gaat me erom dat ik nooit in contact ben gebracht met de echte, tastbare en aanwezige dood. Dat is toch de manier waarop je normaal gesproken met de dood vertrouwd wordt gemaakt? Doordat *geleidelijk* om je heen mensen wegvallen uit je familie. Daardoor kom je in aanraking met het verdriet én de uiteindelijke berusting. Twee begrippen die mij volkomen vreemd zijn. Hoezo, me verzoenen met de dood? Er zijn nauwelijks graven waar ik ter nagedachtenis naartoe kan gaan. Het is zelfs onbekend waar de lichamen van al die familieleden zijn gebleven, als ze al niet gewoon vergast zijn.'

Er heerste een nadrukkelijke stilte nadat Battikwa haar laatste woorden had uitgesproken. Er gingen enkele minuten voorbij voordat Guido het zwijgen doorbrak.

'Je had gelijk, Tikwa. Dit is geen lichte kost. Dat de tweede generatie lijdt onder het verschijnsel dat bij hen thuis altijd gezwegen werd over De Verschrikkelijke Gebeurtenis, en dat het ook taboe was om er als kind over te beginnen, is inmiddels bekend. Dat de tweede generatie met een schuldgevoel zit omdat ze het grote verdriet van de ouders niet heeft kunnen wegnemen, ook dat verschijnsel is genoegzaam bekend. Het is het drama van het *verleden* dat voor problemen zorgt in het *heden*.'
'Waar ik overigens ook niet van verschoond blijf.' Ze hoorde hoe haar stem licht verwijtend klonk.
'Maar datgene waar jij net over uitweidde ging om het drama in het verleden dat voor problemen zorgt in de toekomst. En dan gaat het ook nog om angst voor *mogelijke* problemen. Ze worden misschien niet eens bewaarheid. Ik heb dit nog niet eerder gehoord: over de angst geen verdriet te zullen voelen bij de dood van iemand uit het gezin, doordat je daar resistent voor geworden bent. Alsof je bent ingeënt tegen de dood. Ik bedoel natuurlijk tegen de gevolgen die de dood van dierbaren op je eigen gemoed heeft.'
'Als er íets is,' haastte ze zich te zeggen, 'waardoor ik, al zou ik het willen, nooit los zou kunnen komen van mijn joods-zijn, dan is het wel deze angst.'

VERANTWOORDING

In een vacuüm kan niets nieuws gedijen. Ik heb dan ook bij het schrijven van dit boek gebruikgemaakt van de vele kennis die een mens tot zijn beschikking staat, van de al aanwezige kennis door afkomst, geboorte, opvoeding en studie, tot de actief te verwerven kennis via film, boeken en wat al zo meer. Twee namen in het bijzonder wil ik echter niet onvermeld laten. Dat is ten eerste Henri J.M. Stephen van wie met name de volgende boeken mij tot nut zijn geweest:

Henri J.M. Stephen, *De macht van Fodoe-winti. Fodoe-rituelen in de winti-kultus in Suriname en Nederland*.

Henri J.M. Stephen, *Lexicon van de Surinaamse Winti-kultuur*.

Henri J.M. Stephen, *Dede Oso. De dood en rouwverwerking bij Creoolse Surinamers in Suriname en Nederland*.

Ten tweede de schrijver Alfred Kossmann, wiens gedachtegoed mij al vele jaren intrigeert en die, op een enkele plek letterlijk geciteerd, een plaatsje heeft verworven in deze roman.

Amsterdam, 1 juli 2002

INHOUD

Ondergronds (proloog)   7

1   De omhulling   13
    (Van Ostadestraat, de Pijp)

2   De metamorfose   127
    (Academisch Ziekenhuis Vrije Universiteit,
    Buitenveldert; Van Ostadestraat, de Pijp)

3   De babyboom   221
    (Van Ostadestraat, de Pijp; Salieristraat,
    Concertgebouwbuurt)

4   De kast   295
    (Salieristraat, Concertgebouwbuurt)

Toegepaste vergankelijkheidsleer (epiloog)   341

Verantwoording   347